Katja Ammon

Darker Things

Eine Liebe zwischen den Welten

PLANET!

Ammon, Katja:
Darker Things – Eine Liebe zwischen den Welten
ISBN 978 3 522 50610 6

Umschlaggestaltung: Alexander Kopainski
Lektorat: Claudia Wuttke
Satz und Innentypografie: Kadja Gericke
Druck und Bindung: GGP Media GmbH, Pößneck
Reproduktion: DIGIZWO GbR, Stuttgart

FSC
www.fsc.org
MIX
Papier aus verantwortungsvollen Quellen
FSC® C014496

Kapitel 1

Lejla

Zusammen mit Endra verließ ich das Klassenzimmer. Wieder einen Tag geschafft. Zumindest den schulischen Teil davon.

»Hey Mädels«, tönte es von hinten.

Ich schaute mich um. Mein Ex löste sich von der Wand neben der Tür. Hatte er da gewartet?

»Wir gehen noch zum Rhein – bisschen chillen, Musik hören und so.« Er zwinkerte mir zu, als er auf uns zukam.

Auch Endra drehte sich um. Bestimmt lag der gleiche dämliche Ausdruck auf unseren Gesichtern.

»Ähm …« Ich räusperte mich und folgte ihm mit dem Blick, als er an uns vorbeiging und sich zwischen uns und der Treppe aufbaute, die in die Eingangshalle führte.

»O nein, richtig …« Er holte mit dem Arm aus und fasste sich theatralisch an die Stirn. »Lejla kann ja gar nicht, sie muss Wände schrubben.« Er trat zur Seite und verbeugte sich tief, um uns den Weg zum Treppenabgang zu weisen.

»Sehr witzig«, fauchte ich und ging an ihm vorbei. Natürlich stand seine Clique schon an der obersten Stufe versammelt und beobachtete das Schauspiel. Allen voran Zacharias, oder Zecke, wie Endra ihn nannte, weil er ihr krankhaft nachgestellt hatte, als Lars und ich noch zusammen gewesen waren. Nun war die große Liebe verflogen, genau wie bei Lars.

Marie war natürlich auch da. Sie hielt sich in letzter Zeit immer in Lars' Nähe auf.

»Tja, Babe, nächsten Sommer vielleicht.«

Abrupt blieb ich stehen und drehte mich wieder zu ihm um. Sein fieses Grinsen brannte sich in mein Gedächtnis. »In der Gruppe bist du stark was?«, sagte ich und zwang mich, ihm in die Augen zu schauen. »Das ist echt armselig, Lars. Ich habe dich anders kennengelernt.«

Er verzog den Mund, während sein Blick finster wurde. »Deine Aktion war auch ganz schön *armselig*, Lejla«, sagte er, meine Stimme nachäffend.

Dem wusste ich leider wenig entgegenzusetzen, außer einem noch armseligeren: *Ich war das nicht.* »Punkt für dich«, murmelte ich.

Endra stand mit zusammengepressten Lippen neben mir. Ich berührte sie am Arm, zum Zeichen, dass es Zeit wurde zu gehen. Den Blick stur geradeaus gerichtet, ging ich an der Meute vorbei, die Stufen hinunter. In der großen Halle angekommen, ging das Gelächter in unserem Rücken allmählich in der Geräuschkulisse der nach Hause strebenden Schülerschar unter, in der wir nun auch vor den Blicken der Gruppe abtauchten.

»Ich würde ihm ja den Kopf so was von waschen. Du brauchst nur was zu sagen«, sagte Endra.

»Das würde doch nichts bringen.«

Meine Freundin seufzte. »Ich weiß. Das Karma wird es auf seine Weise regeln.«

»Richtig«, gluckste ich.

Endra stieß die Eingangstür der Schule auf und frische Luft kühlte mein heißes Gesicht. Toll, ich war also zu allem Übel auch noch rot geworden. Jetzt konnten sie den ganzen Abend über mich lachen.

Wir gingen die paar Stufen vor dem Haupteingang hinunter Richtung Fahrradunterstand.

»Wenn ich jemals herausfinde, wer mir das alles eingebrockt hat – ich werde ihn …« Ich schüttelte den Kopf.

»Was auch immer dir Wüstes durch den Kopf geht, ich bin dabei.« Meine Freundin grinste mich an, was die aufkeimende Wut sogleich milderte.

Ich umarmte sie und drückte ihr einen Kuss auf die Wange. »Du bist die Beste.«

Mit einer routinierten Kopfbewegung warf Endra die langen schwarzen Haare über die Schulter zurück. »Hast du eigentlich schon mal daran gedacht, dass es vielleicht Lars selbst gewesen sein könnte?«

»Das glaube ich nicht. Warum sollte er? Ich meine …«

»Ich sage nur, es könnte sein. Jemandem, der per Textnachricht Schluss macht, traue ich alles zu.«

Ich stöhnte auf. Es tat noch immer weh, und das ärgerte mich am meisten.

»Oder es war Marie«, überlegte ich laut. »Die hat es schon so lange auf Lars abgesehen. Sie hasst mich, weil ich ihn ihr weggeschnappt habe.«

»Aber wie kam sie zu der Spraydose mit deinen Fingerabdrücken drauf?« Endra schürzte die Lippen. »Das klingt für mich eher nach Lars. Du hast doch bestimmt schon viele seiner Dosen in der Hand gehabt.«

»Marie könnte sie bei ihm mitgenommen haben.«

»In der Hoffnung, dass da deine Abdrücke drauf sind?«

»Ach, keine Ahnung.« Ich seufzte. »Seine Graffitis sind

ihm heilig. Und das war sein erster legaler Auftrag. Er war so stolz drauf. Hat wochenlang an den Entwürfen gebastelt …« Ich biss mir auf die Unterlippe. »Ich glaube nicht, dass er da selbst drübergesprayt und damit sein eigenes Kunstwerk zerstört hat. Und warum sollte er mir überhaupt etwas anhängen wollen? *Er* hat doch Schluss gemacht.« Unnötigerweise schnürte mir der Gedanke die Kehle zu. »Wie auch immer, nach der Geschichte kommen wir auf jeden Fall ganz sicher nie mehr zusammen.«

»Sei froh«, kam es postwendend von der Seite.

Ich schaute zu meiner Freundin.

»Er hat per WhatsApp Schluss gemacht«, wiederholte sie und schloss ihr Fahrrad auf.

»Ich weiß«, jammerte ich. »Ich war dabei.«

»Sorry!« Endra ließ die Schultern sinken. Sie kam zu mir hinüber und zog mich in die Arme. »Es macht mich nur so wütend, wie er mit dir umgeht. Ich will nicht, dass du ihm nachtrauerst, das hat er nicht verdient.«

»Ich trauere ihm nicht nach.«

»Deine Aura sagt was anderes.«

Ich zog den Moosachat aus der Hosentasche. Einen Heilstein gegen Liebeskummer, den Endra mir gegeben hatte. »Ich habe ihn immer dabei. Da wird nicht getrauert. Glaub mir.«

Endra seufzte. »Der Stein stellt das nicht automatisch ab. Er hilft dir nur, damit klarzukommen.«

»Ja, ich weiß. Und es geht mir ja auch schon viel besser. Ehrlich!«

Sie lächelte, ging zu ihrem Rad zurück und zog es zwischen den anderen hervor. »Ich bin froh, wenn er dir hilft.«

Auch ich holte mein Rad und stellte die Tasche in den Korb.

»Jetzt brauche ich nur noch etwas, das mir die Graffitis von alleine wegputzt. Gibt es dafür auch Steine?«

Endra kicherte. »Mach dich nur lustig.«

»Na ja, hätte ja sein können. Dann wenigstens etwas gegen Muskelkrämpfe und Schwielen? Oder gegen Kopfschmerzen wegen der giftigen Dämpfe?«

»Ja sicher, gegen das gibt es bestimmt was. Zum Beispiel kann ich Magnesium gegen Muskelkrämpfe empfehlen – ist auch ein Mineral«, fügte sie grinsend an.

Ich lachte auf, bevor ich wieder ernst wurde. »Danke.«

»Wofür jetzt?«

»Dass du immer für mich da bist. Und dass du mir glaubst. Du weißt gar nicht, wie viel mir das bedeutet.«

»O Mensch, Lejla.« Meine Freundin stellte das Rad nochmals hin und umarmte mich erneut. »Das ist doch selbstverständlich. Die ganzen Behauptungen machen doch überhaupt keinen Sinn. Ich kenne dich. Du würdest so was nie tun.«

Ich drückte sie an mich.

»Wir hören uns später, ja?«, sagte sie und löste sich dann von mir.

»Auf jeden Fall.«

Nachdem Endra davongefahren war, machte ich mich auf den Weg zur Zweigstelle »Spray-Ex« vom Tiefbauamt Basel-Stadt. Dort musste ich die Sozialstunden ableisten, während Lars mit Marie Eis essen ging oder am Rhein chillte. Meine Finger krampften sich um den Lenker und ich trat kräftiger in die Pedale.

Das Schlimmste war nicht mal, dass ich unschuldig verurteilt worden war, damit hätte ich mich abfinden können.

Immerhin war ich schon so viele Male mit einem blauen Auge davongekommen. Was wirklich an mir nagte, war der Ruf der rachsüchtigen Verlassenen, der mir nun anhaftete und den ich in all den Augen sah, die mir viel zu auffällig überallhin folgten.

Mit Schwung bog ich in das Dreispitz-Areal ein und hielt auf den grauen quadratischen Bau mit den ebenso quadratischen Fenstern zu. Das Rad stellte ich im Hof vor dem Eingang ab, nahm die Tasche aus dem Korb und stürmte die Treppe hoch.

Als ich das Büro meines Betreuers betrat, saß ein schlanker Mann, der mir hier noch nie begegnet war, auf dessen Stuhl. Seine Haut war blass, fast grau, was ihn in der dunklen Kleidung krank aussehen ließ.

»Lejla Sander?«, fragte er, den Blick auf mich gerichtet. Ich stand in der Tür und konnte nichts anderes tun als zurückstarren.

»Mein Name ist Validin Dunahr, ich vertrete heute Herrn Ammer. Er ist leider krank.« Seine Stimme vibrierte in mir, als wäre mein Körper ein Resonanzboden. Was für ein ungewöhnlicher, scheppernder Klang. Als er sich erhob und auf mich zukam, wich ich instinktiv einen Schritt zurück.

»Dann wollen wir mal«, sagte er und schaute auf das Notizboard in seiner Hand. Er hob die oberste Seite an und nickte. »Genau«, kommentierte er das Gelesene. »Wir haben heute einen Auftrag in einem privaten Gebäude.«

Wie ein Schatten huschte die lange Gestalt an mir vorbei und ich war unschlüssig, ob er komisch, unheimlich oder einfach durchgeknallt war. Auf jeden Fall hoffte ich, er würde nicht den ganzen Nachmittag an meiner Seite kleben.

Ich folgte ihm die Treppe hinunter, über den Hof bis zum orangefarbenen Lieferwagen des Tiefbauamtes. Der war schon vollbeladen mit Reinigungsutensilien und Schutzkleidung. Ich kletterte neben Validin auf den Sitz und schnallte mich an.

Mein Aushilfsbetreuer schwieg während der gesamten Fahrt, genau wie das Radio. An den Ampeln ertappte ich mich immer wieder, wie ich die Luft anhielt, weil mir der eigene Atem in den Ohren dröhnte. Wir fuhren Richtung Bruderholz, den Hügel hinauf und raus aus dem Zentrum. Vor einer halb zerfallenen, von Unkraut umwucherten Villa hielt er an. Ich blieb noch sitzen, ungläubig, dass es sich um das richtige Haus handeln sollte.

Doch kurz darauf zog Validin Dunahr die Beifahrertür auf und zerstreute meine Zweifel. »Kommst du dann?«

»Ähm – ja«, sagte ich und löste den Gurt.

Wer zum Henker wollte dieses baufällige Gebäude reinigen? Ich schob mich aus dem Sitz und schlug die Tür des Wagens zu. Egal, es ging mich am Ende nichts an. Auftrag war Auftrag.

Ich packte ein Paar Plastikhandschuhe sowie den Eimer mit den Bürsten, Schwämmen und Tüchern und eilte meinem Aushilfsbetreuer hinterher. Durch ein eisernes Tor gelangte ich in den Vorgarten. Junge Äste mit frischen, hellgrünen Blättern dran ragten aus den Hecken weit auf den Weg hinaus. Ich schob sie mit dem Arm zur Seite, damit ich am Ende nicht über eine der zerbrochenen Steinplatten stolperte, die den Weg zum Haus wiesen.

Wir traten durch ein klaffendes Loch, das einst durch die Eingangstür verschlossen gewesen sein musste. Drinnen roch es modrig. Zögerlich schaute ich mich um. Die Mauern, die

die Räume voneinander trennen sollten, waren zum großen Teil eingerissen oder zerfallen. Um ehrlich zu sein, war das Haus kaum mehr als eine überdachte Ruine, in der die Natur nicht nur durch die scheibenlosen Fenster, sondern auch durch die Risse im nackten Betonboden drängte. Auf einer der Wände sah ich drei *Tags* in roter Farbe. Die Schriftzüge waren alle gleich. Sie bestanden aus mehreren ineinandergreifenden Buchstaben – »HORAX« oder so ähnlich – unterstrichen mit einem Pfeil. Da hatte wohl einer seine Unterschrift geübt.

Validin stellte den Zweitritt und den Eimer mit den Putzmitteln ab und winkte mich zu sich. »Was meinst du? Aus welchem Material besteht diese Mauer?«

Ich zuckte mit den Schultern. »Stein?«

»Du kannst sie ruhig anfassen.«

Ich runzelte die Stirn.

Mein Aushilfsbetreuer versuchte sich an einem Lächeln. »Stell doch mal das Zeug ab.«

Ich schluckte und setzte den Eimer neben mir auf dem Boden. »Na?«

Langsam ging ich auf die Wand zu und legte eine Hand drauf. Aber das machte mich auch nicht schlauer.

»Und?« Validin zog die Brauen hoch.

»Ziegel?«

»Nicht raten, Lejla. Die Oberfläche, was spürst du? Stein? Eher nicht, oder?«

Ich strich mit der Hand die Wand hoch und runter. »Es ist verputzt. Aber was drunter ist, kann ich nicht sagen.«

»Na also, geht doch«, nickte er und legte nun seinerseits die Hand auf die Mauer, während ich meine wegzog und die Arme vor mir verschränkte.

»Darunter ist Stein, das ist richtig, aber so tief wird unser Mittel nicht eindringen. Für uns ist nur die Oberfläche wichtig.« Er rieb die Hände gegeneinander und wandte sich zu dem Eimer mit den Chemikalien um. »Da können wir gut mit dem Gel arbeiten.« Er griff nach einer Tube und reichte sie mir. »Keine aufwändige Sache, das bekommst du allein hin, oder?«

»Denke schon«, stimmte ich zu. Und obwohl ich mir zuvor gewünscht hatte, allein zu arbeiten, war mir nun doch unbehaglich zumute. Dieser Ort war unheimlich.

»Auftragen, gut einreiben, abwischen und mit Wasser abwaschen. Du kennst es ja. Wasser gibt es dort drüben.«

Mein Blick folgte dem Handzeichen und ich entdeckte einen Gartenschlauch, der von außen durch die fehlende Tür zu uns ins Innere führte.

Validin packte den Eimer mit den überzähligen Putzmitteln und wandte sich zum Gehen. »Falls du fertig bist, bevor ich zurückkomme, musst du nicht warten. Lass die Sachen einfach hier, ich hol sie dann ab.«

»Aber hier können doch alle …«, ich brach ab, denn mein Aushilfsbetreuer war schon verschwunden. Ich sollte dieses giftige Zeug einfach hier herumliegen lassen? Da konnte doch jeder rein und raus! Das war verrückt. Selbst wenn ich alles aufbrauchte, was ich sicher nicht tat, waren da noch die vollgesogenen Schwämme und Tücher. Das würde ich ganz bestimmt nicht einfach liegen lassen.

Kopfschüttelnd drehte ich mich zur Wand, zog die Trittleiter unter den ersten *Tag*, streifte die Handschuhe über und begann mit dem Pinsel Gel auf die Farbe zu streichen. Mit der Bürste massierte ich es ein, aber der Lack löste sich nur zäh vom Untergrund. Mein Arm schmerzte schon nach wenigen Minuten von der blöden Stellung, während mir die ätzenden Dämpfe in die Nase stiegen. Meine Gedanken schweiften wieder ab zu Lars, dem Ausdruck, mit dem er mich angesehen hatte – eine Mischung aus Abscheu und Mitleid. Automatisch schrubbte ich kräftiger und kräftiger. Ich wollte nicht daran denken, was mir natürlich umso weniger gelang, je mehr ich es versuchte.

Dennoch verging die Zeit erstaunlich rasch, und ich war mittlerweile beim dritten und letzten *Tag* angekommen. Es war noch nicht wirklich spät, dennoch warf das schummrige Licht des trüben Tages schon lange Schatten zwischen die Mauern. Das Gestrüpp vor den Fenstern raschelte leise im Wind und malte bizarre Figuren an die Innenwände. Eine Gänsehaut kroch mir den Nacken hoch. Ich schaute mich um und entdeckte den Scheinwerfer, den Validin mir dagelassen hatte. Ich wollte gerade vom Zweitritt steigen, als ich ein erneutes Rascheln hörte. Diesmal war es aber eindeutig nicht der Wind. Vielmehr klang das rhythmische Knacken, als ob jemand über die Zweige durch den Garten schlich.

»Hal…?«, fiepste ich und räusperte mich sogleich. »Hallo!«, wiederholte ich. »Ist da jemand?«

Kapitel 2

Lejla

Ich bekam keine Antwort, also stieg ich von der Trittleiter und schlich zum Fenster, um nach draußen zu schauen. Ein Klacken gefolgt von einem leisen Quietschen ertönte und ließ mich zusammenzucken. Vorsichtig spähte ich in den Garten hinaus. Unter dem Fenster des Zimmers nebenan, etwa drei Meter von mir entfernt, stand ein Motorrad. Der Fahrer legte den Helm auf den Sattel, fuhr sich durch die halblangen Haare und zog eine Art Tablet, oder eher ein etwas groß geratenes Handy, aus der Jackentasche. Der Bildschirm leuchtete blau auf und erhellte kurz sein Gesicht, das bis über die Nase von einem Motorradschal verdeckt war.

Ruckartig wandte der Typ den Kopf zu mir um und schaute mich direkt an.

»Ähm, hi«, sagte ich ertappt.

»Was tust du hier?«, fuhr er mich an, ohne den Gruß zu erwidern.

»Die Wand putzen«, antwortete ich artig und verfluchte mich sogleich dafür. »Auch wenn Sie das eigentlich nichts angeht«, fügte ich schnell hinzu.

Er reagierte nicht, ging um seine Maschine herum, erklomm mit einem Satz den Fenstersims zum Nebenraum und verschwand aus meinem Sichtfeld im Innern der Ruine.

Mein Herz pochte schneller. Instinktiv tastete ich nach dem Handy in der Gesäßtasche. Hinter der halb zerfallenen Trennwand hörte ich nun Schritte und löste mich von dem Fenster. Wie gebannt starrte ich auf die Mauerreste, hinter denen sich nun eine dunkle Gestalt abzeichnete. Sand und Kieselsteine knirschten unter den Sohlen des Fremden, als er zu mir hinüberstieg. In den Stiefeln, die mit einer Reihe von Schnallen besetzt waren, steckten enge Hosen, die sich über dem Knie leicht weiteten. Sein Gesicht war nun zusätzlich unter einer Kapuze verborgen, die zu einem Hoodie gehörte, den er unter einer Lederjacke trug.

»Was wollen …«

»Pack dein Zeug zusammen und verschwinde!«, unterbrach er mich und kam noch einen Schritt näher.

Ich wich zurück, stolperte dabei rücklings über den Zweitritt und verlor das Gleichgewicht. Alles in mir verkrampfte sich in Erwartung des Aufpralls, doch der kam nicht. Stattdessen schnürte mir der feste Griff des Typen die Blutzufuhr im Oberarm ab, als er mich im Sturz packte und mich so auf den Beinen hielt. Dabei rutschte ihm die Kapuze vom Kopf.

Meine Augen weiteten sich, als ich die daumendicke Narbe erblickte, die von der Stirn über die Nasenwurzel verlief und auf der linken Wange unter dem Schal verschwand. Shit! Was war denn da passiert? Ich ballte die Fäuste. Mit den Fingerkuppen ertastete ich die Narben auf meinen Handflächen, die mir immer als schlimm – als verunstaltend – vorgekommen waren. Jetzt kam ich mir blöd vor deswegen. Es waren nur die Handflächen! Für kaum jemanden sichtbar. Nicht so wie bei ihm! Und er war noch jung – höchstens ein paar Jahre älter als ich.

Sein Blick schien mich einen Moment lang zu durchbohren, bevor er mich abrupt losließ und die Kapuze wieder hochzog, um sein Gesicht darunter zu verbergen. »Verschwinde jetzt!«, zischte er und trat zurück. »Ich sag's nicht nochmal.«

Ich atmete tief durch. Ich wusste nicht, ob es das Alter war, oder die Narbe, oder das Verhalten, das mir seine Verletzlichkeit offenbarte, auf jeden Fall wurde ich mutiger. »Wow!«, sagte ich. »Du hast mir gar nichts zu sagen, oder gehört das Haus etwa dir?«

»Nein, ich bin hier nur der Gärtner!«, imitierte er meinen schnippischen Tonfall. »Entweder du gehst freiwillig oder ich schaff dich hier weg, ganz einfach.«

»Okay«, stellte ich klar, »als Gärtner kannst du das vielleicht nicht wissen, aber ich habe den Auftrag des Besitzers, diese Wand zu reinigen.«

Er lachte auf. »Ja klar. Schau dich mal um.«

»Ja, und?«

»Das Haus ist eine Ruine. Wer sollte bitte Geld dafür ausgeben, Wände zu reinigen, die man sowieso einreißen muss?«

»Das ist mir doch egal.« Ich ging zum Scheinwerfer hinüber. »Es tut mir ja leid, wenn ich deine *Tags* wegmachen muss. Übe deine Unterschrift gefälligst woanders.« Damit schaltete ich das Licht ein. »Mein Leben hängt nun mal davon ab, dass diese Wand …«

Der Typ hechtete auf mich zu, entriss mir den Strahler und trat die Birne kaputt. Es puffte, dann klirrten Scherben auf den Boden.

»Bist du wahnsinnig geworden?«, fuhr er mich an.

Ich starrte auf den Elektroschrott. Sekunden vergingen, ehe ich mich wieder gefangen hatte: »Bin ich – ICH – wahnsinnig geworden?«, rief ich und schnappte nach Luft. Was meinte der eigentlich, wer er war? Der Kleidung nach zu urteilen vermutlich ein Ninja Krieger oder so. »Du hast gerade meine Lampe …«

Er trat so nahe an mich heran, dass ich die Wärme seines Körpers spürte. Ein Duft aus Leder und Waschmittel schmeichelte meiner geschundenen Nase, bevor er mir eine Hand auf den Mund legte. Mit der anderen hielt er mich am Oberarm fest, sodass ich nicht zurückweichen konnte.

»Dein *Leben*«, sagte er betont, aber leise, »hängt davon ab, dass du jetzt verschwindest!« Er ließ mich los und ich strauchelte zurück.

Einen Moment lang schauten wir uns an, dann zückte ich mein Handy. »Ich rufe jetzt meinen Betreuer an.« Ich wandte mich von ihm ab und erweckte das Gerät zum Leben.

Von hinten legte er die Hand auf das Display, das mir ein paar verpasste Anrufe meines Großvaters anzeigte, und entriss mir das Telefon.

»Hey!« Blitzschnell drehte ich mich zu ihm um, aber er war schon außer Reichweite. »Gib das sofort wieder her!«

»Du bekommst es, wenn du gehst, oder ich trete es auch noch kaputt.«

»Du hast sie ja nicht alle!« Die Situation begann mir nun doch Respekt einzujagen. Der war doch nicht normal. »Also gut«, sagte ich, »ohne Licht kann ich das jetzt eh vergessen, also …« Ich packte die Sachen zusammen und hielt sie wie ein Schutzschild vor mir, als ich auf ihn zuging. »Mein Handy!«, sagte ich und streckte die Hand danach aus.

Er gab es mir tatsächlich zurück, was meinen Herzschlag etwas beruhigte.

»Und den«, sagte ich und wies auf den kaputten Scheinwerfer, »kannst du dem Tiefbauamt übrigens ersetzen.«

Ich ging an ihm vorbei zur Tür. Seinen Blick spürte ich noch im Rücken, bis ich mich durch das Gestrüpp zum Gartentor vorgearbeitet hatte. Dort ließ ich alles fallen und setzte mich auf die kniehohe Mauer, die das Grundstück zur Straße hin abgrenzte. Zweige pikten mich in den Rücken, aber ich ignorierte es.

Von Validin war weit und breit nichts zu sehen. Sollte ich jetzt wirklich das ganze Zeug nach Hause schleppen oder konnte ich es tatsächlich einfach stehen lassen, so wie er gesagt hatte? Dummerweise besaß ich seine Nummer nicht und konnte ihn somit auch nicht anrufen.

Die Stille, die über dem Quartier lag, wurde plötzlich von einer Stimme durchschnitten. »Was ist hier los?«

Ich schaute mich um. Die Straße war menschenleer.

»Nichts. Was soll los sein?«

Die Stimmen kamen aus der Villa. Ich kniff die Augen zusammen und spähte vorsichtig durch das Gestrüpp, konnte aber zwischen all den Zweigen nichts erkennen. Also schlüpfte ich durch das Tor und schlich zurück zum Haus. Durch die ehemalige Haustür erblickte ich schemenhaft die Umrisse von zwei Typen. Einer war mit Sicherheit der Ninja. Ich erkannte ihn an der Statur. Auch der andere war dunkel gekleidet und verbarg sein Gesicht unter einer Kapuze.

Scheiß Sprayer! Wenn die mir jetzt wieder die ganze Wand verschmierten! So vermummt wie die rumrannten, führten die ja sicher nichts Legales im Schilde. Verdammt!

»Das Signal ist weg«, sagte der Neuankömmling und schob

ein Gerät in die Innentasche der Jacke, das dem zu groß geratenen Handy des Ninja glich.

»Nein, echt?« Die Stimme des Ninja triefte vor Sarkasmus.

Die zwei mochten sich wohl nicht besonders. Das konnte ja lustig werden.

»Wer war die Tussi, die hier rumgelungert hat?«

»Keine Ahnung, was du meinst. Das hier ist ein Wohnviertel. Da gibt es hin und wieder Leute.«

Jedem Schritt, den der andere Typ auf den Ninja zuging, wich dieser mit einer Bewegung zur Seite aus.

»Sie ist aus diesem Haus gekommen, Dorian. Das kann man nicht gerade bewohnt nennen. Also, war *sie* das?«

Dorian? Hieß der Ninja etwa so?

»Was soll sie gewesen sein?«

»Stell dich nicht blöd, Mann! Du weißt ganz genau, was ich meine!«

Ja, was sollte ich gewesen sein? Sprach er von den *Tags*? Oder besser gesagt davon, dass einige nicht mehr da waren?

Im Versuch, die zwei nicht aus den Augen zu verlieren, wollte ich einen Schritt nach vorne gehen. Dabei verhedderte ich mich in den Efeuranken, die nicht nur die Außenmauer, sondern auch den Boden überzogen, und fiel beinahe hin, was die Blätter laut rascheln ließ.

»Was war das?«

Ich hörte, wie sich jemand näherte. Mit einem Satz sprang ich auf die Hausmauer zu, presste mich dagegen und duckte mich tief zwischen die wuchernden Blätter. Aus dem Augenwinkel sah ich, wie sich ein Oberkörper aus dem türlosen Eingang lehnte. Instinktiv schloss ich die Augen und hielt die Luft an.

»Angst vor Geistern?«, hörte ich den Ninja fragen.

»Geister trampeln nicht wie Elefanten durch die Gegend.«

»Siehst du denn einen Elefanten?«

»Du kommst dir wohl sehr witzig vor, was?«

»Du solltest an deiner Schreckhaftigkeit arbeiten, Ash.«

»Und du an deiner Unvorsichtigkeit!«

Die Schritte entfernten sich wieder und verhallten im Innern der Villa.

Das war der Moment abzuhauen. Ich konnte nicht länger auf Validin warten. Was immer die vorhatten, ich wollte damit nicht in Verbindung gebracht werden. Und noch weniger wollte ich von ihnen erwischt werden.

Ich schlich auf die Straße hinaus und packte den Putzkram zusammen. Dann machte ich mich auf den Weg zur Tramhaltestelle.

Dorian

Ich schaute Ash unverwandt an. »Unvorsichtigkeit? Ich? Du brüllst doch herum, als ob du hier zu Hause wärst.«

»Ich frag dich nochmals: Wer war die Tussi, die so fluchtartig das Haus verlassen hat? Was hat sie hier gemacht?«

»Gib mir eine Glaskugel.«

Ashs Gesicht verkrampfte sich immer mehr. »Wer hat sie beauftragt? Wo ist sie hin? Was hast du vor, dagegen zu unternehmen?« Er zählte die einzelnen Punkte an den Fingern ab.

»Wärst du rechtzeitig gekommen, hättest du die ominöse Person selbst fragen können.«

»Du kannst so gut und so schnell sein, wie du willst«, spuckte Ash die Worte aus, »du hast bis ganz oben hin verkackt. Lern endlich, damit zu leben und mach deinen Job.«

»Oh, ich lebe sehr gut damit. Immerhin habe ich meine eigenen Gedanken, bilde mir meine eigene Meinung. Und was meinen Job angeht, das hier«, sagte ich und beschrieb einen Kreis mit Zeige- und Mittelfinger, »ist nicht mehr mein Distrikt. Du hast jetzt die Verantwortung.«

»Da hast du wohl was falsch verstanden. Ich überwache dich nur. Die Arbeit machst du und erstattest mir regelmäßig Bericht darüber. So sieht es aus, mein Freund.«

»Tja, dann solltest du erst recht schneller werden. Am Ende denkt der Meister noch, ich tanze dir auf der Nase herum.«

Ash lachte auf. »Du bist ein schlechter Verlierer, Dorian. Das warst du schon immer.«

»Ach ja?« Ich zuckte mit den Schultern. »Das liegt vermutlich am Mangel an Erfahrung. Da hast du mir einiges voraus. Und jetzt entschuldige bitte, ich habe noch zu tun.« Über den Mauersockel stieg ich in den angrenzenden Raum zurück.

»Ach ja? Was denn?«

Ich ignorierte sein Gezeter und sprang mit einem Satz aus dem Fenster.

»Hey!«

Meine Füße landeten weich auf dem Blätterwerk, direkt neben dem Motorrad.

»Dorian! – Das glaub ich jetzt nicht!«

Ohne zurückzublicken setzte ich den Helm auf und wuchtete die Ducati aus dem Gestrüpp Richtung Straße. Dort schwang ich ein Bein über den Sattel und startete den Motor. Langsam fuhr ich an, schaltete die Gänge hoch und durch die Beschleunigung spürte ich einen sanften Druck auf meiner Brust. Ich klappte das dunkel getönte Visier runter, schmiegte mich an die Maschine und gab Gas.

Straßenlichter zerflossen zu Streifen, die an mir vorbeischossen. Ich versuchte an nichts zu denken, aber sosehr ich mich auch auf das Nichts konzentrierte, das Mädchen ging mir nicht mehr aus dem Kopf. War es Zufall, dass sie gerade jetzt, gerade dort aufgetaucht war, oder hatte sie etwas mit all dem zu tun? Die Aktivität war real gewesen, auch wenn das Signal nur kurz angeschlagen hatte. Fast zu kurz, um eine wirkliche Bedeutung zu haben. Das Problem war nur, dass solche kurzen Signale nicht das erste Mal aufgetreten waren, und wenn sich Dinge häuften, bedeuteten sie meistens etwas, und selten etwas Gutes. Energisch wischte ich die Gedanken weg. Sollte Ash sich darum kümmern. Ganz ehrlich, was ging mich das alles noch an? Ich musste nur schauen, dass ich den Schein einigermaßen wahrte. Das war alles.

Vor meinem Haus bremste ich ab und bog auf den Vorplatz ein. Während ich den Motor ausschaltete, ließ ich den Blick an der mit Efeu überwucherten Mauer emporwandern, die ohne das Gewächs vermutlich langsam in sich zusammengefallen wäre. Eine düstere Atmosphäre umgab mein Heim. Es spiegelte den ganzen Abgrund meines Seins wider und ich hasste es. Ich hätte schon längst etwas daran machen sollen, aber ich konnte nicht, genauso wenig, wie ich meine Situation – mein Leben – ändern konnte.

Mit einem tiefen Atemzug stieg ich von der Maschine und schob sie in die Garage. Dort zog ich den Helm aus und legte ihn auf den Sattel. Mit der Hand rieb ich mir über den Nacken und ließ die Wirbel knacken. Die Narben schmerzten leicht und ich wölbte den Rücken, um die Haut zu dehnen, aber das machte es nur schlimmer. Ich trat unter dem Garagentor hindurch nach draußen, zog es zu und ging über den Hof zur Einfahrt zurück. Es war schon wieder Monatsende und somit Zeit, den überquellenden Briefkasten zu leeren, um allfällige Rechnungen zu bezahlen. Ansonsten interessierte es mich einen Scheiß, was da drin landete. Aber heute zog ein farbiger Umschlag – der Marke nach zu urteilen aus Kanada – meine Aufmerksamkeit auf sich. Ich riss ihn auf, während ich zurück zum Haus ging.

Es war eine Geburtstagskarte, mit ein paar farbigen Ballons drauf. Ich schlug sie auf und betrachtete die ausladende, schnörkelige Schrift, die meiner eigenen glich.

Alles Gute zum 22. Geburtstag, Dorian.
Liebe Grüße von deiner Mutter.

Ich biss die Zähne zusammen. Vater hatte wieder nicht unterschrieben. Vermutlich wusste er nicht mal davon. Geschweige denn, dass er selbst an meinen Geburtstag denken würde. Für ihn war ich vor knapp zwei Jahren gestorben – oder vielleicht auch nie geboren worden.

Ich schloss die Haustür auf und trat in den Flur. Dunkle Leere empfing mich. Ich warf Post, Schlüssel und DarcPad auf die Kommode und ging in die Küche. Auch der Kühlschrank war leer. Ich schloss ihn wieder und lehnte die Stirn dagegen. »Ja«, sagte ich zu mir selbst, »Happy Birthday, ich.«

Kapitel 3

Lejla

»Lejla!« Die Stimme meines Großvaters kam mir vom obersten Stockwerk entgegen, noch bevor ich einen Fuß auf die erste Stufe setzen konnte. Er musste in der Wohnung am Fenster gestanden und die Straße beobachtet haben.

»Ja!«, rief ich hoch.

Es war spät geworden, denn ich hatte ja mit den öffentlichen Verkehrsmitteln fahren müssen. Ohne einen Rappen in der Tasche sah ich mich dann auch noch gezwungen, eine Tram auszulassen, weil ein paar unauffällig auffallende Typen eingestiegen waren, die mir zu sehr nach Kontrolleur gerochen hatten.

Ich hievte die Putzsachen die knarrende Treppe zu unserer Dachwohnung hoch. Das würzige Aroma des Pfeifenrauchs waberte mir auf den letzten Tritten entgegen.

»Wo warst du?« Tata kniff den Mund zusammen, während er mich musterte. »Und warum nimmst du dein Telefon nicht ab?«

»Ich war putzen. Wie immer. Da kann ich nicht dauernd telefonieren.«

»Putzen, ja?«

Ich stellte die Sachen demonstrativ vor seinen Füßen ab. »Wo sollte ich sonst gewesen sein mit diesem Zeug?«

»Und warum habe ich eine Nachricht auf dem Band, dass dein Betreuer krank ist und du erst morgen wiederkommen sollst?«

»Was weiß ich! Da war eine Aushilfe und der hat mich am Abend nicht abgeholt. Ich musste den ganzen Weg allein nach Hause gehen.«

Tatas Gesicht verzog sich noch mehr. »Ich mach das nicht zum Spaß, Lejla. Ich will doch nur …«

»Hier«, ich nahm die Lappen und Schwämme aus dem Eimer und hielt sie ihm unter die Nase. »Riech!«

»Das beweist doch nichts, Kind.« Jetzt klang er müde.

»Ich war da. In einem alten Haus. Ruf beim Tiefbauamt an. Der Typ hieß Validin Dunahr.«

Unter uns klickte eine Tür ins Schloss. Dieses Haus hörte mit. Das nervte! Und wir gaben unserer Nachbarin, Trudi, auch noch regelmäßig Stoff für die nächste Klatschrunde.

Tata zog mich in die Wohnung und schloss die Tür hinter mir. »Wo genau?«

»Auf dem Bruderholz«, sagte ich und nannte ihm die Adresse.

»Ich gehe dem nach. Aber …« Er brach ab und schüttelte langsam den Kopf. »In der Küche gibt es Pizza.« Damit ließ er mich stehen und ging ins Wohnzimmer.

Meine Schultern sackten nach unten und ich schloss kurz die Augen. Seit der Gerichtsverhandlung artete jedes zweite Gespräch in Streit aus, dabei wollte ich das gar nicht. Tata war der wichtigste Mensch in meinem Leben. Und doch stieß ich ihn immer wieder von mir.

Tränen drückten hinter meinen Augen. Und der Hunger, der sich gerade noch tief in den Magen gebohrt hatte, verwandelte sich in Übelkeit. Ja, ich hatte Mist gebaut, Dinge gestohlen, Gras geraucht – ja, auch Wände besprüht, wiederholte Male. Aber ich war immer ehrlich zu ihm gewesen. Es schmerzte mich, dass er mir nicht mehr vertraute.

Nachdem Eimer und Trittleiter auf dem winzigen Balkon vor der Küche deponiert waren, schloss ich mich im Bad ein und stellte mich unter die Dusche. Das Wasser lief mir übers Gesicht und allmählich wurde ich den Geruch nach Lösungsmittel los, der mir nun allabendlich in der Nase haftete. Drei Monate noch. Drei Monate, in denen ich meine Freizeit mit dem Schrubben von Wänden verbringen durfte. Bei dem Gedanken zog sich alles in mir zusammen. Ich fühlte mich missverstanden und in solchen Momenten fehlte mir meine Mutter besonders. In meiner Vorstellung hatte sie für alles Verständnis. Das war natürlich Blödsinn, Eltern waren selten verständnisvoll – zumindest, wenn man Endra glauben konnte –, aber ich kannte das Gefühl, welche zu haben, nun mal nicht. Aus Tata war auch kaum etwas über meine Mutter oder die Zeit vor ihrem Tod herauszubekommen. Geschweige denn, dass wir jemals über meinen Vater sprachen, den er selbst nicht mal kannte. Aber wenn wir auf Mum zu sprechen kamen, betonte er immer wieder, wie sehr sie mich geliebt hatte. Und so war sie in meiner Fantasie zu jemandem geworden, der immer auf meiner Seite war und mich gegen alle verteidigte. Und das gab mir Halt.

»Lejla?« Die Stimme meines Großvaters drang zwischen die Musik der fallenden Tropfen und riss mich aus den Gedanken. »Ich muss noch kurz weg – aber du hast noch immer Hausarrest.«

Ich biss die Zähne zusammen.

Als ob ich das nicht wüsste.

Es klopfte an der Tür. »Hast du gehört?«

»Ja! Kann ich jetzt bitte in Ruhe zu Ende duschen?«

»Entschuldige, Liebes. Es ist nur …«

»Ich werde nächsten Monat achtzehn«, platzte es aus mir heraus. »Den Hausarrest könntest du dir echt sparen. Abgesehen davon …«

»Nächsten Monat, ja«, schnitt Tata mir das Wort ab. »Und solange bestimme ich, was du tust. Ich will nicht, dass dir am Ende der Staat Hausarrest gibt. Dann mache ich das lieber selbst.«

Ich schluckte die Wut hinunter. Jedes weitere Wort würde nur wieder alles zum Eskalieren bringen.

»Du weißt, dass ich nur dein Bestes will, nicht wahr?«

»Ja. Schon klar.«

Einen Moment verharrte ich und lauschte, ob noch mehr kam. Doch ich hörte nur noch seine Schritte, die sich von der Tür entfernten.

Verdammt! Ich stieß den Atem aus und schaute zur Decke. Warum gelang es mir nicht, normal zu antworten? Abrupt drehte ich den Hahn zu, zog das Frottiertuch von der Stange und schlang es um mich. Am liebsten hätte ich meinen Sturkopf gegen die Wand geschlagen, aber das hätte ja leider auch nichts gebracht. Also stieg ich aus der Wanne, trocknete mich ab, schlüpfte in eine schwarze Leggings und zog mir den ebenfalls schwarzen Hoodie über. Ich mochte Schwarz. Es passte zu allem. Ganz besonders zu mir.

Zurück im Zimmer ließ ich mich aufs Bett fallen. Auf dem Nachttisch tastete ich nach dem Handy und scrollte zu

Endras Nummer. Ich musste wenigstens ihre Stimme hören. Die Kopfhörer in den Ohren lauschte ich dem Summton.

Endras Gesicht erschien auf dem Bildschirm. »Hey«, grinste sie, bevor ihr Lachen sogleich erstarb. »Was ist los?«

Ich erzählte ihr alles, von Validin, über den Ninja bis zur Überraschung zu Hause und dem obligatorischen Streit, der gefolgt war.

»Autsch«, sagte sie nur.

Ich verzog den Mund. »Warum reden die mir zu Hause aufs Band, dass ich nicht kommen muss, und dann sitzt da dieser Validin? Wer heißt überhaupt so? Und dann lässt er mich einfach da versauern. Was soll denn das?«

»Ja, das ist echt bescheuert. Vielleicht haben sie den Typen kurzfristig beauftragt, deine Betreuung zu übernehmen, weil sie dich nicht erreicht haben. Und da das bei ihm so gar nicht auf dem Schirm war, hat er dich dann am Abend total vergessen.«

»Na ja, vielleicht hat er auch Alzheimer oder wurde von Außerirdischen entführt.«

Endra lachte auf und es tat gut, das Leuchten ihrer tiefblauen Augen zu sehen. »Auch das ist möglich. Es gibt so viele Dinge zwischen Himmel und Erde, die wir nicht verstehen.«

Ich grinste. Das war ihr Lieblingsspruch. Er stammte von ihrer Oma, von der sie die ganze Faszination für die Esoterik geerbt hatte.

»Und der andere Typ? Dieser Ninja?«, hakte Endra nach. »Was wollte der eigentlich?«

»Ich habe keinen Schimmer. Nach eigenen Angaben ist er ja Gärtner.«

Endra prustete los und ich musste auch lachen.

»Ich denke, dass er ein Sprayer ist, so vermummt, wie er

war. Und eins sage ich dir: Wenn ich morgen da hinkomme und die Wand ist wieder beschmiert, werde ich ihn anzeigen. Mit dieser Narbe im Gesicht kann er sich kaum verstecken. Noch einmal lasse ich mir nicht den Dreck anderer anhängen.«

Ich mochte es nicht, Leute zu verpfeifen, aber es war einfach zu viel passiert und ich musste jetzt an mich und an Tata denken. Er war meine einzige Familie und die gedrückte Stimmung, die seit Längerem zwischen uns herrschte, bekam mir nicht.

»Ja, unbedingt«, bestärkte mich meine Freundin. »Am Ende meinen die noch, du hast das gemacht.«

Ich stöhnte auf. »Dieser Gedanke macht mich wahnsinnig, seit ich vorhin in die Tram gestiegen bin. Morgen stehe ich einfach ganz früh auf und fahre noch vor der Schule dorthin. Tata schläft eh länger und wird das nicht merken.«

»Hmm«, machte Endra und betrachtete mich mit diesem Ich-weiß-nicht-ob-das-eine-gute-Idee-ist-Blick, der ihre Augenbrauen über der Nase zu einem Dreieck zusammenschob.

»Ich versuche jetzt besser mal zu schlafen«, sagte ich und schickte ihr eine Kusshand. »Wir sehen uns dann morgen, ja?«

»Okay.« Endra knutschte den Bildschirm ab. »Bis morgen dann.«

»Bis dann.«

»Und wenn du Hilfe brauchst, ruf mich an, okay?«

»Mach ich, danke.« Noch einmal schickte ich ihr eine Kusshand und sie tat es mir gleich.

Irgendwann gab ich das Hin- und Herwälzen auf. Ich hatte kaum ein Auge zugetan und wenn, suchten mich Albträume von monströsen, mehrfarbigen Graffitis heim. Mit ausgestrecktem Arm tastete ich unter der Decke hervor nach dem

Lichtschalter. Gleich daneben erfühlte ich das Handy. Mit gerümpfter Nase betrachtete ich das Display. Halb sechs Uhr morgens.

Ächzend krümelte ich mich aus den Federn, schlüpfte in eine zerrissene Jeans und eine Bluse und schlich ins Bad, um mir kaltes Wasser ins Gesicht zu spritzen. Ich hoffte, es würde helfen, die Augen wenigstens halbwegs offen zu halten. Als ich in die hohlen Hände schaute, in denen sich das Wasser sammelte, stutzte ich. Langsam streckte ich die Finger aus, sodass ich die Narben auf den Handflächen besser betrachten konnte. Bildete ich mir das ein, oder waren die weißen kreisförmigen Linien deutlicher geworden? Tata behauptete, dass ich mich als Kind mit beiden Händen an einem Campingkocher verbrannt hatte. Ich konnte mich zum Glück nicht daran erinnern. Aber Narben veränderten sich nach so langer Zeit doch nicht mehr, oder? Ich ballte die Fäuste, um die Durchblutung anzuregen. Vermutlich war das nur das eiskalte Wasser, das mir etwas vorgaukelte. Ich hielt die Hände wieder unter den Strahl und tauchte das Gesicht in das kühle Nass. Danach zog ich die schwarzen Linien um die Augen nach und fuhr mit den Fingern durch meine Haare. Die natürlichen Strähnen waren über den Winter dunkler geworden, dennoch stachen sie deutlich zwischen dem Braun hervor. Von wem ich die wohl hatte? Ich wandte den Blick ab und griff nach einer Haarspange. Es spielte keine Rolle.

Da mein Fahrrad noch auf dem Dreispitzareal stand, musste ich wiederum die Tram nehmen. Aber mit dem Rad wäre es sowieso schwierig geworden, die ganzen Putzsachen zu transportieren, daher machte es keinen Unterschied. Zum Glück war so früh am Morgen nicht viel los und so war ich erstaunlich schnell bei der Villa.

Im Innern der Ruine war es einiges dunkler als draußen und meine Augen stellten sich nur langsam auf die neuen Lichtverhältnisse ein. Nachdem ich die Sachen abgestellt hatte, schaute ich mich um. Kein monströses, mehrfarbiges Graffiti! Meine Muskeln entspannten sich und ich zog die Trittleiter unter den letzten roten *Tag*. In einer Hand das Gel und die Bürste, stützte ich mich mit der anderen an der Mauer ab, um hochzukommen, nur um zu merken, dass die Handschuhe noch immer im Eimer lagen. Also stieg ich wieder hinunter und wollte mich schon zu den Hilfsmitteln umdrehen, als ich stockte. Ich trat ein paar Schritte weg von der Wand. Das konnte doch nicht wahr sein! Das war doch eben noch nicht da gewesen: Ein Bild in feinen Grau- und Blautönen, kaum vom Putz zu unterscheiden, überspannte die gesamte Wand. Es zeigte eine zerfallene Stadt. Perspektivisch korrekt und total detailgetreu. Und – das war Basel, mit der Mittleren Brücke, deren Steinbögen den Rhein überspannten, und dem Münster mit den zwei Türmen. Aber die meisten Häuser waren zerstört, wie nach einer Apokalypse. Ich stand einfach da und staunte. Eigentlich hätte ich den Ninja ja anzeigen wollen, aber das hier war eine andere Liga von Graffitis. Von wegen üben. So etwas hatte ich noch nie gesehen und eigentlich wollte ich das auch gar nicht wegmachen. Das war ein Kunstwerk. Ich spürte beinahe Ehrfurcht vor seinem Können. Bis mir bewusst wurde, was das nun für mich bedeutete! Schrubben, schrubben, schrubben und das schnell, wenn ich nicht wieder einen Eintrag im Absenzenheft riskieren wollte. Mir blieb also maximal eine halbe Stunde und die ganze verdammte Wand war voll!

Hätte er sich nicht einen anderen Ort suchen können? Idiot!

Resigniert streifte ich mir die Handschuhe über und machte mich erst mal an den *Tag*. Ich ließ das Gel etwas länger einwirken, so ging das rote Zeug mit der Bürste einigermaßen gut ab. Doch dann kam ich zu der graublauen Farbe, und da ging gar nichts mehr. Ich ließ das Gel einwirken, massierte, bürstete, nahm noch mehr Gel und fing von vorne an, aber die Farbe ging nicht mal in homöopathischen Dosen ab. Am Ende versuchte ich es aus lauter Verzweiflung einfach mit Wasser, aber nichts half. Dieser Lack, oder was immer das war, saß fest wie die Maserung des Putzes selbst. Ich stieg von der Trittleiter hinunter und musterte die Mauer. Erst das Klingeln des Handys holte mich aus der Starre. Endra!

»Er hat es getan!«, rief ich in den Lautsprecher. »Und ich bekomme das Zeug nicht runter. Was soll ich denn jetzt tun?«

»Shit! Echt? Wo bist du denn?«

»Noch immer in der Villa.«

»Ich komm dir helfen.«

»Die Schule beginnt glei–«

»Adresse!«

»Endra, du musst das nicht mach–«

»Gib mir die Adresse!«

Ich lächelte, typisch meine Freundin, Widerrede war zwecklos. Also gab ich ihr die Straße durch und setzte mich auf die Treppe vor dem Eingang. Wenig später kam sie den Hügel hinaufgeradelt. Ich erhob mich und ging auf sie zu. Sie lehnte ihr Rad gegen einen Busch.

»Du bist so ein Schatz! Danke, dass du gekommen bist.«

»Ist doch klar.«

»Nein«, betonte ich, »ist es nicht.«

Sie lächelte und zog mich in die Arme. »Jetzt zeig mir mal das Übel.«

Ich führte sie in den vorderen Raum der zerfallenen Villa.

Endra schaute sich um. »Okay – wo ist nun dieses Bild?«, fragte sie und grinste mich an, während ihre Augen die Wände absuchten.

»Na da«, sagte ich und zeigte auf die fensterlose Mauer vor ihr.

Endra schaute mich mit großen Augen und einem entrückten Grinsen im Gesicht an, als ob sie darauf wartete, dass ich in Gelächter ausbrach. Aber das tat ich nicht und ihr Grinsen erstarb. »Du meinst das ernst«, stellte sie fest.

»Aber …« Ich schaute von Endra zum Bild und zurück. »Siehst du das nicht? Das graublaue Zeug da?«

»Da ist nichts, Lejla.« Sie schüttelte den Kopf. »Da ist alles sauber.« Sie ging ein paar Schritte daran entlang auf und ab. »Okay, hier sieht man, dass du was weggemacht hast, aber das kann man wohl nicht vermeiden. Meinst du das?«

Ich schluckte, konnte meine Augen nicht von dem Bild nehmen, von den zerstörten Häusern, die mir eine Gänsehaut bereiteten. Sie sah es nicht. Warum sah sie das nicht?

»Lass uns gehen, Lejla. Hier ist es unheimlich.«

»Aber …«, ich wies auf die Wand.

»Du hast deinen Job gemacht. Ich sehe, dass da mal was war, und das ist nun sauber. Wer immer etwas mit dem Haus vorhat, wird eh neu streichen müssen – also eigentlich hilft hier sowieso nur noch Abreißen, aber egal.«

Ein kühler Wind raschelte am verdorrten Efeu vor dem Fenster und wehte mir um den Kopf.

»Lass uns bitte gehen, Lejla. Mit dem Ort stimmt etwas nicht.«

»Wie meinst du das, es stimmt was nicht?«

Sie hielt mir den Arm hin, von dem alle Härchen abstanden. »Siehst du das? Grusel! Pack dein Zeug.«

Wie fremdgesteuert folgte ich ihren Anweisungen, aber in meinem Kopf herrschte Stillstand. »Und du siehst absolut nichts?«

»Rein gar nichts. Ehrenwort.«

Meine Freundin half mir, die Lappen einzusammeln, und schob mich beinahe aus dem Haus. Vor dem Gartentor nahm sie mir den Eimer ab, hing ihn über den Lenker und wies mich an, auf den Gepäckträger zu sitzen. Den Zweitritt hängte ich mir, wie auch die Tasche, um die Schulter.

Ein leises Brummen ließ mich den Kopf drehen. Aus dem Augenwinkel sah ich hinter uns ein Motorrad, das am Straßenrand stand. Der Fahrer war komplett schwarz gekleidet, das Visier des Helms war dunkel getönt. Aber der Ninja Style verriet ihn und ich spürte, dass er mich anschaute.

»Warte mal«, sagte ich zu Endra. »Ich glaube, da ist wieder der Typ von gestern, der Ninja.«

Aber meine Freundin hörte nichts mehr. Sie trat in die Pedale, als ob der Teufel hinter ihr her wäre. Es ging den Hügel hinab und ich betete, es möge kein Ast oder Stein im Weg liegen, so dass wir heil unten ankamen.

Kapitel 4

Lejla

Natürlich war die erste Stunde schon vorbei, als Endra und ich in der Schule eintrafen. Wir kassierten unseren Eintrag im Klassenheft und, besonders ich, ein hämisches Grinsen von Lars.

»Gibt es jetzt schon Frühputzen?«, zischte er mir von hinten zu, als ich mich setzte. Ich drehte mich um. Marie saß neben ihm und lächelte blöd. Dazu schob sie mit den Fingern die äußeren Spitzen ihrer Brauen hoch. »Hi Spock.«

»Spock?«, brachte ich hervor.

Endra stupste mich an und ich wandte mich nach vorne. Herr Sutter hatte sich vor mir aufgebaut. »Frau Sander, ich würde Ihnen anraten, sich nun ganz schnell auf den Unterricht zu konzentrieren und die Plänkeleien auf die Pause zu verschieben. Ansonsten werde ich zusammen mit der Schulleitung Ihren Großvater informieren.«

Die Widerrede brannte mir auf der Zunge. Er übertrieb maßlos, aber ich verkniff mir die Bemerkung und stierte einfach zurück.

»Höre ich ein: Ja, Herr Sutter?«

»Ja, Herr Sutter«, presste ich zwischen dem verkrampften Kiefer hervor. Das Kichern im Rücken trieb mir den Schweiß aus allen Poren.

»Schön«, brummte Herr Sutter, drehte sich um und ging zur Tafel, die er mit mathematischen Formeln vollzukritzeln begann.

»Deine Brauen sind super«, flüsterte Endra mir zu. »Ich wünschte, meine wären so schön geschwungen.«

Erst jetzt wurde mir klar, dass ich sie schon die ganze Zeit bearbeitete und mit den Fingerspitzen, so weit es ging, nach unten strich. Schnell fuhr ich mir durch die Haare, um das Offensichtliche zu kaschieren und lächelte meine Freundin an.

»Wirklich!«, bekräftigte sie.

Ich nickte nur und zog mein Heft hervor. Aber ich konnte mich nicht auf Mathe konzentrieren. Denn neben Maries Geste zu meinen Augenbrauen – was war denn falsch an ihnen? – beschäftigte mich vor allem das mysteriöse Graffiti und der Ninja. Was wollte er schon wieder bei der Villa? War er gekommen, um weiterzuarbeiten? Aber diese Schlussfolgerung erinnerte mich nur wieder daran, dass es da gar kein Bild gab. War ich dermaßen übermüdet, dass ich mir das alles eingebildet hatte? Es stimmte, dass man vom Putzen hellere Streifen sah, aber das Bild war so detailgetreu gewesen, so viel Fantasie besaß ich nicht. Und wenn da nichts war, warum war der Ninja zurückgekommen? Verfolgte er mich?

Nein, so ein Quatsch. Bestimmt waren das die giftigen Lösungsmitteldämpfe, die mir langsam das Hirn vernebelten.

Ich versuchte, die wirren Gedanken loszuwerden, aber den ganzen Tag über kamen sie immer wieder, als ob sie in einer Bahn um mich kreisten.

Nach der Schule machte ich mich erneut auf den Weg zum Tiefbauamt. Mein Leben fühlte sich gerade an wie Fließbandarbeit. Es bestand nur noch aus Schule, Wände putzen und Schlafen in Wiederholungsschleife. Die Monotonie raubte mir langsam den Verstand.

Im Büro meines Betreuers, und diesmal saß tatsächlich Jürg hinter dem Schreibtisch, hielt ich die Putzsachen hoch. »Deine Aushilfe hat mich gestern einfach sitzen gelassen.«

»Hallo Lejla.« Jürg grinste wie immer, und das steckte mich beinahe an. Beinahe! Denn noch war ich richtig sauer.

»Ja, hallo«, gab ich zurück, ließ die Arme sinken und wartete auf eine Erklärung.

»Mir wurde nicht gesagt, dass mich jemand vertreten hat. Ich dachte, du wusstest Bescheid, dass du erst heute wiederkommen musst.«

»Man hat meinem Großvater aufs Band gesprochen, was ich logischerweise nicht mitbekommen habe, da ich in der Schule war, was wiederum zu einem Streit geführt hat, weil ich aus seiner Sicht viel zu spät zu Hause war. Ihr hättet mich auf dem Handy anrufen können. Ich habe nämlich eins! Ich dachte, ihr wusstet Bescheid«, griff ich seine Worte auf.

»Das tut mir wirklich leid.« Jürg erhob sich und kam hinter dem Schreibtisch hervor. »Soll ich mit deinem Großvater sprechen?«

»Das wäre nett, ja.« Allmählich beruhigte sich mein Puls. Jürg konnte ja auch nichts dafür.

»Wer hat mich denn vertreten?«

»Validin Dunahr – oder so.«

»Vladimir? Ich kenne keinen …«

»Validin«, korrigierte ich ihn.

Er schüttelte den Kopf, die Mundwinkel leicht nach unten gezogen.

»Wir waren in einer alten Villa. Privatgelände«, fügte ich an, »vielleicht war er von einer anderen Abteilung.«

Jürg ging zurück zum Schreibtisch, setzte sich und musterte den Bildschirm. Die Maus klickte und er tippte etwas in die Tastatur. »Das ist merkwürdig«, kommentierte er das weitere Klicken mit der Maus. »Es gibt niemanden mit diesem Namen im System.«

»Das kann nicht sein! Dann hat er mir einen falschen Namen genannt. Er war hier. Er hat mich aufs Bruderholz gefahren und weg war er.« Jetzt ließ ich die Sachen auf den Boden fallen.

Mein Betreuer schaute mich mit diesem Blick an, der nach Mitleid schrie. Er glaubte mir nicht.

»Ja, schon klar. Ich lüge. Und das Zeug habe ich dann im Supermarkt gekauft – oder nein – ich habe es von hier geklaut! Das machen Mädchen wie ich doch, nicht wahr?«

Jürgs Lippen waren nur noch ein dünner Strich, als er wieder auf mich zukam und den Eimer mit den Utensilien drin betrachtete. »Woher hast du es denn?«

»Vergiss es«, sagte ich und winkte ab. »Zeig mich an, oder lass uns anfangen.«

Jürgs Hundeblick heftete sich an mich, aber ich schaute demonstrativ weg und ging ihm voraus durch die Tür. Auf dem Weg nach unten streifte mich dieser Blick immer wieder. Ich spürte die Zerrissenheit, aber er sagte nichts. Wir stiegen in den orangefarbenen Van und fuhren los. Ich fragte nicht, wohin heute. Es war mir egal. Ich schaute nicht zum Fenster hinaus, hielt den Blick stur auf meine verkrampften Hände gerichtet. Irgendwann parkte Jürg das Fahrzeug und ich folgte ihm in eine kleine Unterführung. Es stank nach Urin und abgestandenem Zigarettenrauch. Auf dem Boden vor der untersten Stufe der Treppe lagen Kippen umgeben von Rotz- und Spuckeflecken. Das Mittagessen drückte sauer die Speiseröhre hoch und ich wandte den Blick ab. Jürg deponierte den Hochdruckreiniger vor einer verschmierten Wand.

»Voilà«, grinste er und breitete die Arme aus, als ob wir ein schönes Kunstwerk im Museum betrachteten. Ich knallte den Kessel mit dem Putzzeug daneben und zog mir die Handschuhe über.

»Komm schon, Lejla, du weißt, dass ich nicht so denke.«

Ja klar, dachte ich nur und griff nach der Bürste.

»Was muss ich nehmen?«

Jürg reichte mir ein Spray. Als ich danach greifen wollte, zog er es weg. Grinsend suchte er meinen Blick.

»Ha ha«, machte ich nur.

Er atmete einmal tief durch und reichte mir das Reinigungsmittel. Seine Versuche, die Stimmung zu drehen, perlten an mir ab. Mir war die Lust auf Witze vergangen. Einmal verurteilt, schwebte dieses ewige Misstrauen wohl immer über einem. Ich sollte mich besser daran gewöhnen.

Energisch begann ich, das Mittel auf die Wand zu sprühen, und der chemische Gestank übertünchte endlich den menschlichen, der dieses Loch so unerträglich machte.

Aber mit den kreisförmigen Bürstenbewegungen begannen auch die Gedanken wieder zu rotieren. Das Bild, das nur ich gesehen hatte, war eine Sache, da konnte ich die Müdigkeit vorschieben. Aber dass es diesen Validin angeblich nicht gab, das fiel in eine andere Kategorie. Ich war mit ihm im Auto gefahren, er hatte mich zu dem Haus gebracht, mir den Auftrag gegeben, die Wand zu reinigen. Das war real gewesen.

Zumindest fühlte es sich so an. Aber was, wenn es das nicht war? Die aufkeimende Angst ließ sich nicht mehr abschütteln. Sie verhakte sich wie ein Anker im Grund. Denn wenn ich mir das alles nur einbildete, gab es nur eine Erklärung: Ich wurde verrückt. So wie meine Mutter.

Nein! Meine Hand krampfte sich um die Bürste, bis es schmerzte. Das Putzzeug war real, das hatte auch Jürg gesehen. Das musste ich also irgendwo herhaben. Aber alles, was ich wusste, war, dass ich es aus dem Van hatte, in dem ich angeblich nie gefahren war.

Mein Herz fing an, wie wild zu pochen. Es raste regelrecht und mir blieb die Luft weg. Ich musste mich an der Wand abstützen, um nicht zu fallen. Ich versuchte, ruhig zu atmen. Bestimmt gab es Medikamente dagegen, und ich würde eine Diagnose bekommen, die alles erklärte. Ja, das war gut – eine Erklärung für meine Visionen. Eine Erklärung, die mich zumindest vor meinem Großvater rehabilitierte.

Tata!, durchfuhr es mich. O Gott, bestimmt hatte er beim Tiefbauamt angerufen, um nach Validin Dunhar zu fragen, den dort niemand kannte – den es nicht gab! Alles in mir erschlaffte. Ich war erledigt.

»Alles in Ordnung bei dir?«, rief Jürg zu mir hinüber.

»Ja.« Meine Stimme klang verräterisch dünn.

»Die Dämpfe können einen etwas schummerig werden lassen.« Er kam zu mir hinüber. »Mach du mal mit dem Kärcher weiter«, sagte er und nahm mir die Bürste ab. »Wir haben es ja bald. Das hast du wirklich gut gemacht.«

»Okay«, sagte ich. Mir war klar, dass er einfach etwas Nettes sagen wollte. Und die Worte taten gut.

Ich übernahm den Hochdruckreiniger und richtete die

Spritzpistole auf den Beton. Das Wasser lief an der Wand hinunter und schob die letzten Farbreste in kleinen Schaumkrönchen vor sich her.

Eine ganze Weile arbeiteten wir beide still vor uns hin. Am Ende wusch ich auch noch die Stelle, die Jürg für mich fertig gereinigt hatte, während er schon die Sachen zusammenräumte und sie alle die Treppe hoch in den Van schaffte. Als er mir auf die Schulter tippte und mir »Schluss für heute« ins Ohr schrie, stellte ich den Hochdruckreiniger aus.

Mein Betreuer betrachtete die Arbeit des Nachmittags. Zufrieden nickte er. »Und wieder eine Wand geschafft.«

Er half mir, den Kärcher zusammenzupacken. »Ich fahr dich nach Hause.«

»Mein Rad ist noch bei euch.«

»Ach so, ja. Dann wie du meinst«, grinste er und hievte den Reiniger die Treppe hoch. »Aber gib mir nachher nicht die Schuld, wenn du zu spät bist.«

Ich schüttelte den Kopf. Ein Lächeln brachte ich nicht zustande.

Wenig später schob ich das Rad über den Gehsteig. Fahren wollte ich nicht, auch wenn es schneller gegangen wäre. Ich fürchtete mich vor dem, was mich zu Hause erwartete. Und mit jedem Schritt Richtung Zentrum wünschte ich mich weiter weg.

Mittlerweile ging ich eine Allee entlang auf den Aeschenplatz zu. Als ich aufsah, um die Tramgleise zu überqueren, die den gesamten Platz wie ein Spinnennetz überzogen, wurde ich mir der plötzlichen Stille bewusst, die mich umgab. Von einer Minute zur anderen war die Stadt wie ausgestorben. Alles war grau und düster. Ich rieb mir die Augen, doch nichts veränderte sich. Mit pochendem Herzen schaute ich mich um. Eine verrostete Tram hing entgleist über den Rand des Gehsteigs, der Boden unter den Schienen war eingebrochen. Vorsichtig machte ich einen Schritt nach vorne, wollte um die Tram herumgehen, in der Hoffnung, dort das normale Leben wiederzufinden.

Auf einmal bimmelte es wie verrückt. Autolärm umströmte mich und jemand schrie auf. Ich wurde gepackt und zusammen mit dem Rad zurückgerissen. Der Fahrtwind einer Tram erfasste mich.

»Geht es dir gut?«

Mechanisch drehte ich mich um. Ein Mann um die Dreißig musterte mich. »Du bist einfach auf die Gleise gelaufen.«

Den Mund leicht geöffnet, starrte ich ihn an. Als mein Atem wieder einsetzte, ging er viel zu schnell und mir wurde ganz schwindelig davon.

Der Typ packte mich am Oberarm, um mich zu stabilisieren. »Ist alles in Ordnung?«

Ich nickte. Langsam wurde mir klar, dass ich ihm mein Leben verdankte. »Es geht schon«, presste ich hervor. »Und danke.«

»Gern. Aber nächstes Mal besser aufpassen, ja?«

»Klar.« Ich rang mir ein Lächeln ab, das ganz sicher nicht so entspannt aussah, wie ich es mir erhoffte. Aber der Typ ließ mich los und ging davon. Nicht ohne sich nochmals kurz nach mir umzuschauen.

Mein Blick ging ins Leere. Was zum Teufel war das bloß gewesen?

Meine Beine fühlten sich schwach an und ich stützte mich auf den Lenker des Fahrrades, bis sich meine Atmung langsam wieder beruhigte. Als ich den Blick hob, nahm ich auf der anderen Seite des Platzes eine dunkle Gestalt wahr. Ich fokussierte den Blick. Das war doch der Ninja!

Schnell stellte ich das Rad hin und machte ein paar zittrige Schritte in seine Richtung. Doch er bog sogleich um die Hausecke in eine der breiten Straßen, die vom Platz wegführte.

Das Adrenalin gab mir Kraft und ich zog das Tempo an. »Hey!«, rief ich. »Warte mal!«

Unbeirrt ging er weiter.

Ich fiel in einen leichten Trab, um ihn nicht aus den Augen zu verlieren. »Was wolltest du schon wieder bei dem Haus? Was hast du dort zu schaffen?«

Abrupt blieb er stehen, drehte sich um und kam nun auf mich zu. Auch ich war stehen geblieben, aus Reflex.

»Halt dich aus Dingen raus, die dich nichts angehen.«

»Du stellst mir nach und ich soll mich aus irgendwas raushalten? Entschuldige bitte, aber …«

»Denkst du wirklich, ich habe nichts Besseres zu tun, als dir nachzustellen?«

»Offensichtlich nicht, oder was tust du jetzt hier?«

»Die Fragestunde ist beendet.« Er machte auf dem Absatz kehrt und ging weiter.

Ich blieb stehen. »Habt *ihr* die Wand in der Villa wieder besprüht?«

Im Gehen machte er eine wegwerfende Handbewegung. »Keine Ahnung, was du da gesehen hast, aber ich spraye ganz sicher nicht.«

»Was wolltest du dann dort? Warum vermummst du dich?«

Er bog in eine Seitenstraße ein und verschwand aus meinem Blickfeld.

»Hey!«, rief ich erneut, als ich auch schon ein Motorrad aufheulen hörte. Kurz darauf kam die Maschine aus der Gasse geschossen und bog in meine Richtung in die Hauptstraße ein. Vor mir bremste der Ninja ab, fuhr langsam an mir vorbei, klappte das getönte Visier runter und gab Gas.

Ich starrte ihm hinterher. Was wollte der Typ von mir? Der verfolgte mich doch eindeutig, oder war das auch nur Einbildung? Die Arme um die Taille geschlungen, ging ich zurück zur Traminsel, auf der noch immer mein Fahrrad stand, schwang mich auf den Sattel und trat in die Pedale. Hinter mir bimmelte die Glocke einer Tram, aber ich schaute mich nicht mehr um, versuchte einfach alles auszublenden, was hinter mir lag. Die Anstrengung und der kühle Fahrtwind halfen mir dabei, das Zittern in den Gliedern zu unterdrücken.

Ich konnte alles leugnen und hoffen, dass ich nur total übermüdet und von der Rolle war, oder ich konnte mich der Tatsache stellen, dass hier etwas ganz und gar aus dem Ruder lief. Ersteres war keine Option. Das würde mich, falls ich es noch nicht war, auf jeden Fall verrückt machen. Ich musste mit Tata sprechen. Meine nicht existierende Aushilfe war ein guter Aufhänger.

Dorian

Ich war vom Aeschenplatz direkt nach Hause gefahren, denn ich verspürte keine Lust, Ash irgendetwas zu *berichten*. Sollte er doch selbst schauen, wie er an die Infos kam, um sie dem Meister brühwarm zu servieren. Ich war nicht sein Hund, der Stöckchen brachte. Zudem musste ich mir selbst erst mal klar werden, was hier vor sich ging.

Die Maschine ließ ich draußen stehen und ging auf die Haustür zu. Mit beiden Händen fuhr ich mir durch die Haare, die mit kaltem Schweiß vollgesogen waren. Die Schmerzen der Narben waren in letzter Zeit heftiger geworden, aber heute hielt ich es kaum aus. Es war, als ob mein ganzer Körper brannte.

War es möglich, dass das Mädchen in der Villa etwas gesehen hatte? Was wollte sie überhaupt erneut an diesem Ort? Ich empfand ihr Timing als zu gut, um Zufall zu sein. Nur, es musste Zufall sein! Eine andere Erklärung gab es nicht. Und ihren absurden Gedankengängen über Sprayer nach zu urteilen, war sie ganz offensichtlich unschuldig in etwas hineingeraten. Wie auch immer, ich war nur Beobachter. Sollte sich Ash darüber den Kopf zerbrechen, wie alles zusammenhing. Ich brauchte jetzt nur eines und das war eine kalte Dusche.

»Herr Lakrovic?«

Ich verdrehte die Augen. Meine Nachbarin war die Letzte, die ich jetzt sehen wollte, dennoch schaute ich mich um. »Ja?«

»Ihre Hecke sollte dringend mal wieder geschnitten werden. Sie kommt ein ganzes Stück auf unser Grundstück hinüber.«

»Ich weiß. Ich kümmere mich drum.«

»Und die Trauerweide muss auch gestutzt werden. Am Ende fällt sie noch auf unser Dach.«

»Ja, ja.«

»Geht es auch etwas verbindlicher, Herr Lakrovic? Ihr Vater hat das immer sofort erledigt. Schauen Sie nur, wie das Haus schon aussieht. Wenn Sie es weiterhin so verwahrlosen lassen, müssen Sie bald kernsanieren.«

»Frau Jost«, holte ich aus, »mein Haus geht Sie einen Scheißdreck an. Ich schneide die Hecke, aber lassen Sie mich in Ruhe.«

Die Wut jagte noch mehr Schmerzen durch meinen Körper. Als ich aufschließen wollte, entglitt mir der Schlüssel aus den zittrigen Fingern und fiel zu Boden. Ich konnte mich kaum bücken. Unter der Spannung fühlte es sich an, als ob die Haut aufplatzen würde. Ich hörte Frau Jost hinter mir etwas von Rauschgift und Entzugserscheinungen murmeln. Der war nicht mehr zu helfen. Ich bekam den Schlüssel zu fassen, hob ihn hoch und schaffte es schließlich, ihn ins Schloss zu stecken, um aufzuschließen.

Ohne Umwege ging ich ins Bad, riss mir die Klamotten vom Leib und drehte den Hahn auf. Ich stieg über den Wannenrand und stellte mich unter den Strahl. Eiskaltes Wasser lief meinen Rücken hinunter. Einen Moment lang verkrampfte ich mich noch mehr, bis das wohltuende Gefühl des nachlassenden Schmerzes die Kälte überwog und ich mich langsam entspannte. Mit beiden Händen stützte ich mich an den Kacheln ab und ließ den steifen Nacken kreisen. Ich schloss die Augen und lauschte dem harten Klang des Wassers, das auf meine Schultern prasselte und danach auf die Wanne schlug.

Mein Atem sowie der Herzschlag beruhigten sich, und ich wünschte mir, dass das auch mit den Gedanken funktionieren würde. Dass man sie einfach abstellen könnte. Dass es mir gelingen würde, einfach an Nichts zu denken. Aber auch nach einem Jahr Übung war mir das nicht vergönnt. Immer wieder gelang es der einen oder anderen verdrängten Erinnerung, in mein Bewusstsein vorzustoßen und mich in die Vergangenheit zurückzuwerfen.

Ein paar Minuten gönnte ich mir noch, dann drehte ich den Hahn zu.

Ich war kaum angezogen, als ich von unten ein Klopfen hörte. Wenn das Frau Jost war, würde ich dafür sorgen, dass sie nie mehr klopfte. Bei keinem mehr! Ich ging die Treppe hinunter und riss die Tür auf. Aber davor stand nicht Frau Jost.

Mein ehemals bester Freund schob mich zur Seite und verschaffte sich Eintritt.

»Ja, komm nur rein, Ash, kein Problem.«

Er stolzierte ins Wohnzimmer, während ich beim Eingang stehen blieb. Bei offener Tür!

Aber als er sich in meinen Sessel setzte, ließ ich sie zufallen und trat unter den rundbogenförmigen Durchgang zur Stube. »Mach es dir nicht allzu bequem, du gehst eh gleich wieder.«

»Ach, tue ich das?« Er überschlug die Beine und blickte sich mit verhärmt nach unten gezogenen Mundwinkeln um. »Wir haben ein Problem.«

»Schön. Und was hat das mit mir zu tun?«

Ash sprang hoch. »Was das mit dir zu tun hat?«, brüllte er los und kam mit energischen Schritten auf mich zu, packte mich am T-Shirt und stieß mich rückwärts durch den Rundbogen in den Flur, bis uns die Wand in meinem Rücken unsanft bremste.

»Du sollst das verdammte Problem aus der Welt schaffen. *Das* hat es mit dir zu tun!« Eine Flut von Spucketröpfchen begleitete seine Worte und regnete auf mich nieder. »Du hast der Zunft Loyalität geschworen! Du hast Pflichten! Mach deinen verdammten Job.«

»Loyalität, hm?« Ich verengte die Augen. »Große Worte – Ash!«

Die Zeit schien einen Moment stillzustehen. Stoßweise traf mich sein Atem im Gesicht, während wir uns fixierten.

»Und jetzt nimm deine Pfoten weg!«, fauchte ich und packte seine Handgelenke.

Doch Ash ließ nicht locker, drückte die Fäuste gegen meine Kehle.

»Jetzt!«, zischte ich. »Ich bitte dich nicht noch einmal so freundlich.«

Langsam löste er die Finger aus meinem Shirt und strich die Falten glatt. »Wie du willst.«

Ich stieß ihn zur Seite und ging an ihm vorbei zurück ins Wohnzimmer. Er folgte mir nicht.

»Der Meister hat dir eine Chance gegeben, Dorian. Eine letzte. Ein falscher Schritt und …« Ash unterbrach sich selbst. »Ich will dir nur helfen.«

»Helfen? Oh – ich verzichte!«

»Kannst du die Vergangenheit nicht mal ruhen lassen?«

»Ruhen lassen?« Die Hände steckte ich tief in die Hosentaschen, denn es brauchte nur ein weiteres Wort, und ich würde ihm die Fresse polieren.

»Löse das Problem! Beweise deine Loyalität.« Er verschwand Richtung Haustür. »Beobachte sie und erstatte mir Bericht. Über jedes noch so kleine Detail! Und bitte nächstes Mal unverzüglich, ja?«

Mit einem Klicken fiel die Tür ins Schloss.

Ich riss den Blick vom verlassenen Flur los und ging zu dem Esstisch hinüber, den ich als Waffenablage missbrauchte. Ich stützte mich darauf ab, überflog die Sammlung und griff nach einer der Macheten. Vorsichtig strich ich über die breite Klinge, hob sie höher, bis ich in dem glänzenden Metall mein Spiegelbild sah.

Loyalität. Dieses Wort aus seinem Mund!

Mit den Fingerspitzen fuhr ich über meine gefühllose Wange und betrachtete die Narbe eine Weile, bevor ich das Messer wieder sinken ließ. Es hätte nicht viel gefehlt, und ich wäre heute blind.

Und nun erteilte er mir Befehle! *Er*!

Mit einem Frustschrei fegte ich alles vom Tisch. Klingend und scheppernd fielen die Waffen zu Boden. Einen Moment lang schloss ich die Augen. Meine Loyalität gehörte nicht dem Meister, nicht der Zunft und schon gar nicht Ash. Sie gehörte allein der Wahrheit.

Kapitel 5

Lejla

Vorsichtig schob ich die Wohnungstür auf. »Hallo? … Tata?«

»Du bist spät«, kam es aus dem Wohnzimmer.

Ich stellte die Tasche ab und schlüpfte aus den Schuhen. »Ich bin ein Stück zu Fuß gegangen.« Mein Herz pochte bis zum Hals, als ich die Stube betrat.

Tata nahm die Pfeife aus dem Mundwinkel und stieß den Rauch aus. »Warum gehst du zu Fuß, wenn du ein Fahrrad hast? Ich möchte, dass du auf schnellstem Wege nach Hause kommst. Auch das gehört zu den Regeln.« Er legte das Buch zur Seite und wandte sich mir zu. Er wirkte nicht verärgert, nur müde, und mein verkrampfter Nacken entspannte sich etwas.

»Klar. Tut mir leid.«

»War Herr Ammer heute wieder da?«

Warum redete er so lange um den heißen Brei herum?

»Ja.« Über die Schulter linste ich Richtung Badezimmer. Mein Fluchtweg.

Ich zwang mich wegzuschauen. Ich würde mir anhören, was er mir sagen wollte, und danach das Gespräch suchen, so wie ich es mir vorgenommen hatte.

»Wo wart ihr heute?«

»In irgendeiner Unterführung. Warum fragst du mich das alles? Kannst du nicht einfach zur Sache kommen?«

»Zu welcher Sache? Das nennt man Kommunikation, Liebes, ich will auf keine Sache hinaus.«

»Oh …« Wusste er von nichts? Es hätte mich freuen müssen, aber nun fehlte mir der Aufhänger für das Gespräch über meinen Zustand. Ich ging zu ihm hinüber und ließ mich auf das Sofa sinken. »Hast du beim Tiefbauamt angerufen?«

»Ach, ja. Es tut mir leid, dass ich dir nicht geglaubt habe.«

Meine Augen weiteten sich.

»Die Dame vom Empfang bestätigte mir, dass du gestern da gewesen bist.«

»Oh«, sagte ich erneut. »Gut. Aber …« Ich brach ab, holte tief Luft. »Tata?«

»Ja?« Er lächelte mich an.

»Ähm also …« Ich senkte den Blick und schüttelte den Kopf. »Nichts. Nicht so wichtig.«

Sein warmer Blick ruhte auf mir. »Es tut mir wirklich leid«, sagte er und machte eine Pause, bevor er das Wort erneut ergriff. »Ja, manchmal bist du etwas übermütig, aber du hast mich nie belogen. Das weiß ich und das schätze ich auch sehr.«

»Übermütig? Das ist aber nett ausgedrückt.«

»Ich möchte mich nicht immer mit dir zanken, Lejla. Ich mache mir einfach nur Sorgen um deine Zukunft. Du bist so ein kluges Mädchen. Setze dein Potenzial nicht aufs Spiel, um irgendjemandem etwas zu beweisen. Du bist gut, wie du bist.«

»Ich will mich auch nicht streiten, Tata. Nur manchmal bricht es einfach aus mir heraus. Ich kann das nicht kontrollieren.« Ich benetzte die Lippen. »Vielleicht bin ich einfach nicht normal.« Mein Herz setzte kurz aus, bevor es danach umso stärker klopfte. Ich hatte es ausgesprochen! Anders als geplant, aber das Thema war auf dem Tisch.

»Du bist ein Teenager«, hörte ich seine Stimme. »Glaub mir, das ist völlig normal.«

»Aber Mama …«

»Lejla.« Tata richtete sich im Sessel auf, beugte sich etwas vor und faltete die Hände zusammen. »Das mit deiner Mutter … ist etwas völlig anderes.«

Wir schauten uns in die Augen, bis Tata den Kopf sinken ließ. Die Erinnerungen quälten ihn. Ich sah es an seiner Haltung. Immer, wenn die Sprache auf das Thema kam, fiel er förmlich in sich zusammen. Und wie jedes Mal davor, konnte ich auch jetzt nicht weiterbohren. Mein Mund war wie zugeklebt und die Sekunden, die schweigend verstrichen, fühlten sich an wie eine Ewigkeit.

»Ich nehme mal ein Bad«, presste ich hervor und erhob mich.

»Ja, gut.« Tata griff wieder nach seinem Buch.

Aus meinem Zimmer holte ich mir eine Trainingshose und ein Schlabbershirt. Innerlich verfluchte ich mich für die Feigheit, aber es tat mir einfach weh, ihn so zu sehen. Und vielleicht behielt er ja tatsächlich recht und es waren nur die Hormone. Im Bad schaltete ich das Radio ein, das auf der Fensterbank stand, und drehte den Hahn auf. Ein Spritzer von dem Badezusatz hüllte mich in einen Duft nach Honig und Mandeln. Nachdem ich mich ausgezogen hatte, stieg ich in die sich füllende Wanne. Mit den Händen streifte ich durch das warme Wasser und hob eine Schaumkrone hoch, um sie wegzupusten. Wieder wurde mein Blick von den Handflächen angezogen. Die Narben sahen nun beinahe aus wie weiße Tattoos, so scharf stachen sie hervor. Die Linien verschachtelten sich wie in einem kreisförmigen Labyrinth ineinander. Schon möglich, dass das die Anordnung der Heizdrähte dieses Campingkochers war, aber warum wurden die Linien deutlicher? Sollte nicht das Gegenteil passieren?

Ich tauchte die Hände unter den Berg von Schaum, der sich um mich herum auftürmte. Oder war das auch nur Einbildung? Genau wie der Rest?

Ich rutschte tiefer und tiefer, bis mein Kopf unter Wasser war, aber die Angst verschwand nicht. Als mir die Luft ausging, tauchte ich wieder auf.

»*… ereignete sich heute Abend kurz nach 19 Uhr am Aeschenplatz*«, forderte die Radiostimme meine Aufmerksamkeit.

Aeschenplatz! Da war ich doch gerade noch. Schnell trocknete ich die Hände am Tuch ab, das neben mir auf dem Klodeckel lag, und hob mich aus der Wanne, um das Radio lauter zu stellen.

»Der Boden unter den Schienen ist eingebrochen und hat eine Tram entgleisen lassen. Es wurde niemand verletzt. Die Ursache ist noch unklar. Erst vor Kurzem wurde das gesamte Schienennetz in dem Areal saniert. Ein Zusammenhang wird nicht ausgeschlossen.

Und nun zum Wetter. Morgen wird es teils …«

Ich machte das Radio aus. Ein Schauer lief mir über den Rücken. Ich versuchte, die Bilder aus dem Kopf zu bekommen, die sich mir aufdrängten. Bilder der düsteren grauen Stadt und der umgestürzten rostigen Tram, die ich gesehen hatte. Offenbar nur wenige Augenblicke vor dem wirklichen Unglück. Mein Magen rumorte und es fühlte sich an, als ob ich den Puls in jeder Kapillare spürte. Was geschah da? Was geschah mit mir? War das alles Zufall und meine Fantasie ging mit mir durch? Oder waren das erste Anzeichen einer psychischen Erkrankung?

Ich konnte das Gespräch mit Tata nicht länger aufschieben. Er musste mir sagen, was mit Mama gewesen war. Er musste einfach! Ich hielt das so nicht mehr aus. Entschlossen zog ich den Stöpsel aus der Wanne und erhob mich, um mich abzuduschen.

Im Schlabberlook und mit den Arbeitskleidern in den Armen, trat ich auf den Flur hinaus. Das Telefonkabel führte ins Wohnzimmer. Die Tür war zu. Seit wann schloss Tata sich ein, wenn er telefonierte? Ich wollte gerade anklopfen, als ich innehielt.

» … hat schon Hausarrest. Mehr kann ich nicht tun.«

Er sprach über mich. Ich hielt die Luft an. Wusste er doch von dem nichtexistierenden Typen? Oder war das die Schule wegen des Schwänzens?

»Hm«, brummte mein Großvater. »Wir sollten nicht am Telefon darüber sprechen.« Tatas Stimme war nur noch ein Zischen. »Gib mir eine Viertelstunde.«

Sie konnten nicht am Telefon darüber sprechen? Über was denn? Den Hausarrest?

Ich hörte, wie sich Schritte näherten, und hechtete zurück ins Bad. Leise schloss ich die Tür. Nur um sie gleich wieder laut klappernd zu öffnen.

Tata kam mit dem Telefon aus dem Wohnzimmer. »Ich muss noch kurz weg. Ben braucht meine Hilfe.«

»Ben? Aha«, sagte ich. Zu mehr war ich gerade nicht imstande. Er hatte mit Ben gesprochen? Über mich? Aber warum? Und was zum Teufel ging Ben mein Hausarrest an? Ja, er war Tatas bester Freund, aber er hatte nicht mal Kinder. Warum sollten sie sich über Erziehungsfragen austauschen?

»Gute Nacht, Lejla.« Hastig drückte Tata mir einen Kuss

auf die Wange und schnappte sich Sakko und Schiebermütze.

»Eh ja … Gleichfalls«, wünschte ich seinem Rücken, der schon hinter der zufallenden Wohnungstür verschwand.

Eine ganze Weile schaute ich ein Loch in die Luft. Kam mir nun einfach *alles* komisch vor, oder geschahen hier wirklich merkwürdige Dinge? Das erste Mal in meinem Leben konnte ich mich nicht mehr auf meine Gefühle verlassen, weil sie mich komplett verwirrten.

Langsam wandte ich mich ab und ging in mein Zimmer. Dort legte ich mich aufs Bett und blickte zur Decke. Vielleicht war es ganz gut, mir einen Schlachtplan zu überlegen, wie ich Tata zum Reden bringen konnte, denn eines war sicher: Ich blieb wach, bis er wieder da war. So einfach kam er mir nicht davon. Nicht dieses Mal.

Doch bald drückte mir die Müdigkeit die Lider zu. Im Halbschlaf kamen die Bilder von dieser grauen Stadt in mir hoch. Dann sah ich mich in einer weißen Zelle ohne Fenster. Halb von Sinnen. So wie Mama … Ich schreckte hoch. Im Zimmer war es mittlerweile stockdunkel, doch durch den Türspalt drang ein schmaler Lichtstreifen herein. Tata war zurück!

Jetzt oder nie. Ich schälte mich aus der Bettdecke und trat auf den Flur hinaus. Durch die offene Tür sah ich, wie mein Großvater in seinem Sessel saß und mit dem Fuß zur leisen klassischen Musik wippte.

Das Knarzen des Bodens ließ ihn in meine Richtung schauen. »Lejla. Warum bist du noch wach?«

»Ich kann nicht schlafen.«

»Was ist denn los?«

Ich setzte mich zu ihm, den Blick auf die Knie gerichtet. Ich war eingedöst, bevor mein Plan Gestalt angenommen hatte – um ehrlich zu sein, bevor ich überhaupt konkret darüber hatte nachdenken können – deshalb musste ich nun improvisieren. Aber der anfängliche Mut war schon dabei, sich erneut zu verabschieden, also überwand ich mich und redete einfach drauflos. »Ich muss wissen, wie das bei Mama war. Wie hat sie gemerkt, dass etwas mit ihr nicht stimmte?«

Schweigen. Langsam hob ich den Blick. Tata schaute mich noch immer an. Sein Körper war ruhig, aber die flackernde Mimik in seinem Gesicht verriet eine ganze Palette an Gefühlen und Gedanken, die ich gern gehört hätte.

»Das beschäftigt dich also so sehr, dass du nicht schlafen kannst?«

Ich biss mir auf die Wange. »Eher die Angst, dass mir das Gleiche passieren könnte.«

»Und woher kommt diese Angst? Nur weil du hin und wieder die Kontrolle verlierst und wütend wirst? Weil wir uns streiten? Das ist wirklich normal, glaub mir.«

»Nein, das ist es nicht. Mir ist schon klar, dass Streit dazugehört.«

»Was ist es dann? Ist etwas vorgefallen?«

»Ähm …« Ich konnte ihm unmöglich von Validin erzählen, den es nicht zu geben schien, das würde mich am Ende doch noch als Lügnerin dastehen lassen. Aber auch das Bild in der Villa oder den Ninja wollte ich nicht erwähnen, dann müsste ich zugeben, dass ich mich morgens fortgeschlichen und erst noch einen Eintrag im Klassenheft kassiert hatte. Nein, das würde Tata nur ausnützen, um wieder eine Grundsatzdiskussion in eine völlig andere Richtung zu führen, um genau nicht über das zu sprechen, was ich hören wollte. Blieben wir doch einfach bei den Dingen, die schon bekannt waren. »Nicht wirklich.«

Seine Augen verengten sich. »Du musst mir schon die Wahrheit sagen, wenn ich dir helfen soll. Was ist los?«

»Ich habe einfach das Gefühl, es stimmt etwas nicht mit mir. Ich wurde schuldig gesprochen für etwas, von dem ich sicher bin, dass ich es nicht getan habe. Aber da sind all die Beweise. Vielleicht habe ich ja … keine Ahnung …«

Mit beiden Händen fuhr er sich über die Oberschenkel. »Es geht also um den Schuldspruch?« Sein Gesicht war nun wieder die Ruhe selbst.

Ich nickte, obwohl das natürlich nur ein kleiner Teil der Wahrheit war.

»Und da ist wirklich nichts anderes, das dich beunruhigt?«

»Na ja …« Ich schluckte, um meine trockene Kehle zu befeuchten. »Ich hatte heute irgendwie einen Aussetzer.«

»Was meinst du damit?«

»Schwer zu erklären …«, wich ich aus, denn jetzt, wo ich dabei war, es laut auszusprechen, klang es nur noch bescheuert.

»Versuch es.«

»Ich wäre fast vor eine Tram gelaufen, weil ich sie nicht gesehen habe. Weil sie auch nicht da war. Ich meine … es war alles anders und dann plötzlich wieder normal.«

»Kann es sein, dass du ziemlich übermüdet bist? Dass du eine Art Sekundenschlaf erlebt hast?«

»Ja, kann sein«, murmelte ich.

Tata lehnte sich in dem Sessel zurück und betrachtete mich.

»Aber ich will jetzt einfach wissen, wie das bei Mama war.

Was mit ihr los war. Was wirklich passiert ist. Wie hat sie sich verhalten? Wie hat sie gemerkt, dass etwas … anders war bei ihr? Oder hat sie das selbst gar nicht gemerkt?«

Sein Blick schweifte ins Leere. »Es war eine schwierige Zeit für deine Mutter. Als dein Vater sie schwanger sitzen gelassen hat, wurde sie von der Angst um die Zukunft und dem Liebeskummer überwältigt.«

»Dann plagten sie Depressionen?«

»So was in der Art.«

»Kam sie deshalb in die Klinik? Hat sie sich deshalb umgebracht?«

Tata verzog den Mund, als ob er mit den Worten kämpfen würde, die er sagen wollte. »Es ist vielleicht etwas komplizierter als das, Lejla.«

»Erklär es mir!«

»Sie war überfordert mit der ganzen Situation, hat sich Dinge vermutlich so sehr gewünscht, dass sie für sie wahr geworden sind.«

Mein Herz setzte einen Schlag aus. »Dann hat sie Dinge gesehen, die nicht da waren?«

Tatas Kiefer mahlten gegeneinander und es tat mir leid, ihn so unter Druck setzen zu müssen, aber ich musste es wissen, denn es würde mir keine Ruhe mehr lassen, jetzt, wo die Welt um mich ebenfalls verrückt wurde.

»Aber sie hat dich geliebt«, fuhr Tata fort. »Sehr sogar. Das darfst du nicht missverstehen. Sie ist nicht deinetwegen gegangen. So etwas darfst du nicht mal im Ansatz denken.«

»Das tue ich nicht.«

»Gut«, sagte er.

»Wie sah ihre Therapie denn aus? Musste sie Medikamente

nehmen? War sie Tag und Nacht in der Klinik? Konnte sie überhaupt noch klar denken?«

Tata strich sich über den Bart. »Solche … Wahnvorstellungen …«, er räusperte sich, »kann man mit Medikamenten behandeln, ja.«

»Und damit kann man dann normal leben?«

»Ich denke schon.«

»Du denkst es? Wie war es denn bei Mama? Führte sie ein normales Leben, bis …«

Die Stirn meines Großvaters glich einem Bergzug, so sehr hatte er sie in Falten gezogen. Er schaute vor sich auf den Boden, bevor er tief einatmete und hochsah. »Ich verstehe, dass dich das beschäftigt, die Verurteilung, die ganze Situation«, sagte er und legte eine Hand auf mein Knie. »Aber du bist nicht krank, Lejla.«

»Woher willst du das wissen?«

»Vielleicht war ich zu hart zu dir«, überlegte er laut. »Aber ich mache mir Sorgen um dich. Du grübelst so viel. Weißt du was? Bald ist Wochenende. Mach was mit Endra. Geht Kaffee trinken. Ich denke, du brauchst mal wieder Abwechslung.«

»Echt? Danke, Tata.«

»Aber nicht den ganzen Tag. Und du wirst das Telefon sofort abnehmen, wenn ich dich anrufe.«

»Ja klar.«

»So klar wie die letzten Tage?«

»Nein.« Ich setzte einen Hundeblick auf. »Es tut mir leid.«

»Enttäusch mich nicht.«

»Das werde ich nicht.«

Mein Großvater lächelte mich an. »Und jetzt sollten wir beide versuchen zu schlafen.« Damit erhob er sich.

Erst jetzt wurde mir bewusst, wie geschickt er meine Fragen abgewürgt hatte. Er lockerte also lieber den Hausarrest, als mit mir über Mama zu sprechen. Über ihre Krankheit. Über ihren Tod.

Ich wagte noch einen Vorstoß. »Warum hat sie sich umgebracht? Hat sie die Medikamente nicht genommen?«

Tata schaute mich lange an, bevor er den Blick senkte und kaum wahrnehmbar nickte. »Es ist spät, Liebes.« Er gab mir einen Kuss auf die Stirn. »Gute Nacht.«

»Ja, dir auch«, murmelte ich. Für heute würde ich mich wohl damit zufriedengeben müssen. Aber ich war auch schon ein ganzes Stück weiter gekommen als jemals zuvor und ich wusste nun mit Sicherheit, dass meine Mutter auch unter Wahnvorstellungen gelitten hatte.

Kapitel 6

Lejla

Viel zu früh stand ich an meinem ersten freien Samstagnachmittag, seit die Anklageschrift ins Haus geflattert war, in der kleinen Parkanlage vor dem Bahnhof – dem Elisabethenpark. An dessen Rand stand das *Café zum Kuss*, ein kleines, frei stehendes Steinhaus mit einer langen und abwechslungsreichen Geschichte, wie man der Getränkekarte entnehmen konnte. Einmal soll es gar als Leichenhalle gedient haben. Eine gruselige Vorstellung.

Auf jeden Fall war ich dort mit Endra verabredet, also setzte ich mich draußen auf einen der Liegestühle, mit Blick auf die Grünanlage. Es war warm und roch süß nach Frühling. Das Gefühl des Erwachens wurde durch Vogelgezwitscher und die überall sprießenden Blätter noch verstärkt.

Ich nahm das Smartphone hervor und entsperrte das Display. Bisher war es mir gelungen, mich davon abzuhalten, nach dem Begriff »Wahnvorstellung« zu googeln. Aber mit etwas Abstand zu dem Ganzen überwog die Neugierde nun doch. Auch wenn ich wusste, dass das keine gute Idee war, tippte ich den Suchbegriff in mein Handy. Es gab viele Ursachen für Wahnvorstellungen, aber immer wieder stieß ich auf Schizophrenie, die damit eng verbunden wurde. Die Symptome – Betroffene nehmen Dinge wahr, die objektiv nicht existieren, oder fühlen sich verfolgt und beobachtet – passten ziemlich gut zu meinem Zustand. Hinzu kam, dass die Krankheit vererbbar war. Je früher man sie erkannte und behandelte, las ich weiter, desto größer waren die Heilungschancen. Oder zumindest die Chancen, die Symptome erheblich einzudämmen.

Ich ließ das Telefon sinken und schloss kurz die Augen. Ich hatte ja gewusst, dass es keine gute Idee war, danach zu suchen. Um das beginnende Sorgenkarussell zu stoppen, stand ich auf, legte die Jacke quer über zwei Stühle und ging auf das kleine Steinhaus zu, in dem sich das Café befand.

Die Dunkelheit drinnen machte mich für einen Moment blind. Aber ich brauchte nichts zu sehen, sie waren laut genug: Marie und Ella!

Als sich meine Augen an das schummrige Licht gewöhnt hatten, entdeckte ich die zwei in der hinteren Ecke. Sie steckten die Köpfe zusammen und hin und wieder gellte Maries Lachen durch den Raum. Gott sei Dank achteten sie nicht auf den Eingang, und so hatten sie mich noch nicht entdeckt. Dennoch zog ich den Kopf ein, damit das auch so blieb.

Geduckt schlich ich mich an den wenigen Tischen vorbei zum Tresen. Den Blick heftete ich auf den Boden, als ob mich das unsichtbar machen könnte.

Es war nur eine Nuance, um die sich alles verdunkelte, und doch nahm ich es sofort wahr. Eine bleierne Stille senkte sich über mich. Der Geruch nach frisch gemahlenem Kaffee wich dem Gestank eines modrigen Gemäuers. Ein Schauder überlief mich. Langsam hob ich den Blick. Die Bar mit den bunt angestrahlten Flaschen war verschwunden, genauso wie die Tische und alles andere Inventar. Ich war allein. Durch morsche Holzläden drang rötliches Licht in den ansonsten dunklen Raum. Ich versuchte, tief und langsam zu atmen, um überhaupt Luft zu bekommen. Kalter Schweiß kitzelte mich am Haaransatz. Eine der Wände war von einem tiefen Riss durchzogen, dem ich mit dem Blick nach oben folgte. Ein Teil des Daches war eingestürzt. Der Himmel über mir flimmerte wie die Luft über heißem Asphalt. Nur dass es hier nicht heiß war. Meine Augen schmerzten. Alles wirkte verschoben, als ob ich durch gebrochenes Glas schaute. Ich presste die Fingerspitzen auf die geschlossenen Lider. Was war das jetzt wieder? Warum sah ich diese Dinge? Ich blinzelte zwischen den Händen hindurch, aber das Bild blieb unverändert.

Ich musste raus hier. Zielstrebig ging ich auf den Ausgang zu. Das war nicht real. Nichts davon. Ich musste nur an die frische Luft.

Auf einmal knallte es. Gläser klirrten und Scherben regneten neben mir auf den Boden.

»Verdammt«, rief jemand aus. »Wo kommst du denn her?« Ich riss den Kopf hoch und starrte in zwei weit aufgerissene grüne Augen. Der Kellner umklammerte mit den Fingern gerade noch das Tablett, von dem unser Zusammenstoß alles hinuntergefegt hatte, bevor ihm auch das noch aus der Hand fiel.

»Entschuldigung«, sagte ich und sah mich um. Alle Augen waren auf uns gerichtet. »Es tut mir leid.« Damit tauchte ich zwischen die Tische ab und pickte Scherben vom Boden auf. Ich tat es weniger, um zu helfen, als vielmehr, um mich zu verstecken, bis alle wieder ihren Gesprächen nachgingen.

»Lass nur«, sagte der Kellner. »Ich mach das mit dem Besen.«

Ich hob den Blick, blieb aber in der Hocke.

»Du wirst dich nur schneiden.«

»Ich pass auf.«

»Wie du meinst.« Er grinste. »Kann ich dir was bringen?«

»Zwei Eiskaffee to go, bitte.« Dass ich knallrot war, konnte man hier unten hoffentlich nicht sehen.

»Alles klar«, sagte er und ging zur Bar, während ich noch immer zwischen den Tischen kauerte und Scherben aufeinanderhäufte.

Als er kurz darauf mit dem Besen zurückkam, überließ ich ihm das Feld.

»Ich warte dann draußen«, sagte ich und eilte zur Tür. Weit kam ich allerdings nicht, denn davor stand der Ninja. Ich erstarrte in der Bewegung. Seine Kapuze war zurückgeschlagen, Mund und Kinn waren frei. Zum ersten Mal sah ich sein Gesicht wirklich und bei Tageslicht. Die Narbe sah echt übel aus. Sie verlief von der Stirn, über die Nasenwurzel und die Wange hinunter bis über den Kieferknochen, wo sie unter dem Motorradschal verschwand, der sonst sein halbes Gesicht verdeckte. Eine markante Nase und starke Wangenknochen prägten die kantigen Züge. Die dunkelbraunen Haare waren halblang und unfrisiert. Aber mehr als alles andere zogen seine Augen meine Aufmerksamkeit auf sich. Sie waren von einem dunklen Braun, wie glänzende Kastanien, und ihre intensive Ausstrahlung hielt mich sofort gefangen.

»Du schon wieder.« Seine Stimme war tief und rau. Irgendwie beruhigend, auch wenn seine Anwesenheit mich im Allgemeinen eher beunruhigte. »Was tust du hier?«

»Was soll denn das jetzt heißen?« Ein Geräusch von rieselndem Sand ließ mich den Kopf drehen. Ich schaute zu der Wand, in der vorhin der Riss geprangt hatte, und von dort nach oben zur Decke.

Es war alles heil! Da war nichts.

Entschieden trat ich aus dem Café hinaus und ging auf meinen Platz zu, um die Jacke zu holen.

»Hey! Ich habe dich was gefragt!« Der Ninja folgte mir und baute sich erneut hinter mir auf.

Ich wandte mich zu ihm um. Er war einen knappen Kopf größer als ich und auch wenn er nicht breit wirkte, sagten mir die sehnigen Unterarme, von denen der rechte ebenfalls komplett vernarbt war, dass er sportlich war.

»Ich trinke etwas. Oder was tust du so in Cafés?«

»Hey Lejla.« Jemand umarmte mich von hinten. Ein Duft nach Rosen stieg mir in die Nase, bevor Endras Gesicht sich über meine Schulter in mein Blickfeld schob.

»Sorry, ich bin etwas ...« Sie hielt inne und betrachtete mein Gegenüber. »Ähm – hi, ich bin Endra«, sagte sie und löste sich von mir. »Stör ich?«

»Nein!«, sagte ich. »Das ist ...« Ich schaute ihn mit hochgezogenen Brauen an.

»Dorian«, sagte der Ninja.

»Dorian?«, wiederholte sie. »Etwa so wie Dorian Gray von Oscar Wilde?«

»Genau so«, nickte er, »und ja, du störst.«

»Nein, tut sie nicht. Wir sind verabredet, was man von uns nicht behaupten kann.«

»Schön«, sagte er, »dann haben wir das ja nun geklärt. Also, was war da gerade los?« Die plötzliche Härte in seiner Stimme bereitete mir eine Gänsehaut.

»Was? Wo?«, haspelte ich los.

»Du weißt ganz genau, was ich meine, Lejla.«

Die Bedienung, der junge Mann mit den grünen Augen,

trat zu uns. Er musterte den Ninja. »Kann ich dir was bringen?«

»Nein«, fauchte Dorian.

»Okay«, sagte er gedehnt und widmete sich wieder mir.

»Ist noch was?«, fuhr Dorian ihn erneut an.

»Ich bring der Lady ihre Getränke. Und wenn du nichts trinken willst, muss ich dich bitten zu gehen.« Der Ton des Kellners war nun messerscharf.

Dorian fixierte ihn, und er schaute ebenso unverwandt zurück.

»Schon gut.« Dorian hob beide Hände und trat einen Schritt nach hinten. Sein Blick streifte mich nochmals. Dann zog er die Kapuze des Hoodies hoch und verschwand.

»Wer war das denn?«, fragte Endra.

»Der Ninja.« Ich nahm die Eiskaffees vom Tablett und drückte ihr die Becher in die Hand.

»Oh«, nickte sie. »Klar. Der Sprayer von der alten Villa, nicht?«

»Genau der. Auch wenn er ja behauptet, Gärtner zu sein.«

Endra gluckste. »Ja, so sieht er aus.«

Aus dem Geldbeutel zog ich einen Schein und Kleingeld. »Tata sponsert«, kommentierte ich und bezahlte die Drinks.

»Echt? Cool. Ist alles wieder gut bei euch?«

»Passt so«, lächelte ich den Typen an. Er bedankte sich und zog sich zurück.

»Immer noch Waffenstillstand«, wandte ich mich wieder Endra zu und nahm meinen Becher von ihr entgegen. »Ich hoffe, es hält an. Er meinte nur, ich soll ihn nicht enttäuschen«, und nach einer Pause fügte ich an, »wird aber schwierig, wenn das so weitergeht mit all den unerklärlichen Dingen, die mir momentan passieren.« Es war mir rausgerutscht. Eigentlich wollte ich das alles für mich behalten. Aber das war so verdammt schwer, weil es mich innerlich auffraß und ich mir so sehr wünschte, jemand würde mir eine gute Erklärung liefern, die nicht damit endete, dass ich ein Leben lang Psychopharmaka nehmen musste und nicht mehr ich war.

»Was für Dinge denn?«

Ich schüttelte den Kopf.

Endra legte ihre Hand auf meinen Arm und ich schaute zu ihr.

»Hey?«, sagte sie und umarmte mich dann. »Was ist los?«

Ich spürte die Tränen hochkommen und drängte sie krampfhaft zurück. Dann löste ich mich von meiner Freundin. Es half nicht gerade beim Nichtweinen, wenn sie mich hielt.

»Lass uns hier verschwinden. Ella und Marie sitzen drinnen.«

»Das sagst du erst jetzt! Schnell weg hier.« Endra hakte sich bei mir unter. Nach wenigen Schritten meinte ich ein Beben zu spüren, das durch den Boden ging. Aber Endra ließ sich nichts anmerken, also versuchte auch ich, es zu ignorieren.

Wir mussten uns nicht absprechen, wo wir hingingen. Unsere Füße trugen uns ganz automatisch zum Rhein. An unseren Platz in der Nähe der Johanniterbrücke. Auf der Großbasler Seite war meist nicht viel los und man konnte in Ruhe reden.

Wir setzten uns auf den Uferweg und ließen die Füße ins Wasser baumeln. Hin und wieder drang leise Musik vom Restaurant zu uns herüber, die von lachenden und plaudernden Stimmen begleitet wurde. Noch vor wenigen Wochen hätten Endra und ich perfekt in diese Welt gepasst. Wir hätten mit

Lars, Zecke und den anderen Jungs auf der Kleinbasler Seite abgehangen, hätten den Sommer eingeläutet und einfach unser Leben genossen. Aber jetzt stand ich vor einem schwarzen Loch, das alles, was mich ausmachte, zu verschlingen drohte.

Endra sog an ihrem Strohhalm. Sie bemerkte meinen Blick und lächelte mich an. Ich erwiderte ihre Geste, schaute dann aber wieder weg, hinüber zu den eng stehenden Häusern auf der anderen Seite des Flusses, in deren teilweise glasverschalten Balkonen sich das Sonnenlicht spiegelte.

»Du musst nicht darüber reden, wenn du nicht bereit bist«, sagte sie. »Ich erwarte nichts von dir, das weißt du.«

Ich zupfte an einem Faden, der sich von den zerrissenen Jeans über dem Knie gelöst hatte, und riss ihn schließlich ab. »Ich denke, meine Mum war schizophren«, überwand ich mich zu reden. Endra kannte die Geschichte meiner Mutter so weit, wie ich sie selbst kannte.

Meine Freundin sah mich ermutigend an und legte ihre Hand auf meine.

»Das ist vererbbar.«

»Okay«, sagte Endra und ihr Blick wärmte mich.

»Der Typ, der mich in die Villa geschickt hat, der existiert nicht. Niemand beim Tiefbauamt kennt den. Und das Bild, das ich dort gesehen habe, das existiert ja auch nicht. Du hast es nicht gesehen. Und diese ganze Aktion mit dem Übersprayen von Lars' Graffiti …« Ich wiegte den Kopf hin und her. »Ich bin überzeugt, dass ich das nicht war, aber mal ehrlich, wie glaubhaft ist das denn?« Ich schaute sie an. »Ich glaube, ich werde verrückt, Endra. So wie Mum. Verfolgungswahn, Wahnvorstellungen und Halluzinationen sind die Hauptmerkmale von Schizophrenie. Ich habe es gegoogelt und es … es passt zu gut. Es würde all diese Dinge erklären, die mit mir geschehen.«

Endra musterte mich. »Es stimmt, das Bild habe ich nicht gesehen, aber mit dem Haus stimmte etwas nicht, das habe ich deutlich gespürt. Und was den Typen angeht, keine Ahnung, was das für einer war. Aber nur, weil er beim Tiefbauamt nicht bekannt ist, heißt das ja noch lange nicht, dass er nicht existiert. Und der Ninja ist auf jeden Fall real. Also nix von Verfolgungswahn.« Sie ließ kurz den Blick schweifen, bevor sie sich wieder mir zuwandte. »Kann ja sein, dass deine Mutter schizophren war, aber du machst mir keinen verrückten Eindruck. Allein die Tatsache, dass du das selbst merkst, dass etwas nicht stimmt, ist doch fast schon Beweis genug, dass du gesund bist, oder nicht?«

Ich zuckte mit den Schultern. »Schon möglich.« Ihr von den wirklichen Halluzinationen zu erzählen, denen, die mich mitten in diese gruselige zerfallene Umgebung brachten, schaffte ich nicht. Ihre Zweifel taten zu gut und ich wollte mich von ihr überzeugen lassen.

»Es muss eine andere Erklärung geben. Zwischen Himmel und Erde geschehen Dinge, die …«

»… wir nicht verstehen«, beendete ich den Satz. »Schon klar – ich frag mich nur, warum ich in letzter Zeit immer Zielscheibe von solchen Dingen werde. Ist dir schon mal so was passiert?«

Endra schüttelte den Kopf. »Ich sage ja nicht, dass es normal ist, was dir passiert, ich sage nur, dass *du* vollkommen normal bist.«

Ein tiefer Atemzug füllte meine Lunge. »Danke«, sagte ich und schaute zu ihr.

»Ich bring dir morgen einen Türkis mit. Das ist ein Schutzstein gegen böse Geister und dunkle Energien. Er wird dich stärken und vor Gefahren warnen.«

»Wenn das so weitergeht mit den Steinen, mach ich mir eine Kette draus.«

»Das wäre gut«, lachte Endra auf. »Sehr gut sogar.« Ihre Augen verengten sich. »Vielleicht bringe ich auch gleich einen schwarzen Turmalin mit, dann sind wir auf alles vorbereitet.«

»Gut. Ich besorge einen Bohrer und eine Schnur.«

Endra boxte mich scherzhaft mit dem Ellbogen in die Seite. »Mach dich nur lustig. Der Moosachat hat dir auch geholfen, oder?«

»Das stimmt.«

Ein zufriedenes Lächeln breitete sich auf ihrem Gesicht aus. »Es wird sich alles aufklären. Mach dir keine Sorgen.«

»Ich gebe mein Bestes.«

»Vielleicht litt deine Mum ja an was ganz anderem. Bevor du dich verrückt machst, solltest du wirklich nochmal mit deinem Opa sprechen.«

»Ich habe es versucht. Und er hat mir doch immerhin irgendwie bestätigt, dass sie auch von so was wie Wahnvorstellungen geplagt wurde. Aber du hast recht, das kann viele Ursachen haben und er hat mir nicht gesagt, was ihre Diagnose gewesen ist. Und wenn ich nicht aufpasse, sind wir plötzlich bei einem ganz anderen Thema.« Ich verzog den Mund. »Dass wir hier sitzen, haben wir nur dem Umstand zu verdanken, dass er mich ablenken wollte.«

Endra biss sich auf die Unterlippe und stierte vor sich hin.

»Das hat er schon immer so gemacht. Jedes Mal, wenn ich ihn auf meine Mum anspreche, reden wir am Ende darüber, wie sie zuvor gewesen ist, dass sie mich geliebt hat, dass ich das Wichtigste für sie war und dass sie wollte, dass ich ein sorgenfreies Leben habe. Was ja schön ist, aber ...«

Meine Freundin atmete hörbar aus. »Ich verstehe seine Motivation, er will dir ein farbenfrohes Bild malen, aber du bist keine zwölf mehr. Du hast ein Recht auf die Wahrheit.«

»Ja, nur bekomme ich die anscheinend nicht aus ihm heraus.«

Endra schaute mich an. »Du bist doch sonst nicht so schwer von Begriff«, feixte sie.

Ich zog die Augenbrauen zusammen. »Wie meinst du das?«

»Vielleicht hat dein Opa ja irgendwo noch Unterlagen oder sonstige Informationen zu deiner Mutter. Wenn er dir nichts erzählen will ...« Sie brach ab und zuckte mit den Schultern.

»Oh«, machte ich. »Klar.«

»Genau.« Endra nahm noch einen Schluck, bis der Strohhalm laut röchelte, und wir mussten beide lachen.

Keine Ahnung, wie sie das jedes Mal schaffte, aber mit ihr fühlte sich das Leben immer so leicht an, egal wie schwarz es noch Minuten davor gewesen war.

Mein Handy vibrierte in der Tasche und ich zog es hervor. »Tata«, sagte ich zu Endra und steckte die Kopfhörer ein. »Hi, Tata.«

»Wo bist du?«

»Wir sitzen am Rhein und tri–«

»Komm jetzt bitte nach Hause. Ohne Umwege, hörst du?«

»Okay. Aber du hast doch gesagt –«

»Es ist alles gut. Ich möchte einfach, dass du jetzt nach Hause kommst.«

»Okay. Ich mache mich auf den Weg.«

Ich zog die Füße aus dem Wasser und schlüpfte in die Schuhe. Endra schaute mich mit geweiteten Augen an.

»Frag nicht. Ich habe keine Ahnung, was ich jetzt wieder falsch gemacht habe. Er hat mir erlaubt, rauszugehen und jetzt …« Ich erhob mich. »Tut mir leid.«

»Kein Ding.« Auch Endra stand auf. »Wir hören uns.«

»Klar.« Ich umarmte sie zum Abschied. »Bis später.«

Dorian

Der Messingschlüssel quietschte in dem rostigen Schloss, als ich die Vitrine öffnete, in der Vaters alte Bücher standen. Mit dem Finger fuhr ich die Buchrücken entlang. Obwohl sie hinter Glas standen, hatte sich einiges an Staub angesammelt, der mir nun in der Nase kitzelte. Ich bückte mich, um in die untere Reihe zu schauen. Und da steckte sie, zwischen zwei Büchern. Eine alte Karte von Basel. Vorsichtig zog ich sie heraus und faltete sie auseinander, während ich zum Tisch hinüberging. Mit dem Unterarm schob ich die Waffen zur Seite und breitete das Papier auf dem frei gewordenen Platz aus.

»Okay«, sagte ich und streckte den Rücken durch. »Dann schauen wir mal.«

Die ganze Stadt war in Wachbezirke unterteilt. Mein Vater hatte sogar alle Namen der entsprechenden Wächter mit Jahreszahlen notiert. Ich beugte mich tiefer über die Karte, um die winzigen Buchstaben entziffern zu können. Ihm war damals derselbe Distrikt zugeteilt gewesen wie mir bis vor Kurzem noch. Einen Moment lang starrte ich das Papier an, bevor ich die Augen schloss. Ich schluckte und richtete mich wieder auf. Deshalb hatte ich die Karte nicht hervorgeholt. Das war Vergangenheit.

Ich ging in die Küche, um in der Ramschschublade unter der Kaffeemaschine nach einem Stift zu suchen. Ich fand mehrere, aber die meisten funktionierten nicht mehr, also warf ich sie wieder rein und wühlte nach dem nächsten, bis ich einen fand, der noch etwas Tinte besaß. Damit ausgerüstet ging ich zurück ins Wohnzimmer und beugte mich erneut über die Karte. An der Adresse der alten Villa zeichnete ich ein dickes Kreuz ein. Es lag direkt auf der eingezeichneten Linie. Der Linie, die das Epizentrum des großen Erdbebens im Jahr 1356 mit der Stadtmitte verband. Zwei weitere Kreuze, eines für den Aeschenplatz und eines für das *Café zum Kuss*, folgten. Beide lagen neben der Linie. Ich schürzte die Lippen und legte den Stift auf die Karte. Mit dem Fuß zog ich einen Stuhl heran und setzte mich. Das war merkwürdig. Ich nahm das DarcPad aus der Hosentasche und erweckte es zum Leben. Blaue Kreise öffneten sich und wanderten nach draußen, bis mir der Desktop angezeigt wurde. Ich rief die Signale der vergangenen Wochen auf, um sie zu vergleichen. Das erste Signal bei der Villa, als mir Lejla das erste Mal begegnet war, war das kürzeste und schwächste gewesen. Beim zweiten Mal war es allerdings schon stärker gewesen und da musste ich ja auch eingreifen. Als ich noch weiter zurückging, fiel mir auf, dass einige der früheren kurzen Signale ebenfalls aus der Umgebung der Villa kamen. Ich hatte dem lange keine Beachtung geschenkt, doch nun, im Gesamtzusammenhang, nagte es an mir. Wie passte das ins Bild? Wer war dafür verantwortlich? Wenn es damals ebenfalls Lejla gewesen war, warum ließ sie sich jetzt plötzlich erwischen? Das ergab alles keinen Sinn.

Ich legte das DarcPad auf die Karte und zückte mein Handy. Auf den gängigen Social-Media-Kanälen begann ich, nach Lejla und Endra zu suchen. Auf Instagram wurde ich schnell fündig. Lejlas Profil zeigte viele Fotos vom Fuß der Johanniterbrücke. Mal nur Füße im Wasser, mal sie und ihre Freundin, mal ein Selfie. Ich scrollte weiter runter. Hier häuften sich

Bilder von Tags oder Graffitis, und Skizzen davon, sowie Fotos von ihr mit einem Typen. Meine Kiefermuskeln spannten sich an. Ich warf das Handy auf den Tisch und atmete tief durch. Es gab keine Häufung von Signalen in der Nähe der Johanniterbrücke, was Lejla allerdings nicht automatisch freisprach.

Ich lehnte mich im Stuhl zurück. Mit beiden Händen fuhr ich mir durch die Haare. Etwas lag in der Luft. Etwas, das schon längst seinen Lauf nahm. Ein Grinsen zupfte an meinem Mundwinkel.

Das Mädchen war irgendwie darin verwickelt, aber sie wirkte heute sehr aufgewühlt. Vermutlich wusste sie nicht, was mit ihr geschah, genauso wenig wie ich. Aber was immer es war, dem Meister behagte es nicht. Es machte ihm Angst und das wiederum hielt mich davon ab, irgendetwas zu unternehmen, bevor ich nicht alles durchschaut hatte. Der Meister müsste mich eigentlich besser kennen. Seine Gier, mich zu brechen, machte ihn blind.

Ich schaute zum Fenster, das von wilden Reben zugewuchert war. Eine leise Ahnung schlich sich in meinen Kopf und setzte sich fest. Langsam erhob ich mich, schob Handy und DarcPad zur Seite und raffte die Karte zusammen, um sie wieder zwischen den Büchern zu verstauen. Nichts war unmöglich. Besonders nicht in dieser Welt – in dieser Zeit!

Kapitel 7

Lejla

»Ah, Lejla.« Tata kam aus dem Wohnzimmer auf den Flur gelaufen. Er trug Mütze, Jacke und Schuhe. »Ich muss leider noch kurz weg. Aber ich beeile mich.«

»Aber …«

»Bis später, Liebes.«

Die Tür klickte zu, noch bevor ich wusste, was gerade geschehen war. Wo trieb Tata sich in letzter Zeit eigentlich immer rum? Und warum bestellte er mich zurück, wenn er eh gerade wieder verschwand? Ich riss die Wohnungstür auf und öffnete den Mund, um ihm etwas nachzurufen, besann mich aber eines Besseren. Ich musste Trudi ja nicht unbedingt gleich die nächste Story liefern. So leise wie möglich zog ich mich zurück in die Wohnung, schloss die Tür und lehnte die Stirn dagegen. Es gab zwei Möglichkeiten: Nummer eins, ich verfolgte Tata, wobei es dafür nun vermutlich schon zu spät war. Nummer zwei, ich befolgte Endras Rat und nutzte die Zeit, um mich mal etwas genauer umzusehen.

Meine Hände waren kalt und schwitzig, als ich mich langsam von der Haustür löste. Endra hatte recht, er ließ mir keine andere Wahl. Seit Jahren erzählte er mir nichts Brauchbares. Und was mich früher tatsächlich beruhigt hatte, genügte mir in der jetzigen Situation einfach nicht mehr. Es war schön zu wissen, dass Mum mich geliebt hatte, dass sie alles für mich getan hätte, es gab mir nach wie vor ein gutes Gefühl, aber es brachte mich keinen Schritt näher zur Lösung meines Problems: Mein eigener psychischer Zustand.

Was Endra wohl denken würde, wenn sie von den wirklichen Halluzinationen wüsste? Wäre sie noch immer überzeugt, dass ich gesund war, oder würde das ihr Bild komplett ändern? Bei dem Gedanken spürte ich einen Stich in der Brust, was mich antrieb, es hinter mich zu bringen.

Ich ging ein paar Schritte den Flur hinunter. Auf Höhe von Tatas Zimmer blieb ich stehen. Mein Blick heftete sich an den Sekretär. An das Möbelstück, das er wie einen Schatz hütete. Wenn er etwas über Mama aufbewahrte, dann musste es dort drin sein. Ich wusste weder, was ich suchte, noch, was ich mir erhoffte zu finden. Im besten Fall gab es vielleicht Therapiepläne, Informationen über ein Leben mit einer psychischen Störung, Anlaufstellen für Betroffene oder von mir aus auch einfach eine Arztrechnung mit Telefonnummer und Anschrift, wo ich einen Termin für mich vereinbaren konnte.

Zögernd ging ich auf die Tür zu. Wenn er mich erwischte, wie ich in seinen Sachen herumwühlte, würde er denken, dass ich ihn bestehlen wollte. Dann könnte ich bestimmt meine Koffer packen. Ein für alle Mal. Aber ich musste es tun. Ich musste einfach.

Leise schob ich die Tür auf. Als ich eintrat, gab der Boden ein Ächzen von sich, was mich zusammenzucken ließ. Ich atmete tief ein und aus. Erst einmal musste ich den Schlüssel finden. Also ging ich zum Bett hinüber und zog die Schublade des Nachttischs auf. Darin lagen Taschentücher, eine Uhr und ein paar Manschettenknöpfe. Aber kein Schlüssel. Also machte ich in der Kommode weiter, durchwühlte Socken, Unterwäsche und Krawatten. Auch im Kleiderschrank tastete ich mich durch alle Regale. Aber der Schlüssel war nirgends zu finden. Ernüchtert ließ ich mich auf den Stuhl vor dem Sekretär sinken. Vermutlich trug er ihn immer bei sich. Mit einer kriminellen Enkelin zu Hause sicher die beste Variante.

Nur, dass sich wirklich Kriminelle nicht von verschlossenen Dingen abschrecken ließen. Ich sprang hoch, eilte durch den Gang zum Bad und kam mit einer Haarnadel bewaffnet zurück. Vorsichtig steckte ich sie in das Schlüsselloch und stocherte darin herum. Die Frage war nur, was ich eigentlich genau tun musste, um das Schloss zu knacken? Mir schien die Haarnadel viel zu dünn für das Bartschloss. Aus der Gesäßtasche zückte ich das Handy und gab »Bartschloss knacken« in die Suchmaschine ein. Ich fand einige Videos, die den Vorgang genau erklärten. Für ein Bartschloss brauchte man also einen Drahtkleiderbügel. Gut, dass Tata seine Hemden immer zur Reinigung gab und daher in diesen Dingern beinahe ertrank. Einer mehr oder weniger würde da wohl nicht auffallen.

Ich holte mir einen Bügel aus dem Schrank und schielte wieder auf das Video. Aufbiegen, wie einen Bartschlüssel formen und einfach mal fummeln. Von oben links nach unten rechts sollte man es ziehen, so wie das Schloss eben aufging. Klang einfach, war es aber nicht. Zudem musste ich vorsichtig sein, um nichts kaputt zu machen, und mit einem Ohr war ich immer im Treppenhaus. Es dauerte eine gefühlte Ewigkeit, bis es endlich *Klick* machte. Im selben Moment hörte ich Geräusche vor der Wohnungstür. Einen Moment hielt ich die Luft an und blieb stocksteif stehen. Aber die Käfertaktik mit Totstellen würde wohl eher nicht funktionieren, wenn Tata jetzt hereinkam. Also zog ich den Kleiderbügel aus dem Schloss und schlich in den mittlerweile dunklen Flur. Schritte kamen näher. Mist! Ich huschte in mein Zimmer, das schräg gegenüber lag. Doch die Schritte gingen an der Wohnungstür vorbei. Bedächtig und knarrend. Vermutlich Trudi, die zum Dachboden unterwegs war, was meist nur eine Ausrede war, um zu vertuschen, dass sie uns eigentlich ausspionierte.

Sicherheitshalber wartete ich noch ein paar Minuten, bis alles wieder ruhig war. Dann pirschte ich in Tatas Zimmer zurück. Leise klappte ich den Deckel des Sekretärs hinunter und installierte die Tischfläche. Briefe und andere Zettel waren in den verschiedenen Fächern verstaut. Eines nach dem anderen nahm ich die Papiere heraus und schaute die Umschläge durch. Als ich das letzte Fach leerte, setzte ich mich auf den Stuhl. Zwischen all den weißen Couverts steckte auch ein blauer Brief. Den zog ich hervor. Es stand nichts drauf und er war auch nicht verklebt, also öffnete ich ihn und zog das hellblaue Briefpapier heraus.

Sehr geehrter Primus, stand da in einer schönen ausladenden Handschrift. Primus? Was war denn das für eine Anrede? Oder war es ein Name? Ich schaute auf die Rückseite, um zu überprüfen, von wem die Nachricht war. *Hochachtungsvoll, Elena,* schloss der Brief. Er war von meiner Mutter! Aber offensichtlich hatte er nie das Haus verlassen, so ohne Anschrift auf dem Couvert. Das Papier raschelte leise in meinen zittrigen Händen, als ich es wieder umdrehte, um den Text von vorne zu lesen. Ich betete zum Himmel, dass das nicht ihr Abschiedsbrief war.

Sehr geehrter Primus,
ich habe Dinge erfahren, die ich nie hätte erfahren dürfen, aber seither lassen sie mich nicht mehr los. Die Welt, wie wir sie kennen, ist in Gefahr. Das Gleichgewicht zwischen Leben und Tod, zwischen den Welten und Energien wird zerstört. Ich habe versucht, das aufzuhalten, aber nun ist mein eigenes Leben bedroht. Ich brauche Hilfe, um für eine gewisse Zeit vor den Augen der Mächtigen unterzutauchen.
Die Dunkelwelt ist finster geworden. Still und kalt. Aber sie ist nicht böse! Die Bewohner kämpfen um ihr Überleben, aber ohne Umdenken wird das Unausweichliche nicht zu verhindern sein. Keiner kann die Auswirkungen abschätzen, wenn der Zerfall dieser Welt weitergeht.
Die Lösung trage ich in meinem Herzen, deshalb bitte ich Sie, mir zu helfen, um uns allen zu helfen.
Hochachtungsvoll, Elena

Ich ließ das Blatt auf meine Knie sinken. *Die Dunkelwelt ist finster geworden. Still und kalt.* Die Worte hallten in meinem Kopf nach. Sie schienen wie meine eigene Erinnerung. Mum beschrieb eine Welt, die der Welt in meinen Visionen sehr ähnlich war. Zu ähnlich. Ein Schauer erfasste mich und ließ mich frösteln.

Ein absolut typisches Beispiel von Wahnvorstellungen und Halluzinationen, drängte mich mein Verstand einzusehen. Aber mein Herz sagte etwas anderes. Wie wahrscheinlich war es, dass zwei Menschen identische Wahnvorstellungen durchlebten?

Gerade fühlte ich mich meiner Mutter verbunden wie nie zuvor. Meiner Mutter, die ich nie kennenlernen durfte. Von der ich kein einziges Bild besaß. Jetzt hielt ich ein Stück Papier in der Hand, das sie beschrieben hatte, las die Worte, mit denen sie sich in ihrer Verzweiflung Hilfe gesucht hatte, und ich fühlte ihre Angst.

Gerade noch rechtzeitig zog ich das Blatt weg, bevor eine Träne auf meinen Oberschenkel tropfte. Mit dem Unterarm wischte ich die Wangen ab und faltete das Papier sorgsam zusammen. Zurück im Umschlag, steckte ich es wieder zwischen die anderen Briefe, die ich noch kurz durchschaute. Aber nichts daran deutete auf meine Mutter hin. Auch die kleinen Schubladen unter den Brieffächern waren leer, also klappte ich die Tischplatte wieder hoch. Zum Glück ging das Abschließen etwas schneller, da ich nun wusste, worauf ich achten musste.

Die Botschaft meiner Mutter wühlte mich auf. Was war diese Dunkelwelt? Aus ihrem Brief schloss ich, dass es eine Welt war, die neben unserer existiert. Eine Parallelwelt. Aber was hatte das alles mit mir zu tun? Warum sah ich diese Bilder – warum überkamen mich diese Visionen?

O Gott! Wie konnte ich nur in Erwägung ziehen, dass das alles stimmte. Ich rieb mir mit den Händen über das Gesicht. Doch dass Mama und ich von den identischen Wahnvorstellungen geplagt wurden, war ehrlich gesagt noch unglaubhafter.

Ich musste mit Endra sprechen. Musste ihr alles erzählen, auch wenn es sich total bescheuert anhörte.

Ich schlich aus dem Zimmer und zog die Tür hinter mir zu. Nachdem ich den Kleiderbügel entsorgt hatte, ging ich in die Stube. Dort ließ ich mich in Tatas Sessel fallen und zerknautschte ein Kissen zwischen den Armen. Meine Gedanken zogen die immer gleichen Kreise: War das alles real, oder waren wir einfach verrückt – beides schien möglich und gleichzeitig völlig absurd. Und dann war da noch eine weitere Frage, die sich mehr und mehr in mein Bewusstsein drängte: Warum wurde der Brief nie abgeschickt? Hatte Tata ihn abgefangen? Wer waren diese Mächtigen, vor denen sie sich gefürchtet hatte? Gehörte Tata zu ihnen? War er womöglich in all das verwickelt?

Nein! Das konnte und wollte ich nicht glauben. Tata war nicht böse. So sehr konnte mich mein Bauchgefühl nicht täuschen. Also falls der Brief abgefangen wurde, war es bestimmt nur deswegen gewesen, weil Tata sie tatsächlich für verrückt gehalten hatte und ihr Bestes wollte. Oder er fand den Brief erst nach ihrem Tod unter den Sachen aus der Klinik. Das war eigentlich die plausibelste Erklärung.

Ich drückte meine Stirn in das Kissen, als ob dies die Gedanken stoppen könnte, sich immer wildere Theorien auszudenken anstatt sich an die Fakten zu halten: Meine Mutter war krank gewesen. Das waren die Worte einer verwirrten, verängstigten Person. Nichts davon war real. Aber warum sah ich dann diese Welt, die sie beschrieb? Am liebsten hätte ich laut geschrien, um dieses Chaos in mir zu übertönen. Aber meine Kehle war wie zugeschnürt, sodass ich kaum Luft bekam. Ich musste mich beruhigen. Es gab bestimmt eine gute Erklärung für alles. Langsam nahm ich das Kissen runter, legte es zur Seite und versuchte die Schultern zu entspannen. Ich konzentrierte mich auf die leise Musik, die im Hintergrund aus dem Radio plätscherte, das Tata in der Eile vergessen hatte auszuschalten. Und ganz langsam beruhigte sich mein Herzschlag. Es war alles gut.

Das Lied im Radio wurde von den Nachrichten abgelöst. Ich hörte nicht wirklich hin, bis es etwas vom *Café zum Kuss* erzählte. Ich sprang von dem Sessel auf und stellte das Radio lauter.

»*... das Haus wurde stark beschädigt. Ein Teil des Daches ist eingestürzt. Es gab einige Leichtverletzte, die aber alle wieder aus dem Krankenhaus entlassen worden sind. Die Ursache ist unklar. Tatsache ist, dass der Boden unter dem Haus abgesackt ist. Auch in der Elisabethenstraße gab es kürzlich größere Bauarbeiten an den Gleisen. Ein Zusammenhang ist zwar unwahrscheinlich, wird aber im Zuge des Vorfalls am Aeschenplatz ebenfalls untersucht.*«

Ich sank auf den Sessel zurück, da mich die Beine nicht mehr trugen. Die Beschreibung des Schadens glich genau dem, was ich gesehen hatte. War ich der Auslöser dafür? Oder sah ich in die Zukunft? Sah ich eine andere Welt? Die Welt, die Mama beschrieben hatte?

Ich biss die Zähne zusammen. Es sollte einfach nur aufhören. Alles! Ich wollte das nicht. Ich wollte einfach nur mein normales Leben zurück. Parallelwelten! So ein Quatsch! Und ganz sicher konnte man nicht in die Zukunft sehen! Schon gar nicht ich.

Ich packte das Handy, erhob mich und ging in mein Zimmer. Dort setzte ich mich auf den Rand des Bettes und entsperrte das Display. Ich brauchte eine Brise normales Leben!

Einige ungelesene Nachrichten warteten auf mich. Wunderbar!

Sie waren alle von Endra.

Hast du es auch gehört?

Vom Café?

Da waren wir doch gerade noch!

O Mann. Krass oder?

Lejla?

Bist du da?

Schläfst du schon?

Alles okay? Bitte melde dich!

So viel also zum normalen Leben. Mein Magen flatterte bei jedem gelesenen Wort mehr. Die Realität und meine Wahnvorstellungen waren schon zu sehr vermengt. Es war nicht nur in meinem Kopf. Es ging viel weiter.

Ich schrieb ihr zurück, dass ich eingenickt war, und entschuldigte mich. Ich schmückte alles mit Smileys aus, um zu vertuschen, wie aufgewühlt ich wegen dieser Sache war. Ich war froh, dass sie nicht telefonieren wollte, denn dann hätte sie mich sofort durchschaut. Sie gab sich mit den Smileys zufrieden und wünschte mir eine gute Nacht.

Ich legte mich hin und schloss die Augen. Zufälle, so würde Endra sagen, gibt es nicht und da waren wir uns ausnahmsweise sogar einig. Aber wenn ich nicht verrückt war, was geschah dann mit mir?

Kapitel 8

Lejla

Die zwei Vorfälle in der Stadt, deren pure Erwähnung mir jedes Mal wieder eine Gänsehaut bereitete, waren die ganze Woche über Schulgespräch Nummer eins gewesen. Ich versuchte mich so gut es ging von den Diskussionen darüber fernzuhalten. Das Problem war nur, dass Endra nicht müde wurde, allen zu erzählen, dass wir kurz vor dem Unglück noch im *Café zum Kuss* gewesen waren. Sie konnte ja nicht wissen, dass ich auch beim ersten Ereignis am Aeschenplatz vor Ort gewesen war und ich den Zufall meiner Anwesenheit kurz bevor etwas Schlimmes passierte, lieber verdrängte als zelebrierte. Zum Glück hatten Marie und Ella alles hautnah miterlebt, wodurch Endras und meine Geschichte keine Popularität erlangte.

Abgesehen davon wurde ich aber von Ungewöhnlichem verschont. Natürlich trug ich seit Sonntag neben dem Moosachat auch einen schwarzen Turmalin und einen Türkis bei mir und in Anbetracht der eingekehrten Ruhe war ich tatsächlich bereit, an die Kraft der Mineralien zu glauben.

Nur vor meinen eigenen Gedanken konnten sie mich nicht bewahren. Der Brief meiner Mutter beschäftigte mich Tag und Nacht. Und es war nicht nur der eigentliche Inhalt, sondern auch die Frage, an wen er gerichtet war, wer diese Mächtigen waren, vor denen sie sich so gefürchtet hatte, und ob Tata von denen wusste. Dass er in letzter Zeit so viel weg war und nie darüber sprach, was er eigentlich tat, war dabei wie Zunder für das Feuer meiner Fantasie und ich fragte mich, wie er da mit drinsteckte – falls denn überhaupt etwas Ungewöhnliches vor sich ging, was nicht mit meiner defekten Psyche erklärt werden konnte.

Eines Nachts, als sich meine Gedanken wieder nur im Kreis gedreht hatten, googelte ich sogar aus lauter Verzweiflung nach dem Begriff *Parallelwelten*. Und zu meiner großen Überraschung gab es etliche Beiträge darüber. Offensichtlich war die Existenz von Paralleluniversen in allen Formen und Versionen unter Physikern durchaus ein Thema. Und die Befürworter der sogenannten Multiversen-Theorie hielten das nicht nur für möglich, sondern für sehr wahrscheinlich, dass es sie gab. Leider ging keine der Theorien davon aus, dass wir Menschen mal eben zwischen zwei Welten hin und her wandern und mit anderen Wesen kommunizieren konnten. Dafür waren eher die alten Sagen oder irgendwelche Sekten zuständig und somit wusste ich nach wie vor nicht, was ich davon halten sollte.

Nur eines wurde mir von Tag zu Tag klarer: Solange ich meiner besten Freundin nicht die ganze Wahrheit sagte, würde ich nicht vom Fleck kommen. Zudem mochte ich es ohnehin nicht, überhaupt ein Geheimnis vor ihr zu hüten. Ich wollte Endra schon lange einweihen, ihr von den Visionen der zerfallenen Stadt erzählen, aber irgendwie hatte sich der richtige Moment für so ein Gespräch nie ergeben. Ich konnte das nicht mal eben am Fahrradunterstand oder in der Pause besprechen, wo jeder zuhören konnte. Aber vermutlich hielt mich einfach die Angst davon ab, darüber zu sprechen. Die Angst, bestätigt zu bekommen, dass ich schuld war an diesen Unglücken.

Angst, dass etwas wirklich und wahrhaftig nicht mit mir stimmte. Etwas, was man nicht eben mit Pillen und Therapie beheben konnte. Etwas – Übernatürliches.

»Und, wie sieht es für heute Abend aus?«, riss Endra mich aus den Gedanken, als wir die Schule verließen.

»Ich habe noch nicht gefragt.« Mit eingezogenem Kopf schaute ich sie an. »Tata hat mir bestimmt hundertmal gesagt, dass der letzte Samstag eine Ausnahme war. Daher …« Ich zeigte ihr meinen Hundeblick. »Party wird schwierig.«

»Verstehe, kein Problem.«

Wir schlenderten zu den Rädern. »Aber ich könnte fragen, ob ich zu dir gehen darf und dann …« Ich zuckte mit den Schultern und grinste.

Endra schaute mich an, bevor sie ihr Rad aus dem Unterstand zog. »Du bist echt unverbesserlich – aber die Idee gefällt mir.«

»Wir könnten ins Sommercasino gehen oder sonst etwas in deiner Nähe unternehmen.«

»Klingt gut. Ich warte auf dich.« Damit schwang sich meine Freundin auf ihren Drahtesel und radelte davon. Ohne zurückzuschauen, hob sie eine Hand und winkte. Ich grinste und machte mich dann auf den Weg zum Tiefbauamt.

Auch dieser Tag verlief ohne weitere Überraschungen und ich kam gut gelaunt nach Hause. Es gab nicht mal eine große Diskussion zwischen Tata und mir, als ich ihn fragte, ob ich zu Endra gehen darf. Er stimmte tatsächlich zu. Natürlich nicht ohne Auflagen, die da waren: Um elf Uhr wieder zu Hause zu sein und das Telefon immer sofort abzunehmen. Das mit dem

Telefon machte mir ein bisschen Sorgen, denn es erhöhte die Gefahr aufzufliegen erheblich. Aber ich durfte raus und das war die Hauptsache.

So betraten Endra und ich um kurz nach neun Uhr das Sommercasino. Die komplett mit Graffitis bemalte Villa stand auf einem über Treppen erreichbaren Wall. Seit Generationen galt sie als Kulturzentrum für junge Leute, die gerne auch mal etwas außerhalb des Mainstreams unternahmen – so wie wir. Wir suchten uns einen Platz am Rand der Tanzfläche, wo wir unsere Sachen ablegen konnten.

»Boah, hier riecht's nach Lösungsmittel«, schrie mir jemand von hinten ins Ohr. Ich drehte mich um. Lars stand direkt hinter mir und schnupperte in die Luft. Dann richtete er den Blick auf mich. »Ach du bist es, Lejla.« Er brach in Gelächter aus.

»Witzig«, sagte ich und wollte weitergehen, aber Zecke stellte sich mir in den Weg.

»Bist du direkt vom Putzen gekommen, oder was?«

»Ja«, bekräftigte Lars und scannte meine normalen Straßenkleider – ich konnte mich ja schlecht aufbrezeln, ohne Verdacht zu wecken. »Du hast dich ja echt rausgeputzt, Schnecke.«

»Was willst du, Lars?«

»Von dir? Gar nichts, Babe.« Er grinste. »Wenn du vielleicht irgendwann mal etwas lockerer wirst, können wir wieder drüber reden.« Er griff sich in den Schritt und zuckte mit den Brauen. »Du weißt schon.«

Zecke klopfte Lars auf die Schulter und schob seinen Freund von uns weg. »Suchen wir uns willigeres Fleisch«, hörte ich ihn noch sagen.

Mussten wir ausgerechnet denen in die Arme laufen? Ich

hätte es wissen müssen. Sie waren oft hier. Fehlte nur noch Eine zum perfekten Abend.

»Sollen wir woanders hingehen?«, fragte Endra. Sie hielt ihre Tasche noch immer fest umklammert.

Ich schüttelte den Kopf. »Ist doch egal.«

Doch dann erblickte ich Marie, die Lars einen langen innigen Kuss gab. Ihren Oberschenkel rieb sie zwischen seinen Beinen und seine Hand lag auf ihrer Brust. Ich verharrte einen Moment, konnte nicht wegschauen. Marie löste sich von ihm und blickte sich zu mir um. Auf den Lippen lag ein herablassendes Lächeln.

Ich wendete mich ab und versuchte sie zu ignorieren, aber das Grüppchen stand so, dass sie uns beobachten konnten.

Endra kam mit zwei Eve von der Bar zurück. Wir stießen auf den Abend an, aber eigentlich wollte ich nur noch weg.

»Ich geh mal aufs Klo«, sagte ich und drückte ihr meine Flasche in die Hand.

Sie schaute sich nach Lars und Co. um. »Was genau wollen die eigentlich?«, zischte sie mir zu. »Haben die nichts Besseres zu tun, als uns anzuglotzen?«

»Frag mich nicht.«

Lars grinste blöd, als ich an ihnen vorbeiging. Äußerlich ignorierte ich ihn, innerlich aber zog sich alles zusammen. Mit einem Tritt schlug ich die Toilettentür auf.

»Huch!«, kam es von der anderen Seite und ich murmelte eine Entschuldigung. Das Mädchen schlüpfte an mir vorbei und ich war allein in dem Toilettenraum. Starr blickte ich in den Spiegel. Warum ließ ich mich nur so von ihm provozieren? Warum ließ ich mich von ihm verletzen? Ich war wirklich überzeugt gewesen, dass er mich liebte. Doch die WhatsApp, nachdem ich das erste Mal bei ihm übernachtet hatte, nahm mir alle Illusionen. Dieses Gelaber von wegen ich hätte etwas Besseres verdient. Er könne mir nicht geben, was ich brauchte. Er wusste doch nicht mal, was ich brauchte. Er wusste nur, was *er* brauchte, und das war Sex. Aber den hatte ich ihm nicht gegeben. Das war das Problem. Ich wollte warten und seine Reaktion hatte mir Recht gegeben.

Mit beiden Handflächen schlug ich auf den Rand des Waschbeckens. Es krachte, die Wanne gab nach und hing nun schräg in der Halterung. Mein Herz setzte kurz aus. Bedrohliche Stille verdrängte den wummernden Bass. Langsam drehte ich mich um und ließ den Blick schweifen. Die Luft um mich herum flimmerte. Der Raum war leer, die Fenster scheibenlos. Die Mauern waren rissig und teilweise eingefallen, sodass der Boden ringsum mit Schutt bedeckt war. Laub sammelte sich raschelnd in den Ecken der Mauerreste.

Mit einem dumpfen Schlag krachte das gesamte Inventar hinter mir auf den Boden. Ich sprang zur Seite und hielt mir die Hand vor den Mund, um nicht zu schreien. Mein Blick heftete sich an die mit weißer Keramik gekachelte Wand, an der das Waschbecken befestigt gewesen war.

Ich tastete nach Endras Steinen in meiner Hosentasche. Warum? Warum fing das jetzt wieder an? Ich biss die Zähne zusammen. Es war so kalt. Eine Gänsehaut überzog meine nackten Schultern und ich schlang die Arme um mich. Im Spiegel an der noch stehenden Mauer sah ich eine dunkle hagere Gestalt. Sie trug einen bodenlangen schwarzen Mantel, das Gesicht war von einer weiten Kapuze verdeckt. Blitzschnell drehte ich mich um. Doch noch in der Bewegung erklang der dumpfe Bass wieder, der mir bis in den Magen vibrierte. Das war nicht Dorian gewesen, da war ich mir sicher. Die schlanke Taille und die grazile Figur deuteten auf eine Frau hin. Meine Hände zitterten und mein Herz schlug wie verrückt. Ansonsten fühlte sich mein Körper komplett steif an. Ein paar Mädchen kamen gackernd durch die Tür und packten auf dem intakten Toiletteninventar ihre Schminksachen aus. Das brachte Bewegung in mich. Ich preschte durch die Tür, rannte den Flur entlang und bog um die Ecke zum Tanzbereich. Im vollen Lauf prallte ich gegen einen Körper. So schwarz wie der Typ angezogen war, konnte ihn in der Dunkelheit ja keiner sehen. Doch noch bevor ich mich entschuldigen konnte, roch ich das altbekannte Waschmittel-Leder-Gemisch. Dorian packte mich unsanft an den Oberarmen und schob mich von sich. Sein Gesicht war nicht vermummt.

»Was tust du hier? Was geht hier ab?«

»Was?«, fiepte ich und räusperte mich sogleich. »Ich … das … also …« Ich atmete tief ein und aus. »Es tut mir leid, ich habe dich nicht gesehen.«

»Das meine ich nicht. Was geht hier vor sich? Wer bist du? *Was* bist du?«

Mir stockte der Atem. Wie meinte er das, was ich bin? »Also?«, fuhr Dorian mich an und drängte mich rückwärts.

Ich versuchte Abstand zwischen uns zu bekommen, doch da spürte ich schon die Wand im Rücken. »Du weißt, wer ich bin.«

Dorian schloss auf. Er war mir so nah, dass sich unsere Nasenspitzen beinahe berührten.

»Ach ja, weiß ich das?« Er stützte sich mit der Hand an der Wand hinter mir ab. Sein Atem, der meine Wange streifte, roch nach Zimt.

»Ach, schau an«, ertönte Lars' Stimme, »da hast du dich aber schnell getröstet. Den lässt du also ran?«

Dorian trat zurück und drehte sich zu Lars um. »Gibt es ein Problem?«

»Kommt drauf …«, Lars stockte und ich sah, wie er Dorian anstarrte. »O Shit, Bro! Halloween ist im Herbst. Ist das jetzt dein Ernst Lejla? Der?«

»Verschwinde, Lars!«, fuhr ich ihn an.

»Du kennst den Vogel?«, richtete sich Dorian an mich.

»Er ist mein Ex«, rutschte es mir raus. »Lars Dorian, Dorian Lars.«

»Dorian, das passt ja«, gluckste Lars.

»Okay.« Dorian ging einen Schritt auf Lars zu. »Du willst es auf die harte Tour. Weißt du«, begann er und zupfte am Träger von Lars' Shirt, »so was sieht einfach besser aus, wenn man den einen oder anderen Muskel hat. Geh nach Hause und trainier mal ein paar Stunden, bevor du mich wieder dumm anquatschst.«

Ich hielt die Luft an. Meine Augen weiteten sich. Lars trainierte hart, um Masse aufzubauen. Dorian hatte voll ins Schwarze getroffen.

Lars' Miene versteinerte augenblicklich, nicht zuletzt, weil er wohl gerade registrierte, dass mittlerweile ein paar Zuschauer um uns herumstanden, die dem Schauspiel grinsend folgten. Aber er hatte es selbst provoziert und es schadete nicht, wenn er mal sein Fett wegbekam.

»Sag mal«, kicherte Endra mir ins Ohr. »Streiten die sich etwa um dich?«

Mir war nicht aufgefallen, dass sie dazugekommen war, nahm nun aber ihre Hand. »Sieht ein bisschen so aus, nicht wahr?«, grinste ich zurück. »Aber nein, nicht wirklich. Sie streiten sich eher um ihr Ego.«

Als ich den Blick wieder auf Lars richtete, zückte der sein Lieblingsspielzeug, ein Klappmesser. Ein Raunen ging durch die Menge, die kollektiv einen Schritt zurücktrat.

Dorian lachte auf. »Was jetzt? Sind dir schon die Argumente ausgegangen? So wie du austeilst, hätte ich wirklich mehr erwartet.«

»Lars«, versuchte ich ihn zu beschwören und ließ Endra los, um einen Schritt auf ihn zuzugehen. »Lass das! Die Security …«

»Halt dich da raus«, blaffte er mich an und wendete sich gleich wieder Dorian zu. »Dafür, dass ich dir ein Messer an die Kehle halte, hast du noch immer eine verdammt große Klappe.«

»Das liegt erstens daran, dass meine Kehle noch sehr weit von deinem Messer entfernt ist und dass du zweitens nicht damit umgehen kannst.«

Lars grinste kalt. »Ach, ich weiß nicht damit umzugehen, ja?« Er begann, das Messer auf- und zuzuklappen.

Dorian schaute ihm eine Weile zu. »Und jetzt? Ist das dein Versuch, mich zu beeindrucken?«, fragte er.

Lars stutzte. In dem Moment machte Dorian einen Schritt auf ihn zu, packte seine bewaffnete Hand, wirbelte Lars herum, sodass er nun mit dem Rücken zu Dorian stand, der den Arm fest um Lars' Schultern schraubte und ihm sein eigenes Messer an den Hals hielt. Ein Aufschrei ging durch die Menge und die Security kam auf uns zu. Blitzschnell klappte Dorian das Messer zusammen und schob es in Lars' Hosentasche, den Arm immer noch fest von hinten um ihn gelegt. »Ich gebe dir einen guten Rat«, sagte er leise, »unterschätze niemals deine Gegner.« Damit schubste er ihn von sich, gerade als die Security den Kreis durchbrach.

»Was ist hier los?«

»Party«, sagte Dorian und grinste. Ein Strahlen ging über sein ganzes Gesicht.

Ich stand mit weit aufgerissenen Augen da und spürte, wie sich auch meine Mundwinkel nach oben zogen.

»Nicht schlecht«, bemerkte Endra neben mir.

Langsam löste sich die Traube auf. Auch die Männer von der Security zogen sich nach ein paar Minuten zurück. Lars war verschwunden.

»Hi Dorian«, sagte meine Freundin, als es um uns herum ruhiger wurde.

»Endra«, nickte er ihr zu und lächelte.

»Bist du oft hier?«, fragte sie.

Er legte den Kopf schief und runzelte die Stirn. »Nein, ich habe nur die Getränke geliefert.«

»Oh – cool. Ein Gärtner, der auch noch Getränke liefert?«

»Na ja, die Blumen schlafen in der Nacht.«

»Klar. Und jetzt?«

»Jetzt gehe ich wieder.« Sein Blick streifte mich und er sagte mir, dass wir zwei noch nicht fertig waren. Es traf mich, dass er mit Endra so locker redete und mir nur böse Blicke schenkte. Das war bescheuert, das war mir klar, und ich wusste auch nicht, warum ich so empfand. Vielleicht wollte ich auch mal entspannt quatschen – oder flirten eigentlich.

»Hat mich gefreut, Endra«, lächelte er, dann nickte er in meine Richtung und sein Lächeln erstarb. »Lejla«, sagte er schroff und ging davon.

Ich eilte ihm hinterher. Hinaus auf den Vorplatz des Lokals und die Treppe hinunter auf die Straße. Auf dem Weg zu dem Motorrad rammte er jemanden zur Seite, der wütend auf ihn einredete. Aber so wie es aussah, war Dorian nicht in Stimmung, sich mit ihm abzugeben. Der war doch nicht ganz normal. Rannte herum wie ein Ninja-Krieger tauchte immer dann auf, wenn mir etwas Seltsames passierte, und pöbelte mich dann auch noch jedes Mal an!

»Komisches Lieferauto«, sagte Endra, umarmte mich von hinten und stoppte damit meine Grübelei für einen Moment.

»Allerdings.«

»Was war denn los?«

Ich zuckte mit den Schultern. »Ich war ihm mal wieder im Weg«, sagte ich kurz. Ich war viel zu aufgewühlt, um über das zu sprechen, was wirklich vorgefallen war: Die Vision verknüpft mit Dorians Frage, *was* ich sei?

»Er hat dich gegen Lars verteidigt.«

»Er hat sich selbst verteidigt, Endra, und danach hat er mit dir geflirtet. Mich hätte er am liebsten mit Lars' Messer erstochen.« Es platzte einfach aus mir heraus. Und es klang furchtbar, wie eine eifersüchtige Kuh. Also hängte ich noch ein Lachen hinten dran, aber Endra machte man so schnell nichts vor.

»Du magst ihn«, stellte sie fest.

»So ein Quatsch! Wie könnte ich so einen mögen, der mich nur anschreit, wenn er mich sieht.«

»Weil da mehr ist als das.« Endra drehte mich zu sich. »Das klingt jetzt vielleicht blöd, aber ich glaube, er macht sich Sorgen um dich.«

»Warum sollte er?«

»Wenn ich das wüsste.« Endras Blick verlor sich in der Dunkelheit. »Wenn ich das nur wüsste.«

Das wäre die Gelegenheit gewesen, ihr von den Visionen zu erzählen. Ihr einfach alles zu sagen. Aber ich schaffte es nicht. »Lass uns zurückgehen«, sagte ich schließlich.

»Ja. Saukälte!«, schimpfte Endra. »Es könnte jetzt wirklich langsam Sommer werden.«

Zusammen stiegen wir die Treppe hoch. Ich wollte nicht über Dorian nachdenken und auch nicht über das, was gerade passiert war. Und am allerwenigsten wollte ich mich mit seiner komischen Frage beschäftigen – als ob ich kein Mensch wäre. Eine Gänsehaut überzog mich, als mir die Gestalt aus der Vision, diese Frau in ihrem langen schwarzen Mantel, wieder in den Sinn kam. Und natürlich kamen damit auch gleich die Worte meiner Mutter wieder hoch. Die Beschreibung dieser Dunkelwelt und deren Bewohner, denen sie helfen wollte.

Ich zitterte am ganzen Körper, was nicht nur der Kälte geschuldet war. Wenn ich doch bloß die Gefühle hätte abschalten können. Wenigstens für die nächste Stunde. Früh genug würde ich wieder zu Hause sein. Allein, mit all dem Chaos in mir.

Doch als wir das Lokal betraten, merkte ich sofort, dass etwas nicht stimmte. Angestellte rannten den Gang hinunter zur Mädchentoilette, vor der sich eine Traube von Menschen gebildet hatte. Ein Rinnsal Wasser bahnte sich den Weg durch all die Füße auf uns zu und ich wollte einfach nur noch weg.

»Was ist denn da los?«, hörte ich Endra sagen und riss den Blick von dem Tumult los.

»Keine Ahnung. Lass uns nach Hause gehen. Mir ist die Lust vergangen.«

»Klar, kein Problem. Ich hol nur unsere Sachen.«

»Danke«, flüsterte ich und schlang die Arme um mich, während ich ihr nachschaute.

Dorian

Der Weg vom Sommercasino führte mich nicht nach Hause, sondern zu unserem Zunfthaus. Das Motorrad stellte ich in einer Querstraße ab und verbarg mein Gesicht unter der Kapuze und dem Schal.

Es nieselte und das Quartier mit den vielen prunkvollen Villen wirkte ausgestorben. Ich war schon lange nicht mehr hier gewesen. Seit meiner Rückkehr mied ich diesen Ort.

Während ich die Tür zum Haus aufschloss, schaute ich mich kurz um. Dann betrat ich den dunklen Flur. Kein Geräusch war zu hören. Ich zog das Halstuch hinunter und atmete tief ein. Ein Duft nach Holzpolitur und alten Büchern stieg mir in die Nase. Es war kein unangenehmer Geruch, er erinnerte mich an früher. An die Zeit, als Ash und ich noch Freunde waren. Ich war so überzeugt gewesen, dass unsere Freundschaft alles überdauern würde. Am Ende hat sie nicht mal einen Sturm im Wasserglas bestanden.

Ich drehte den Hals bis die Wirbel knackten, während ich die Wand nach dem Lichtschalter abtastete. Ich musste mich auf mein Ziel fokussieren – Lejla. Mein Verdacht erhärtete sich immer mehr, auch wenn es unmöglich schien, aber sie war der Auslöser für die Geschehnisse in der Stadt. Eine andere Erklärung gab es nicht. Dennoch passte das, was ich sah – dieses verwirrte Mädchen – nicht mit der Legende überein, die uns eingetrichtert wurde. Deshalb musste ich die Worte nochmals selbst nachlesen.

Der Boden knarrte leise unter meinen vorsichtigen Tritten. Zwischen den Türen, die zu beiden Seiten des Flurs abgingen, waren Lampen angebracht, deren Birnen wie Kerzenflammen geformt waren. Das Licht, das sie verströmten, gab auch nicht viel mehr her als das einer Kerze und wurde von der Dunkelheit beinahe verschluckt.

Am Ende des Ganges schob ich die Tür auf der linken Seite auf und schloss sie gleich wieder hinter mir. Ich ließ den Blick über die raumhohen Regale aus dunklem Nussbaumholz schweifen. Sie waren voll mit Büchern – antiken bis modernen, von Literatur bis Geschichte. Das Buch, das ich suchte, war beinahe 700 Jahre alt – die Mendra – die Chronik der Welten. Zielstrebig ging ich durch den Mittelgang bis zum Ende des Regals und griff zwischen die Bücher. Der Wälzer war schwer und von den Ausmaßen her etwas größer als ein Ordner. Ich legte ihn auf den Lesetisch, setzte mich und öffnete das Buch. Vorsichtig blätterte ich die handgeschriebenen Seiten um. Beim Kapitel mit der Überschrift »Wandler« stoppte ich. Auf der Suche nach einer ganz bestimmten Stelle überflog ich die ersten Sätze, bis meine Augen die entsprechenden Worte erfassten:

Die Mär wird erzählt, von dem Grabe der Welt. Wandler genannt, die Gestalt, die es wählt. In ihr vereint ist die Urenergie, eine Seele besitzt sie und Magie. Mit Zauberkraft wird sie die Menschen bezwingen, die Erde wird beben und um uns zerrinnen. Die Mär wird erzählt, von dem Grabe der Welt, sollte geboren werden, eine solche Gestalt.

Ich fuhr mir über die Stirn. Die Worte des Lehrers, mit denen er die Wandler als die größte Gefahr für die Menschen betitelte, hallten in meiner Erinnerung nach. Ein Wandler sei schlimmer als eine ganze Armee von Darkonas. Gäbe es ein solches Wesen, wäre die Welt dem Untergang geweiht.

Es fiel mir verdammt schwer, etwas anderes in diesem Text zu lesen, sosehr ich es auch wollte. Mein Problem war nur, dass ich Lejla nicht für die Vollstreckerin des Weltuntergangs hielt. Entweder ich ließ mich von ihr blenden, oder es stimmte etwas nicht mit dieser Legende!

Mit den Fingern fuhr ich über die Stoppeln der fehlenden Blätter. Offiziell hieß es, dass dies Seiten waren, die Fehler enthielten und somit herausgetrennt und neu geschrieben werden mussten. Aber vielleicht enthielten sie auch die Antworten auf all meine Fragen. Antworten, von denen der Meister nicht wollte, dass wir Wächter sie bekamen.

Ich schnalzte mit der Zunge. Vermutlich war die Geschichte über die fehlenden Seiten die eigentliche, wahre Legende in dieser ganzen Sache. Frustriert klappte ich das Buch zu und stellte es zurück. Ich hätte nicht herkommen sollen.

Als ich mich zum Gehen wandte, wurde mein Mund trocken. Mit tiefen Atemzügen versuchte ich das Pochen meines Herzens unter Kontrolle zu bringen. Er war hier.

Langsam ging ich auf die Tür zu und zog sie auf. Der Meister stand im Halbschatten der Kerzenlampen. In diesem Licht wirkte sein Gesicht noch kantiger und dunkler. Er ließ eine Münze durch die Finger laufen. Das vertraute Klackern, jedes Mal, wenn sie über den Siegelring glitt, brachte meinen Atem zum Stocken.

»Dorian«, sagte er. Sein Blick brannte sich in meinen. »Gefunden, was du gesucht hast?« Die Stimme hatte diesen zischenden Klang, bei dem die Worte ineinander verschmolzen.

Ich schluckte den Kloß in meinem Hals hinunter. »Meister«,

murmelte ich und neigte kurz den Kopf. So viel wie nötig, aber so wenig wie möglich. Unterwerfung bereitete mir körperliche Schmerzen. »Nein, ehrlich gesagt nicht.«

Das Gesicht des Meisters zeigte keine Regung.

»Wo sind die fehlenden Seiten?«, hakte ich nach.

»Wovon sprichst du?«

»Von der Mendra.«

»Hinter jeder Tür eine Verschwörung. Das macht dich zu einem der Besten.« Langsam kam er auf mich zu. Sein Blick ruhte auf mir. Ich hielt ihm stand, schaute zurück in die dunklen Augen, die mir die gesamte Energie auszusaugen schienen.

»Ich hatte so hohe Erwartungen in dich gesetzt, habe dich behandelt wie meinen eigenen Sohn. Du könntest an Ashs Stelle sein, Dorian, das weißt du.«

Ich biss die Lippen zusammen. Es kostete mich Kraft, mich nicht zu beugen, stehen zu bleiben, obwohl er mich abstieß wie ein gleichpoliger Magnet. Und ich brachte die Worte nicht über die Lippen, die ausdrückten, wie sehr ich ihn verachtete. Dass ich nichts mehr verabscheuen würde, als an Ashs Stelle zu sein. Dass es für mich keine Ehre wäre, sondern eine Bürde – eine Strafe! Doch wo auch immer ich war, wie unabhängig und frei ich mich auch fühlte, wenn ich mich ihm vermeintlich widersetzte, die Tentakel seiner Macht waren fest um mich geschlungen und drohten mich zu ersticken. Jede verdammte Minute meines Lebens. Die Freiheit war ein Trugschluss und das wusste auch der Meister sehr genau.

Er legte einen Finger unter mein Kinn. Seine Mundwinkel zeigten leicht nach unten. »Kämpfe nicht dagegen an, du wirst verlieren.« Er ließ mich los und mein Kopf sackte nach unten. »Du wirst mir dienen, Dorian. Das wirst du. So wie du es einst geschworen hast. Die Zunft ist alles, was du hast. *Ich* bin alles, was du hast!«

Sekunden verstrichen. Sekunden, in denen ich den Blick nicht heben konnte. Sekunden, in denen er seine Macht über mich demonstrierte und ich nichts dagegen unternahm. Alles in mir schrie, aber nichts davon drang nach außen. Es war wie eine stumme Bestätigung, dass er richtiglag, und das zerriss mich beinahe.

Schließlich klopfte er mir auf die Schulter. »Du kannst jetzt gehen.«

Ich schluckte. Er stand so dicht vor mir, dass ich mich hätte an ihm vorbeizwängen müssen. Allein der Gedanke, mich wie ein gescholtener Schuljunge zurückzuziehen, ließ Übelkeit in mir aufkommen. Aber er würde nicht gehen, bis ich mich nicht vor ihm erniedrigt hatte. Das war sein Spiel. Seit ich mich in meinem jugendlichen Leichtsinn getraut hatte, Fragen zu stellen und vor allem Antworten zu fordern. Den Rest meines Lebens würde ich dafür bezahlen müssen, aber meine Würde konnte er mir nicht nehmen.

Ich straffte die Schultern, schaute hoch und legte eine Hand gegen seinen Oberarm, um ihn zur Seite zu schieben. »Entschuldige«, sagte ich und ging an ihm vorbei.

Ich spürte seinen Ärger. Und es fühlte sich befreiend an. Ich ließ die Nackenwirbel knacken, zog die Kapuze und den Schlauchschal hoch und trat in die Nacht hinaus.

Kapitel 9

Lejla

Ich richtete mich im Bett auf und rieb mir über die geschwollenen Augen. Licht drang in Streifen durch die alten Holzläden vor dem Fenster und ließ die Staubkörner über der Daunendecke tanzen. Aber mit dem neuen Tag kam alles umso heftiger zurück. Dorians Frage. Der Brief meiner Mutter. Die Ereignisse in der Stadt. Als ob es das Einzige wäre, an das sich mein Gehirn noch erinnern konnte.

Ich konnte es nicht länger hinauszögern. Ich musste Endra einweihen. Vielleicht konnte sie mich beruhigen, oder mich mit noch mehr Steinen behängen. Es war mir egal, was sie tat, Hauptsache, das alles hörte auf.

Ich griff nach dem Smartphone und begann zu tippen. Doch am Ende löschte ich alles wieder. Es klang viel zu verrückt und kompliziert. Also schrieb ich einfach »Wir müssen reden«, sandte die Nachricht ab und machte mich auf den Weg ins Bad.

Kurz darauf klingelte es schon an der Tür.

»Das ist Endra«, rief ich in Richtung Wohnzimmer. »Ich hoffe, das ist okay.«

»Hm«, brummte mein Großvater, der kurz aus der Zeitung hochschaute. Eine Rauchwolke waberte über ihm.

Ich drückte den Türöffner und lauschte Endras eiligen

Schritten, mit denen sie zu mir hochrannte. Auf den letzten Stufen verlangsamte sie. Die Stirn in tiefe Falten gelegt, blieb sie vor mir stehen. »Ist es wegen Dorian?«, platzte sie heraus. »Es tut mir so leid, Lejla, ich habe nicht mit ihm geflirtet. Ich wollte nur höflich sein, weil …«

»Schhhh.« Ich legte den Finger auf die Lippen und zeigte mit einer Kopfbewegung hinter mich. Gott sei Dank war das Orchester gerade beim Crescendo angekommen und das Musikstück im Radio wurde lauter. »Komm.«

Ich schob meine Freundin vor mir her und wir verzogen uns auf den Dachvorsprung vor meinem Fenster. Seit wir wegen des Hausarrests kaum mehr zu unserem Platz am Rhein gehen konnten, war der zu unserem Rückzugsort geworden, um zu reden.

»Dass das für dich so ausgesehen haben muss, dass ich flirte«, schoss Endra wieder los, kaum saß ich neben ihr, »tut mir wahnsinnig leid. Das war echt nicht so. Ich habe …«

»Hey«, grinste ich und legte meine Hand auf ihre, um sie zu stoppen. »Er bedeutet mir nichts.«

Endras Augenbrauen zogen sich zusammen, bevor sich ihre Augen wieder weiteten. »Nicht?«

Ich schüttelte den Kopf. »Woher denn? Wir kennen uns ja gar nicht.«

»Das heißt ja nichts. Die feinstofflichen Vorgänge brauchen den Verstand nicht, um sich zu ereignen. Gefühle – Zuneigung, Abneigung – das alles entsteht in den ersten Augenblicken, wenn wir jemanden sehen. Ich sage ja nicht, dass es Liebe sein muss, davon redet ja keiner, aber …« Sie unterbrach sich selbst und schaute mich an. Ihre hochgezogenen Schultern entspannten sich. »Okay, es geht also nicht um ihn.« Sie atmete tief ein und aus. »Ich war so in Panik, als du diese kurze Nachricht geschickt hast. Es hat so sauer geklungen und ich …« Sie hielt inne und lächelte. »Vergiss es. Was ist los?«

Ich konnte sie nicht anschauen und heftete den Blick auf meine Finger, die ich ineinander verknotete. »Ich habe dir letzte Woche noch nicht alles erzählt.«

»Macht doch nichts. Das ist okay, du musst ja nicht … entschuldige«, sagte sie. »Ich unterbreche dich immer.«

Ich rieb mir über die Stirn. »O Mann. Das klingt alles total verrückt, weißt du?«

»Lass das mal mich entscheiden.«

»Gut. Also. Puh.« Ich schaute hoch und schluckte. Wie brachte man seiner Freundin möglichst schonend bei, dass man verrückt war? Geradeheraus oder doch besser mit Einleitung? Ich entschied mich für Letzteres. »Ich habe dir ja von Mum erzählt und dass ich glaube, dass sie schizophren war und dass man da so Wahnvorstellungen haben kann, ja?«

»Ja«, sagte Endra gedehnt und schaute mich mit hochgezogenen Brauen an.

»Okay, ähm … und die Krankheit ist wie gesagt vererbbar.«

Schweigend wartete Endra ab.

»Ja, also …« Ich ließ den Blick über die eng stehenden braunen Ziegeldächer der Nachbarshäuser schweifen, zwischen denen hin und wieder ein Baum aufragte und seine Äste entfaltete. »Also manchmal«, stieß ich hervor und schloss den Mund gleich wieder.

Endras Hand legte sich auf meine. »Was passiert manchmal?«

Ich schaute kurz zu ihr. Sie lächelte.

»Da habe ich das Gefühl, als ob alles um mich herum … zerfällt. So ganz echt, wie in einer Vision.« Ich zog die Finger unter ihren weg und vergrub mein Gesicht in den Händen. »Das klingt so bescheuert.«

»Nein, tut es nicht. Was passiert denn dann weiter?«

»Nichts«, sagte ich und richtete mich wieder auf, um sie anzuschauen. »Ich stehe da einfach in dieser zerfallenen Welt, es ist totenstill und dann plötzlich ist alles wieder normal … und Dorian taucht irgendwo auf.«

»Er taucht immer auf, wenn du so eine Vision hattest?«

Ich nickte und nach einer Pause fügte ich an: »Er hat mich gestern gefragt, *was* ich bin.«

Meine Freundin runzelte die Stirn. »Wie, *was* du bist?«

»Er fragte einfach: *Was* bist du, als ob ich kein Mensch wäre.«

»Was sollst du denn sonst sein? Und was ist er denn, dass er immer auftaucht, wenn dir was Komisches passiert?«

Ich zuckte mit den Schultern. »Ich habe da so einen Brief gefunden. Von meiner Mutter.«

»Einen Brief?« Endras blauen Augen leuchteten. »Wo hast du den her?«

»Aus dem Sekretär meines Opas – ich habe ihn – aufgebrochen.« Meine Stimme war nur noch ein Flüstern.

»Ha! Ich wusste es! Was stand denn drin?« Unruhig rutschte Endra auf ihrem Hintern hin und her.

»Sie war krank«, wiederholte ich mich.

»Das stand da drin?«

»Nein. Ich meine …«

»Kannst du jetzt mal aufhören, immer alles damit abzutun, Lejla? Was stand drin?«

»Na gut – glaubst du daran, dass es eventuell so etwas wie … Parallelwelten … geben könnte?«

Endras Augen weiteten sich. »Parallelwelten? Du meinst …«

Mein Gesicht verkrampfte sich. »Keine Ahnung, was ich meine.«

»Stand denn so was im Brief deiner Mum?«

Ich nickte. »Irgendwie schon.«

»Jetzt lass dir doch nicht jedes Wort abluchsen, als wären wir auf einem türkischen Bazar.«

»Sorry.« Nun musste ich grinsen. »Also im Wesentlichen schreibt sie, dass es da so eine Welt gibt, die dunkel geworden ist und zerfällt und dass sie den Bewohnern dieser Welt helfen wollte, was wohl einigen Leuten nicht gepasst hat. Sie wurde verfolgt und fürchtete um ihr Leben.«

Endra schürzte die Lippen.

»So weit, so gut«, fuhr ich fort. »Aber der Hammer ist, dass die Welt, die sie da beschreibt, genauso aussieht wie das, was ich in den Visionen sehe. Das ist doch sehr unwahrscheinlich, dass wir beide dieselben Wahnvorstellungen haben, nicht wahr?«

»Allerdings!«

»Ich habe gegoogelt. Es gibt einige Physiker, die die Existenz von parallelen Universen für sehr realistisch halten. Natürlich nur theoretisch. Nicht mit Übertritten oder fremden Wesen, aber …«

»Ach hör mir auf mit der Physik. Die Physiker haben behauptet, die Erde steht im Zentrum des Universums.«

»Aber sie haben dazugelernt und nur dank ihnen wissen wir, dass es doch nicht so ist«, verteidigte ich die Forscher. »Mich beruhigt es halt, dass es auch wissenschaftlich gesehen nicht ausgeschlossen ist.«

Endra lächelte mich an. »Du weißt ja, zwischen Himmel und Erde geschehen Dinge …«

»Schon klar«, sagte ich.

»Was ich sagen will, ist, dass du nicht weißt, in welchem Stadium des Wissens wir sind. Was heute absolut undenkbar und unmöglich ist, ist morgen Schulstoff in der dritten Klasse. Denkst du, du darfst heute raus?«, wechselte sie nahtlos das Thema.

»Ähm, keine Ahnung. Warum?«

»Der Spruch von meiner Oma kommt nicht von ungefähr. Sie kennt sich mit übersinnlichen Themen wirklich gut aus. Sie glaubt felsenfest daran, dass da mehr ist als das, was wir sehen. Sie kennt jeden Mythos, jede Theorie, einfach alles, was es über Parallelwelten zu sagen gibt.«

»Sie glaubt daran, dass eine Parallelwelt existiert?«

Endra nickte. »Eine oder mehrere, wir sind nicht allein, Lejla. Lass uns mit ihr reden.«

»Und warum glaubt sie das?«

Endra schaute mich mit diesem Echt-jetzt?-Blick an, bei dem sich ihr Mund schräg verzog.

»Okay, schon gut.« Ich hob meine Hände. »Ich frag Tata.«

»Gutes Mädchen«, grinste sie und zog ihr Handy hervor. »Ich ruf sie an und sage ihr, dass wir ein Schulprojekt haben.«

Ich erhob mich und stieg über Endras ausgestreckten Beine.

»Gott sei Dank passiert *dir* das«, murmelte sie.

Sie hatte recht. Wäre es umgekehrt, hätte ich sie für verrückt erklärt. Stürmisch umarmte ich meine Freundin. »Danke«, sagte ich und küsste ihre Wange. »Danke, dass du mich nicht für eine Spinnerin hältst.«

»*Das* habe ich nicht gesagt!«

»Hey!« Ich boxte ihr scherzhaft gegen die Schulter und kletterte durchs Fenster zurück in mein Zimmer, während auch sie sich hochrappelte.

Als ich die Tür zum Flur aufstieß, hörte ich Tatas gedämpfte Stimme aus dem Wohnzimmer.

»… habe es gerade gesehen.«

Er stand mit dem Rücken zu mir. In einer Hand das Telefon, in der anderen die Pfeife. Der Hörer klemmte zwischen Ohr und Schulter.

»Ja, verstehe. Gut, bis gleich.«

Tata hing den Hörer auf und klopfte die Pfeife im Aschenbecher aus.

»Tata?«

Er schnellte herum. »Musst du dich so anschleichen?«

»Entschuldige.«

Auf dem Tisch hinter ihm lag die Zeitung, die er vorhin gelesen hatte. Ein Wort aus der Überschrift sprang mir wie eine Leuchtreklame entgegen. »Sommercasino«.

Mein Puls schnellte hoch und ich spürte, wie mein Kopf heiß wurde. Endra trat neben mich. Ihr Blick hing ebenfalls an der Zeitung und sie holte schon Luft, um etwas zu sagen. Mit dem Ellbogen stupste ich sie in die Rippen. Wir durften uns nicht verquatschen. Offiziell waren wir nicht dort gewesen. Warum sollte uns das also interessieren?

Dennoch wollte ich nichts sehnlicher als hinlaufen und den Artikel lesen. Obwohl ich mir schon denken konnte, was drinstand.

Tata winkte ab und lächelte. »Ich muss los.«

»Schon wieder? Wohin denn?«, entfuhr es mir.

»Ben braucht meine Hilfe.«

»Ach ja? Was ist denn mit ihm? Ist er krank?«

»Nein, nein. Er hat ein paar Probleme. Zerbrich dir nicht seinen Kopf, ja?« Tatas Mund lächelte, seine Augen aber blieben ernst, oder vielmehr besorgt. »Tja also«, begann er, »und was macht ihr noch so?«

Themawechsel, registrierte ich. Aber wenn er mich schon abservierte, konnte ich das auch zu meinem Vorteil ausnützen. »Wir wollten mal wieder Endras Oma besuchen, wenn das in Ordnung ist. Ich habe sie nun seit der Verhan… also schon lange … nicht mehr gesehen.«

»Sie hat Geburtstag«, unterstützte mich meine Freundin. Sie stand mir in Sachen Notlügen in nichts nach. Ein spontanes »Echt – das wusste ich gar nicht« lag mir auf der Zunge.

»Oh, hm.« Tata strich sich über den kurzen grauen Bart. Sein Blick wanderte zwischen mir und Endra hin und her.

»Also gut. Aber ich fahre euch hin. Deine Oma kann euch dann wieder zurückbringen, nicht wahr?«

»Ja sicher«, lächelte Endra. »Kein Problem.«

Im Auto spürte ich, wie eine wohltuende Erleichterung meinen ständig zu hohen Puls beruhigte. Es tat gut, eine Mitwisserin zu haben. Und was noch besser war, Endra hielt mich dennoch nicht für verrückt. Im Gegenteil, sie glaubte mir, glaubte, dass meine Visionen real waren. Doch neben all der Erleichterung spürte ich auch den Keil des Misstrauens immer stärker, der sich zwischen mich und Tata drängte. Wo trieb er sich herum und was tat er? Was lief da hinter meinem Rücken? Ich wurde das Gefühl nicht los, dass es etwas mit mir zu tun hatte. Nur was? Und warum sprach er nicht mit mir darüber? Heute Abend musste ich mit ihm reden. Das nahm ich mir fest vor.

Kapitel 10

Lejla

Lima, Endras Oma, war der absolute Hammer. Tatas herzliche Glückwünsche zum Geburtstag nahm sie mit einem Augenweiten und einem Seitenblick zu ihrer Enkelin freundlich entgegen. Auch bestätigte sie, dass sie uns zurückbringen würde. Tata schien zufrieden zu sein und verabschiedete sich am Abend.

Jetzt saßen wir in ihrer Küche. Das goldene Licht und die holzverschalten Wände verbreiteten eine warme Atmosphäre. Es roch dezent nach Räucherstäbchen und ich fühlte mich aufgehoben. Möglicherweise lag es auch an der Zuversicht, Antworten zu bekommen. Den Kuchen musste ich allerdings hinunterwürgen, auch wenn er superlecker war, aber mein Magen weigerte sich, Nahrung aufzunehmen.

Die kleine rundliche Frau in ihrem wadenlangen Faltenrock setzte sich uns gegenüber und strahlte uns an. »Es ist so schön, dich mal wieder hier zu haben, Lejla.« Sie beugte sich über den Tisch und legte die Hand auf meinen Unterarm. »Endra sagte mir, du hast seit der Verhandlung Hausarrest. Soll ich mal mit deinem Großvater sprechen?«

Ich lächelte sie an. »Das ist lieb, aber ich denke, er lässt sich da nicht erweichen. Ich habe es wohl auch nicht besser verdient.«

»Nicht doch, Kind. Endra hat mir alles erzählt. Ich kann nicht fassen, wie schlampig die Justiz hier vorgegangen ist.«

»Ja«, seufzte Endra, »das ist wirklich unglaublich.«

»Aber leider auch nicht mehr zu ändern«, fügte ich an und hoffte, das Thema damit begraben zu können.

Lima tätschelte meinen Arm, bevor sie sich wieder aufrichtete. »Du hast recht. Man muss nach vorne schauen und das Beste aus dem machen, was das Schicksal einem auferlegt. Und manchmal verhilft einem ein bisschen Flunkern zu einer schönen Abwechslung, nicht wahr, Endra?« Sie zwinkerte ihr zu. »Da macht mich meine Enkelin doch glatt ein paar Monate älter.«

»Ich habe ja nicht gesagt, wie alt du wirst«, grinste meine Freundin, »nicht mal, dass du *heute* Geburtstag hast, nur, dass du Geburtstag hast. Und irgendwann hast du das ja auch, oder nicht?«

Lima lachte auf. »Ja, Kind, so ist es. – Aber nun erzählt mal von eurem Schulprojekt. Mal schauen, ob ich euch weiterhelfen kann.«

»Das Thema ist Parallelwelten«, sagte Endra mit vollem Mund. »Du kennst dich doch damit so gut aus und da dachten wir, dass es doch viel besser ist, dir einen Besuch abzustatten, als den ganzen Tag im Internet zu hängen.«

»Parallelwelten? Aha.« Endras Oma runzelte die Stirn. »In welchem Fach sprecht ihr denn über solche Themen?«

»Geschichte«, sagte ich. »Wir nehmen gerade die verschiedenen Mythologien durch.«

»Ach ja? Welche denn?«

»Asgard und so. Mit Thor und Loki«, mampfte Endra und legte klirrend die Gabel auf den Teller. »Aber unsere Aufgabe ist es nun, über andere Legenden zu berichten und wir wollten etwas mit Bezug zu Basel machen.«

»So so.« Lima schaute zu mir, und ich versuchte mich an einem unschuldigen Lächeln.

»Du hast mir doch mal etwas erzählt – wegen dieses Erdbebens in Basel«, bohrte Endra weiter.

Ihre Oma legte den Kopf schräg. »Tatsächlich?«

»Ja, Oma, sonst wüsste ich doch nichts davon, oder?«

»Hm – iss Kind«, wandte Lima sich mir zu, »willst du noch ein Stück?«

»Danke«, lehnte ich ab. »Später vielleicht.«

Endras Oma zupfte an der Platte mit dem Kuchen herum. »Vielleicht noch jemand Kaffee?«

»Nein, danke«, sagte Endra.

Ich kippte meine Tasse ein wenig. »Ich habe noch.«

»Na gut.« Lima musterte uns über ihre Halbmondbrille hinweg. »Und das ist wirklich ein Schulprojekt?«

Ich schaute vor mir auf den Tisch. Das Schweigen schien endlos, und ich traute mich kaum zu atmen.

»Na ja«, begann Endra schließlich, »nicht wirklich.«

»Dachte ich mir. Und woher kommt das plötzliche Interesse an dieser Geschichte?«

Endras Blick streifte mich, und ich nickte kaum merklich. »Na ja, es ist so, also Lejla passieren in letzter Zeit ziemlich komische Dinge, und da dachte ich, vielleicht kannst du uns helfen.«

»Was für Dinge denn?«

»Es sind eigentlich keine Dinge«, wiegelte ich schnell ab, denn ich wollte das nicht alles noch mal erzählen müssen. Endra war meine beste Freundin, ich vertraute ihr zu hundert Prozent. Aber ich konnte das ihrer Oma nicht einfach so beichten, so gern ich sie auch mochte. »Ich … also … ich habe da so einen Brief gefunden. Von meiner Mutter.«

»Ach ja? Und?«

»Ja, also darin spricht sie über eine parallele Welt – eine dunkle, zerfallene Welt. Und … ähm … also mir wurde von klein auf erzählt, dass sie verrückt war und …«

»Lejla will einfach wissen, ob sie das tatsächlich war, oder nicht«, beendete Endra mein Gestotter. »Kann es sein, dass sie von einer Parallelwelt Kenntnis hatte? Gibt es diese Welt?«

»Oder sind das die Worte einer Verrückten?«, vervollständigte ich die Ausführungen meiner Freundin.

Lima lächelte mich an. »Ich kann dir natürlich nicht sagen, ob deine Mutter krank war oder nicht, aber …«

Sie brach ab.

»Aber was?«, wollte Endra wissen. »Diese Welt gibt es doch, nicht wahr?«

Lima seufzte und legte kurz die Stirn in ihre Hand, bevor sie uns wieder anschaute. »Also gut. Ich werde euch erzählen, was ich weiß, denn ich kenne euch, ihr werdet keine Ruhe geben, bis ihr es nicht herausgefunden habt. Also erzähle ich es euch lieber, bevor ihr noch in Schwierigkeiten geratet. Aber …« Sie unterbrach sich und schaute von Endra zu mir und zurück. »Ihr müsst mir versprechen, dass ihr es danach ruhen lasst. Manches Wissen kann gefährlich sein.«

Mein Herz stolperte. Mir kamen die Worte meiner Mum in den Sinn, dass sie verfolgt wurde, weil sie zu viel wusste. »Wie meinst du das?«

»Sprecht mit niemandem darüber, auch wenn es nur wie eine alberne Verschwörungstheorie klingt.«

»Okay, ja, klar«, sagte Endra und stieß mich kurz mit dem Ellbogen an.

»Ja sicher«, bestätigte ich.

»Gut.« Lima straffte die Schultern. »Wie du schon sagtest, Endra, alles begann mit dem schweren Erdbeben in Basel im Jahre 1356. Es war eines der schwersten Beben in Europa und als ob das nicht genug wäre, brannte danach auch noch die ganze Stadt. Über acht Tage lang tobte das Feuer. Es war ein großes Unglück, das die Stadt beinahe ausradiert hat. Und danach konnten die Bewohner, die auf die Felder geflohen waren, auch lange nicht zurück in ihre Häuser.« Sie senkte die Stimme und ihr intensiver Blick ließ mich den Atem anhalten. »Eines der schlimmsten Erdbeben Europas fordert kaum Todesopfer. Danach wütet ein Feuer und kein Mensch versucht, es einzudämmen? Kommt euch das nicht komisch vor? Sollte die Stadt nicht vor Menschen wimmeln, um das Feuer zu löschen und alles schnell wieder aufzubauen?«

Wenn sie das so sagte, klang es schon komisch. Aber wer wusste schon, was es in dieser Zeit für Möglichkeiten gab.

»Gefahrenzonen einzurichten war schon immer eine beliebte Vertuschungstaktik gewesen und so war es auch hier. Bei diesem Erdbeben ist nämlich etwas passiert. Die Tore zu einer anderen Welt sind aufgebrochen. Und zwar entlang einer Linie vom Epizentrum in Reinach bis in die Stadtmitte und womöglich noch weiter nordwärts, bis nach Deutschland. Nach der Entdeckung dieser Welt musste man sich all die neugierigen Leute vom Hals halten, bis man alles wieder im Griff hatte und die Grenzen kontrollieren konnte.«

Ich nahm einen Schluck Kaffee. Wären der Brief meiner Mutter und die wirklich merkwürdigen Dinge nicht gewesen, die mir in letzter Zeit andauernd passierten, wäre ich tatsächlich davon ausgegangen, dass das wohl eine der ältesten Verschwörungstheorien war, die uns Endras Oma da auftischte. Aber jetzt …

»Und was geschah dann?« Endras Drängen holte mich aus meinen Gedanken zurück.

»Es wird erzählt, dass sich die Erforschung dieser Welt schwierig gestaltete. Die Leute, die übergetreten waren, konnten sich, wenn sie denn überhaupt zurückkamen, an nichts mehr erinnern. Man vermutete, dass die Menschen ihre Seele zurückließen, sobald sie in die Dunkelwelt wechselten. Fast, als ob sie einschlafen würden.«

Dunkelwelt! Mein Herz rutschte einen Stock tiefer. Genau diesen Ausdruck hatte meine Mutter auch verwendet. Brauchte ich noch mehr Beweise? Das, was Endras Oma da beschrieb, war real! Der Kaffee stieß mir sauer auf und ich spürte ein Brennen in der Speiseröhre. Ich hielt den viel zu schnellen Atem an und hoffte, dass niemand den Kampf gegen die in mir aufsteigende Panik mitbekam.

»Lange ging das alles gut. Die Menschen haben diese Parallelwelt erforscht, ohne dass es die breite Öffentlichkeit je erfahren hat. Doch dann ist etwas geschehen und die Dunkelwelt wurde böse. Man erzählt sich, dass die Bewohner dieser Welt, Darkonas genannt, Menschen attackiert und ihre Seelen geraubt hätten. Daraufhin haben die Eingeweihten die Welt versiegelt und die Grenzen werden seither von Wächtern bewacht.«

Werden? Also bis heute? »Dann gibt es diese Wächter noch? Müssen die Grenzen bis heute bewacht werden?«

»Aber ja. Die Grenze ist lang, möglicherweise erstreckt sie

sich über den gesamten Rheingraben und man hört, dass immer wieder Tore aufreißen. Nicht, dass mich das erstaunen würde, denn wie hat es Goethe in seinem Zauberlehrling so schön ausgedrückt? ›Die Geister, die ich rief, werd ich nun nicht los.‹ Wir brauchen die Wächter, damit die Welten getrennt bleiben.«

»Wie meinst du das mit den Geistern?«, fragte Endra.

Ihre Oma senkte kurz den Blick, zog dann die Augenbrauen hoch und schaute uns wieder an. »Es ist gut möglich, dass das alles menschengemacht war. Warum sonst diese Geheimniskrämerei?«

»Das Erdbeben?«, stieß Endra hervor.

»Die gigantische geballte Energie, die die Tore aufgerissen hat – das Erdbeben war vermutlich nur eine Folge davon. Aber das wird man wohl nie erfahren.«

Ich fuhr mir mit der Zunge über die trockenen Lippen. »Weiß man, warum die Dunkelwelt böse geworden ist?«

Endras Oma wiegte ihren Kopf hin und her. »Leider nicht, niemand konnte sich erklären, was geschehen war.«

»Und wie merkt man, dass die Grenze aufreißt? Wie sieht so ein Riss – oder Tor – oder was auch immer – aus?«

»Die können alle Formen haben. Aber wir Menschen können sie nicht sehen. Es sind eher die Energien, die die Wachen unter uns spüren können.«

Ihre Worte erinnerten mich sofort an das Bild! Und an Endras Gefühle im Haus! Meine Hände waren eiskalt und schwitzig.

»Geht nicht auf die Suche nach den Toren«, sagte Lima direkt an mich gewandt. »Ihr habt mir versprochen, es ruhen zu lassen. Wenn deine Mutter diese Welt beschrieben hat, ist sie in etwas Gefährliches hineingeraten. Und ich will nicht, dass ihr euch ebenfalls diesen Gefahren aussetzt.«

»Klar«, sagte Endra und schaute zu mir. »Keine Sorge, Oma.«

Limas Blick hielt mich gefangen. »Die Dunkelwelt ist gefährlich. Ihr werdet nie mehr zurückfinden. Haltet euch davon fern.«

Ich nickte, um sie zu beruhigen. Aber in meinem Kopf herrschte Chaos. Diese Visionen – konnte es sein, dass sie echt waren? Fiel ich kurzzeitig durch so einen Riss in diese Dunkelwelt? Aber warum passierte *mir* das? Und dann waren da wieder Dorians Worte: *Was* bist du? In meinen Ohren begann es zu rauschen. Meine Umgebung zog sich hinter einen dicken Schleier zurück, und das Gefühl zu fallen überwältigte mich. Konnte mich bitte jemand aus diesem Albtraum aufwecken!

»Alles okay?« Endra stupste mich leicht in die Seite.

»J-ja.« Ich blinzelte kräftig, um wieder zu mir zu kommen. »Klar.«

Sie schaute auf ihr Handy. »Ich denke, wir sollten dann langsam zurück, nicht wahr?«

»Ähm, ja«, sagte ich, froh um ihre Initiative. »Das wäre gut.«

Lima setzte uns bei mir zu Hause ab und Endra kam noch mit hoch, wofür ich dankbar war.

»Lejla, bist du okay?« Meine Freundin stupste mich erneut an, als wir die Treppe hinaufgingen.

»Keine Ahnung«, gestand ich. »Weißt du, da ist vielleicht noch mehr.«

»Noch mehr? Was denn?«

Ich schloss die Wohnungstür auf. »Hallo?«, rief ich in den dunklen Flur.

Es kam keine Antwort. Tata war noch nicht da. Gut!

Ich ließ Endra den Vortritt, betrat hinter ihr den Gang und schloss die Tür hinter uns. Während ich die Schuhe auszog, fiel mein Blick ins Wohnzimmer. Ich versteifte mich. Endra folgte meinen starr ausgerichteten Augen, warf ihre Tasche und Jacke hin und holte das Tagblatt vom Beistelltisch.

»Wasserrohrbruch im Sommercasino hat die Mädchentoilette komplett zerstört«, las sie vor.

Mir wurde schwindelig. Es war mir bewusst gewesen, dass etwas passiert war, aber die Bestätigung traf mich umso heftiger.

»Mann! Was für ein Zufall! Schon wieder haben wir das alles nur knapp verpasst. Das ist echt …«

Ich stützte mich an der Wand ab.

»Hey?« Endra wandte sich mir zu und streichelte über meinen Oberarm. »Du bist ganz weiß. Ist dir schlecht?«

Ich schüttelte den Kopf, den Blick auf den Boden geheftet.

»Oh«, stieß sie hervor. »Ich sage noch Zufall, dabei gibt es so was gar nicht, nicht wahr?«

Ich schaute sie an. Unfähig zu sprechen.

»Dorian war gestern im Sommercasino. Genau wie die Woche davor im Café«, sprach sie es schließlich aus. »Hattest du noch andere Visionen?«

»Am Aeschenplatz«, flüsterte ich.

Einen Moment lang sah sie mich an, bevor sie nochmals in die Zeitung schaute. »Vielleicht ist er das.«

»Oder ich. – Er hat mich gefragt, *was* ich bin. Was, wenn ich tatsächlich nicht normal bin? So richtig nicht normal? Nicht einfach ein bisschen krank, sondern gefährlich?«

Meine Freundin umarmte mich. »Du bist nicht gefährlich.

Gefährlich sind Leute, die Böses wollen. Und das willst du nicht. Etwas passiert mit dir oder um dich herum. Etwas, das wir stoppen müssen, und dann wird alles wieder gut, okay?«

»Okay«, flüsterte ich gegen ihre Schulter. Ich wollte ihr glauben. Ich wollte es so sehr.

Langsam löste ich mich von ihr. »Du hast recht, es bringt ja nichts zu verzweifeln.«

»So kenne ich dich«, lächelte Endra.

»Komm, ich will etwas nachschauen.« Ich umfasste ihren Arm und zog sie mit mir in mein Zimmer.

Kapitel 11

Lejla

Ich ließ mich in den Stuhl vor dem Schreibtisch fallen und schlug den Laptop auf.

Endra schaute mir über die Schulter. »Was willst du denn nachschauen?«

»Warte es ab.« In Google Maps gab ich die Adresse der alten Villa ein. Außerdem ließ ich mir das Münster anzeigen, das ungefähr in der Mitte der Stadt lag, und das Dorfzentrum von Reinach, wo das Epizentrum des Erdbebens gewesen war. Neben mir griff ich nach einem Bleistift und hielt ihn über den Bildschirm, sodass ein Ende über dem Münster lag und das andere über dem Dorfzentrum. »Tada«, sagte ich und wandte mich zu ihr um. »Die Villa liegt auf direkter Linie zwischen Epizentrum und Stadtmitte. Auf der Linie, entlang der die andere Welt aufgebrochen ist. Zumindest deiner Oma zufolge.«

»Oh …«

»In der Villa hatte ich zwar keine dieser Visionen gehabt, aber ich bin dort Dorian zum ersten Mal begegnet. Danach hat alles erst begonnen. Was, wenn dieses Bild … ein Tor ist?«

Endras Stirn zog sich immer mehr zusammen, während sie auf den Bildschirm starrte.

»Deine Oma meinte, die Wachen unter uns spüren es – du hast es gespürt.«

»Und du hast es gesehen«, flüsterte Endra.

»Richtig.« Ich erhob mich. »Ich muss nochmal zu der Villa.«

»Etwa jetzt?« Endra wich einen Schritt zurück. »Das Haus ist unheimlich, Lejla. Jetzt noch mehr denn je und es wird schon dunkel. Und du hast Hausarrest.«

»Tata ist nicht hier.«

Meine Freundin stöhnte auf. »Ich weiß nicht. Ich denke, wir sollten da nicht mehr hingehen. Wir haben meiner Oma versprochen, die Sache ruhen zu lassen.«

»Dort hat alles angefangen.«

»Und wenn Dorian auftaucht?«

»Umso besser, dann können wir ihn direkt fragen, was er über all das weiß. Mir kann ja keiner erzählen, dass er da nicht mit drinsteckt. Vielleicht gehört er ja zu den Leuten, die das alles vertuschen wollen.«

»O Mann.« Endra schaute mich einen Moment unverwandt an. »Dann sollten wir uns erst recht von ihm fernhalten und ihm nicht noch sagen, dass wir Bescheid wissen!«

»Irgendetwas stimmt nicht mit mir, Endra!« Ich breitete meine Handflächen vor ihr aus. »Meine Narben leuchten beinahe und das hat alles angefangen, seit ich in diesem Haus war. Ich kann nicht einfach schweigen und abwarten. Der Ninja weiß etwas! Und solange er etwas weiß, das ich nicht weiß, ist er mir immer einen Schritt voraus.«

Endra griff nach meinen Handgelenken. Ich sah, wie sich ihre Augen weiteten. »Lass uns das Oma zeigen. Wir müssen doch nicht direkt zu diesem Dorian rennen.«

»Ich will ja gar nicht zu ihm, ich will nur in dieses Haus. Ich will mir das Bild nochmals anschauen und … keine Ahnung.«

»Und keine Ahnung?« Endras Atem ging schnell und flach. »Der Typ wird da auftauchen! Und dann …«

»Möglich.«

Sie rieb sich über die Augen. »Herrje! Du willst da wirklich hin, nicht?«

»Ich muss.«

Meine Freundin hob die Hände. »Also gut. Besser zu zweit, als du allein.«

Mit zwei Sandwiches, Wasser, Taschenlampe und warmem Schal ausgestattet, machten wir uns auf den Weg. Ich schwitzte unter dem dicken Hoodie, aber nachher würde ich sicher froh darüber sein.

Wir schlichen uns von hinten an die Ruine. Die Räder versteckten wir im Gestrüpp. Dann kletterten wir durch eines der scheibenlosen Fenster in den Innenraum. Endra schlang die Arme um sich und schaute sich um. »Und?«, fragte sie. »Ist es noch da?«

Ich kniff die Augen zusammen, ging näher zur Wand. Nichts! Also holte ich die Taschenlampe aus der Tasche, aber auch das brachte nichts hervor.

»Es ist weg«, sagte ich und fuhr mit der Hand über den Beton.

»Okay, dann lass uns gehen.« Endra zog die Schultern hoch. »Hier ist es so gruselig. Merkst du das nicht?«

Ich wollte mich abwenden, als ein zart blauer Schein mich ergriff. Mit angehaltenem Atem schaute ich zur Wand zurück. »Shit«, entfuhr es mir.

»Was?« Meine Freundin drehte sich abrupt zu mir um.

»Da ist es wieder«, flüsterte ich.

Endra kam langsam zu mir hinüber. »Wie meinst du das?« Ihre Stimme war nur noch ein Hauchen.

»Ich habe die Wand berührt und nun sehe ich es wieder.« Ich schaute auf meine Handfläche und wurde das Gefühl nicht los, dass die Narbe denselben bläulichen Schimmer zeigte wie das Bild. War das eine Art Schlüssel zum Tor? »Schimmert das blau?«, fragte ich und hielt Endra meine Handflächen hin.

»Nein.« Sie schüttelte den Kopf »Da ist nichts.«

Ich ballte die Fäuste. Doch nur Einbildung?

»Was siehst du denn auf der Wand?«, fragte Endra.

»Eine zerfallene Stadt. Basel, glaube ich. Allerdings ist es schwer zu sagen in diesem Zustand.«

Mit der Handfläche strich ich über das Bild. Es schien durch die Berührung aufzuleuchten, und die Wand gab unter dem sanften Druck der Finger nach. Es fühlte sich an, als ob meine Hand im Beton versinken würde und mich mit sich zog. Ruckartig riss ich die Hand zurück und trat von der Wand weg.

»Was ist?«, fragte Endra.

»Meine Hand … ich … ich lag richtig!«

»Womit? Was meinst du?«

»Das Bild ist ein Tor.«

Endras Mund öffnete sich langsam.

»Meine Hand ist darin versunken.«

»Okay, dann wissen wir das jetzt und können wieder gehen, richtig?«

Ohne ihr zu antworten, ging ich wieder auf die Wand zu und legte erneut die Hand darauf. Mit sanftem Druck überwand ich den Widerstand der Mauer. Ein kalter Windstoß erfasste mich. Ich war drauf und dran, einen Rückzieher zu machen, aber ich musste wissen, wie es dahinter aussah. Also rückte ich noch näher an die Mauer heran, drückte beide Hände fest dagegen, bis sie komplett darin versanken, und machte einen großen Schritt nach vorne. Es wurde eine Nuance dunkler und die plötzliche Kälte kroch unter meine Kleider. War es das jetzt gewesen? War ich übergetreten? Endra stand noch immer neben mir, doch als ich mich umdrehte, war da noch jemand im Raum. Ich zog an Endras Arm, damit sie auch hinschaute. »Das ist mein Aushilfsbetreuer«, zischte ich ihr zu.

Endra drehte sich zwar um, reagierte aber nicht auf Validin. Er trug einen schwarzen Umhang mit hohem Kragen, der innen mit Goldstickereien verziert war. So auch der Griff der Waffe, eine Art Doppelspeer, die er vor der Brust trug. »Willkommen in unserer Welt, Lejla.«

»Wie bitte?« Wieder zupfte ich an Endras Arm. Sie starrte an Validin vorbei. »Endra?«

»Sie kann dich nicht hören.«

»Warum?«, fauchte ich ihn an. »Was haben Sie mit ihr gemacht?« Ich wandte mich wieder ihr zu. »Endra?«, sagte ich sanft und drehte sie zu mir um. Ihre Augen waren leer, wie die eines ausgestopften Tieres. Ich strich ihr über die Wange, rüttelte an ihr.

»Ich habe nichts getan«, erklang Validins Stimme, die alles in mir vibrieren ließ. »Unsere Welt macht das mit den Menschen, Lejla.«

»Was meinen Sie mit *unsere Welt*? Das ist vielleicht Ihre, aber sicher nicht meine.«

»Dein Vater ist ein Darkona. Das ist auch deine Welt.«

Meine Kehle wurde trocken. Mein Kinn zitterte. »M-mein Vater?«, krächzte ich. »Nein!« Das konnte nicht sein, er musste sich irren!

Validin streckte mir seine Handflächen entgegen, auf denen dieselben Narben zu sehen waren wie auf meinen. »Und woher denkst du, hast du deine Male?«

»Male?« Mein Mund öffnete sich und schloss sich wieder, wie bei einem Fisch im Aquarium. Mit gerunzelter Stirn betrachtete ich meine Hände. Das waren keine Verbrennungen und mein Großvater wusste das. Er wusste alles und ließ mich einfach im Dunkeln darüber. Log mich an, die ganze Zeit über. Mein Vater war angeblich kein Mensch. Aber was machte das aus mir? Tränen stiegen in mir hoch, die ich vehement zurückdrängte.

»Ich kenne deinen Vater, Lejla. Wenn du mit mir kommst, kann ich dir all deine Fragen beantworten.«

Ich schüttelte einfach nur den Kopf.

»Unsere Welt stirbt, Lejla, wir brauchen deine Hilfe.«

Auf einmal wurde mir die Sicht auf den Mann verdeckt. Ich schaute auf einen Rücken, auf dem sich die Scheiden zweier langer Messer kreuzten, die der Typ in Kampfstellung gezogen hatte. Er trug eine sehr bekannt anmutende Hose, die sich über dem Knie leicht weitete. Auch die Stiefel waren unverkennbar seine.

Ohne sich umzusehen, drängte Dorian uns langsam gegen die Mauer, durch die wir in diese Welt eingedrungen waren.

Validin löste den Doppelspeer aus der Halterung. »Ruhig, Wächter. Ich tue den Menschen nichts. Sie sind in meine Welt gekommen. Nicht umgekehrt.«

Demonstrativ wetzte Dorian die Klingen. »Dann geh! Auch ich will kein Blut vergießen.«

»Nein!«, presste ich hervor und wollte mich an Dorian vorbeidrängen, als er mir sein vermummtes Gesicht zuwandte.

Sein Blick drang in mich. Wir verharrten einen Moment. Einen Moment zu lang, denn als wir beide wieder nach vorne schauten, war Validin verschwunden.

»Verdammt!«, rief ich aus. »Warum hast du das getan?«

»Um dir das Leben zu retten.« Dorian steckte die Macheten zurück in die Scheiden auf seinem Rücken. »Los jetzt«, sagte er und schob mich zu der Wand mit dem Bild. Endra packte er am Handgelenk und zog sie mit sich.

Ich schlug seinen Arm weg. »Ich brauche deine Hilfe nicht!«

Dorian beachtete mich nicht, holte sein Tablet aus der Jackentasche und aktivierte eine Art Taschenlampe. Ein blaues Licht strömte gegen die Wand, durch die er uns beide nun stieß. Ich stolperte und Endra fiel auf die Knie.

»Autsch!«, rief sie. »Was soll denn das, was machst du?«

Ich half ihr hoch, und in dem Moment tauchte auch Dorian wieder auf. »Das war er«, sagte ich und nickte Richtung Dorian.

»Entschuldige«, sagte er, ohne Endra groß zu beachten.

Jetzt erst fiel mir auf, dass er an seinem Gurt eine ganze Reihe Wurfsterne mit sich trug. Zwei weitere Messer steckten in einem Halfter um den Oberschenkel. Erneut leuchtete er mit seinem Gerät gegen die Wand, was das Bild verschwinden ließ. Dann zog er den Gesichtsschutz hinunter und schob die Kapuze zurück. »Normale Menschen verlieren ihr Bewusstsein, wenn sie übertreten – so wie deine Freundin. Kannst du mir das erklären?«

»Ich?« Meine Hand schnellte zur Brust. »Wie denn? Was denn?«

»Warum warst du bei vollem Bewusstsein?«, hakte er nach.

»War ich bewusstlos?«, meldete sich Endra mit zittriger Stimme.

»So ähnlich«, würgte er sie ab, ohne mich aus den Augen zu lassen. »Also?«

Ich zuckte mit den Schultern. Die Hände ballte ich zu Fäusten, um meine Male zu verstecken. »Sag du's mir – und überhaupt, warum warst du bei Bewusstsein?«

»Ich bin ein Wächter. Und das bist *du* ganz sicher nicht.«

»Was bewachst du denn und was erklärt mir das bitte?«, provozierte ich ihn, denn dass Dorian mehr wusste, als er preisgab, war offensichtlich.

Seine Lippen waren zu einer dünnen Linie zusammengepresst, während er mich musterte.

»Kann mich mal jemand aufklären, was passiert ist.« Endra stemmte die Fäuste in die Hüften.

»Würde ich ge–«

»Jetzt nicht!«, fuhr Dorian uns beide an.

»So viel dazu, dass er mit mir flirtet«, flüsterte Endra und brachte mich damit beinahe zum Grinsen, aber mir war klar, dass das ein sehr ungünstiger Moment dafür war.

»Verschwindet jetzt von hier! Los.«

»Ganz sicher nicht. Nicht ohne Erklärung. Du hättest uns einfach dort lassen können, dann …«

»Sie kommen!«

»Wer kommt?«

Dorian fasste mich am Arm und zerrte mich in den hinteren Raum der Villa. Jetzt hörte ich es auch, ein Motorengeräusch, das gerade verstummte. Ein Wagen hatte vor dem Haus angehalten. Türen wurden zugeschlagen und Schritte kamen auf uns zu.

»Los jetzt!«

Ich packte Endra und wir sprangen zusammen aus dem Fenster ins Gestrüpp. Unsere Räder lagen nur einige Meter weiter. Aber ich dachte gar nicht daran, wirklich zu gehen.

»Wir bleiben hier«, flüsterte ich meiner Freundin zu. »Ich muss wissen, wer da kommt und warum.«

Endra nickte nur und blieb dicht bei mir.

Dorian

Als ich über den Mauersockel der halb eingerissenen Wand in den vorderen Raum zurückstieg, kam der Meister schon auf mich zu. Ash und Roc waren bei ihm, genau wie drei weitere Wächter und zwei seiner engsten Berater. Mit einer Handbewegung gebot er der Truppe, stehen zu bleiben und machte selbst noch zwei Schritte auf mich zu.

»Dorian, Dorian«, sagte er in diesem näselnden Singsang. »Was mach ich nur mit dir?« Zwischen seinen Fingern wanderte die obligatorische Münze hin und her.

»Ich kam zu spät, Meister«, sagte ich und neigte den Kopf.

»Hm«, nickte er. »Schwer vorstellbar.«

»Bestimmt hat das alles wieder mit dieser Schlampe zu tun«, meldete sich Ash.

Der Meister erhob seine Rechte zum Zeichen, dass er die Klappe halten sollte. Da waren wir uns ja ausnahmsweise mal einig. Doch mein Triumphgefühl verflog sogleich, als ich das Kribbeln im Bauch spürte, auf das nichts Schönes folgen würde. Die Geheimwaffe des Meisters, die jegliche Argumente überflüssig machte.

»Das Mädchen muss sterben. Sie ist eine Gefahr für uns Menschen und für die ganze Welt. Ich gehe davon aus, dass du diese Aufgabe dankbar annehmen und schnell erledigen wirst, so, wie es deine Pflicht ist.«

»Das ist eine Legende«, sagte ich, ohne den Blick von seinem abzuwenden.

Das Kribbeln schwoll zu einem Schmerz an. Noch zahm, aber eine deutliche Warnung.

»Eine Legende? Und wie erklärst du dir den Zerfall, den unsere Stadt hinnehmen muss? Du, unter allen, solltest doch längst die richtigen Schlüsse gezogen haben. Ihr Tod wird das alles beenden.«

»Zerfall? Wovon sprichst du?« Ich versuchte, aufrecht stehen zu bleiben, aber mittlerweile fühlte es sich in meinem Bauch an, als ob mir die Organe herausgerissen würden. Ich presste beide Unterarme gegen den Torso und beugte mich vornüber, aber die Schmerzen schwollen noch mehr an und zwangen mich schließlich in die Knie.

»Ich spreche zum Beispiel vom Absacken des Bodens am Aeschenplatz, dem Einsturz des Cafés beim Elisabethenpark und zuletzt der als Rohrbruch verkaufte Einsturz des halben Sommercasinos. Ist das alles auch eine Legende? Es ist nur eine Frage der Zeit, bis ihr Wirken erste Menschenleben fordert!«

Er wartete einen Moment auf Antwort. Mein Atem geriet ins Stocken, mein Puls raste im Versuch, den Schmerz zu verarbeiten. »Baupfusch«, spuckte ich aus.

»Ich will keine Ausflüchte mehr hören, keine Verzögerungstaktik und keine Spielchen. Dein Auftrag ist klar. Haben wir uns verstanden?« Er ließ die Münze in die Handfläche fallen und schloss die Faust darum.

Ich konnte nicht sprechen, versuchte, so gut es ging weiterzuatmen. Kalter Schweiß rann mir den Rücken hinunter.

»Ob wir uns verstanden haben?«, erhob der Meister seine Stimme und der Schmerz wurde unerträglich. Ich hätte am liebsten geschrien, aber den Gefallen tat ich ihm nicht. Nur ein ersticktes Stöhnen konnte ich nicht unterdrücken.

»War das ein Ja?«

Ich bekam keine Luft mehr. Mein Körper verweigerte jeglichen Dienst. Ich spürte, dass mein Bewusstsein schwand.

»Ob das ein Ja war, habe ich gefragt?« Der Meister kniete sich zu mir hinunter und hob mein Kinn an, sodass ich ihn anschauen musste. Aber ich nahm ihn nur verschwommen wahr.

»Du wirst meine Autorität nicht untergraben«, zischte er in mein Ohr. »Du nicht! Ich kenne deine Ängste, ich weiß, wie deine persönliche Hölle aussieht. Zweifle nicht daran, dass ich dich für den Rest deines Lebens in ihr schmoren lassen werde. Ich werde dich brechen, in tausend Stücke, bis von deinem Ich nur noch Staub übrig ist, der vom Wind fortgeweht wird.« Er knallte die Münze vor mich auf den Boden, erhob sich und trat zurück. »Ich denke, das war ein Ja«, sagte er zu den anderen.

Schritte entfernten sich. Der Schmerz schwoll ab. Dennoch konnte ich nicht aufstehen. Ich bekam kaum Luft und mir war kotzübel. Also verharrte ich einfach einen Moment in der Stellung. Auf allen vieren, wie ein Hund.

Nachdem mein Atem sich etwas beruhigt hatte, kroch ich zur Mauer und zog mich daran hoch, nur um mich gleich wieder zu setzen. Noch ein paar Minuten, dann würde es gehen.

Kapitel 12

Lejla

Das Einzige, was eine komplette Schockstarre verhinderte, war das Adrenalin, das durch meine Blutbahn schoss. Wer waren diese Leute? Waren das die, vor denen meine Mutter geflohen war? Die, vor denen uns Endras Oma gewarnt hatte? Auf jeden Fall sahen sie in mir einen Feind, den es zu vernichten galt. Und das war nicht gut. Gar nicht gut. Dorian schien zu ihnen zu gehören. Allerdings hatte er diesen Meister angelogen. Er wusste doch bestimmt, dass der Typ die Wahrheit sagte, was diese Ereignisse in der Stadt betraf, und hätte mich ausliefern können. Doch das hat er nicht getan. Ich blickte zu Endra, die noch immer reglos durch das Fenster in die Villa hineinschaute.

Sie bemerkte meinen Blick und wandte sich mir zu. »Wir müssen dich verstecken«, flüsterte sie und ergriff meinen Arm.

Im selben Moment stöhnte Dorian auf. Ich sah, wie er sich an der Mauer hochzuziehen versuchte. »Was ist mit ihm? Wir können ihn doch nicht …«

»Er hat gerade den Auftrag erhalten, dich umzubringen. Mir ist scheißegal, was mit ihm ist.« Endra zog mich von der Ruine weg. »Komm jetzt.«

Ich hielt sie zurück. »Er braucht vielleicht einen Arzt.«

»Dann soll er sein Handy nehmen und anrufen. Das Krankenhaus ist keinen Kilometer entfernt.«

»Endra!«

»Er ist ein Killer. Dein Killer«, sagte sie und schaute mir in die Augen. »Wir müssen hier weg.«

Sie hatte recht und mein Verstand wusste das schon längst, aber Dorians Stöhnen ging mir durch und durch. Würde er mich wirklich jagen und seinen Auftrag erledigen? Vielleicht ließ ich es besser nicht darauf ankommen, das herausfinden zu müssen. Ich war gerade Zeugin sehr eindrücklicher Überzeugungsarbeit geworden. Mit diesen Brüdern war nicht zu spaßen. Vermutlich stand er vor der Wahl, ich oder er, und da würde ich mit Sicherheit den Kürzeren ziehen.

Endra bückte sich und stellte mein Rad auf. Dann drückte sie es mir in die Hand und drängte mich vorwärts. Wir schoben die Drahtesel über das verwilderte Grundstück. Der Zaun war über die Jahre von den wuchernden Pflanzen niedergedrückt worden, sodass wir einfach drübersteigen und weiter durch die Nachbarsgärten schleichen konnten. Nach etwa vier passierten Grundstücken, bei denen uns teilweise von Bewegungsmeldern ausgelöste Scheinwerfer anstrahlten, was mir jedes Mal einen halben Herzinfarkt bescherte, wagten wir uns wieder auf die Straße. Ohne einmal zurückzuschauen, radelten wir bis zum Waldrand.

Im Schutz der Dunkelheit hielt ich an. Ich konnte nicht mehr. Meine Lunge und meine Muskeln brannten von der Anstrengung gepaart mit der Aufregung. Aber das war nicht der einzige Grund, warum ich stehen blieb.

»Was machst du?« Endras Stimme versagte beinahe. »Wir müssen weiter.«

»Wo soll ich mich denn verstecken? Dorian findet mich überall. Das bringt doch nichts.«

»Du kannst erst mal zu mir kommen und dann gehen wir zur Polizei.«

»Und sagen denen *was* genau? Jemand will mich umbringen, weil ich eine Gefahr für die ganze Welt bin?« Ich stieg vom Rad und lehnte es gegen einen Baum. Meine zitternden Hände schob ich in die Jackentasche. Endra sollte nicht sehen, dass mir das alles genauso viel Angst machte wie ihr. Ich war gerade dabei, einen Entschluss zu fassen, von dem ich mich noch so gern hätte abbringen lassen. »Ich werde zurückgehen. In die Dunkelwelt.«

»Nein!« Endra ließ ihr Rad fallen. »Ganz sicher nicht! Du hast gehört, was meine Oma gesagt hat. Die Welt ist böse und gefährlich.« Sie kam zu mir hinüber und strich über meine Arme. »Es muss einen anderen Weg geben.«

»Diese Leute sind auch böse und gefährlich, Endra«, sagte ich und blickte Richtung Villa zurück. »Und die wissen etwas über mich. Ich kann noch so lange darüber schweigen, was ich über diese Dunkelwelt weiß. Es wird mich nicht vor ihnen schützen. Ich brauche Antworten. Ich muss wissen, was hier vor sich geht und ob ich es stoppen kann, ohne dass man mich dafür umbringen muss.«

»Wir können hier weitere Nachforschungen anstellen«, sagte sie und ließ mich los. »Meine Oma wird uns helfen. Und wer sagt denn bitte, dass sich dieser Meister, oder wie er sich nennt, nicht täuscht? Ich habe kein vernünftiges Argument gehört, was dich mit all dem verbindet. Du bist doch die, die immer alles erklären will, warum jetzt nicht? Warum musst du dich Hals über Kopf aufmachen und … und …« Endra schluckte und wischte sich über die Augen.

»Oh bitte, weine nicht«, flüsterte ich und umarmte sie.

»Ich weiß doch auch nicht, was ich tun soll. Aber je länger ich zögere, desto wahrscheinlicher wird es, dass ich wieder eine dieser Visionen habe, und dann bin ich geliefert. Dorian wird mich finden und du hast im Sommercasino gesehen, wie er Lars abgefertigt hat, obwohl der ein Messer besaß.« Ich schaute über Endras Schulter hinweg in den dunklen Wald. »Am Ende spielt es keine Rolle, ob der Meister richtigliegt mit seinen Vermutungen über mich, er will mich tot sehen.« Sanft schob ich sie von mir. Ich klang so tough mit all dem, was ich sagte. Aber ich kam mir gerade vor wie eine Schauspielerin in einem Film. Nichts davon ging mich wirklich etwas an und bald würde jemand »Cut« rufen und wir würden lachend eine Pause einlegen. »Zudem«, fuhr ich fort, »kann ich nicht hierblieben und abwarten, bis jemand zu Schaden kommt wegen mir. Oder die Welt am Ende zerfällt. So wie auf dem Bild. Oder in den Visionen.«

»Das verstehe ich, aber es muss einen anderen Weg geben, Lejla, es gibt immer andere Wege. Diese Dunkelwelt ist böse, und du weißt doch gar nichts darüber. Lass uns erst mal versuchen, mehr zu erfahren.«

»Wenn ich die Zeit hätte, würde ich das tun. Aber ich brauche keine weiteren Argumente, um den Zusammenhang zu sehen, Endra. Und wenn du ehrlich bist, weißt du das. Ich bin der Grund für diese Ereignisse in der Stadt. In der Dunkelwelt bin ich meinem Aushilfsbetreuer begegnet. Er wollte, dass ich ihm helfe. Dafür hat er mir Antworten versprochen und … und … er kennt meinen Vater.«

Endras Augen weiteten sich. »Deinen Vater?«

»Er ist ein Darkona. Ein Bewohner dieser Welt.«

»Er ist was?«

»Du siehst doch selbst, dass komische Dinge mit mir passieren, und diese Visionen ... Womöglich bin ich tatsächlich kein Mensch, Endra«, hauchte ich und die ganzen Gefühle von vorhin drohten mich wieder zu überwältigen. Ich schluckte gegen die Enge in meiner Kehle an und schob alles beiseite. Jetzt war nicht der Zeitpunkt, deswegen zusammenzubrechen. Es war, wie es war, und ich musste mich damit abfinden. Zumindest bis ich allein war. »Kein richtiger jedenfalls.«

»Der kann doch sagen, was er will, um dich in eine Falle zu locken.«

»Ich habe mein Bewusstsein auf der anderen Seite nicht verloren. Du schon. Und ich habe die«, sagte ich und drehte meine Handflächen nach oben. »Genau wie er. Das sind keine Narben. Ich bin anders als du.«

Sie schloss kurz die Augen und schüttelte dann den Kopf. »Du darfst nicht allein dorthin gehen.«

»Ich bin Teil der Dunkelwelt. So schlimm wird es schon nicht werden.«

»Können wir nicht wenigstens eine Nacht drüber schlafen?«, versuchte sie es erneut. »Du bist doch ganz durcheinander. So sollte man keine Entscheidungen fällen.«

»Dorian wird mich finden.«

»Er wird dich auch dort finden! Nur, dass du dann gar niemanden hast, der dir hilft.«

»Validin wird dort sein. Er braucht meine Hilfe. Die Dunkelwelt braucht meine Hilfe. Er wird mich erwarten.« Zumindest hoffte ich das, denn sonst sah es echt übel aus für mich.

»O Gott«, stöhnte Endra und sank vor mir auf den Boden. Ich kniete mich zu ihr hinunter und umarmte sie. »Bitte weine nicht. Bitte.«

»Dann geh nicht!«, schniefte sie.

»Wenn ich, wie dieser Meister gesagt hat, dafür verantwortlich bin, dass die Welt so wird, wie ich sie gesehen habe … Du hast es nicht gesehen, Endra, aber du hast es gespürt. Ich muss das stoppen. Ich könnte nicht damit leben, für all das Leid verantwortlich zu sein.«

»Ich kann dich nicht davon abhalten, richtig?« Endra schaute mich an und ich schüttelte den Kopf.

»Ich werde aber auch nicht tatenlos herumsitzen und warten, bis ich vor Sorge verrückt geworden bin. Ich versuche hier so viel wie möglich über dich und diese Welt herauszufinden. Wenn ich einen Weg finde, dir zu helfen, werde ich da sein.«

Ich lächelte und drückte sie ein letztes Mal. »Danke! Danke für alles.«

»Ist das jetzt ein Abschied?«

Ich senkte den Blick. »Ich denke schon.«

»Du wirst wiederkommen.«

Stumm schaute ich hoch, schaute sie an.

»Du wirst wiederkommen«, wiederholte sie.

Wir erhoben uns und blickten zurück zu den Häusern, von denen wir gekommen waren. Der Himmel war voller Sterne. Grillen zirpten und die Welt schien so friedlich. Wir hielten uns an der Hand. Noch einen Moment, bevor ich losmusste.

Ich wollte nicht, dass sie mich erneut zu der Villa begleitete. Sie sollte einfach nur nach Hause gehen und sich so normal wie möglich verhalten. Zurückzubleiben war bestimmt viel schlimmer als wegzugehen, und es tat mir so schrecklich leid, ihr das antun zu müssen. Ihr und meinem Großvater, der zuerst einfach nur sauer und enttäuscht sein würde, und sich dann

Sorgen und Vorwürfe machen würde. Vielleicht hätte er das alles verhindern können, wenn er nur ehrlich zu mir gewesen wäre. Am Ende würde sich alles aufklären. Dafür musste ich einfach sorgen.

Ich ging den Weg an den Häusern vorbei zurück und schlich mich von hinten wieder an die Villa heran. Im Schutze eines Gebüsches kauerte ich mich hin, um die Gegend zu beobachten. Nach einigen Minuten ging ich näher heran und spähte über das hintere Fenster in die Ruine hinein. Der Mond war nur eine dünne Sichel, aber meine Augen gewöhnten sich schnell daran, und Umrisse der Räume und der eingefallenen Mauerreste begannen sich abzuzeichnen. Dorian war nicht mehr hier. Dennoch wartete ich einen Moment, um mich zu sammeln. Dann kletterte ich auf den Fenstersims und ließ mich in das Gebäude gleiten. Jegliche Gedanken an mein schönes Zuhause, mein warmes Bett, Tata und Endra verbot ich mir. Ich würde nicht kneifen, würde einmal im Leben das Richtige tun.

Ich fuhr mit der Hand über die Wand. Das Bild, oder besser gesagt das Tor zur Dunkelwelt, erstrahlte unter der Berührung in einem hellen Graublau. Ich streifte die Kapuze des Hoodies über den Kopf und schnürte die Tasche enger um den Oberkörper, sodass sie mich beim Rennen nicht behindern würde, falls das nötig werden würde. Dann schritt ich langsam auf die Mauer zu, beide Hände vor mir ausgestreckt. Sie tauchten mühelos in die Wand hinein und zogen mich auf die andere Seite.

Niemand war zu sehen. Es war so dunkel wie zuvor und das Haus unterschied sich auch nicht groß von dem in der Menschenwelt. Aber es war kälter, und diese erdrückende Stille umfing mich, die auch all meine Visionen begleitete.

Ich musste schnell weg hier. Weg vom Tor. Wo war Validin nur? Warum war er nicht hier? Jetzt, wo ich ihn brauchte!

Vorsichtig spähte ich aus der Villa hinaus auf die Straße und da wurde der Unterschied der Welten deutlich. Verdorrte Gräser brachen durch den Asphalt und auch die umliegenden Häuser sahen heruntergekommen und verlassen aus. Einige waren bis auf die Grundmauern zerfallen, andere fehlten komplett, als ob sie nie erbaut worden wären. Trotz der Dunkelheit schien die Luft teilweise zu flimmern. Die Dinge dahinter nahm ich entrückt wahr, als ob ich durch gebrochenes Glas schaute. Mir wurde schwindelig davon. Alles schien sich irgendwie zu bewegen, also konzentrierte ich mich auf kurze Distanzen, die nicht durch flimmernde Flächen von mir getrennt waren.

Auch wenn es mir nicht gefiel, der Wald bot das sicherste Versteck. In den Häusern würde Dorian als Erstes schauen. Also verließ ich das Gebäude und steuerte über hohes Gras auf die Bäume zu. Doch je weiter ich kam, desto dunkler wurde es. Ein Blick zum Himmel verriet mir, dass es hier keine Sterne und keinen Mond gab, nichts, was auch nur ein bisschen Licht spendete. Zumindest sah man sie nicht.

Ich griff in die Tasche, um die Lampe hervorzuholen. Ließ sie dann aber gleich wieder hineingleiten. Blöde Idee. Mit einem Lichtkegel, den ich vor mir herschob, würde ich leichte Beute sein.

Der Waldrand war nicht mehr weit. Nur noch ein paar Meter. Ein kalter Wind erfasste mich, der heulend durch die Äste fegte, als ob der Wald aufstöhnen würde. Alles in mir verkrampfte sich, und ich musste mich zwingen, weiterzugehen. Es war nur der Wind.

Dorian

Ash wartete bereits vor der Tür, als ich nach Hause kam. Die Schmerzen waren noch nicht vollständig abgeklungen und hinzukamen nun auch die Narben, die wieder brannten.

»Wo warst du denn?«

»Fresse halten!«, fuhr ich ihn an und stieß ihn von der Tür weg.

»Schlecht gelaunt?«

Ich biss die Zähne zusammen, schloss auf und ging rein. Die Tür schwang hinter mir zu. Natürlich war Ash schon mit einem Bein drin und fing sie ab, bevor sie ihm ins Gesicht fiel. Ohne Unterlass laberte er irgendetwas vor sich hin. Ich versuchte es auszublenden und ging geradewegs die im Halbkreis geschwungene Treppe in den oberen Stock hinauf.

In meinem Zimmer legte ich die Ausrüstung ab, deponierte alles auf dem Bett und ging ins Bad. Dort zog ich den Pullover und das T-Shirt aus, holte die Schere aus dem Spiegelschrank und begann, mir die Haare zu scheiden.

Ash machte sich im Türrahmen breit. »Echt jetzt? Ein Friseurtermin? Was soll das?«

Atmen, mahnte ich mich. *Einfach atmen. Ein und aus.*

»Hast du nicht einen Auftrag? Die Tussi ist vermutlich gerade übergetreten.« Er scrollte auf dem DarcPad nach unten und schob es dann in seine Jackentasche.

Ich legte die Schere auf die Seifenschale, obwohl ich sie ihm am liebsten in den Hals gerammt hätte, und nahm den

Rasierer. Die Haare fielen ins Waschbecken und über meinen Rücken.

»Sieht echt übel aus.«

»Was?« Ich senkte den Rasierer. »Was sieht übel aus?«

»Die Narben. Dein ganzer Rücken ist …«

»Vorsicht, Ash!«, unterbrach ich ihn. »Pass auf, was du sagst.«

»Du bist echt empfindlich geworden.«

Ich packte die Schere und ließ sie durch die Finger rotieren. »Verschwinde! Sofort! Oder ich vergesse mich!«

»Du solltest echt was gegen deine Aggressionen tun, mein Freund.« Er wandte sich ab und ging den Flur entlang auf die Treppe zu. Die Schere schlug nur Zentimeter von ihm entfernt ins hölzerne Geländer ein. Er fuhr herum. »Sag mal, spinnst du?«

»Du solltest echt was gegen deine Schreckhaftigkeit tun.« Damit warf ich die Tür zu und rasierte meinen Kopf fertig.

Nach der Dusche zog ich mir ein frisches Shirt über und packte noch zwei weitere, sowie eine Decke und den Lederbeutel mit Medizin in den Rucksack. Ich nahm mir eine frische Hose, an der ich den Gurt besser befestigen konnte. Über die Lederjacke zog ich das Halfter mit den Macheten. Als ich nach unten kam, fingerte Ash an den übrigen Messern auf dem Esstisch herum.

»Leg das zurück!« Ich ging zu ihm hin und riss ihm den Dolch aus der Hand. »Du fasst hier nichts an, kapiert?« Mit einem Knall legte ich das Messer wieder zurück.

Ash verdrehte die Augen und wandte sich ab. Gut für ihn.

Aus der Küche nahm ich etwas Proviant mit und vor allem Wasser.

»Läuft grad nicht so gut, was?« Ash machte sich in der Tür zur Küche breit und beobachtete mich.

Die Lippen aufeinandergepresst, zog ich den Rucksack über die Macheten.

»Ich würde mich mal beeilen, wenn ich du wäre. Es sei denn, du stehst drauf, dem Meister für den Rest deines erbärmlichen Daseins die Füße zu waschen.«

Mich plagten Schmerzen, richtig heftige Schmerzen, überall, und der Typ hing mir in den Ohren mit seinem dummen Gewäsch. Ich mochte ein Problem mit Aggression haben, aber heute war nicht der Tag, diese zu bekämpfen. Ich packte Ash, schleuderte ihn rücklings über mein Bein auf den Boden, kniete auf seine Brust und drückte ihm mit dem Unterarm die Kehle zu, sodass nur noch ein Röcheln aus seinem Mund kam. Seine Hände krallten sich um meinen Arm und er zappelte hilflos mit den Füßen. Sein Leben lag in meiner Hand. Ich schaute ihm in die Augen, in denen die pure Angst stand, und genoss es. »Und jetzt, Ash? Was machen wir jetzt?«

Er keuchte und versuchte, meinen Arm wegzuschieben.

»Hm? Ich verstehe dich nicht«, sagte ich und drehte den Kopf, um meine Wirbel mit einem Knacken zu lösen. »Weißt du, es wäre ein Leichtes für mich, dir jetzt dein Maul für immer zu stopfen. Dafür wurden wir ausgebildet. Aber ich tue es nicht. Ich bin ja ein Menschenfreund. Aber wenn du mich jemals wiedersehen solltest, wage es nicht, auch nur einen Ton von dir zu geben, sonst vollende ich das hier.« Damit löste ich den Druck und stieg von ihm runter. Er rollte zur Seite und rappelte sich auf die Knie. Hustend stand er auf allen vieren neben mir.

»Du siehst aus, als ob du auf die nächste Abreibung wartest«, warf ich ihm an den Kopf.

Er zeigte mir den Mittelfinger, unfähig zu sprechen. Das würde vermutlich ein paar Tage wehtun. Kehlkopfquetschung.

Ich ließ ihn stehen und wollte gerade die Klinke der Haustür hinunterdrücken, als er sich noch einmal zu Wort meldete.

»Leb wohl, Andrin«, krächzte er, bevor er loshustete.

Ich schaute zu ihm zurück. Er nannte mich bei meinem Geburtsnamen? Wollte er mir damit sagen, dass ich kein Wächter mehr war? Kläglicher Versuch. Das war mir scheißegal. »Zieh die Tür zu, wenn du gehst«, sagte ich knapp und verließ das Haus.

Kapitel 13

Lejla

Ich hatte den Wald erreicht und kämpfte mich zwischen den Bäumen hindurch durch das Dickicht. Hin und wieder stolperte ich über einen Stamm. Mittlerweile wusste ich nicht mehr, wo genau ich mich befand, noch wie lange es her war, seit ich übergetreten war. Ich würde niemals mehr zurückfinden, genau wie Endras Oma es vorausgesagt hatte. Um mich herum waren nur Bäume und Dunkelheit und flimmernde Luft. Als ich erneut einen Ast rammte, sank ich zu Boden. Was war hier los? War ich im Begriff, ebenfalls das Bewusstsein zu verlieren? War ich doch nicht die, für die mich alle hielten? Und wo war verdammt noch mal dieser Validin? Warum war er nicht hier? Warum sagte er, er brauche meine Hilfe, und dann tauchte er einfach nicht auf? Blieb verschwunden und überließ mich dem Schicksal? Ihn hier zu treffen, war mein einziger Plan gewesen. Aber nun war ich gefangen in diesem Labyrinth, das so gar nicht nach den bekannten Regeln spielte.

Ich wehrte mich gegen die immer wieder aufkeimende Verzweiflung, indem ich mir jegliche Was-wäre-wenn-Gedanken verbot. Hier heulend herumzusitzen würde die Situation leider nicht ändern. Ich war müde und brauchte erst mal einen Platz zum Schlafen, dann würde ich morgen weiterschauen.

Auf einen Ast abgestützt rappelte ich mich hoch. Ich sollte noch etwas weitergehen und nicht gleich hier … Der Gedanken erstarb in meinem Kopf. Ich wusste ja gar nicht, wohin ich gehen sollte, da war es eigentlich vollkommen egal, wo ich mein Lager einrichtete. Aber ich entschied mich dennoch, mir erst mal einen Überblick zu verschaffen.

Die Augen nach oben gerichtet, hielt ich Ausschau nach einem geeigneten Baum, auf den ich klettern konnte, während ich langsam durch das Unterholz schritt. Das Knacken kleiner Äste war das einzige Geräusch im ganzen Wald, und es dröhnte in meinen Ohren. Ich hielt inne. In dem Moment ließ mich ein Rascheln erstarren. Ich wollte mich umdrehen, als sich eine Hand von hinten auf meinen Mund presste. Eine andere legte sich um meine Taille und zog mich fest gegen einen Körper. Der Geruch nach Waschmittel und Leder umfing mich. Aus irgendeinem unerfindlichen Grund war das Erste, was ich spürte, Erleichterung darüber, nicht mehr allein in diesem Wald zu sein. Doch dann realisierte ich, was das alles wirklich bedeutete: Mein Killer hatte mich eingeholt. Es war aus. Alles in mir erschlaffte.

»Ich nehme mal an, du hast uns in der Villa belauscht und kennst meinen Auftrag«, flüsterte Dorian mir ins Ohr. Ein Zimtgeruch begleitete seine Worte.

Ich nickte und versuchte, zumindest nicht gleich an der eigenen Angst zu ersticken.

»Ob ich ihn ausführe, hängt davon ab, was du hier willst und in wessen Auftrag du handelst.«

Ich schüttelte den Kopf. *Kein Auftrag*, versuchte ich ihm klarzumachen, aber seine halb behandschuhten Finger ließen meine Worte nicht durch.

»Wenn ich gleich die Hand wegnehme, dann schreist du nicht! Verstanden?«

Wieder nickte ich. Was würde mir das auch bringen? Hier war niemand, der mich retten konnte. Die Hand löste sich langsam von meinem Mund und ich fuhr mir mit der Zunge über die salzigen Lippen. Er hielt mich noch immer wie in einem Schraubstock von hinten fest, sodass ich mich kaum bewegen konnte.

»Also, was tust du hier?«

»Ich versuche zu überleben«, sagte ich. Es sollte tough klingen, aber die bebende Stimme verriet mich. »Und ich suche meinen Vater.«

»Also gibst du es zu?«

»Was denn?« Mein Herz setzte einen Schlag aus. Falsche Antwort, funkte mein Hirn dazwischen.

»Dass du eine Wandlerin bist?«

»Eine was? Nein, ich kann mich nicht verwandeln! Ehrlich.«

Seine Brust erzitterte. Lachte er etwa? »Was ist daran so komisch?«

»Nichts, schon gut.«

Seine Reaktion löste meine Anspannung ein wenig und machte mich mutiger. »Seit du in meinem Leben aufgetaucht bist, passieren mir die ganze Zeit die merkwürdigsten Dinge. Ich dachte schon, ich werde verrückt, aber das hast du gemacht, nicht wahr?«

»Ich? Du hast dir an dieser Wand zu schaffen gemacht. Ich habe nur versucht, dich davon abzuhalten, erinnerst du dich?«

»Ich hatte nur einen Auftrag – von der Stadt«, schob ich

schnell nach, da das Wort Auftrag fehlinterpretiert werden konnte. »Sozialstunden«, murmelte ich, froh, ihm dabei nicht in die Augen schauen zu müssen.

»Okay. Ich werde dich jetzt loslassen. Keine Tricks.«

»Nein.« Der Druck um die Brust ließ nach. Die Wärme, die sein Körper ausgestrahlt hatte, wich einer unangenehmen Kälte.

»Also, warum bist du wirklich hier?«

»Irgendwelche Psychos, die eine ganze Menge mehr über mich zu wissen scheinen, wollen mich umbringen. Wo bitte wärst du hingegangen, wenn du genau weißt, dass diese Typen dich seit Tagen verfolgen?«

»Vielleicht nicht gerade hierher, wo sie quasi zu Hause sind und du absolut keine Ahnung hast, worauf du dich einlässt.«

»Tja, dann gratuliere ich dir zu deinem Scharfsinn. Ich wusste tatsächlich nicht, was mich hier erwartet, und dachte, es wäre die beste Lösung. Ich will Antworten, Dorian, und der Mann, den du verjagt hast, Validin, hat sie mir versprochen.«

»Einfach so?«

»Er sagte mir, dass seine Welt stirbt und er meine Hilfe braucht. Ich dachte ehrlich gesagt, dass er hier auf mich warten würde.«

»Und du hast dich nicht einmal gefragt, was er genau von dir will und was das für Konsequenzen haben könnte? Rennst ihm einfach hinterher und denkst, alles wird gut?«

Ich verzog den Mund. Da hatte er leider irgendwie recht. Das war wohl ziemlich unüberlegt gewesen.

Es war zu dunkel, um mehr als Umrisse zu erkennen, was mir einen intensiven Blickkontakt ersparte. Ich zog den Schal etwas höher und vergrub das Kinn darin.

»Also Folgendes«, begann Dorian. »Ich glaube dir. Fürs Erste. Wenn du Spielchen mit mir treibst, wirst du es bereuen.«

»Schon klar«, murmelte ich.

Ich spürte, wie er mich musterte, wie eine Beute. Warum erledigte er seinen Auftrag nicht direkt hier an Ort und Stelle? Was war sein Plan? Tatsache war, solange Validin nicht auftauchte, war ich ihm ausgeliefert. Gleichzeitig war er aber auch meine einzige Chance, hier zu überleben, wenn ich ehrlich zu mir war.

»Komm.« Seine Hand berührte meinen Oberarm, und er lotste mich ein Stück vorwärts. »Erst mal müssen wir einen Unterschlupf für die Nacht finden.«

Die Geste ließ ein Gefühl von Vertrautheit in mir aufkommen, wogegen ich mich mit aller Kraft wehrte. Ich musste wachsam bleiben, durfte mich ihm nicht blindlings anvertrauen, nur weil ich mit diesem Schlamassel nicht mehr allein war.

Ich ließ mich etwas zurückfallen, um Abstand zu gewinnen.

»Bleib dicht hinter mir«, forderte er mich sogleich auf. »Die Welt ist gefährlich, wenn man sich nicht auskennt.«

Also schloss ich dichter auf, aber schon bald bereitete es mir Mühe, mit Dorian Schritt zu halten, denn unser Weg wurde immer steiler. Ich kam ganz schön ins Schnaufen. Schweiß prickelte mir trotz der Kälte die Wirbelsäule hinunter. »Dorian«, rief ich, als ich an einem moosbewachsenen Stein abrutschte und auf die Knie fiel. Ich war fix und fertig. Mein Fuß tat weh und ich hatte mir bei dem Versuch, mich abzufangen, die Hand aufgeschürft. »Wie lange noch?«

Er kam zurück und reichte mir die Hand. »Wir sind gleich

da.« Seine raue Stimme klang sanft und entfachte ein leises Flackern in meinem Magen. Ich ignorierte es.

Mit einem Ruck zog er mich hoch.

»Es ist ganz schön steil und ich sehe nichts.«

»Ich wäre auch lieber in die Stadt gegangen, aber da ist es noch gefährlicher als hier.«

Wie auch immer. Ich wollte es gar nicht wissen. »Können wir einfach etwas langsamer gehen?«

»Hm«, brummte er nur und ging weiter.

Er führte uns zwischen den Baustämmen hindurch. Und auch wenn ich noch immer das Gefühl hatte, alles um mich herum schwankte, rannte ich zumindest gegen keinen Ast mehr. Und dann endlich erkannte ich Mauerwerk. Direkt vor mir.

»Da wären wir«, sagte Dorian.

Und mit dem nächsten Schritt erklomm ich eine Stufe, die in eine alte zerfallene Hütte führte.

»Gewöhn dich lieber an Ruinen, viel mehr gibt es hier nicht mehr.«

Ich blickte mich um. Es gab drei Räume, von denen nur noch einer zumindest mit einer halben Mauer abgetrennt war. Das Dach war teilweise abgedeckt, drinnen schien es aber trotzdem mehr oder weniger trocken zu sein.

Dorian stocherte mit einem seiner langen Messer im Laub herum, das sich in den Ecken und an den Wänden gesammelt hatte, und schob es dann mit dem Fuß zu zwei großen und einem kleinen Haufen zusammen.

»Zum Schlafen«, kommentierte er.

Der dritte Haufen war vermutlich für ein Feuer.

»Soll ich Holz holen?«, fragte ich.

»Nein, du setzt dich hin.«

Bei diesem Befehlston begann es sogleich in mir zu rebellieren und ich verspürte überhaupt keine Lust, mich ihm zu fügen. Andererseits waren meine Knie weich wie Butter und ich war froh, sie entlasten zu können.

Und als ich so dasaß und Dorian beobachtete, wie er kleine und größere Äste zurechtstutzte, brachen die ganzen Gefühle über mich herein, die ich nicht verarbeiten konnte. Mir schien ein ganzes Leben zwischen heute Morgen und jetzt zu liegen. Ein vergangenes Leben. Eines, das, so wie es gewesen war, nie wieder zurückkommen, nie wieder meines sein würde. Denn ab heute würde ich alles mit anderen Augen sehen. Ich war kein Mensch. Mein Vater war ein Darkona. Ein Wesen aus einer bösen Welt. Ein Wesen, über das ich nichts wusste.

Dorian legte das Holz auf den Laubhaufen und holte Streichhölzer aus dem Rucksack.

Wie es wohl Endra ging? Oder Tata? Warum hatte er mich nur angelogen? Wollte er mich schützen, oder gab es andere Gründe? Auf jeden Fall war er nun bestimmt wütend auf mich. Und abgrundtief enttäuscht. Ein stechender Schmerz fuhr mir durch die Brust und ich konnte nicht verhindern, dass mir die Tränen kamen. Ich vergrub mein Gesicht in den Händen. Was machte ich hier? Was machte ich hier bloß? Ich wollte einfach nur zurück.

Auf einmal packte Dorian mich an den Armen und rüttelte mich. »Hey!«, schrie er mich an. »Was machst du?«

Ich fuhr zusammen. »Nichts!«, stieß ich hervor und starrte in sein Gesicht. Im flackernden Schein des Feuers sah die markante Narbe noch gruseliger aus.

Der Zorn in seinen Augen wich Verwirrung, was an der

Falte zwischen seinen zusammengezogenen Brauen nicht viel änderte. »Hast du geweint?«

Die fürsorgliche Stimmlage vertrieb meinen Schrecken. »Was dagegen?«, blaffte ich ihn an und befreite mich aus dem Griff. Mit beiden Händen wischte ich mir über die Augen und drehte mich von ihm weg. Mein Atem ging viel zu schnell und zu flach. Ich musste mich beruhigen.

»Nein, du hast nur …«

»Was?«, fuhr ich dazwischen.

Er erhob sich. »Wir sprechen morgen darüber.« Einen Moment lang schaute er auf mich hinunter, dann ging er zurück zum Feuer. Er zog den Rucksack zu sich und holte eine Decke heraus.

»Da gibt es nichts zu reden.« Ganz sicher würde ich ihm nicht meine Gefühle ausbreiten, auch wenn ich mir nichts sehnlicher wünschte, als alles rauszulassen, getröstet zu werden, Halt zu finden.

»O doch«, sagte er und warf mir die Decke zu. »Schlaf jetzt.«

»Ich brauche deine Decke nicht.«

»Ich biete sie dir kein zweites Mal an.«

Meine Zähne mahlten gegeneinander. Dann wickelte ich mich in die Decke und legte mich hin. Der Stoff roch nach ihm. Nach seinem Waschmittel. Nach Mensch. Nach meiner Welt. Ich sog den Duft in mir auf und meine Muskeln entspannten sich langsam, als die Wärme mich mehr und mehr einhüllte.

Dorian gab sich Mühe, leise zu sein. Er atmete immer wieder durch den Mund, bevor er dann wieder die Luft anhielt. Irgendetwas stimmte nicht mit ihm. Die Augen einen Spaltbreit geöffnet, beobachtete ich ihn. In den Atempausen traten seine Kiefermuskeln deutlich hervor, als würde er die eigenen Zähne zerbeißen. Irgendwann erhob er sich, nahm den Rucksack und ging nach hinten in den Nebenraum. Ich drehte mich um, damit ich ihn nicht aus dem Blick verlor. Er hielt inne und schaute zu mir zurück. Schnell schloss ich die Augen. Eine ganze Weile geschah nichts, bis ich den Gurt mit all dem daran befestigten Metall klappern hörte. Vorsichtig öffnete ich die Augen wieder. Ich konnte nicht viel erkennen, nur dass er sich unter dem Pullover etwas auf den Bauch und den Rücken rieb, wobei er die Arme ziemlich verrenken musste. Dann kam er zum Feuer zurück. Jetzt wirkte er gelöster, konnte nun zumindest regelmäßig atmen. Er legte den Kopf auf den Rucksack und zog die Jacke über sich. Eine der Macheten fest im Griff.

Kapitel 14

Lejla

Als ich erwachte, dämmerte es. Die Schwärze war rötlichem Licht gewichen, das nun durch die Äste und das durchlöcherte Dach drückte. Dorians Atemzüge waren tief und gleichmäßig. Einen Moment blieb ich auf dem Rücken liegen und schaute durch das Geäst in den roten Himmel. Er sah bewölkt aus, aber so genau konnte ich das durch die Bäume nicht ausmachen. Ich schärfte den Blick und fixierte die Äste. Sie waren größtenteils kahl. Nur wenige braune Blätter hingen noch daran. Der Rücken, die Hüften und überhaupt alle Knochen taten mir weh. Die Unterlage aus trockenem Laub war nicht wirklich bequem gewesen, aber bestimmt besser als blanker Stein. Ich rollte mich zur Seite und stemmte mich in eine sitzende Position hoch. Dorian war sofort wach und durchbohrte mich mit seinem Blick.

»Morgen«, sagte ich schnell, ohne den Augenkontakt abzubrechen, und erhob mich dann.

Dorian legte die Waffe nieder. »Morgen«, murmelte er. Auch er rieb sich den Rücken und nahm ein paar tiefe Atemzüge.

»Alles okay?«

»Hm«, machte er. »Bei dir?«

»Ja, geht. Die Blätter konnten nicht mit meiner Matratze zu Hause mithalten, gibt es noch andere Modelle?«

Dorian grinste. »Ich schau mal im Lager«, zog er mit und erhob sich ebenfalls.

Ich holte tief Luft. Dass er auf meinen Witz eingestiegen war und ich mal nicht das Zentrum seines Unmutes war, tat gut. Vielleicht würden wir uns ja irgendwie arrangieren.

Mit beiden Händen packte ich die Decke, schüttelte sie aus und legte sie zusammen. »Danke übrigens. Und sorry wegen gestern.«

Dorian, der gerade dabei war, die Asche und das restliche Holz mit dem Fuß zusammenzuschieben, hielt inne. Sein Blick schärfte sich. »Was meinst du?«

»Dass ich so zickig war. Ich bin das normalerweise gar nicht. Es war nur …«

Er nickte kurz. »Schon okay«, murmelte er und machte weiter.

Ich hätte ihm meinen gestrigen Aussetzer gern erklärt, aber es schien ihn nicht zu interessieren. Und vielleicht war es auch besser, selbst nicht mehr darüber nachzudenken, was ich zurückgelassen hatte und wie verloren ich mich fühlte. Ich war hier aus einem Grund, einem guten Grund. Ich musste herausfinden, wie ich den Zerfall der realen Welt stoppen konnte, ohne dafür sterben zu müssen. Ich hoffte nur, Dorian würde mir bei diesem Vorhaben nicht im Weg stehen.

Er nahm seinen Rucksack und verschwand wortlos nach hinten in den anderen Raum. Also beschloss ich, mich um meine drückende Blase zu kümmern. Hier war überall Wald, da würde ich bestimmt einen Ort finden, sie zu erlösen. Als ich aus der Ruine trat, wurde mir aber gleich wieder schummerig von dem Geflimmer. Ich konzentrierte mich auf den Weg und fokussierte ihn. So ging es wesentlich besser. Natürlich übersah ich den einen oder anderen Ast, der mir eine Kopfnuss gab, aber wenigstens konnte ich den Stämmen ausweichen. Ich sollte nicht zu weit gehen, nicht, dass ich am Ende die Hütte nicht mehr fand. Ich wollte mich gerade umblicken, um zu prüfen, ob ich das Haus noch sah, als etwas neben mir in einen Stamm einschlug. Ich schrie auf, machte einen Satz zur Seite. Mein Herz hämmerte wie verrückt.

»Kaum drehe ich dir den Rücken zu, bist du weg? Wenn das dein Plan ist, mein Vertrauen zu gewinnen, kannst du es vergessen!«

Langsam wandte ich mich um. Dorian stand breitbeinig ein paar Meter hinter mir. Die Schnallen an den Stiefeln waren offen und oben trug er nur ein T-Shirt. Sein rechter Arm war, vermutlich durch Verbrennungen, komplett vernarbt. Seine Haare waren ganz kurz geschnitten, das sah ich erst jetzt, wo er keine Kapuze trug.

»Ich habe dir gesagt, dass du keine Spielchen mit mir treiben sollst«, brach er das angespannte Schweigen. »Du hast keine Ahnung, zu was ich fähig bin!«

Allmählich bekam ich wieder Luft.

»Was genau hast du vor? Hm!«

»Ich muss nur pinkeln«, sagte ich zögerlich.

Dorian warf einen Blick zum Himmel. »Dann sag doch was! Herrgott noch mal!«

»Mir war nicht bewusst, dass ich dir all meine Bedürfnisse mitteilen muss. Besonders dieses nicht.«

»Nein, wenn du pinkeln musst, musst du natürlich nichts sagen«, sagte er sarkastisch und kam auf mich zu. »Besonders dann nicht, wenn du möchtest, dass ich dich dabei überrasche, weil ich dich suche.« Er ging an mir vorbei zu dem Baum und griff nach dem Wurfstern, den er nach mir geworfen hatte. Mit einem Ruck zog er ihn aus dem Stamm. »Keine Alleingänge mehr!«

Ich schaute ihn mit hochgezogenen Brauen an. Unsere Blicke trafen sich, und er hielt meinem stand, bevor er einmal tief ein- und ausatmete.

»Die Dunkelwelt ist gefährlich«, sagte er nun deutlich ruhiger. »Das sagte ich bereits.« Er klopfte gegen die Rinde. »Bleib hier, das ist ein guter Baum.« Damit ließ er mich allein.

Als ich zurück zur Hütte kam, war Dorian fertig angezogen und ein Feuer züngelte auf derselben Stelle wie am Abend davor.

»Neue Frisur?«, spielte ich auf den Millimeterschnitt an und wollte damit an die Leichtigkeit von zuvor anknüpfen.

Er verzog den Mund. Ich war nicht sicher, ob es ein Lächeln war oder eher das Gegenteil, aber er stieg nicht darauf ein.

»Setz dich! Wir müssen mal ein paar Dinge klären.«

Ich tat, wie mir befohlen wurde, denn auch mir brannten ein paar Fragen auf der Zunge. Er hielt mir eine Packung Kräcker hin.

»Ich habe noch Sandwiches von gestern«, lehnte ich ab und griff nach meiner Tasche. »Die werden sonst nur schlecht.« Ich nahm beide heraus und reichte ihm eines davon.

»Warum hast du Sandwiches dabei?«, fuhr er mich an.

Langsam nervte mich das ewige Misstrauen. Man konnte es auch übertreiben. »Ich habe sie für Endra und mich gemacht.«

»Wofür?«

»Zum Essen!«

Er schüttelte den Kopf. »Warum dachtest du, du brauchst welche?«

Ich zog den Arm zurück. »Auf jeden Fall nicht, weil ich einen Spaziergang in eine andere Welt geplant hatte, okay? – Willst du es jetzt haben oder nicht?« Wieder hielt ich ihm das Brot hin.

Er musterte mich, nahm es dann aber entgegen. »Danke«, murmelte er.

Eine Weile kauten wir schweigend auf dem schon knatschig gewordenen Baguette herum. Zum Glück gab es genügend Soße und Butter drin, sonst wären wir am Ende noch dran erstickt.

»Was weißt du über die Dunkelwelt?«, fragte er schließlich, nachdem er eine halbe Flasche Wasser nachgekippt hatte.

»Fast nichts. Nur, dass sie aus irgendeinem Grund böse geworden ist, und dass es Wächter gibt, die die Grenzen bewachen, die immer mal wieder aufreißen.«

»Wer hat dir das erzählt?«

»Endras Oma. Aber ehrlich gesagt, war ich skeptisch. Ich habe ihr nicht wirklich geglaubt, bis gestern.«

»Warum bist du denn dann zum Tor gekommen und wie wusstest du, wie du übertreten kannst?«

»Ich habe gegoogelt und gesehen, dass die Villa auf der Verbindungslinie zwischen dem Epizentrum vom Erdbeben im Jahr 1356 und der Stadtmitte steht. Da, wo nach Angaben von Endras Oma die Welt aufgebrochen ist. Ich wusste nicht, ob es wirklich ein Tor ist, aber da hat alles angefangen und ich … ich …« Ich brach ab und schaute weg.

»Was?«

»Mein Leben lang erzählte man mir, dass meine Mutter krank gewesen sei … schizophren.« Meine Stimme war kaum mehr als ein Flüstern. Ich spürte Dorians Blick auf mir. »Das ist vererbbar. Und all die merkwürdigen Dinge, die mir in letzter Zeit widerfahren sind, seit ich in dieser Villa die Wand geputzt habe, sahen halt aus wie erste Anzeichen der Krankheit. Ich musste wissen, ob ich langsam irre wurde, oder ob es tatsächlich eine andere Erklärung gab. Das ist alles.«

»Du hast Dinge gesehen, die du nicht für real gehalten hast – am Aeschenplatz, im *Café zum Kuss* und im Sommercasino – richtig?« Dorians Stimme war wieder weicher geworden und ich mochte den rauen Klang, den sie dadurch erhielt.

»Ja, Dinge und Menschen.«

»Eine zerfallene Welt?«

Ich nickte. »Und dich. Jedes Mal warst du da.«

»Du weißt also nicht, was da passiert ist?«

»Woher denn? Ehrlich gesagt dachte ich, dass du mich verhext hast.«

Er rückte näher zu mir. »Schau mich an«, bat er und seine Finger streiften mein Kinn, was mich zusammenzucken ließ. Doch der Blick in seine dunklen Augen beruhigte mich. Der Argwohn war weitgehend daraus verschwunden. »Wurdest du nicht trainiert für etwas?«

»Trainiert? Wofür denn? Bekloppt zu werden?«

Der Mundwinkel auf der unversehrten Wange zuckte nach oben. »Nein, dafür, die Macht zu übernehmen.«

»Die Macht? Worüber denn?«

»Über die Welt.«

»Das glaubst du?«, entfuhr es mir. »Darum verfolgt ihr mich? Ich bin siebzehn – also bald achtzehn eigentlich, aber egal – auf jeden Fall: Nein, ganz sicher hat mich niemand auf so was vorbereitet und nichts liegt mir ferner, als die Macht über irgendwas oder irgendwen zu übernehmen. Das ist kompletter Unsinn. Keine Ahnung, was dieser Meister über mich denkt, aber er muss sich irren.«

»Okay, und was hast du denn dann vor?«

»Ich will nicht sterben, Dorian! Ich habe vor, mein verdammtes Leben zu retten. An dem hänge ich nämlich zufällig, weißt du? Ich will wissen, wer ich bin und was mit mir geschieht. Der Darkona gestern hat gesagt, dass mein Vater einer von ihnen ist, dass er mir Antworten geben kann. Das ist alles, was ich will! Antworten und einen Ausweg aus dieser Situation.« Ich legte die Hand auf die Brust. »Ich will nicht hier sein und schon gar nicht will ich irgendwelche Macht. Ich will nur mein simples Teenie-Leben zurück, so beschissen es auch gerade war, aber leider behaupten nun gewisse Leute, dass ich die Welt zerstöre und du mich deshalb töten musst. Also ja …« Ich verwarf die Hände. »Warum bringst du mich nicht einfach um und rettest die Welt? Warum sitzt du hier mit mir am Lagerfeuer?«

Er fuhr sich mit der Hand über die stoppeligen Haare. »Was weißt du über die Mächtigen?«, überging er meine Frage.

»Die Mächtigen? Gehörst du zu denen?«

»Was weißt du über sie?«, wiederholte er seine Frage scharf.

»Ich weiß, dass meine Mutter Angst vor ihnen hatte. Und wenn das die Leute sind, die mich umbringen wollen, verstehe ich auch warum. Mehr weiß ich nicht. Aber jeder in diesem verdammten Zirkus scheint mehr über mich zu wissen als ich selbst! Wie wäre es also mal damit, dass du mir ein paar Fragen beantwortest? Warum verschonst du mich? Was geschieht hier gerade und was hat das alles mit mir zu tun?«

Er fixierte mich. »Also gut. Die Kurzfassung ist, du bist eine

Wandlerin. Ein Mischwesen zwischen Mensch und Darkona. Es heißt, dass du die Menschen unterjochen und unsere Welt zerstören wirst. Wesen wie dich sollte es nicht geben. So steht es zumindest in der Mendra – einem alten Buch. Der Meister meint, nur dein Tod kann den Zerfall der Menschenwelt aufhalten. Bringe ich dich nicht um, wird auch unsere Welt zu einem dunklen Ort, genau wie die Dunkelwelt.«

Dorians Worte sickerten in mein Bewusstsein, in mein Herz und schließlich in meinen Körper. Alles in mir wurde taub. Die Ereignisse der vergangenen Tage hatten mich vorgewarnt, aber es so deutlich zu hören, tat weh. Solange ich mich noch in der Menschenwelt bewegt hatte, glaubte ich insgeheim daran, dass alles ein Missverständnis war. Aber hier in der Dunkelwelt, in der es noch immer nicht hell war, wurde mir klar, dass ich akzeptieren musste, dass ich nicht wie meine Freunde war, nicht wie Tata und auch nicht wie Dorian. Ich war nicht mal wie Validin! Ich war etwas, dass es nicht geben sollte.

»Ich mache das nicht extra, und ich will das auch nicht und nichts liegt mir ferner, als jemanden zu – unterjochen«, stieß ich hervor, »das musst du mir glauben.«

»Das tue ich. Deshalb lebst du noch.« Dorians raue Stimme streichelte mein aufgebrachtes Inneres. »Den Meister kümmert es nicht, wie es den Menschen geht und wie die Welt aussieht, in der sie leben. Dunkel oder hell, das ist ihm scheißegal. Die Menschen sind für ihn nur Schachfiguren. Mittel zum Zweck, um seine Macht und Kontrolle auszuspielen. Ich kann mir wirklich nicht vorstellen, dass er Angst davor hat, dass du die Welt zerstörst und dadurch Menschen sterben. Nichts liegt ihm ferner als Empathie. Dass er deinen Tod will, muss einen anderen Grund haben, und genau den versuche ich herauszufinden.«

»Dann bin ich jetzt deine Schachfigur?« Das Sandwich lag mir schwer im Magen.

»Wir alle sind Schachfiguren. Wir zwei«, sagte er und wies von mir auf sich und zurück, »sind auf dem Brett von derselben Farbe. Wir haben das gleiche Ziel: Normalität herzustellen. Vielleicht aus einer anderen Motivation heraus, aber das spielt keine Rolle.«

Die Knie angezogen, schob ich ein paar Steinchen mit einem Zweig vor mir hin und her. Es brachte nichts, über das Nichtmenschsein nachzudenken, über das, was ich bewirkte oder auch nicht. Es zog mich nur runter und lenkte mich von den wesentlichen Dingen ab.

»Also suchen wir die Darkonas oder können wir denen auch nicht trauen?«

»Grundsätzlich traue ich keinem. Damit bin ich bisher ganz gut gefahren. Aber viele Möglichkeiten haben wir nicht, wenn wir weiterkommen wollen. Als Wächter weiß ich zwar eine ganze Menge über die Dunkelwelt und ihre Bewohner, aber es gibt Lücken in der Geschichte. Lücken, die der Meister mit Absicht geschaffen hat, um ein Bild von der Dunkelwelt zu erzeugen, das ihm behagt und sein Handeln rechtfertigt.«

»Dann lass uns diesen Validin suchen und uns die versprochenen Antworten holen.«

»Antworten gibt es nur für einen Preis, Lejla, und den kennen wir nicht. Nichts, was ich aus der Mendra weiß, hilft uns hier weiter, und du weißt noch weniger.«

»Dann müssen wir das Risiko wohl eingehen. Immerhin kennt dieser Validin meinen Vater, die werden mich wohl nicht gleich umbringen, sonst hätte er es ja schon längst tun können. Die wollen etwas von mir. Etwas, was offensichtlich nur ich ihnen geben kann, oder sehe ich das falsch?«

»Was weißt du denn über deinen Vater? Ich meine, kennst du ihn? Hat man dir von ihm erzählt?«

Ich schüttelte den Kopf. »Mein Großvater wusste nichts über ihn, zumindest hat er das behauptet. Aber da er ein Darkona ist, macht es auch irgendwie Sinn, dass er sich mir nie gezeigt hat. Vermutlich wäre das doch sehr gefährlich für ihn, einfach überzutreten und mir einen Besuch abzustatten, oder?«

»Ja, das stimmt. Für ihn und auch für dich.«

»Eben«, sagte ich und Hoffnung breitete sich warm in mir aus.

Dorian verzog den Mundwinkel und nickte vor sich hin. »Da ist noch was, was du wissen musst.«

»Okay?«

»Die Dinge, also deine Visionen«, sagte er und zeichnete Anführungsstriche in die Luft, »das sind keine Visionen, das ist real. Du löst die Grenze zwischen der Menschenwelt und der Dunkelwelt auf. So wie zum Beispiel auch gestern, als ich dich so angefahren habe.«

»Gestern?«, brachte ich hervor.

»Als du geweint hast«, erklärte er. »Ich habe gespürt, dass du nahe dran warst, die Mauern einzureißen. Ich wusste nicht, dass du das nicht kontrollieren kannst, und dachte, du willst mich austricksen.«

»Okay, Moment«, sagte ich und hob die Hände. »Ich tue was?«

»Du öffnest Tore. Nicht nur entlang des Risses, sondern überall.«

Ich schloss einen Moment die Augen. Nahmen diese Hiobsbotschaften eigentlich irgendwann mal ein Ende? Mir reichte es langsam.

»Dort, wo das geschieht«, forderte Dorians Stimme meine Aufmerksamkeit zurück, »nähern sich die Welten an, was wiederum dazu führt, dass Dinge in der realen Welt zerfallen und sich in der Dunkelwelt vermutlich ein Stück weit aufbauen. In der Natur oder in einem eh schon zerfallenen Gebäude, wie der alten Villa, passiert nichts Auffälliges. Doch mitten in der Stadt hinterlässt es Spuren. Aber selbst wenn der normale Bürger nichts sieht und merkt, dein Wirken ruft sofort Wächter auf den Plan. Du bist wie ein Ortungssystem für uns. Sobald du einen Riss öffnest, wissen sie nicht nur, wo du bist, sondern werden auch schnell auf den Trichter kommen, dass ich mit dir gemeinsame Sache mache. Und wenn wir die Darkonas erst mal gefunden haben und du dort einen Riss verursachst, werden die Mächtigen wissen, wo ihr Versteck ist.«

Ich kapitulierte für den Moment. Es war, wie es war, und ich konnte es entweder akzeptieren oder durchdrehen. »Wie? Wie könnt ihr mich orten?«

»Nicht dich eigentlich. Nur dein Wirken.« Er holte das kleine Tablet aus der Tasche, das ich schon bei der alten Villa gesehen hatte, und erweckte es mit dem Fingerabdruck zum Leben. Blaue Kreise wanderten über den Bildschirm, bis ein Desktop erschien. »In der Dunkelwelt sehen Dinge zwar sehr ähnlich aus wie bei uns, haben aber ganz andere Energien. Diese wiederum senden fremdartige Wellen aus, die wir mit dem DarcPad detektieren können.«

»DarcPad?«

Er schwenkte das zu groß geratene Handy in der Hand hin und her. »Data Recording Pad. Eine Art Handy, das anstatt Netzwellen eben Dunkelwellen, also Signale aus der Dunkelwelt empfängt. Da die Grenzen nicht dicht sind, kommt es immer wieder zu kleineren Signalen. Wenn sie jedoch stärker werden oder länger andauern, wird das Aufmerksamkeit erregen und der verantwortliche Wächter wird nach dem Rechten sehen und das entstandene Tor schließen. Wir können damit aber auch übertreten, wenn es nötig ist.«

Auf dem Bildschirm aktivierte er einen Button, woraufhin ein Zeichen auf dem Bildschirm erschien, das den Narben auf meinen Handflächen verdammt ähnlich sah. Ein starkes blaues Licht ging davon aus. Instinktiv öffnete ich die Hände. Dorian griff nach meinem Handgelenk und musterte meine Handfläche. »Interessant«, murmelte er.

Schnell zog ich die Hand wieder zu mir. »Was?«

»Du hast dasselbe Symbol auf der Hand wie die Darkonas. Damit konntest du das Tor in der Villa öffnen und übertreten, nicht wahr?«

Ich nickte und vergrub die Hände tief in den Taschen meines Hoodies. »Und was machen wir jetzt?«

»Ich bin sicher, du kannst lernen, die Risse zu kontrollieren. Darkonas haben magische Fähigkeiten und in der Mendra heißt es, dass Wandler die auch haben. Jetzt, wo ich deine Male gesehen habe, bin ich überzeugt, dass das stimmt.«

»Ich kann also auch zaubern?«, stieß ich hervor. »Sonst noch was? Dann sag es bitte gleich und lass dir nicht alles aus der Nase ziehen.«

»Es tut mir leid. Ich weiß nicht, wie man so was schonend rüberbringt. Mach ich auch nicht alle Tage.«

Konnte ich jetzt bitte aufwachen? Was für ein kranker Albtraum war das eigentlich?

»Ich kann versuchen, dir dabei zu helfen, es in den Griff zu bekommen. Als Wächter mussten wir etliche mentale Trainingssessions absolvieren. Vielleicht hilft dir das ja mit der Magie.«

»Und was genau kann ich denn machen?«

»Du meinst neben dem Tore-Öffnen?« Dorian grinste, aber ich erwiderte es nicht, also räusperte er sich. »Darkonas können Materie und deren Energie beeinflussen. Sie können Dinge verändern und verwandeln, oder deren Energie nehmen, was die Materie wiederum verändern wird. Wir nennen es Magie, aber eigentlich ist es einfach nur Physik.«

»Woher weißt du das alles?«

»Das steht wie gesagt in der Mendra – der Chronik der Welten. Die Mächtigen haben dort alles niedergeschrieben, was sie über die Dunkelwelt und die Darkonas in Erfahrung bringen konnten. Als Wächter müssen wir die Mendra studieren. Nur wenn man seinen Feind kennt, kann man ihn besiegen.«

Ich nickte. »Und wie lautet jetzt unser Plan?«

»Bevor wir irgendetwas unternehmen, musst du deine Magie in den Griff bekommen, um die Risse zu kontrollieren. Dafür werden wir uns im Wald verstecken, weg von der Zivilisation, da die Wächter dort nicht so schnell hingelangen. Falls du dort ein Tor öffnest, haben wir genug Zeit, weiterzuziehen und somit unter dem Radar zu bleiben. Wenn du die Magie kontrollieren kannst, verfolgen wir deinen Plan und suchen die Darkonas, um herauszufinden, was der Meister zu verbergen hat und wie wir das alles ohne Blutvergießen beenden können.«

»Okay«, murmelte ich. Es war gut, ein klares Ziel zu haben. Zumindest ein Etappenziel, das mir half, mich zu fokussieren und den ganzen Rest auszublenden. Dazu zählte auch, Dorians Absicht infrage zu stellen. Denn entweder ich vertraute ihm und wir machten das zusammen, oder ich müsste mich allein durchschlagen. Und das war ganz sicher die falsche Wahl.

»Dann los«, sagte Dorian und drückte kurz meinen Unterarm, bevor er sich erhob. »Hilf mir, das Feuer auszumachen. Dann gehen wir noch ein Stück weiter in den Wald hinein.«

Kapitel 15

Lejla

Ich versuchte, die wirren Gefühle in mir zu ignorieren, aber es blieb ein Kraftakt. Das war alles so unwirklich. Aber ich war nun einmal hier und willens, das alles zu beenden. Also riss ich mich zusammen und ging Dorian hinterher. Was blieb mir auch anderes übrig?

Einen Weg gab es nicht und so kämpften wir uns durch das dichte Unterholz. Ich war nicht gerade der Typ Pfadfinder, wodurch es mir dementsprechend Mühe bereitete, an Dorian dranzubleiben. Immer wieder stieß ich mir die Zehen an Wurzeln und Steinen, über die ich stolperte. Eine Schlingpflanze zurrte sich um mein Fußgelenk und brachte mich beinahe zu Fall.

Die Hand an der Rinde eines Baumes abgestützt, befreite ich mich daraus. Als ich hochschaute, sah ich, dass Dorian einige Meter vor mir auf einer Lichtung, die den Blick auf ein Tal und die dahinterliegende Bergkette freigab, stehen geblieben war. Ich stieß mich vom Baum ab und stieg über einen morschen Stamm vor mir.

Dorian stand mir zugewandt und beobachtete mich. Die Kapuze war hochgezogen, das Gesicht jedoch unverhüllt. »Alles okay?«

»Ja, bestens.« Allerdings atmete ich viel zu laut, um den Kampf mit der Natur verbergen zu können.

Neben ihm angekommen, sah ich den Abhang hinunter auf ein Geisterdorf, das sich an dessen Fuß ausbreitete. Erst jetzt fiel mir auf, dass die Dämmerung noch immer anhielt. Der Himmel war rötlich und das Flimmern der Luft trübte meinen Blick. Entweder stimmte etwas mit meinen Augen nicht, oder es lag an dieser Welt. Ich blinzelte, aber das änderte nichts an dem schummrigen Zwielicht. »Wird es hier nie hell?«

»Schon lange nicht mehr«, sagte Dorian und schaute ebenfalls hinunter zu den zerfallenen Häusern.

»Wie meinst du das?«

»Als die Dunkelwelt noch gesund war, war es anders. Zumindest steht das so in der Mendra.«

»Wohnt dort unten noch jemand?«

»Nein, das Dorf ist längst verlassen.«

»Und warum ist es dort gefährlicher als im Wald, wenn da eh keiner mehr ist?«

»Das Dorf da unten entspricht in der Menschenwelt Reinach. Hier in der Dunkelwelt ist es einfach in der Zeit stecken geblieben, weil die Darkonas immer weniger wurden und sich schließlich ganz zurückgezogen haben. Dennoch, wenn du dort unten einen Riss initiierst, ist es für die Wächter in der Menschenwelt nicht nur einfach, dich zu lokalisieren, sie werden auch sofort zur Stelle sein, denn einige wohnen in Reinach und laufen dort ihre Patrouillen. Und wenn du den Riss nicht schnell genug schließen kannst, können sie ihn als Übertritt benützen.«

»Okay … Also verstehe ich das richtig, die Dunkelwelt ist eine Art Abbild der Menschenwelt?«

»Ganz genau.« Dorian wandte sich wieder zum Gehen und ich folgte ihm. Unser Weg führte uns von der Lichtung zurück in den Wald. Und je weiter wir vordrangen, desto dichter wurde der Baumbestand. Abgefallene Äste und verdorrtes Gestrüpp knackten laut unter meinen Füßen, während von Dorians Schritten kaum etwas zu hören war. Ich kam mir neben ihm vor wie ein Elefant.

»Schenkt man der Mendra Glauben«, fuhr Dorian fort, »waren die beiden Welten identisch, bis zu dem Zeitpunkt, an dem die Dunkelwelt krank wurde. Da, wo es keine Magie und damit auch kein Leben mehr gab, entwickelte sich die Dunkelwelt nicht weiter.«

»Was wiederum bedeutet, dass da, wo sie unserer Welt am ähnlichsten ist, noch Magie und somit auch Leben ist?«, kombinierte ich.

»Davon gehe ich aus, ja.«

»Dann müssen wir auf der Suche nach den Darkonas also nur schauen, wo die Dunkelwelt noch nicht so arg zerfallen ist, richtig?«

»Richtig«, bestätigte er. »Und das ist der Fall, wenn du Richtung Stadtzentrum von Basel gehst. Nur haben wir dort natürlich wieder dasselbe Problem mit den Wächtern wie hier in dem Geisterdorf.«

»Hm, klar«, murmelte ich.

Einen Moment lang gingen wir schweigend nebeneinanderher, bis ich wieder das Wort ergriff. »Weißt du, warum die Magie versiegt?«

Er schaute mich von der Seite an. »Offiziell weiß das keiner.«

Das hatte Endras Oma auch gesagt. »Und inoffiziell?«, hakte ich nach.

»Weiß ich leider auch nicht mehr. Aber solche Dinge passieren nicht einfach so. Das ist ein Stück des Puzzles, das mir fehlt, aber ich denke, es ist wichtig, um den ganzen Zusammenhang zu verstehen.«

Ich nickte vor mich hin. »Warst du oft hier?«

»Nicht oft – eher lange.«

Er zog das Tempo an und ich fiel hinter ihn zurück. Nicht zuletzt, weil der Hang, den wir hochstiegen, auch wieder steiler wurde.

»Warum?«

Meine Frage blieb unbeantwortet, aber das war okay. Offensichtlich wollte er nicht darüber sprechen.

Wir erreichten eine Kuppe, auf der wir nun entlanggingen. Das Terrain wurde sumpfiger und der Waldboden schmatzte unter meinen Schuhen. Bald musste ich um jeden Schritt kämpfen. Ich keuchte, was sogar das Stöhnen des Windes übertönte. Zumindest in meinen Ohren.

Als das Geräusch von Dorians Schritten erstarb, schaute ich hoch. Er war stehen geblieben. Reglos. Langsam griff er über die Schulter nach den Macheten, die er lautlos aus den Scheiden zog.

Nur Millisekunden später begann mein Herz zu rasen.

»Wächter?«, wisperte ich.

Er schüttelte den Kopf und nickte nach rechts. Als ich hinschaute, blickte ich auf einen knorrigen Baum. Dorian stellte sein Bein auf einen Stamm und bedeutete mir, über ihn auf den untersten Ast zu klettern. Ich stützte mich auf seiner Schulter ab und setzte den Fuß auf seinen Oberschenkel. So konnte ich den Ast greifen und mich hinaufziehen. Alles an mir zitterte, was nicht gerade half, das Gleichgewicht zu halten. Noch im Umdrehen hörte ich den schneidenden Ton von Dorians Klingen, die durch die Luft sausten. Ein schlangenartiges Wesen von der Größe einer Anakonda bäumte sich vor ihm auf. Der schwarzgeschuppte Körper mit den orangeglühenden Linien erinnerte mich an erkaltende Lava. Und das Monster war nicht allein. Da waren Dutzende! Dorians gezielte Schläge köpften eines nach dem anderen. Seine Bewegungen sahen aus wie eine einstudierte Kür und jede einzelne traf ihr Ziel.

Ich war so fasziniert von dem Schauspiel, dass ich nicht bemerkte, wie sich eines der Viecher neben mir hinuntergleiten ließ, bis es meinen nackten Unterarm streifte. Es brannte, als ob ich an eine heiße Herdplatte gekommen wäre. Mein erstickter Schrei, den ich nicht mehr unterdrücken konnte, lenkte Dorian ab. Er blickte sich um und diesen Moment der Unachtsamkeit nutzte eines der Biester aus. Es schlang sich um seine Beine und riss ihn zu Boden. Die Schlange, die sich neben mir nach unten hatte fallen lassen, schoss nun ebenfalls auf ihn zu. Ihr Körper drang unter seine Jacke und hoch bis um den Hals. Ohne einen Plan zu haben, wie ich helfen konnte, sprang ich vom Baum und versuchte die Schlange von Dorian wegzuziehen. Die Hände hatte ich zum Schutz vor der Hitze ihres Körpers in die Ärmel des Pullovers zurückgezogen. Aber die Muskeln der Bestie krampften sich unerbittlich um Dorians Oberkörper und pressten ihm die letzte Luft aus den Lungen. Also riss ich eines der Messer aus seinem Beinhalfter und hackte auf die Schlangen ein. Ein Rausch erfasste mich und ich stach einfach auf alles ein, was sich um mich herum bewegte. Schließlich schaffte es Dorian, sich zu befreien. Ein paar weitere gezielte Schläge mit seinen Macheten vertrieben die Ungeheuer endlich. Ich ließ mich neben ihm auf den Boden sinken. Er atmete schwer, warf die Macheten neben sich ins Laub und griff sich an die Kehle. Er hustete und räusperte sich ein paarmal. »Das war mutig«, krächzte er zwischen den Hustenstößen.

»Es tut mir so leid!«, stieß ich hervor und ignorierte das Kompliment.

»Nicht dein Fehler«, tat er es ab und streifte sich den Rucksack ab. Er holte einen fleckigen Lederbeutel heraus, schlug ihn auf und reichte mir einen Tiegel mit einer Creme. »Reib den Arm und die Hand damit ein.« Noch immer war seine Stimme belegt. Er hustete erneut.

Erst jetzt sah ich, dass mein Arm und auch der Handrücken gerötet waren. Überall da, wo mich die Schlange berührt hatte. Und jetzt erst, als ich mich langsam beruhigte, fing es erneut an zu brennen. Heftig, wie eine frische Brandwunde. Die Salbe tat gut, aber sie konnte den Schmerz nicht komplett unterbinden.

»Streich eine dicke Schicht drauf«, empfahl Dorian, also nahm ich noch ein bisschen.

Dann reichte ich ihm den Tiegel. »Du auch.«

Er nahm ihn entgegen und rieb sich damit Hals und Nacken ein. Vorsichtig schob er Hoodie und Shirt hoch und schmierte sich etwas davon auf den Bauch. Durch die zusammengebissenen Zähne sog er scharf Luft ein. »Scheiß Biester, verdammte«, knurrte er vor sich hin. Dann atmete er ein paarmal tief durch den Mund ein und aus. »Wir müssen weiter«, sagte er und stand auf. Er packte alles zusammen, schob die Macheten in das Rückenhalfter, sowie den Dolch, der neben mir lag, in das Beinhalfter zurück und schwang sich den Rucksack über die Schultern. Auch ich erhob mich. Meine Hose fühlte sich am Hintern klamm an, denn die Nässe des sumpfigen Bodens war durch das Laub gedrungen.

Im Gegensatz zu vorher konnte ich mühelos mit Dorian Schritt halten. Immer wieder blieb er stehen und räusperte sich. Das kam mir zwar gelegen, aber es bereitete mir auch Sorgen.

»Ich nehme den Rucksack«, bot ich an, als er sich wieder an einem Baum abstützte und nach Luft rang.

Er schaute mich an und zu meinem Erstaunen nickte er. »Kannst du mir helfen, ihn abzumachen?«

»Klar.« Ich half ihm aus den Schlaufen und schlüpfte selbst hinein.

Das Gelände wurde wieder steiler und Dorian immer langsamer. Und als er auch noch gefühlt bei jedem zweiten Schritt stolperte, hielt ich ihn am Arm zurück. »Dorian, das bringt doch nichts. Wir sollten eine Pause machen.«

Er ließ sich auf den Waldboden sinken. »Es geht gleich wieder.«

»Was geht gleich wieder?«

»Wir müssen weiter.«

»Aber wir können nicht den ganzen Tag so weitermarschieren. Wohin willst du überhaupt?«

»Es gibt hier in der Nähe eine Höhle«, sagte er und hob kurz den Arm, um ihn mit schmerzverzerrtem Gesicht sofort wieder sinken zu lassen. »Da können wir unser Lager einrichten und uns verstecken, bis du das mit der Magie unter Kontrolle hast.«

»Verstehe«, sagte ich und hielt ihm eine Flasche Wasser hin. Er trank gierig. Danach schloss er kurz die Augen.

Ich nahm auch einen Schluck und schob die Flasche dann zurück in die Tasche. Mein Arm berührte dabei den Stoff und ich zuckte zusammen. Die Haut war nun dunkelrot und hatte angefangen zu nässen. Vor lauter Sorgen um Dorian hatte ich den Schmerz wohl verdrängt. Aber jetzt, wo ich daran dachte, brannte es noch stärker. »Bringt es etwas, die Wunden zu kühlen?«

»Das wäre das Beste. Die Salbe ist gut, aber Wasser ist noch besser.«

»Gibt es denn irgendwo Wasser?«

»In dem Dorf, das wir vorhin von der Lichtung aus gesehen haben. Zumindest war es das letzte Mal noch so.«

»In diesen Ruinen soll es Wasser geben? Wann warst du denn das letzte Mal hier?«

»Etwa vor einem Jahr.«

Ich atmete tief durch. Das waren ja großartige Aussichten. Wenn ich dort unten aus Versehen einen Riss zwischen den Welten verursachte und plötzlich zehn Wächter vor uns standen, wären wir beide tot, bevor wir einmal geblinzelt hätten. Das durfte auf keinen Fall passieren! Aber Dorian war am Ende, auch wenn er das anders sah. Also blieb uns keine Wahl. Die Höhle musste wohl oder übel warten.

Die Häuser konnten nach meiner Einschätzung noch nicht allzu weit weg sein, denn seit dem Schlangenangriff waren wir nur langsam vorangekommen.

Ich half Dorian auf die Füße. »Wir gehen zurück und dann runter ins Tal zu den Häusern.«

»Ich weiß nicht.« Dorian schaute mich an. Er kämpfte mit sich.

»Es wird nichts passieren. Ich muss einfach ganz bei mir bleiben.« Das klang erstaunlich selbstsicher und Dorian widersprach nicht.

»Kann ich dir vielleicht auch das Halfter und die Jacke geben? Das scheuert bei jedem Schritt auf dem Rücken.«

»Ja, klar.« Ich half ihm aus den Schulterschlaufen, legte die Messer neben mir auf den Boden und nahm dann die Jacke. Als ich durch das Shirt seinen Rücken berührte, zuckte er zusammen. Er war komplett durchgeschwitzt.

»Entschuldige«, sagte ich und legte die Jacke über den Arm. Dabei stutzte ich. Das Innenfutter zeigte große dunkle Flecken. Ich schaute auf meine Hand, mit der ich ihn berührt hatte. Die Fingerspitzen waren rot. Das war kein Schweiß, das war Blut! »O Shit, Dorian!«, rief ich. »Zeig mir deinen Rücken.«

»Schon gut«, sagte er, offensichtlich wohl wissend, was mich beunruhigte. »Das kalte Wasser wird helfen.«

Mein Arm blutete nicht, er nässte nur ein bisschen und es brannte höllisch. Ich wollte mir gar nicht vorstellen, wie sehr Dorians Wunden schmerzen mussten, und den Rücken hatte er sich vorhin auch nicht mit der Salbe eingestrichen.

Ich stopfte die Jacke zwischen die Schnallen der Tasche und raffte das Schulterhalfter mit den Macheten zusammen. »Also los! Soll ich dich stützen?«

»Danke, geht schon.«

Immerhin ging es zurück hauptsächlich bergab, erst durch den Wald zu der Lichtung und dann einen mit Büschen und Gras überwachsenen Abhang hinunter zu den Häusern. Hin und wieder legten wir eine kleine Pause ein. Dorian konnte nur mit Mühe atmen und hustete immerzu. Auch waren seine Schritte nicht mehr so sicher wie zuvor und am Ende hielt ich ihn doch am Arm fest. Er ließ es zu, was mir mehr als genug über seinen Zustand sagte.

Es war seltsam, ihm plötzlich so nahe zu sein. Zu spüren, dass er meine Hilfe brauchte und diese auch annahm. Und es war beängstigend, wie selbstverständlich sich das alles anfühlte, als ob der gemeinsame Plan schon dabei war, ein Band zwischen uns zu knüpfen. Ob wir das wollten oder nicht, wir waren aufeinander angewiesen.

Als wir endlich die ersten Häuser erreichten, wollte ich mich am liebsten einfach irgendwo in eine Ecke werfen, aber jetzt mussten wir erst mal Wasser suchen. Oder besser gesagt ich, denn Dorian war so weiß wie Tafelkreide.

Vor einem der besser erhaltenen Häuser blieb ich stehen. »Und du bist sicher, dass hier niemand mehr lebt?«

Er nickte nur und trat durch die kaputte Tür.

Gleich im Flur ließ ich unsere Sachen fallen. »Setz dich«, ordnete ich an. »Ich schau mal nach, ob es hier Wasser gibt.«

In dem alten Gemäuer roch es nach Sand und Staub. Der Verputz war weitgehend von den Wänden heruntergebröckelt und stellte die rohen Ziegel zur Schau. Ich ging den Gang hinunter und spähte in die abgehenden Räume. Auf der linken Seite stieß ich tatsächlich auf das ehemalige Badezimmer, aber die Wanne war zerbrochen. Dennoch drehte ich den Hahn auf. Es röchelte und klopfte in der Leitung, aber nichts geschah. Nach ein paar Minuten gab ich auf. Ich kehrte zurück zu Dorian. »Fehlanzeige. Ich klappere mal die Nachbarschaft ab. Du wartest hier.«

»Okay, danke«, sagte er und räusperte sich erneut.

Draußen war es gespenstisch still. Genau wie in den Visionen, von denen ich ja nun wusste, dass es keine waren. Die Straße, der ich folgte, war von Wurzeln aufgewölbt und Gräser brachen durch die Risse an die Oberfläche. Ich scannte beide Seiten nach einem Haus, das noch nicht so arg zerfallen war. Dort malte ich mir die Chancen am höchsten aus, noch Wasser zu finden.

Immer wieder blickte ich mich um. Dieses Dämmerlicht und das Flimmern, was mich alles wie durch eine gebrochene Glasscheibe sehen ließ, machten mich wahnsinnig. Diffuse Schatten schienen mir zu folgen und meine Schritte wurden von den leeren Hüllen der Häuser, die einst voller Leben gewesen sein mussten, zurückgeworfen.

Das erste Mal, seit ich denken konnte, wünschte ich mich in den Wald zurück. In die Häuser zu steigen, kostete mich enorme Überwindung, denn die Panik kroch mir langsam den Nacken hoch. Im vierten oder fünften Haus roch es modrig. Das war vielversprechend, wenn man auf der Suche nach Wasser war. Schutt knirschte unter meinen Schuhen, als ich die Räume durchstreifte. Schließlich entdeckte ich das Bad. Die Wand war teilweise sogar noch mit Kacheln belegt, aber die Leitung hing ziemlich schräg aus einem viel zu großen Loch in der Mauer. Vorsichtig drehte ich den Hahn auf. Die Leitung hüpfte auf und ab und spuckte zischend rostige Brühe aus. *Oh, bitte lass Wasser folgen*, richtete ich ein Stoßgebet zum Himmel. Ich drehte den Hahn etwas zu, nicht, dass es am Ende noch die Leitung zerfetzte. Stinkende Kloake tropfte in die Wanne. Langsam drehte ich den Hahn mehr und mehr auf und mit jeder Minute wurde die Flüssigkeit klarer.

Ich dichtete den Abfluss behelfsmäßig mit ein paar Steinen ab. Das Wasser ließ ich laufen, sodass sich die Wanne langsam füllte. Dann rannte ich zurück zu Dorian.

Als wir zusammen zurückkamen, war das Bad bereit.

Er hielt die Hand hinein. »Perfekt. Danke.«

»Gern geschehen«, lächelte ich und ließ ihn allein.

Kapitel 16

Lejla

In einem der angrenzenden Räume, von der Größe her handelte es sich vermutlich um das ehemalige Wohnzimmer, deponierte ich unsere Sachen. Ich setzte mich auf den Boden und hielt mir die Trinkflasche gegen den Arm. Zwar schmerzte die Berührung, aber der Effekt der Kühlung überwog. Ich schaute mich um. An der Wand zu meiner Linken hing schräg ein kaputter Bilderrahmen. Darunter lag eine gespaltene Tischplatte, deren Füße schon längst unter ihr weggebrochen waren. Auch von den Stühlen war kaum etwas übrig und die Feuchtigkeit hatte das Holz teilweise mit einer graugrünen Schicht aus Schimmel überzogen.

Wer hier wohl mal gelebt hatte? Ich musste unweigerlich an Tata denken und mir wurde schwer ums Herz. Würde ich ihn je wiedersehen? Je die Chance haben, mich ihm zu erklären? Je die Wahrheit erfahren? Ich vermisste ihn so, genau wie Endra.

Entschlossen verbannte ich die Erinnerungen an zu Hause aus meinem Kopf. Ich durfte mich ihnen nicht hingeben, so wie am Abend zuvor, als es beinahe zu einem Riss gekommen wäre. Konnte ja gut sein, dass meine Emotionen der Auslöser dafür waren, dass sich diese Tore öffneten. Ich drückte die Flasche fester gegen den Arm und der Schmerz klärte den Nebel in meinem Kopf.

Nach einer gefühlten Ewigkeit lief das Wasser im Bad noch immer. Langsam machte ich mir Sorgen, also erhob ich mich und stieg durch den Türrahmen in den Flur. Der Boden war rissig und voller Schlaglöcher. Mein Blick richtete sich auf das Badezimmer, dessen morsche Tür teilweise noch vorhanden war und zumindest noch in der unteren Angel hing. Dorian hatte sie so gut es ging zugeschoben. Ich stolperte und konnte mich gerade noch abfangen, bevor ich mit der Tür ins Badezimmer gefallen wäre. Durch den Spalt hindurch sah ich, wie Dorian sich zu mir umdrehte, das Shirt schützend vor den nackten Oberkörper gehalten. Gott sei Dank trug er immerhin schon seine Hose.

»Entschuldigung«, murmelte ich und lehnte mich draußen an die Wand. Ich spürte, wie mein Kopf heiß wurde. »Ich wollte nur schauen, ob du noch lebst«, schob ich nach, um mich selbst von der peinlichen Situation abzulenken.

»Aha«, sagte er und ich hörte an seiner Stimme, dass er sich amüsierte. Auch wenn es auf meine Kosten ging, beruhigte es mich, denn es schien ihm besser zu gehen.

»Nicht zu viel fantasieren, Dorian«, mahnte ich ihn.

»Oh, *ich* fantasiere nicht.«

»Boah! Was für ein Macho!«

Ich hörte, wie er auf die Tür zukam. Holz kratzte über den rohen Beton und dann stand er vor mir. Nur mit der Ninjahose und einem engen schwarzen Longshirt bekleidet, unter dem sich sein drahtiger Körper abzeichnete. »Du kannst nun deinen Arm auch kühlen. Danach müssen wir zu der Höhle.«

»Erst werden deine Wunden versorgt. Die am Rücken hast du noch gar nicht eingerieben.«

Seine Brauen zogen sich zusammen, während er mich musterte. Ich konnte die Gefühle nicht ergründen, die aus seinen Augen sprachen. Als ich schon wegschauen wollte, senkte er den Blick. »Ich komm da selbst schlecht ran.«

»Also soll ich?«

»Wenn es dir nichts ausmacht …«

»Gut, dann …«

Er ging an mir vorbei, und ich folgte ihm in das ehemalige Wohnzimmer.

Aus dem Rucksack holte er den Lederbeutel und reichte mir den Tiegel mit der Salbe, bevor er sich auf den Boden setzte.

Ich kniete mich hinter ihn. »Kannst du das Shirt hochziehen oder am besten ganz ausziehen?« Ich spürte ein Flattern in meinem Bauch, als ich seine Silhouette betrachtete.

Dorian räusperte sich. »Also … mein Rücken … der sieht nicht so schön aus.«

»Okay«, sagte ich. »Kein Problem.«

»Einfach, dass du vorgewarnt bist.«

»Ich werde es überleben.«

Er schaute über die Schulter zurück. »Ich fang an, dich zu mögen«, grinste er.

Ich lächelte, schaute aber gleich wieder weg. Ja, ich fing auch an, ihn zu mögen, ihm sogar zu vertrauen, und das war genau das, was ich eigentlich hatte verhindern wollen. Aber irgendwie war es einfach passiert. Und das Bauchgefühl war stärker als der Verstand.

Als er das Shirt auszog, hielt ich einen Moment inne. Meine Augen weiteten sich. Der gesamte Rücken war von Narben übersät, die nun von frischen Wunden durchkreuzt wurden. Kaum eine Stelle war unversehrt. Die neuen Verletzungen zogen sich vom Rippenbogen bis zum Hals hoch und waren eine gute Hand breit. Es war der Abdruck des Schlangenkörpers, der sich unter den Kleidern hochgewunden und um seinen Hals gelegt hatte. Die anderen Narben sahen sehr ähnlich aus, genau wie die auf dem rechten Arm. Nur die im Gesicht war anders. Die war zu dünn.

Ich tauchte die Finger in die Salbe und begann, sie vorsichtig auf den wunden Stellen zu verteilen. Das Flattern meines Magens setzte sich bis in die Finger fort, und ich hoffte nur, er konnte das Zittern nicht spüren. Dorians Muskeln, von denen man jeden einzelnen sah, spannten sich unter der Berührung an. Sein Atem stockte. Sachte rieb ich die Salbe ein und nach einigen Sekunden normalisierte sich seine Atmung. Sein Rücken blieb jedoch hart wie Stein.

Ihm so nahe zu sein, ihn zu berühren, die Tatsache, dass er mir offensichtlich genug vertraute, um sich mir zu zeigen, löste etwas in mir aus, das ich nicht beschreiben konnte. Es war schön, aber es machte mir auch Angst.

Er räusperte sich. »Könntest du die Narben auch eincremen, wenn du gerade dabei bist?«

»Sicher. Tun die denn auch noch weh?«

»Hin und wieder. Das Feuer der Schlangen lässt einen nie mehr wirklich los.«

»So wie gestern Abend?«

»Was meinst du?«

»Gestern Abend, als du dich zurückgezogen hast, um dich einzucremen.«

»Du warst also doch noch wach.«

»Ja«, bestätigte ich und spürte, wie sich seine Lungenflügel unter einem tiefen Atemzug dehnten.

»Bei dir wird nichts zurückbleiben.«

»Deshalb habe ich nicht gefragt.«

»Hm«, machte er und fügte dann an: »Nicht so doll.«

Ich schüttelte den Kopf. So ein Lügner.

Auf die Narben legte ich etwas mehr Druck, wodurch das eincremen eher zu einer Massage wurde. Seine Muskeln gaben unter meinen Fingerspitzen nach und langsam entspannte er sich.

Plötzlich rückte er von mir weg. »Okay danke … das … das reicht«, sagte er gehetzt.

»Ich bin aber noch gar nicht fertig.«

»Wir dürfen nicht zu lange hierbleiben«, überging mich Dorian und schnappte sich das Shirt. »Du solltest deinen Arm nun auch kühlen.«

»Wie du meinst.« Ich schraubte den Deckel auf den Tiegel und stellte ihn auf den Lederbeutel. Dann ging ich Dorian hinterher ins Bad. Ich setzte mich auf den Wannenrand, drehte den Hahn auf und hielt den Arm unter das kalte Wasser. Es war eine Wohltat und ich schloss kurz die Augen.

»Gut, nicht?« Dorian sammelte die vollgebluteten Sachen ein und schaute mich an.

»Ich bleibe hier«, seufzte ich.

Er grinste, warf das T-Shirt und den Hoodie in die Wanne und kniete sich davor nieder. »Kannst du die Steine wieder über den Abfluss legen? Ich muss das auswaschen.«

Ich streckte mich, damit ich an den behelfsmäßigen Stöpsel kam und musste plötzlich lachen. Das war eine so absurde und doch irgendwie so normale Situation, mit den komplett falschen Personen am komplett falschen Ort. Das Wasser, das auf meinen Arm rann, spritzte plötzlich in alle Richtungen.

»Hey!«, rief Dorian und sprang auf. »Was ist los?«

»Keine Ahnung«, prustete ich hervor. »Wir sind wie ein altes Ehepaar. Salben unsere Wunden und waschen Wäsche!«

Er schaute mich an und musste dann auch lachen. Es stand ihm. Fältchen bildeten sich über der Nasenwurzel und in den Augenwinkeln. Das Leuchten in seinen Augen nahm mich vollkommen ein. Ein Teil seines Gesichtes, da, wo die Narbe über die Wange nach unten zog, schien gelähmt zu sein. Das fiel mir erst jetzt wirklich auf. So viel Mimik hatte ich bei ihm auch noch nie gesehen. Zumal er meist vermummt herumrannte. Er bemerkte den Blick und fuhr sich mit der Hand über die Wangen. »Tja, das ist auch nicht so schön«, sagte er. »Aber ich bin sicher, du überlebst auch das.«

»Du bist ziemlich eitel, was?«

»Eitel?«

»Entweder das oder du hast Komplexe.«

»Na ja, ein paar Komplexe wären ja angebracht, oder nicht?«

»In deinem Fall … nicht unbedingt …«

»Oh. Wenn nicht in meinem, in welchen Fällen denn dann?«

»Wenn man ein selbstverliebtes Arschloch ist, das sich nur gut fühlt, wenn es andere runtermachen kann, um dafür Zuspruch von den sogenannten Freunden zu bekommen.«

Mit hochgezogenen Augenbrauen schaute Dorian mich an. »Sprichst du von dem Vogel im Sommercasino?«

Ich zuckte mit den Schultern. »Möglich.« Und nach einer Pause fügte ich an: »Der schönste Pullover nützt dir nichts, wenn nur ein Kleiderbügel drinsteckt. Er ist vielleicht schön. Zumindest auf den ersten Blick. Aber bald wirst du merken, dass er ist wie alle anderen Pullover. Es gibt nichts, was ihn abhebt, nichts, was ihn besonders macht, und im nächsten Winter ist er schon wieder out.«

Dorians Grinsen wurde immer breiter. Ich wandte mich ab und hielt den Arm wieder unters Wasser.

»Okay«, sagte er langsam. »Ich lass mir mal durch den Kopf gehen, was du gerade gesagt hast.« Er kniete sich wieder hin. Die Pfütze, in der seine Kleider lagen, war rot verfärbt.

»Mach das«, erwiderte ich.

Er grinste vor sich hin und knetete den Pulli durch. Nach einer Weile schaute er mich wieder an, die Augen leicht verengt.

Ich lächelte und zuckte mit den Brauen. »Und? Weitergekommen?«

»Ich denke, ich sollte öfters mal den Kleiderschrank ausmisten.«

»Schwarz kommt nie aus der Mode«, grinste ich.

Er musterte mich. »Du musst es ja wissen.«

Nach dem Bad und durch die Wirkung der Salbe ging es Dorian viel besser und wir machten uns wieder auf in den Wald. Es dauerte nicht lange, und ich kam schon wieder nicht hinter ihm her.

Der Marsch zog sich endlos hin und als wir die Höhle endlich erreichten, war es schon stockdunkel. Ich ließ alles fallen und setzte mich gleich beim Eingang auf den Boden. Meine Oberschenkel brannten und ich brauchte eine Weile, um die Atmung zu beruhigen.

Dorian machte Feuer und der Schein der Flammen ließ mich zumindest Umrisse unseres neuen Zuhauses erkennen. Der vordere Bereich der Höhle, gleich hinter dem von Bäumen versteckten Eingang, war so geräumig, dass ich kaum die Decke über uns ausmachen konnte. Nach hinten gingen zwei Gänge ab, aber der Schein der Flammen reichte nicht weit genug, um zu erkennen, wie tief sie in den Berg drangen.

Ich trank Wasser, um den knurrenden Magen auszutricksen, mit mäßigem Erfolg. Dorian hielt mir ein paar Kräcker hin. Ich meinte, ein Lächeln auf seinen Lippen zu sehen, aber hinter dem Feuer sah ich ihn eigentlich nur schemenhaft.

Ich kaute auf dem Brotersatz herum und musste plötzlich an Endra denken. Das Bild von ihren leeren Augen, als sie mit mir in der Dunkelwelt gewesen war, flammte in mir auf, und in mir zog sich alles zusammen.

»Warum kannst du hier sein?«, fragte ich vorsichtig.

»Wie meinst du das?«

»Na ja – du hast gesagt, dass Menschen gar nicht in der Dunkelwelt leben können. Dass sie so werden wie Endra.«

Er fasste sich hinters Ohr. »Ich habe einen Chip, der Störsignale sendet und eine Art Schutzschild gegen die Energien der Dunkelwelt um mich aufbaut. Alle Wächter haben das, damit sie übertreten können, wenn es nötig wird, was normalerweise kaum der Fall ist. Der Chip hält sozusagen unsere Seelen bei uns, aber das Bewusstsein ist dennoch einem dauernden Sog ausgesetzt. Deshalb auch das mentale Training, das unsere Sinne schärfen und uns erden soll.«

»Und warum bleibt meine Seele bei mir?«

»Weil du zu beiden Welten gehörst und die Magie und deine Seele eine Einheit bilden, die nicht getrennt werden kann.«

Seine Worte machten mir gleich wieder schmerzlich bewusst, dass ich kein Mensch war. Jedenfalls nicht nur. Das war so unbegreiflich und ich konnte es nur schwer akzeptieren, anders zu sein – auf diese Weise anders zu sein – magische Fähigkeiten zu besitzen. Das war verrückt.

»Und dieses mentale Training«, räusperte ich mich, »kann mir nun also helfen, die – Magie – zu kontrollieren?«

»Ich hoffe es, kann aber nichts versprechen.«

»Verrätst du mir ein paar Tricks?«

Dorian lachte auf. »Tricks klingt eher nach deinem Fachgebiet – du weißt schon – du bist die mit der Magie.«

Ich schnalzte mit der Zunge. »Sehr witzig. Kannst du mir jetzt helfen oder nicht?«

Dorian streckte den Rücken durch. »Ich kann es versuchen. Aber eine Sache solltest du vielleicht über das Training wissen. Es läuft auf mentaler Ebene ab. In dir! Ich kann dir also nur Hinweise geben, wie du das anstellen kannst. Alles andere muss von dir kommen. Du musst dich für die Aufgabe öffnen.«

»Schon klar.« Ich kam nicht umhin, wieder an Endra zu denken. Die hätte ihre helle Freude an Dorian.

»Gut.« Er schob sich um das Feuer herum auf meine Seite und setzte sich neben mich. Seine Hand streifte dabei meine und wir verharrten einen Sekundenbruchteil.

»Sorry.« Dorian lächelte den Moment weg und ich nahm einen tiefen Atemzug.

»Wir beginnen mit einer Entspannungsübung«, sagte er und setzte sich in den Schneidersitz.

Ich tat es ihm gleich, wobei ich mit dem Knie gegen seinen Oberschenkel stieß. »Entschuldigung«, sagte ich und rückte etwas von ihm ab.

»Das wird ja richtig kuschelig hier«, grinste er und schaute mich von der Seite an.

»Du hast damit angefangen.«

Er erwiderte nichts und ließ stattdessen den Kopf kreisen. »Also: Augen zu und tief ein- und ausatmen. Versuch dich zu entspannen.«

Das Problem war, meine Gedanken wanderten gerade in eine andere Richtung, was das mit dem Loslassen ziemlich verkomplizierte. Ich konnte mich nicht entspannen. Musste mich beherrschen, dass ich nicht blöd kicherte, weil ich mir einfach nur doof vorkam. Nicht zuletzt wegen Dorian. Ich versuchte es wirklich, aber es gelang mir nicht. Ich blinzelte, um zu sehen, ob er mich beobachtete, was er natürlich tat.

»Du wirst dich daran gewöhnen.«

Ich senkte den Blick.

»Also, noch mal. Schließ die Augen. Und lass sie dieses Mal zu. Ich schau dir schon nichts weg, okay?«

Na toll. Auch wenn er mir nichts wegschaute, sah er zumindest hin und das brachte mich schon genug durcheinander.

Ich lauschte seinen tiefen Atemzügen, aber in mir verkrampfte sich alles mehr und mehr.

»Atme«, flüsterte er. »Lass los.«

Ich öffnete die Augen wieder. »Tut mir leid«, sagte ich. »Das geht so nicht.«

»Ich weiß, dass das Vertrauen braucht, aber wir haben keine Zeit, es aufzubauen. Ein paar Tage wird der Meister keinen Verdacht schöpfen, aber danach wird er uns eine Armee von Wächtern auf den Hals hetzen. Ein Tag ist schon rum. Wenn du eine bessere Idee hast, wie du das in den Griff bekommst, gerne. Ich bin auch nicht scharf auf Gruppenmeditation.« Dorian musterte mich. »Das war erst die Entspannungsübung. Das mentale Training hat noch nicht mal begonnen.«

»Okay«, sagte ich und rieb mir übers Gesicht. Es ging nicht um Vertrauen. Es ging um etwas ganz anderes. Etwas, das ich nicht einmal in Gedanken ausformulieren wollte. Also ließ ich es und versuchte, die Gefühle loszulassen. »Lass es uns nochmal versuchen.« Damit setzte ich mich wieder aufrecht hin und schloss die Augen. Sollte er halt schauen.

Ich hörte, wie der Stoff seiner Kleider gegeneinanderrieb, als auch er sich bewegte, danach wurde es still und ich vernahm nur noch das Knistern des Feuers. Wie Endra es mir beigebracht hatte, wanderte ich mit meiner Aufmerksamkeit vom Kopf über die Schultern, den Rücken hinunter und versuchte dabei, jeden Muskel zu lockern. Ich wiederholte die Übung einige Male und auf einmal fühlte ich mich ganz leicht. Fast wie in einem Traum. Es war unheimlich und ich ballte die Fäuste, um mich zu spüren, um zurückzukommen.

Als ich die Augen aufschlug, saß Dorian mit verschränkten Armen da und sah mich an. »Das war schon ganz gut«, nickte er und stützte sich nach hinten ab. »Mentales Training besteht oft darin, sich Sachen oder Situationen vorzustellen. Danach geht es darum, Verhaltensmuster zu ändern. Sich sozusagen neu zu programmieren. Also bei dir wäre das zum Beispiel die Situation, in der ein Riss entsteht. Du musst herausfinden, was der Auslöser dafür ist, und danach versuchen, den Zustand zu kontrollieren.«

Ich bezweifelte, dass es eine gute Idee war, diesen Moment heraufzubeschwören. Aber irgendwie musste ich wohl die Trigger finden, um sie zu kontrollieren.

»Du siehst nicht besonders überzeugt aus.«

»Doch«, sagte ich und zog die Schultern hoch. »Ich meine …«

Er lächelte. »Du musst es ja nicht gleich heute Abend schaffen. Schlafen wir erst mal 'ne Runde.«

Ich nickte und drehte den Kopf, um meine Tasche zu suchen. Dorians Decke lag schon ausgebreitet daneben, über einem Haufen aus Laub. War ich so weit weg gewesen, dass ich das alles nicht mitbekommen hatte?

»Danke«, sagte ich.

»Gern.«

»Ist dir nicht kalt?«

Dorian legte den Kopf schief. »Was, wenn ich jetzt ›doch‹ sage?«

»Dann würde ich dir die Decke zurückgeben.«

»Hm«, machte er. Seine Augen funkelten im Schein des Feuers. »Mir ist nicht kalt.«

Kapitel 17

Lejla

Am nächsten Morgen kam ich kaum hoch. Auch die zweite Nacht auf Steinboden war nicht sehr erholsam gewesen – zudem raubte mir dieses ewige Dämmerlicht jegliche Energie. Den Kopf auf die Tasche gebettet, beobachtete ich Dorian, der im Schneidersitz dasaß. Eine Machete lag quer über den Knien, über die er sich beugte, während er sich mit einem Dolch die Bartstoppeln rasierte. Die breite Klinge des säbelartigen Messers schien ein guter Spiegelersatz zu sein. Ich hätte auch gern mal reingeschaut. Bestimmt sah ich fürchterlich aus. Ich richtete mich auf und fuhr mir mit den Fingern durch die Haare.

»Morgen«, sagte Dorian, ohne hochzuschauen.

»Hi«, nuschelte ich und zog die Hände aus den Strähnen, die langsam zu Rastas verkamen. Mit dem Zeigefinger rieb ich mir über die belegten Zähne.

Dorian strich den Dolch an der Hose ab, steckte ihn in das Beinhalfter, legte die Machete zur Seite und erhob sich. »Kaugummi?«, fragte er und hielt mir ein bordeauxrotes Päckchen hin. Der Zimtgeruch stieg mir in die Nase.

»Gern, danke.« Ich nahm mir eine Stange heraus und gab ihm den Rest zurück.

Dorian begann, alles zusammenzupacken, also stand ich auch auf und half ihm, unsere Spuren zu verwischen.

»Verlassen wir die Höhle schon wieder?«

»Wir kommen später zurück«, erwiderte er und schnallte sich das Waffenhalfter auf den Rücken, bevor er den Rucksack drüberzog. Über die Schulter schaute er zu mir zurück und zog eine Augenbraue nach oben. »Kommst du?«

»Und wohin gehen wir?«

Er antwortete nicht, ging einfach davon. Na dann eben nicht. Entweder er war schlecht gelaunt, oder wir fingen nun jeden Morgen wieder von vorne an, uns zu misstrauen. Auf beides konnte ich verzichten. Aber gut, vielleicht war es besser, sich nicht an die Vertrautheit zu gewöhnen und Abstand zu gewinnen.

Mein Arm brannte wieder und ich wollte gar nicht wissen, wie Dorian sich fühlte. Womöglich war auch das der Grund für seine Laune.

Schweigend machten wir uns auf den Weg. Auch der Wald schwieg. Kein Vogel, der zwitscherte oder im Unterholz raschelte, keine Insekten, die summten, nicht einmal das dumpfe Stöhnen des Windes war heute zu hören. Nur Stille.

Dorian führte uns einen Hang hinauf. Ich konnte ihm gut folgen, denn der Boden hier war trocken. Auch gab es weniger Laub und Gestrüpp, das sich um meine Fesseln winden konnte.

»Kann ich dich was fragen?«, überwand ich mich schließlich.

»Kann ich dich davon abhalten?«

»Nein!«, sagte ich. »Aber du könntest mich weiterhin ignorieren.«

»Schon gut«, lenkte Dorian ein. »War nur ein Witz.«

»Oh«, machte ich und zog die Brauen hoch. Sehr witzig.

»Also, was wolltest du fragen?«

Ich räusperte mich. »Warum flimmert die Luft hier immer so?«

Dorian blieb stehen. »Die flimmert?«

»Ja. So wie über heißem Asphalt. Und dahinter sehe ich irgendwie alles verschoben.«

»Hm, interessant.«

»Siehst du das nicht?«

Er schüttelte den Kopf. »Nein.«

Ich rieb mir über die Augen. Vielleicht war da doch was kaputt. »Könnte es etwas mit der Magie zu tun haben?«

»Möglich.« Dorian runzelte die Stirn. »Aber ich kann mich nicht erinnern, in der Mendra irgendetwas darüber gelesen zu haben.«

»Vielleicht sind es einfach meine Augen. Eine Täuschung wegen dieser ewigen Dämmerung.«

»Kann sein, aber …« Dorian brach ab, schüttelte kurz den Kopf und ging dann weiter.

»Aber was?«, hakte ich nach und folgte ihm.

»Ich muss darüber nachdenken.« Und damit war das Gespräch auch schon wieder beendet.

Als wir auf eine Anhöhe kamen, lichteten sich die Bäume und verdorrte Gräser ersetzten das Unterholz. Ich wusste nicht genau, wie viel Zeit vergangen war, aber meine Oberschenkel krampften schon wieder und ich war ziemlich außer Atem.

Am Rand einer Lichtung, die von hohem Gras bewachsen war, blieb Dorian stehen. Er hob einen Stein auf und warf ihn auf die offene Fläche. Dumpf landete er zwischen den langen Gräsern. Dorian legte den Rucksack ab und zog die Macheten aus den Scheiden. »Warte hier.«

»Was ist da?«, fragte ich, aber die dünnen Worte versickerten ungehört.

Mein Herz pochte gegen die Rippen, während ich beobachtete, wie er das Gras durchstreifte. Die Sache mit den Schlangen saß mir noch ganz schön in den Knochen. Er stutzte die Gräser und durchbrach das Netz von Schlingpflanzen und Dornengewächsen, das die Lichtung überwucherte. Nach ein paar Minuten war ein ordentlicher Fleck erdigen Bodens sichtbar geworden.

Dorian winkte mich zu sich. »Komm.«

Ich nahm seine Sachen und ging auf ihn zu. »Was machen wir hier?«

»Kampftraining. Du musst dich verteidigen können.«

Ich stockte. »Mit Messern?«

»Lieber nicht.« Ein Grinsen huschte über seine unversehrte Wange. »Komm schon, leg das Zeug zur Seite.«

O Mann, das würde noch schlimmer werden als das mentale Training, da war ich mir sicher. Ich konnte nicht mehr leugnen, dass mir seine Meinung über mich wichtig war. Ich mochte ihn irgendwie. Oder zumindest Teile von ihm. Ich mochte die Art, wie er mich anschaute, respektvoll und zurückhaltend. Mochte sein Lächeln und seinen Humor, wenn er dann mal durchdrückte. Und dass er mir gestern seine verletzliche Seite gezeigt hatte, bestärkte all diese Gefühle, die ich lieber verdrängen wollte und sollte. Aber er gab mir das Gefühl, Teil von etwas zu sein und nicht nur Mittel zum Zweck, so wie Lars. Und nun stand ich da, gehemmt von diesen Gedanken, und sollte mit ihm trainieren? Mich schwitzend mit ihm auf dem Boden wälzen?

Ach herrje, an was dachte ich da bloß? Konnte man das

abstellen? Mir wurde heiß und ich spürte, wie mir diese Hitze in die Wangen stieg. Schnell wandte ich mich ab und bündelte unsere Sachen am Rand des gerodeten Flecks so sorgfältig, als ob es nur eine Möglichkeit gäbe, sie perfekt hinzustellen.

»Also«, sagte er und steckte die Macheten zurück in das überkreuzte Schulterhalfter. »Bereit?«

Ich atmete tief durch, spuckte den Kaugummi aus und ging die paar Schritte auf ihn zu. »Denke schon.«

Er stellte sich neben mich. »Füße parallel, dann einen Fuß einen Schritt weit nach vorne und leicht nach innen abdrehen. Die Fäuste vor Brust und Schulter.«

Ich ahmte die Bewegungen nach. Er stellte sich vor mich und drückte meine Ellbogen gegen die Rippen. »Arme enger am Körper.« Er trat zurück und betrachtete mich. »Gut, das ist deine Grundstellung. Und immer in den Knien federn … So«, sagte er und machte es mir vor, bevor er hinter mich trat und die Hände auf meine Schultern legte. »Entspann dich mal, du brauchst deine Muskeln für andere Dinge, als den Körper in eine Totenstarre zu versetzen.«

Ich kicherte, was mich tatsächlich entspannte.

Dann stellte er sich wieder vor mich. »Wir üben erst die Abwehr. Ich werde versuchen, dich zu schlagen – ganz langsam natürlich – und du tauchst drunter weg.« Er federte in den Knien und verlagerte das Gewicht von einem Bein auf das andere, während er sich leicht bückte, sodass sein Oberkörper einen Halbkreis beschrieb. Den Blick wandte er dabei keine Sekunde von mir ab. »Einmal links wegducken, einmal rechts. Immer entgegen der Schlagrichtung, ja?«

»Okay«, sagte ich und lockerte nochmals alle Muskeln.

Dorian schlug wirklich langsam, was gut war, denn so

konnte ich die Ausweichbewegung verinnerlichen. Mit der Zeit wurde er schneller, die Schläge kraftvoller.

Als er mir eine Pause gönnte, lag ein zufriedenes Lächeln auf seinen Lippen. »Ganz gut.«

Er ging zum Rucksack und holte eine Flasche Wasser, während ich den Pulli auszog. Ich war ganz schön ins Schwitzen gekommen, aber sein Lob motivierte mich. Er hielt mir die Flasche hin und ich trank ein paar Schlucke.

»Wie wird man eigentlich Wächter?«, fragte ich und gab sie ihm zurück.

Dorian nahm auch einen Schluck und wischte sich mit dem Handrücken über den Mund. »Man wird hineingeboren. Mein Vater war schon ein hochrangiger Wächter und so war es von Anfang an klar, dass ich auch einer werde.«

»Wolltest du das denn?«

»Wächter sind in der Zunft hoch angesehen. Klar wollte ich. Und ich war echt gut.« Er legte die Flasche hin. »Also, weiter geht's.«

Wir stellten uns wieder auf.

»Wenn du dich jetzt unter mir weggeduckt hast, schiebst du meine Schlaghand weg und schlägst mir mit der anderen ins Gesicht oder gegen den Hals – aber bitte nicht volle Kanne, ja? Nur andeuten.«

»Alles klar«, sagte ich und nahm die Grundstellung ein.

»Erst wieder ganz langsam.«

Wir probten es ein paarmal, bis ich den Dreh raushatte, dann zog er das Tempo an. Mein Herz pumpte wie verrückt.

»Eigentlich war ich der Beste«, plauderte er weiter und brachte mich damit noch mehr in Bedrängnis. Ihm zuzuhören, mich darauf zu konzentrieren, keine zu kassieren und ihn auch nicht zu fest zu schlagen, war eine Sache zu viel für mich.

»Noch in der Lehre erreichte ich den zehnten Grad. Das hat noch nicht mal jeder Wächter in seiner ganzen Karriere geschafft. Das machte mich zum Liebling des Meisters.«

»Was bedeuten die Grade?«, fragte ich und Dorians Faust streifte meine Schulter.

»Konzentrier dich!«, warnte er mich, fuhr dann aber im Erzählton fort: »Es sind Auszeichnungen für die kämpferischen und mentalen Fähigkeiten. Der Liebling des Meisters zu sein, bringt viele Privilegien mit sich, und die habe ich voll ausgeschöpft. Ich habe ja auch hart dafür gearbeitet.«

Ich hoffte mal, er erwartete keine Antwort, denn er wurde immer schneller, und die Schläge pfiffen nur so an meinen Ohren vorbei. Seine Arme waren angespannt, und er schlug jetzt mit voller Kraft. An seiner Atmung spürte man allerdings nichts davon, während ich schon bald ein Sauerstoffzelt brauchte.

»Die Mädchen lagen mir zu Füßen. Ich hätte jeden Abend ein anderes mit nach Hause nehmen können.«

Es war nur ein Bruchteil einer Sekunde, in dem ich verharrte. Seine Faust krachte gegen meine Schulter. Ich taumelte nach hinten. Während dieser Zeit hatte er schon sein Bein hinter mich gestellt und warf mich rücklings auf den Boden. Noch im Fall verfluchte ich mich innerlich. Er hatte meine wunde Stelle gesucht und ziemlich schnell gefunden. Er wollte mich ablenken. Mentales Training im Kampftraining. Alles klar. Als ich die Augen aufschlug, saß er über mir und drückte meine Hände in den Torf.

»Und? Hast du?«, fragte ich.

Seine Oberschenkel flankierten meine Taille und sein Gesicht kam immer näher. Ich zwang mich, in seine Augen zu schauen, aber ich wurde aus seinem Blick nicht recht schlau. Der zimtige Atem streifte meine Wange. Alles in mir kribbelte in Erwartung von etwas, das ich nicht wollte. Oder vielleicht doch?

»Was denkst du?«, flüsterte er in mein Ohr.

Ich brauchte einen Moment, um zu verstehen, dass er mich nicht fragte, ob ich ihn küssen wollte, sondern ob ich dachte, dass er diese Frauen tatsächlich alle mit nach Hause genommen hatte.

»Ja«, sagte ich und versuchte mich aus dem Griff zu befreien. »Ganz bestimmt.«

Er grinste herablassend und entließ mich aus seiner Gewalt. Dann erhob er sich.

Ich setzte mich auf und meine Finger krallten sich in das Erdreich neben mir. Vielleicht war es dieser Blick, so kühl und berechnend, der mich an Lars erinnerte, oder einfach der enttäuschte Wunsch in mir, dass Dorian tatsächlich anders war. Auf jeden Fall stieß mich sein Gehabe total ab. Ich war so doof! Nur weil sein Körper voller Narben war und er bereit war, Schmerzen auszuhalten, hieß das doch noch lange nicht, dass er einen guten Charakter besaß.

Ich lockerte die Finger und rieb den Dreck an der Hose ab. Die Hand, die er mir hinhielt, um mir aufzuhelfen, ignorierte ich.

»Im Kampf gibt es keinen Platz für Gefühle«, belehrte er mich, was gar nicht nötig war, denn das hatte er ja gerade eindrücklich bewiesen. »Du musst das unter Kontrolle bringen und dem Instinkt den Vorrang lassen. Mich zu analysieren und dir zu überlegen, ob dir gefällt, was du zusammenfantasierst, hat dich zu einer leichten Beute gemacht. Du hast nicht mal versucht, dich zu wehren.«

Zusammenfantasieren? Ich schluckte den Protest hinunter. Dorian kam mir auf einmal vor wie ein umgedrehter Handschuh. Gerade noch mochte ich seine Blicke, weil ich mich von ihm respektiert fühlte, und plötzlich waren seine Augen nur noch kalt und leer. Ich vermied es, ihn direkt anzuschauen, und ging wieder in Stellung.

»Okay, wir üben ein paar Schläge«, sagte er und zeigte es mir vor. »Gerade Schläge sind für die Distanz, Haken für den Infight. Ich halte die Hand auf, du schlägst zu. Immer über Kreuz. Wenn ich rechts aufhalte, schlägst du mit rechts und so weiter, verstanden?«

Ich nickte knapp.

Er begann wie zuvor mit langsamen Bewegungen, und hin und wieder ging er um mich herum und korrigierte meine Technik. Seine Hände waren dabei so ziemlich überall, ganz besonders häufig auf meinen Hüften, die ich angeblich zu wenig mitdrehte.

»Ja, es stimmt«, sagte er und stellte sich wieder vor mir auf. »Ich habe mir geholt, was ich wollte. Aber die Mädchen sind alle freiwillig mitgekommen. Sie haben sich gern mit mir gezeigt, auch wenn es nur für einen Abend war. Und ich habe auch niemandem etwas versprochen, was ich nicht gehalten habe.«

Meine Fäuste donnerten in seine Hände. Ich wollte nicht hinhören, aber es ging nicht anders, denn schon wieder musste ich an Lars denken und daran, dass ich vermutlich auch eines dieser Mädchen für ihn gewesen war. Eines, das man ausnützen konnte, weil es zu blöd war, die Masche zu durchschauen und sich Hoffnungen machte, dass die Gefühle für es echt waren. Eines, das man wegwirft, wenn es langweilig wird, weil man sich nie wirklich etwas aus ihm gemacht hat. »Haben die Mädchen das auch so gesehen?« Meine nächste Faust traf ins Leere und ich taumelte nach vorne.

»Konzentrier dich«, sagte Dorian.

Ich biss die Zähne zusammen und stellte mich wieder auf.

»Wie sie das gesehen haben, ist ihr Problem«, fuhr er ungerührt fort.

Ich nahm die Deckung runter. »Echt jetzt!«, rief ich. »Ist das dein Ernst? Denkst du wirklich so?«

»Das Thema geht dir wohl nahe.« Er sagte es so trocken, dass ich am liebsten zugeschlagen hätte.

»Mir geht überhaupt nichts nahe!«

»Warum bist du denn dann wütend?«

»Das Training ist beendet«, sagte ich und ging davon.

»Wären wir im Kampf, wärst du jetzt tot«, rief er mir hinterher.

Ich drehte mich um. »Das ist mir scheißegal, lass mich einfach in Ruhe.«

»Wenn ich sage, du sollst deine Gefühle außen vor lassen, meine ich das so. Sie lassen dich aufgeben, dein Instinkt jedoch niemals! Wer immer dir wehgetan hat, Lejla, er ist nicht hier, und er wird dir nie mehr wehtun, wenn du es nicht zulässt. Niemand kann das, nur du selbst, indem du deine Gefühle hegst und pflegst, anstatt deinen Verstand einzusetzen.«

Ich verharrte an Ort und Stelle. Der Puls hämmerte in meinem Kopf und alles fühlte sich wie elektrisiert an. Ich war also selbst schuld, wenn mir jemand wehtat? Nur weil ich etwas fühlte? Wollte er *das* sagen? Ich versuchte es zu unterdrücken, aber die Worte brachen sich Bahn, wie ein Gewitter, das sich entladen musste. »Ich werde meine Gefühle nicht wegsperren. Denn dann spüre ich auch keine Liebe mehr, keine Freude, kein Glück. Alles, wofür es sich zu leben lohnt, würde erlöschen, nur aus einer Angst heraus, verletzt zu werden. Wenn ich in deine Augen schaue, sehe ich nichts. Überleg dir mal, ob es das wert ist. Du sagst mir ganz sicher nicht, was ich mit meinen Gefühlen machen soll. Du hast doch keine Ahnung, was das ist!«

Wir starrten uns einen Moment lang einfach nur an.

»Ich meinte das nicht im Allgemeinen. Ich habe nur vom Kampf gesprochen«, sagte Dorian, senkte den Blick und wandte sich ab.

Ich spürte, wie sich die Luft um mich herum veränderte. Dann traf mich ein Sonnenstrahl. Seine Schönheit öffnete mein Herz, als ich auch schon mit voller Wucht zu Boden gestreckt wurde. Mein Gesicht wurde in die stacheligen Überreste der Vegetation zwischen dem Humus gedrückt und ein stechender Schmerz jagte durch meine Brust, die unter einem schweren Körper begraben war.

»Bring deine Magie unter Kontrolle«, zischte Dorian in mein Ohr. Dann ließ er von mir ab, packte den Rucksack und ging zielstrebig davon. Ich rappelte mich hoch. Hustend stützte ich mich mit den Händen auf den Knien ab. Dorian war schon zwischen den Bäumen verschwunden.

Halb rennend, halb stolpernd versuchte ich ihn einzuholen. Wenn ich ihn aus den Augen verlor, war ich so gut wie tot. Das war ein richtiger, echter Riss zwischen den Welten gewesen. Nun wussten die Wächter vermutlich, wo wir waren, oder zumindest wo wir gewesen sind. Und Dorian war noch angeschlagen.

Was war nur in mich gefahren? Warum ließ ich mich so von ihm provozieren? Konnte mir doch egal sein, was er früher getrieben hatte, oder noch trieb! Aber mit seinen Aussagen hatte er etwas in mir ausgelöst, hatte einen wunden Punkt getroffen, der mir selbst nicht bekannt gewesen war. Verletzter Stolz. Die Angst, nicht gut genug zu sein. Nicht cool zu sein. Er las mich wie ein offenes Buch! Und ich ließ es einfach zu.

Ich musste anhalten. Der Sturz hatte mir den Atem verschlagen und gleich darauf loszurennen, war wohl nicht die beste Idee gewesen. Mein Brustkorb sperrte sich gegen die Dehnung, die die Lunge brauchte, um genügend Sauerstoff zu bekommen. Am liebsten hätte ich losgeheult. Nicht weil ich keine Luft mehr bekam, sondern weil ich so ein Idiot war. Verletzt und gekränkt, weil ich nur an mich gedacht hatte. Dorian lag goldrichtig, so schön sie sein konnten, im Kampf waren Gefühle keine guten Lebensberater. Die Erkenntnis kam zu spät. Die Beleidigungen waren ausgesprochen.

Ich versuchte nochmals, tief einzuatmen, und ging dann weiter.

Zwischen den Bäumen sah ich eine Gestalt. Dorian wartete auf mich. In sicherem Abstand, aber er wartete. Ich wusste nicht, ob ich das an seiner Stelle getan hätte. Und es beeindruckte mich. Der Typ, den ich gerade als gefühlloses, egoistisches Arschloch umschrieben hatte, zeigte mehr Größe, als ich jemals erlangen würde. Er hatte mich getäuscht, um mir etwas zu zeigen, und die Botschaft war angekommen.

Wie besprochen gingen wir zurück zur Höhle. Dorians Gesicht war verhüllt, die Kapuze hochgezogen. Er machte kein

Feuer und zog sich tief in den Berg zurück. Er war richtig sauer. Soviel dazu, dass er nichts fühlte.

Nicht mal, als ich nach der Verurteilung nach Hause gekommen war und Tatas enttäuschtes Gesicht gesehen hatte, war ich mir so schäbig vorgekommen wie jetzt. Ich setzte mich und schaute hinaus in den Wald. Ich wagte kaum, mich zu bewegen, denn auch von Dorian war nichts zu hören.

Mit der Zeit verloren die Baumstämme mehr und mehr an Konturen, als sich die Dämmerung langsam der Nacht ergab. Im hinteren Teil der Höhle hörte ich ein Rascheln. Das Licht einer Taschenlampe erfüllte den Raum mit ihrem schwachen goldenen Schein. Dorian war aus seiner Starre erwacht. Entschlossen erhob ich mich und ging zu ihm nach hinten. Er war gerade dabei, den Hals und den Nacken mit der Creme einzureiben. Ich räusperte mich. Er schaute hoch und erhob sich dann. Ich war froh um das spärliche Licht, das unsere Gesichter verbarg.

»Es tut mir leid, Dorian. Ich hatte kein Recht, so was zu sagen, und es stimmt auch nicht. Es ist nicht nichts, was ich in deinen Augen sehe. Ich verstehe es nur nicht.«

»Es ist okay. Ich habe dich gereizt. Mit Absicht.«

»Ich weiß. Und ich habe verstanden, was du mir sagen wolltest.«

»Gut, das ist es, was zählt.«

Wir schauten uns an. Und was ich jetzt in den dunklen Augen las, wühlte mich auf. Ich konnte es nicht beschreiben, aber es berührte mich so tief drin, dass ich kaum atmen konnte. Ich wünschte mir so sehr, er würde mich in den Arm nehmen, sodass ich spüren konnte, dass es okay war. Aber das war egoistisch. Ich hatte ihn verletzt und ich konnte nicht verlangen, dass er mir verzieh, nur damit ich mich wieder gut fühlte.

»Wegen des Risses«, begann ich und senkte den Blick. »Wissen die jetzt, wo wir sind?«

»Denke nicht. Das Signal war nur kurz und bestimmt nicht stark genug, um unter den Wächtern großes Aufsehen zu erregen. Zudem ist die Lichtung einen guten Marsch von der Höhle entfernt und keiner von denen kennt sich hier in der Dunkelwelt aus.«

»Warum nicht?«

»Die Aufgabe eines Wächters ist es, die Menschen vor den Darkonas zu beschützen, die in unsere Welt, die Menschenwelt, eindringen. Solange also keiner übertritt und es keine offenen Risse oder Tore gibt, ist unser Job im Normalfall getan. Hoffen wir mal, sie glauben noch daran, dass ich die Drecksarbeit für sie erledige, und sie keinen Grund sehen, hierher zu kommen, um nach uns zu suchen.«

Ich hätte gern nochmals nachgefragt, warum er sich hier so gut auskannte, aber er war ganz eindeutig nicht in Plauderlaune. Also hielt ich mich kurz. »Es tut mir leid. Alles.«

»Schon gut. Aber du musst nun wirklich an deiner Magie arbeiten, Lejla.«

Die Zähne zusammengebissen, nickte ich.

Er reichte mir die Salbe und ließ mich allein. Im Gehen zog er die Kapuze hoch.

»Soll ich deinen Rücken einreiben?«, rief ich ihm hinterher.

»Nein.« Er schaute nicht mal zurück. »Danke«, schob er dennoch nach und lehnte sich dann beim Ausgang der Höhle gegen die Felswand. Sein Umriss verschmolz mit dem Stein.

Ich schloss die Augen. Es tat weh zu sehen, was unbedachte

Worte auslösen konnten. Meine unbedachten Worte. Ich war keinen Deut besser als die Typen, die ich so verurteilte. Und als ob ich mich nicht schon erbärmlich genug fühlte, rannen mir auch noch Tränen über die Wangen. Tränen für mich, aber auch für ihn. Einfach für alles. Ich schmierte den Arm ein, auf dem sich eine leichte Kruste gebildet hatte, und legte mich dann hin. Dorians Decke, die schon bereitlag, rührte ich nicht an. Ich hatte sie nicht verdient.

Dorian

Lejlas Worte schmerzten. Und das konnten Worte nur, wenn sie wahr waren, oder wenn sie von jemandem kamen, der einem etwas bedeutete. Beides wollte ich nicht akzeptieren. Ich konnte nicht. Und doch drängten diese Gefühle nun gegen die dicken Mauern, hinter die ich sie gesperrt hatte. Simple Worte vermochten sie also schon einzureißen. Mauern, an denen ich jahrelang gebaut hatte.

Es waren nur Worte, verdammt noch mal! Worte von einem Mädchen, das ich kaum kannte und das mir vom Schicksal ans Bein gebunden worden war. Zugegebenermaßen ein hübsches und mutiges Mädchen. Ein Mädchen, das mich in den letzten zwei Tagen mehr zum Lachen gebracht hatte, als ich in den letzten zwei Jahren gelacht hatte. Sie war da und sie berührte mich, weil sie mich sah. Durch all die Mauern hindurch. Und ich gewährte ihr Zugang, ohne es zu merken. Ein gefährliches Spiel, das ich nach der ersten Runde als Verlierer verließ.

Die unebene Felswand in meinem Rücken schmerzte. Die Wunden brannten und kalter Schweiß bildete Tröpfchen auf meiner Stirn. Ich wischte sie weg. Die Sehnsucht nach Lejlas kühlen Händen, die mir den Schmerz nahmen, wuchs in mir. Vehement verbannte ich den Gedanken. Ich musste das stoppen, durfte nicht zulassen, dass wir uns näherkamen, dass Gefühle entstanden. Die würden uns schwächen, und das konnten wir uns nicht leisten.

Irgendwann ließ die Dunkelheit meine Lider schwer werden, aber Schlaf war keine Option. Der Riss war zwar klein gewesen, und nur ein wirklich guter Wächter würde hinter dem Signal mehr vermuten, aber weitere Fehler konnte ich mir nicht erlauben. Ich drückte mich gegen den Felsen. Die Schmerzen würden mir helfen, wach zu bleiben – nicht nur körperlich.

Kapitel 18

Lejla

Dunkelwelteichhörnchen, wie ich die kleinen Tierchen nannte, die mich an unsere Eichhörnchen erinnerten, schmeckten nicht besonders gut. Aber nachdem wir alle anderen Sachen aufgegessen hatten, wurden sie in den kommenden Tagen zu unserer Hauptnahrungsquelle. Die Wächter waren nicht aufgetaucht, genauso wenig wie Validin, aber mit jedem Tag, der verging, wurde Dorian unruhiger. Denn während wir täglich Kampftechniken trainierten und ich langsam wirklich gut wurde, machte ich bisher keine Fortschritte mit der Magie. Und so saßen wir hier fest.

Ich nagte an einem Knochen herum und beobachtete Dorian über das Feuer hinweg. Er aß kaum etwas und sein Gesicht verkrampfte sich immer wieder, während er die Luft anhielt.

»Lass mich einfach deinen Rücken einreiben, Dorian.«

»Üb' du lieber, deine Magie zu kontrollieren.« Er stand auf, packte den Rucksack und verzog sich nach hinten in die Höhle.

Der Vorwurf tat weh, aber er war berechtigt. Zwar versuchte ich mir während des mentalen Trainings wirklich bildlich vorzustellen, was genau passiert war, als die Risse entstanden sind, und mir war immerhin schon mal klar geworden, dass ich mir in den meisten Situationen gewünscht hatte, woanders zu sein, aber wann immer ich drohte, in diesen entspannten traumähnlichen Zustand abzudriften und die Dinge laufen zu lassen, blockierte ich und holte mich selbst zurück. Ich hatte Angst. Angst zu entdecken, dass ich tatsächlich übermenschliche Fähigkeiten besaß. Fähigkeiten, die ich ganz offensichtlich nicht kontrollieren konnte.

Ich wusste ja nicht mal ansatzweise, was ich tun musste, um die Magie zu benützen und was ich damit anstellen konnte. Wie sollte ich jemals Fortschritte machen, ohne diese Informationen?

Ich erhob mich und verließ die Höhle. An einen Baum gelehnt ließ ich mich nach unten gleiten und legte die Handflächen auf den Boden. Es knisterte leise, denn er war von trockenem Laub und Tannennadeln bedeckt, die mich auf der Haut kitzelten. Ich schloss die Augen und versuchte, mich zu entspannen. Dorian erwähnte mal, dass die Darkonas Materie verändern können, indem sie deren Energie beeinflussen, also konzentrierte ich mich auf den weichen Boden unter mir, versuchte ihn zu fühlen, seine Energie zu spüren. Und auf einmal begannen meine Arme zu kribbeln, als ob tausend Ameisen an ihnen hochkletterten. Ich riss die Augen auf und schüttelte die Arme aus, doch da war nichts. Nur ein heller blauer Schimmer, der von meinen Handflächen ausging. Ich sprang hoch, starrte auf meine Hände, die ich mit gespreizten Fingern von mir hielt. Der Schimmer erlosch, genauso wie das Kribbeln.

Mein Herz überschlug sich beinahe, so unregelmäßig hämmerte es in der Brust. Ich zwang mich, langsam und tief zu atmen. Was war das gewesen? Magie? Aber wodurch wurde sie ausgelöst und wozu hätte es geführt, wenn ich es nicht unterbrochen hätte? Ich öffnete und schloss die Hände. Warum passierte das ausgerechnet mir? Ich glaubte nicht mal an diesen übernatürlichen Kram. Wieder schüttelte ich die Arme aus, als ob ich das alles auf diese Art loswerden konnte.

»Bist du okay?«

Abrupt drehte ich mich zur Höhle um. Hatte Dorian mich beobachtet? Wieder machte mein Herz einen Satz, und ich begriff, dass es nicht nur die Angst war, die Magie nicht kontrollieren zu können, die mich davon abhielt, es wirklich zu versuchen. Es war auch die Angst vor Dorians Blicken, *wenn* ich es konnte. Es wäre die endgültige Bestätigung dafür, nicht normal zu sein. Kein Mensch zu sein. Und das konnte ich gerade nicht ertragen.

»Ja klar, alles gut.«

»Was ist passiert?«

»Nichts.« Zielstrebig ging ich an ihm vorbei in die Höhle. In einer Nische setzte ich mich auf den Boden und begann den Sand vor mir zu einem Häufchen zusammenzuschieben.

Dorian setzte sich neben mich. Der Vanilleduft der Heilsalbe hüllte mich ein. Er legte eine Hand auf meine, die noch immer über den Boden wischte. »Es ist okay.«

Ich schluckte, zog langsam meine Hand unter seiner weg.

»Das ist es doch, was wir wollen, Lejla.« Seine Stimme hatte wieder diesen warmen rauen Klang angenommen. Sie verströmte eine Geborgenheit, nach der ich mich so sehnte und die doch unmöglich mir gelten konnte. Was kümmerte ich ihn schon? Ich war seine Schachfigur.

»Arbeite daran.«

»Ja!«, platzte es aus mir heraus. »Das ist alles, was dich interessiert.«

»Es sollte auch alles sein, was dich interessiert.«

Ich stieß den Atem aus. »Ja, sollte es wohl.«

»Lejla, ich meine das nicht böse. Es ist nur, wir sitzen hier fest …«

»Wegen mir, ich weiß! Denkst du, ich wüsste das nicht?«

»Ganz ehrlich? Manchmal bin ich mir nicht sicher.«

Ich schaute hoch und er erwiderte meinen Blick, bis sein Gesicht plötzlich krampfhaft zusammenzuckte und er wegschaute. Sein Atem ging stoßweise.

»Mensch!«, platzte es aus mir heraus. »Sag doch was! Du brauchst dringend ein kaltes Bad. Stimmt's?« Ich war so egoistisch! Machte das diese Welt mit mir?

»Nein, es geht schon. Du bist noch nicht soweit!«

»Dorian, du musst die Schmerzen lindern. Wie willst du in diesem Zustand kämpfen, falls es nötig wird?«

»Solange wir hier bleiben, wird es nicht nötig werden.«

»Das weißt du nicht.«

»Sobald du die Magie …«

»Ich kann nicht, Dorian!«, rief ich aus und unnötigerweise stiegen mir die Tränen in die Augen, die ich schnell wegwischte. »Ich versuche es ja, aber es …« Ich unterbrach mich selbst.

»Okay. Okay.« Dorian rieb sich über die Stirn. »Vielleicht hast du Recht. Aber wir müssen uns beeilen und so schnell wie möglich zurückgehen.«

»Schon klar.«

Es war schon beinahe dunkel, als wir das Geisterdorf erreichten. Ich war dankbar, wenigstens einen Hauch von Zivilisation zu sehen, denn ich roch überall an mir nur noch Schweiß. Kein

Wunder bei dem täglichen Training. Es war ekelhaft, und auch wenn das Wasser eiskalt war, legte ich mich in die Wanne und befreite mich von all dem Schmutz. Das Top und den BH wusch ich auch gleich aus und zog mir nur den dicken Pulli über, der zum Glück lediglich nach Lagerfeuer roch.

In dem ehemaligen Wohnzimmer lehnte ich mich gegen eine Wand, während Dorian ins Bad ging. Das Plätschern des Wassers machte mich schläfrig. Ich versuchte mich abzulenken, um nicht einzudösen, aber das monotone Geräusch trug mich schon bald weit weg.

Das Nächste, was ich wieder bewusst wahrnahm, war helles Licht, das sich wärmend an meine Wange schmiegte. Eine Decke lag über mir. Ich schaute hoch und die Sonne knallte durch eine Scheibe in mein Gesicht. Ich schreckte auf. Das war falsch! Es war zu hell, und die Scheibe, die sollte auch nicht hier sein!

Jemand tippte mir auf die Schulter. Ruckartig sprang ich auf die Füße und drehte mich um. Ich befand mich in einem fremden Haus in der Menschenwelt und mir gegenüber standen drei Typen, die in ihrer Ninja-Kluft ganz nach Wächter aussahen. Ich musste wohl im Halbschlaf einen Riss verursacht haben. Langsam wich ich vor den Männern zurück. Panik kroch in mir hoch und ich wollte nur noch zurück, weg von den Wächtern, als mich auch schon die Dunkelheit wieder umschloss. Aber die Typen waren noch immer da. Sie waren mit mir zurück in die Dunkelwelt gekommen.

»Einen schönen guten Morgen«, sagte der in der Mitte. »Danke für die Einladung.« Er knackte mit den Fingerknöcheln und legte dann die Hand an seine Waffe, die am Gurt befestigt war. Eine Peitsche, wie bei Indiana Jones. Die anderen zückten ihre Messer.

Dorian, den ich vorher weder gehört noch gesehen hatte, stand plötzlich zwischen uns. Die Macheten steckten noch immer in den Scheiden. Er hob beschwichtigend die Hände. »Verschwindet, Leute. Ich regle das schon.«

Warum waren wir überhaupt noch hier im Dorf? Wir wollten doch noch in der Nacht zurück zur Höhle gehen? Was war geschehen? Warum hatte Dorian mich nicht geweckt?

Der in der Mitte lachte auf. »Was regelst du?«

»Sie ist mein Auftrag.«

»Ich weiß nicht, was du hier rumregelst, Andrin, aber deine Zeit ist abgelaufen.«

Andrin? War das Dorians richtiger Name?

Während Dorian mit den Wächtern diskutierte, schob er mich Millimeter für Millimeter nach hinten.

»Wenn ich dich so angucke, kann ich mir echt nicht mehr vorstellen, dass du einmal der Beste von uns warst«, quatschte der mittlere Wächter weiter.

»Ich mach die Dinge auf meine Art, Roc, das sollte der Meister wissen. Ich habe meine Gründe.«

Roc, wie Dorians Gegenüber offensichtlich hieß, grinste. »Klar, darauf steht er am meisten. Leute, die Dinge nach eigenem Gutdünken regeln. Du hattest einen klaren Auftrag und hast ihn nicht ausgeführt, oder sehe ich Gespenster?« Sein Blick streifte mich. »Jetzt regle ich das, und zwar auf die Art, wie wir es gelernt haben.« Damit löste Roc die Peitsche aus der Halterung am Gurt, was Dorian ausnützte, um mich durch den Durchgang zu schubsen. Draußen packte er mich am Arm und zog mich mit sich. Im Laufschritt durchquerten wir den angrenzenden Raum, sprangen durch das Fenster hinaus auf eine schmale Gasse, deren weit auseinanderliegende Stufen uns zwischen den dicht stehenden Häusern einen Hang hinaufführten. An dem letzten Haus stiegen wir über eine halb eingefallene Mauer ins Innere und eilten drinnen die Treppe hoch in den ersten Stock. Von da aus sprang Dorian mir voraus auf das Dach des nahe stehenden Nachbarhauses, das etwas den Hang nach unten versetzt war. Ich überlegte nicht lange, denn hinter uns hörte ich schon die Schritte unserer Verfolger, stieß mich ab, landete auf dem Dach, verlor aber den Halt unter den Füßen und fiel der Länge nach auf den Bauch. Beine voran rutschte ich die Ziegel hinunter. Meine Hände fanden keinen Halt. Ich presste die Zehen gegen den Untergrund in der Hoffnung, so spätestens von der Dachrinne gestoppt zu werden. In letzter Sekunde packte Dorian mich am Handgelenk und riss mich hoch. Wir kletterten zum First, rutschten auf der anderen Seite runter und landeten aus knapp drei Metern Höhe in einem verwilderten Garten. Dorian, der vor mir unten war, fing mich um die Taille ab, sodass ich halbwegs sanft auf dem dornigen Grund aufkam. Nach all dem Kampftraining der letzten Tage waren wir ein absolut eingespieltes Team geworden. Jetzt zeigte sich, wozu das alles sonst noch gut sein konnte.

Ich hörte Ziegel klappern und Dorian zog mich hinter sich her um das Haus herum. Ich hatte komplett die Orientierung verloren und sprintete ihm blindlings hinterher, rein in das nächste Gebäude, das ein Stall oder eine Scheune gewesen sein musste. Aber viel mehr als ein paar Stützpfeiler und etwas Gebälk gab es nicht mehr. Als ich an einem breiten Steinpfosten vorbeilief, packte Dorian mich von hinten. Er hielt sich den Finger vor den Mund, als ich mich zu ihm umdrehte. Mit der Hand bedeutete er mir, mich klein zu machen und hinter der Abstützung zu warten. Ich zitterte am ganzen Körper.

Vorsichtige Schritte hallten durch den leeren Raum. Dorians Gesichtszüge spannten sich an, und er ballte die Faust. »Gib auf, du Trottel«, fauchte er vor sich hin. Aber die Schritte kamen näher, teilten sich in drei Richtungen auf und schienen uns einzukreisen. Ich wagte kaum zu atmen, obwohl ich nichts dringender brauchte als Luft.

Dorian zog lautlos die Macheten.

»Andrin?«, erklang Rocs Stimme und die Peitsche knallte durch die Luft.

»Für dich immer noch Dorian«, sagte dieser und löste sich von dem Pfosten, hinter dem ich mich versteckte.

»Die habe ich übrigens vom Meister mitbekommen«, plauderte Roc, »er meinte, es wäre ein guter Anlass, sie dir wieder mal vorzuführen.«

»Tatsächlich?«, sagte Dorian.

»Das letzte Mal hat ja einen bleibenden Eindruck hinterlassen, wenn ich mir dein Gesicht so anschaue.«

Was wollte er denn damit sagen? Kam Dorians Narbe etwa daher?

»Dann lass mal sehen«, forderte Dorian ihn heraus.

Roc holte aus und ließ die Peitsche durch die Luft sausen. Dorian sprang zur Seite, als das Leder in den Stein neben ihm knallte. Klimpernd bröckelten ein paar Stücke davon zu Boden. Blitzschnell zog Roc erneut auf, doch im selben Moment sprang Dorian auf ihn zu, versetzte ihm mit der Machete einen tiefen Schnitt unter dem Rippenbogen und wich mit einer geduckten Drehung dem Schlagkreis der Peitsche aus. In Kampfstellung fixierte Dorian seinen Gegner. Rocs Miene gefror, bevor sie sich verfinsterte. Er fasste sich mit der Hand an die verwundete Stelle.

»Gibst du auf?«, fragte Dorian.

Ohne Vorwarnung zischte der Schweif erneut durch die Luft, aber Dorian konnte ihn mit einem gezielten Schlag abwehren.

»Gib auf!«, sagte er nochmals, aber Roc dachte nicht daran.

»Was steht ihr hier so blöd rum?«, brüllte er seinen Begleitern zu, die nun ebenfalls ihre Messer zogen. Ich presste die Hand auf den Mund, damit mir kein Laut entwich.

Dorian duckte sich unter dem nächsten Hieb weg. Noch in der Drehung richtete er sich auf und schnitt seinem Gegner die Kehle auf. Roc taumelte rückwärts. Dorian packte den Wächter im Genick und an der Schulter und ließ ihn dann langsam zu Boden sinken. Rocs Begleiter verharrten.

Blut – überall war Blut. Es pumpte aus der Halsschlagader des Wächters und breitete sich unter dem sterbenden Körper aus. Dorian kniete neben ihm nieder. »Unterschätze niemals deinen Gegner. Das ist die erste Regel der Wächter.«

Das Röcheln von Rocs Atem versiegte und Dorian schloss dessen aufgerissene Augen. »Es tut mir leid, Bruder«, flüsterte er.

Alles schien stillzustehen. Mein Mund war in einem stummen Schrei geöffnet, und ich konnte ihn nicht wieder schließen. Aus den Augenwinkeln sah ich, dass die zwei anderen Wächter ihre Waffen sinken ließen. Dorian hielt den Kopf gesenkt. Er kniete reglos vor dem Toten. Die Arme hingen schlaff an den Seiten hinunter.

»Aber d-du hast keine Wächtergrade«, stotterte einer der Typen.

Dorian schaute hoch. »Verschwindet, wenn ihr nicht genauso enden wollt wie euer Lehrer.«

Rocs Begleiter waren jung. Bestimmt nicht älter als ich. Sie zögerten, aber Dorians finsterer Blick half ihnen wohl, sich zu entscheiden. Ihre Schritte verhallten in dem leeren Gebäude. Dann kehrte die Stille zurück. Eine träge Masse, die sich über alles legte, was versuchte zu leben.

Ich schloss den Mund und sammelte ein bisschen Spucke, um den Gaumen zu benetzen. Ich konnte mich noch immer nicht rühren. Dorian hatte seinen ehemaligen Weggefährten umgebracht. Mit nur einem Hieb.

Die Macheten glitten aus seinen Händen und klirrten auf den Boden. Der scheppernde Klang des Metalls durchfuhr mich bis ins Mark. Dorian verbarg sein Gesicht in den Händen und erstickte damit einen Schrei. Stumme Tränen liefen über meine Wangen und verkrampften meinen Körper. Das war alles meine Schuld.

Nach ein paar Minuten erhob Dorian sich, sammelte die Waffen zusammen und ging Richtung Ausgang. Ich folgte ihm. Am Tor drehte er sich zu mir um. »Du bekommst jetzt besser deine verdammte Magie in den Griff.«

Die zischenden Worte schnürten sich um mein Herz. Zu wissen, dass man schuld war, und es von jemand anderem zu hören, waren zwei Paar Schuhe.

»Ach, weißt du was? Verschwinde! Ich will dich nicht mehr sehen!«

Mein Kinn zitterte, als ich ihn anschaute. Seine dunklen Augen schienen mich auslöschen zu wollen.

»Hau ab!«, schrie er mich an.

Also ging ich. Tränen strömten aus meinen Augen, die mehr und mehr zuschwollen. Alles schmerzte. Es schmerzte so sehr, und ich wusste nicht, was ich tun sollte, um es zu stoppen, außer zu weinen. Ich rannte zu dem Haus zurück, wo wir übernachtet hatten, und holte meine Sachen. Das noch immer klamme Top und den BH, die ich am Abend zuvor zum Trocknen ausgelegt hatte, stopfte ich in die Tasche. Dann rannte ich die Straße hinunter. Ich hatte kein Ziel, außer weit, weit weg zu gehen.

Kapitel 19

Lejla

Mein Blick war noch immer von Tränen verschleiert, aber die Beine konnten nicht mehr und ich wurde langsamer. Das Dorf lag längst hinter mir, aber ich war nicht zurück in den Wald gegangen, das war Dorians Revier. Ich stand am Rand der Stadt, in der ich hoffentlich auf die Darkonas treffen würde, so wie es auch Dorian vermutete. Validin war nun meine einzige Chance.

Zügig lief ich die Straße hinunter auf einen Platz zu, der von rostigen Schienen überzogen war. Ein ausgetrocknetes Flussbett grub sich daran entlang und schlängelte sich dahinter zwischen eine Reihe ineinander verzahnter Ruinen. Ich überquerte den Platz und suchte Schutz im Schatten der alten Häuserreihen, an denen entlang ich weiter Richtung Stadtmitte ging.

Mein Atem war viel zu laut. Noch immer konnte ich die vereinzelten Schluchzer nicht kontrollieren. Den Blick hielt ich stur auf die Straße gerichtet, denn das Problem mit den Augen war hier so stark wie nie. Das Flimmern der Luft wurde teilweise so intensiv, dass es wie eine Spiegelfläche wirkte, und hin und wieder schien es mir, als ob sich die Gebäude dahinter nach oben rollten, fast wie in dem Film *Inception* mit Leonardo DiCaprio.

Die Kapuze hochgezogen und die Arme um den Körper geschlungen, drang ich immer tiefer in die verfallenen Häuserschluchten vor. Als ich den Blick wieder hob, stand ich am Fuß einer Brücke. Die Steingeländer waren größtenteils zerstört, aber in der Mitte entdeckte ich das charakteristische kleine Türmchen: Das war unverkennbar die Mittlere Brücke. Die ältesten der fünf Basler Rheinbrücken, die nicht nur in der Mitte der Stadt lag, sondern tatsächlich auch die Mitte aller Brücken in der Stadt bildete. Das Flussbett darunter war beinahe ausgetrocknet. Nur einige stinkende Tümpel grünbrauner Soße waren zwischen den Steinen übrig geblieben.

Einen Moment hielt ich inne und starrte auf die Szenerie vor mir. Ich dachte an Endra, und es schnürte mir die Brust zu. Wenn sie nur bei mir wäre. Wie automatisch trieben mich die Füße am linken Ufer entlang stromabwärts, bis die nächste Brücke in Sicht kam, die Johanniterbrücke. Der Beton war schon fast überall abgebröckelt und das Stahlgerüst, das die Reste zusammenhielt, sah aus wie ein freigelegtes Skelett. Dieser Ort hatte nichts mit dem gemein, den ich wirklich suchte. Der Ort, an dem Endra und ich uns immer trafen, um zu reden. Aber ich ging weiter, kletterte die Böschung hinunter auf den Uferweg und setzte mich auf den Boden. Die Beine angezogen, umklammerte ich die Knie und legte mein Kinn drauf.

Ich würde alles tun, und wenn es meinen Tod bedeutete, einfach alles, um zu verhindern, dass unsere Welt dasselbe Schicksal ereilte wie die Dunkelwelt. An so einem Ort zu leben war schlimmer, als tot zu sein. Es war auch schlimmer, als von Dorian verachtet zu werden. Es war schlimmer als alles, was ich mir vorstellen konnte.

Ich fror. Aber es war nicht die Kälte, sondern die Leere, die alles in mir erschauern ließ. Ich vermisste Endra. Vermisste ihr Lachen, ihre immer positive Art, ihre Sichtweise auf die Dinge, die nichts dem Zufall überließ. Alles geschah aus einem Grund und somit hatte alles einen Sinn. Ich sah keinen Sinn in all dem, aber ich wollte ihn sehen. Doch dafür brauchte ich sie.

Ich löste die Arme von meinen Knien und fuhr mit den Händen über den leicht sandigen Boden neben mir. Mit den Fingerspitzen ertastete ich einen Kieselstein. Ich hob ihn hoch und ließ ihn wieder fallen, hob ihn hoch und ließ ihn erneut fallen. Das sanfte Klingen war wie Musik in meinen Ohren.

Ich musste an den Tag denken, als Lars die berüchtigte Message geschickt hatte, in der er mich abservierte. Ich hatte sie an Endra weitergeleitet und kurz darauf saßen wir hier. Genau hier und doch nicht hier. Ich hatte geheult und gejammert, genau wie jetzt. Sie war wütend, regte sich furchtbar auf, wie jemand so etwas nur tun konnte. Sie hatte mich gehalten und es hatte so gutgetan. Die Erinnerung war so nah und echt, dass ich ihre Arme um mich spüren konnte. Ein warmes Gefühl stieg in mir auf. Ich hielt die Augen geschlossen und sah meine Freundin so deutlich vor mir, dass ich lächeln musste.

Meine Finger tasteten ins Leere und als ich hinschaute, um den Stein zu finden, fand ich stattdessen feine weiße Linien. Spuren, wie sie ein Stein hinterließ, mit dem man über den Boden kratzt. Waren die vorher schon da gewesen? Ich wischte den Sand weg, um es besser sehen zu können.

Mir verschlug es den Atem und ich war nah dran, aufzuspringen und davonzulaufen, wäre da nicht dieses Gefühl gewesen, das mich zurückhielt.

»Endra?«, flüsterte ich und verfolgte die Entstehung weiterer Linien, die sich zu einem Wort formten. Hallo.

Mein Herz hüpfte auf und ab, und ich hätte am liebsten laut geschrien vor Glück. Endra! Sie war hier, hier an unserem Ort und sie spürte mich. Gott, ich liebte sie für ihre esoterische Ader. Mehr denn je. Nur sie war fähig, an die Dinge zwischen Himmel und Erde zu glauben und tatsächlich zu versuchen, Kontakt aufzunehmen. Schnell hob ich das Steinchen von vorhin auf und schrieb ebenfalls ein Hallo.

Unter ihrem Hallo zeichnete sich mein Name ab und ich setzte einen Haken dahinter. Dann schrieb ich ihren Namen und bekam auch einen Haken zurück. Ich war so aufgeregt, dass ich kaum einen klaren Gedanken fassen konnte. Vielleicht wusste sie etwas, was mir weiterhelfen würde.

Ein neues Wort entstand: Okay?

Auch dahinter setzte ich einen Haken. Ich war okay. Zumindest lebte ich.

Ich malte ein Herz und bekam eines zurück.

News?, schrieb ich weiter.

Du Magie, schrieb Endra zurück.

Ich setzte einen Haken dahinter. Ich weiß.

Viel!

Ich malte ein Fragezeichen. Wie meinte sie das?

Materie = Energie = Materie

Okay, das hatte Dorian auch gesagt, dass die Darkonas Materie wandeln und deren Energie nehmen können.

Wie?

Siegel - Vorstellungskraft

Ich schaute auf meine Handflächen. Die Symbole waren mittlerweile leuchtend weiß und gestochen scharf. Bestimmt meinte sie diese Dinger. Der blaue Schimmer und das Kribbeln in den Armen am Tag zuvor mussten etwas mit Magie zu tun gehabt haben. Auch Dorian überzeugten meine Male davon, dass ich magische Fähigkeiten besaß.

Deine Narben, bestätigte Endras nächste Nachricht meine Überlegungen.

Ich setzte einen Haken dahinter. Kapiert. Diese Symbole waren also der Schlüssel, damit konnte ich die Magie nutzen, wenn ich mich nur gut genug konzentrierte. Ich ballte die Fäuste. Dennoch war mir noch immer nicht klar, was ich jetzt eigentlich damit anstellen konnte und wie das mit den Rissen zusammenhing. Aber die Bestätigung, dass ich meine Gedanken besser streng kontrollierte, wenn ich nichts riskieren wollte, half mir fürs Erste schon mal weiter. Ein paar Zaubersprüche wären mir ehrlich gesagt lieber gewesen. Die hätten bestimmt auch die Vorstellungskraft beflügelt.

Hinter mein folgendes Du okay? setzte sie einen Haken.

Mir fiel ein Stein vom Herzen, immerhin war die Situation bei ihnen noch nicht allzu schlimm. Allerdings würde sie mir das auch ganz bestimmt nicht sagen, genau so wenig wie ich ihr. Ich musste mich also damit zufriedengeben, dass sie hier war und lebte. Alles andere würden wir uns später erzählen – wenn alles vorbei war.

Ich legte meine Hand auf die Buchstaben und ich wusste, dass sie das auch tat. Ich spürte es.

Ich nahm die Hand weg und wandte mich ab, nur um im gleichen Moment in der Bewegung einzufrieren. Den Schrei erstickte ich gerade noch mit den Händen. Dutzende schwarzgeschuppte Körper mit rot-gelb glühendem Linienmuster schlängelten sich auf mich zu. Die Biester kamen von der Kloake des Flussbettes hochgekrochen und eine näherte sich schon dem Uferweg, auf dem ich saß. Ich sprang auf und ging langsam rückwärts. Ich besaß kein Messer und selbst wenn, was würde mir das bringen? Neben meinem Ohr zischte etwas. Ruckartig drehte ich mich nach dem Geräusch zu meiner Rechten um und schaute kaum eine Armlänge entfernt in gelbe Augen. Die Schlangen waren überall und der Fleck Beton, auf dem ich stand, wurde immer kleiner. Einer geheimen Choreografie folgend, richteten sich die Körper abwechselnd auf. Es war wie ein Tanz. Mein Todestanz.

Kalter Schweiß drang aus allen Poren. Ich besaß Magie und die war jetzt meine einzige Hoffnung. Also schloss ich die Augen und versuchte, mich zu sammeln. Ich atmete ruhig und tief ein. Mein ganzer Körper kribbelte. Ich spürte die Narben in den Handflächen überdeutlich, wie große kühle Münzen lagen sie auf der Haut. Langsam verlor sich mein Geist in einer Art Trance. Das war der Punkt, an dem ich immer aufgegeben hatte, aus Angst, die Kontrolle zu verlieren. Ich hielt dem Drang stand, die Übung abzubrechen, während das Zischen und Fauchen mich antrieben, endlich loszulassen. Ich spürte die Hitze der Schlangen auf der Haut und ließ mich fallen. Der Zustand, in den ich kam, fühlte sich an wie ein Traum, in dem man sich bewusst ist, dass man träumt. Und plötzlich wusste ich, dass ich das Geschehen beeinflussen konnte. Es war so klar, als ob alles, was geschah, meiner eigenen Fantasie entsprungen wäre und ich den Gedanken nur eine andere Richtung geben musste, um alles zu beenden.

Das Knistern der glühenden Körper machte mir keine Angst mehr. Ich öffnete die Augen. Eine der Schlangen bäumte sich auf, im Begriff, mich anzugreifen. Ich schaute sie direkt an. Dann streckte ich ihr die Handfläche entgegen. Es brauchte Kraft, Kraft, mich selbst davon zu überzeugen, dass der Körper der Schlange wie erkaltende Lava erstarren und zu Stein werden würde. Ein blauer Dunst ging von dem Symbol aus. Er waberte um die Schlange herum und hüllte sie ein. Die glühenden Linien wurden dunkler und zwangen das Tier, den Kopf niederzulegen. Die zweite Hand streckte ich nach hinten aus, als mir der Geruch von verbrannten Haaren, meinen Haaren, in die Nase stieg. Ich berührte etwas, doch es fühlte sich kühl an, und dann hörte ich das Rieseln von Sand. Mit ausgestreckten Armen drehte ich mich einmal um mich selbst und richtete die geballte Vorstellungskraft von zu Stein werdender Lava durch meine Hände hindurch auf die glimmenden Körper. Sie wurden langsam grau, wie der Beton, der sie umgab. Ihre Bewegungen erstarben, und im nächsten Augenblick zerfielen sie zu Staub. Schwer atmend ließ ich die Hände sinken. Mit dem Unterarm wischte ich mir den Schweiß von der Stirn. Mein Kopf schmerzte, als wollte er zerspringen. Starr blickte ich auf das leere Flussbett. Ich besaß tatsächlich magische Kräfte. Das war einfach nur verrückt! Ich war kein Mensch. Menschen konnten so etwas nicht. Das war der Beweis, den ich so lange gescheut hatte.

Aber das Nicht-Mensch-Sein hatte mir gerade das Leben gerettet. Und dieser Gedanke gab mir neue Kraft. Ich konnte es schaffen. Das erste Mal, seit ich diese Welt betreten hatte, empfand ich das als wahrscheinlich. Ich würde die Darkonas finden. Ich brauchte keinen, der mich abholte.

Dorian

Ich starrte ins Nichts. Sog die Leere förmlich in mir auf. Ließ sie jede Faser meines Körpers füllen, um die Gedanken und Gefühle darunter zu ersticken.

Nichts. Leere. Atmen.

Wellen, die an den Strand spülten. Leises Rauschen und das Murmeln winziger Sandkörner, die sich im Spiel des Wassers gegenseitig rund schliffen.

Lejla, die weinte.

Nein!

Rocs aufgerissene Augen.

Wellen. Wellen! Sand! Wind!

Blut. Überall Blut. Blut, das ich nicht hatte vergießen wollen. Meine Brust zog sich zusammen.

Wellen! Sand! Irgendetwas, nur nicht das!

Mir war übel. Warum funktionierte das nicht? *Scheiß Meer! Spül gefälligst den Dreck weg!*

Meine Faust schlug neben mir in den Boden. Der Schmerz jagte durch den ganzen Arm. Mein Magen rebellierte. Ich würgte und konnte gerade noch aufspringen und mich zur Seite wenden, bevor sich bittere Galle auf den Boden ergoss. Ich stützte mich an der Wand ab, den Kopf auf den Unterarm gelegt, und versuchte tief zu atmen.

Es war nicht ihre Schuld. Mir war von Anfang an klar gewesen, worauf ich mich einließ, wusste, dass Freunde zu Feinden wurden. Ich wusste es, und nun gab ich ihr die Schuld dafür, dass ich die Konsequenzen tragen musste. Ihr, die am wenigsten dafür konnte. Sie hatte sich das alles nicht ausgesucht, sie wurde da hineingeboren, genau wie ich.

Ich wollte einfach nur das Richtige tun, aber was ich dafür tun musste – jemanden töten –, war nicht richtig. Es war nur unausweichlich. Und es gab mir in dem Moment ein gutes Gefühl, Lejla die Schuld für alles in die Schuhe zu schieben. Dafür schämte ich mich nun.

Es war *meine* Entscheidung gewesen, im Dorf zu bleiben, weil ich sie nicht hatte wecken wollen und weil ich selbst fix und fertig gewesen war. Es war allein meine Schuld, nicht ihre.

Ich spuckte die Reste der hochgekommenen Galle aus und griff nach der Wasserflasche in meinem Rucksack, um den Mund auszuspülen. Danach schob ich mir einen Kaugummi zwischen die Zähne. Ich konnte einfach nur hoffen und beten, dass Lejla nicht geradewegs in den Tod gerannt war.

Ich ließ den Kopf kreisen, um die Halswirbel zu lösen und zog die Jacke zurecht. Dann verließ ich die Ruine durch ein Fenster in den Hinterhof. Lejla war Richtung Stadt gegangen, also wandte auch ich mich nach Norden.

Je näher ich dem Zentrum kam, desto heftiger ging mein Herzschlag, den ich mittlerweile bis tief in den Magen spürte. Das konnte nicht an der Anstrengung liegen! Ich war es gewöhnt, lange Strecken zu laufen. Zu Hause tat ich das jeden Morgen.

In Gedanken formte ich Sätze, um mich zu entschuldigen. Aber die klangen allesamt einfach nur beschissen. Es gab keine Entschuldigung, nur die Erklärung, dass ich ein Arschloch war. Aber das konnte ich ja schlecht anbringen.

Ich verlangsamte das Tempo, bis ich schließlich stehen

blieb. Um mich herum war nur Stille. Ich schaute mich um. Was wusste ich über Lejla? Wo würde sie hingehen? Nach Hause, in der Hoffnung, dass der Darkona sie findet? Möglich.

Oder an den Ort, von dem mindestens jedes zweite Instafoto mit Endra stammte? Ein Ort, den sie mit Zuflucht verband und an dem jeder sie zuerst suchen würde. Wenn ich sie wäre und wollte, dass mich jemand findet, würde ich dort warten. Ich musste es versuchen und hoffen, dass der Darkona mir nicht zuvorgekommen war.

Die Straße führte mich an dem alten Stadttor entlang und zwischen zerstörten Betonbauten hindurch, aus denen Armierungseisen wie auf einem riesigen Nagelbett in den Himmel stachen. Kurz darauf kam schon die ebenfalls verfallene Johanniterbrücke in Sicht und ich zog das Tempo wieder an. Die schmale Treppe, die eigentlich zwischen der Brücke und dem mehrstöckigen Haus auf die Uferstraße führen sollte, war nur noch eine Schutthalde, die ich nun auf den Füßen hinunterrutschte. Steine lösten sich und rollten klackernd auf die Straße hinunter. Ich verharrte einen Moment. Lauschte. Dann sprang ich die letzten zwei Meter auf den rissigen Asphalt hinunter. Von Lejla keine Spur. Also kletterte ich noch weiter die Böschung hinunter auf den Uferweg. Ich folgte den zerbrochenen Steinplatten, durch deren Ritzen sich die Natur ihren Platz zurückeroberte. Auf Höhe einer Bootsanlegestelle verbreiterte sich der Weg. Der Sand schien frisch verwischt. Ich ging in die Hocke und kniff die Augen zusammen. Feuerschlangen!

Ruckartig erhob ich mich wieder und blickte mich um. Weit und breit waren keine dieser Bestien zu sehen. Aber Spuren von ihnen gab es hier überall. Ich kniete mich erneut nieder. Vorsichtig wischte ich den Sand zur Seite. Da war etwas auf den Boden geschrieben. Ich konnte nicht alles lesen, nur *Hallo, Endra, News?, Wie? Du Okay?* und ein paar *V* oder Haken. Das konnte nur von Lejla sein.

Noch einmal schaute ich mich um. Kein Blut war zu sehen. Zumindest hier nicht. Sie musste den Schlangen entkommen sein.

Mit zwei Sätzen erklomm ich die Böschung zurück zur Straße. Das Haus direkt vor mir zog meine Aufmerksamkeit auf sich. Die Rollläden vor den halbrunden Fenstern waren heruntergelassen, und die Tür war angelehnt, als ob sie jemand zugeschoben hätte. Ich pirschte mich näher, drückte gegen das morsche Holz und spähte ins Innere. Es gab eine Theke, die auf einer Seite heruntergebrochen war, genau wie die Regale dahinter. Ansonsten war der Raum leer. Ich stieg über ein paar Backsteine, die den Weg versperrten, und ging auf die eingerissene Wand zum Nachbargebäude zu. Vorsichtig, um keinen Lärm zu machen, setzte ich die Schritte auf.

Der Blick ins Nebenhaus ließ mich stocken. Lejla stand mit dem Rücken zu mir. Mit dem nackten Rücken. Sie war unverletzt, aber die Tage ohne anständiges Essen forderten ihren Tribut. Zwischen den stolzen Schultern sah man jeden Wirbel. Wie eine Perlenkette zeichneten sie sich zwischen ihren Rippen ab. Sie sah so zerbrechlich aus und obwohl ich wusste, dass sie das nicht war, wollte ich sie einfach nur in den Arm nehmen und festhalten.

Und plötzlich wusste ich, warum ich so nervös war. Es war nicht die bevorstehende Entschuldigung, für die ich noch immer keine Worte hatte. Es war die Hoffnung, dass sie mir verzieh. Die Vorstellung unserer Versöhnung, wie sie sich niemals abspielen würde.

Was war ich für ein Vollidiot. Ich hatte es gespürt, seit dem Abend nach dem Schlangenangriff und erst recht nach dem ersten Kampftraining. Aber auch die bewusste Distanz zu ihr konnte nicht verhindern, was ich jetzt fühlte. Lejla berührte mich auf eine Weise, wie kein Mensch es je vermocht hatte. In ihrer Nähe zu sein, gab mir das Gefühl zu heilen – von innen und von außen.

Sie holte ihren BH aus der Tasche, und ich zwang mich wegzuschauen. Den Kopf gegen die Wand gepresst, atmete ich durch den Mund aus.

Kapitel 20

Lejla

Hinter mir knirschte etwas. Mitten in der Bewegung stoppte ich und lauschte in die Stille. Da war jemand!

Blitzschnell streifte ich mir das Top über und schlüpfte in den Hoodie, bevor ich zu der durchgebrochenen Wand schlich. Als ich seitlich hindurchspähte, zeichnete sich eine dunkle Gestalt vor mir ab. Ich musste nichts sehen, um ihn zu erkennen. Er schob die Kapuze zurück und zog den Schal hinunter.

»Wie lange stehst du schon da?«, war das Erste, was aus meinem trockenen Mund kam.

»Lange genug«, sagte Dorian, wobei seine Stimme leicht bebte. »Aber nicht wie du denkst. Ich habe gleich weggeschaut«, setzte er schnell nach. »Ich habe dich gesucht.«

Die ganzen Emotionen überrollten mich wieder und ich senkte den Blick. »Es tut mir so leid, Dorian.« Mehr als das brachte ich durch die zugeschnürte Kehle nicht heraus.

»Es ist nicht deine Schuld. Nichts davon.« Er stieg über die Mauerreste zu mir hinüber und als ich hochsah, stand er so dicht vor mir, dass sein Atem meine Wange streichelte. Ich hielt die Luft an, dann spürte ich seine Arme, die mich sanft gegen seine Brust zogen. Eine Umarmung unter Freunden. Ich schloss die Augen und schmiegte das Gesicht in seine Halsbeuge. Er roch nicht mehr nach Waschmittel, sondern nach

Wald und Feuer. Nach Geborgenheit und dem warmen Vanilleduft der Wundsalbe. Ich schlang die Arme um seine Taille. Und ab diesem Moment verlor die Umarmung ihre Unschuld und wurde zu dem, was sie nicht sein durfte. Sein Brustkorb hob und senkte sich und ich ließ mich in das Gefühl fallen, endlich zu Hause anzukommen.

»Es tut mir leid, dass ich dich so angefahren habe«, flüsterte er in mein Ohr. »Und es gibt nichts, was ich dir als Entschuldigung anbieten könnte.«

»Das musst du auch nicht.«

Seine Hand strich über mein Haar. »Ich will dennoch versuchen, es dir zu erklären – wenn du es hören willst.«

Ich löste mich aus der Umarmung, um das Ganze nicht zu überspannen. »Ja, das will ich.«

Seine Gesichtszüge entspannten sich. Er entledigte sich der Ausrüstung und wir setzten uns in einer Ecke des Raumes auf den Boden. Der Abstand zwischen uns war deutlich geringer geworden als noch die Tage davor.

Ich konnte keinen klaren Gedanken fassen. Alles surrte wie ein Schwarm Mücken in meinem Kopf herum. Er war zurückgekommen. Wir hatten uns umarmt, auf eine Weise, die über eine freundschaftliche Umarmung hinausging. Oder war das nur Wunschdenken? Aber die Hand auf meinen Haaren, das tat man nicht einfach so, oder? Man klopfte sich vielleicht auf die Schulter, aber man streichelte sich nicht. Ach, ich sollte mich besser zusammenreißen. Wir waren beide einsam. Das war alles.

Zudem hatte er mich gerade halb nackt gesehen, auch wenn das vermutlich nicht der schönste Anblick gewesen war. Diese Dunkelwelteichhörnchen trugen auch kaum Fleisch an den

Knochen und so schwand auch meines. Besonders zusammen mit dem täglichen Kampftraining.

Dorians Hand legte sich auf meine, und ich zuckte zusammen. Doch bevor er sie wieder wegnehmen konnte, was er sogleich wollte, drehte ich sie um und ließ die Finger zwischen seine gleiten.

Sein unregelmäßiger Atem verriet mir, dass er nervös war. Ich drückte seine Hand, um ihn zu ermutigen.

»Als Wächter bestimmt man über Leben und Tod«, sagte er in die Stille. »Ein Leben zu nehmen, ist das Schlimmste, was ich je tun musste. Es hat mich verändert. Schon nach dem ersten Mal.« Er schluckte. »Dorian ist mein Wächtername. Wir können ihn nach der Lehre wählen und werden neu getauft. Ich habe meinen nicht zufällig ausgesucht. Er spielt auf Dorian Gray von Oscar Wilde an, oder vielmehr auf sein Bildnis, das mit allem, was er tat, abscheulicher wurde, während er weiterhin glänzte. Der Name spiegelt den Zerfall meiner Seele wider, während ich als Wächter gefeiert werde. Ich habe ihn gewählt, um mich immer daran zu erinnern, dass *ich* es bin, der diesen Weg gewählt hat.«

Langsam hob er den Blick. Er schaute mich an – in mich hinein. Ein beklemmendes Gefühl legte sich wie ein Mantel um mich. Trauer durchflutete mich. Trauer, die aus seinen Augen sprach.

»Die Gefühlskälte, von der du gesprochen hast … Wegsperren und Verdrängen ist die einzige Möglichkeit weiterzumachen.« Er wollte seine Hand zurückziehen, doch ich hielt sie fest.

»Zu Beginn glaubte ich wirklich daran, etwas Gutes zu tun. Glaubte, dass es notwendig ist, Darkonas zu töten, um die Menschen zu beschützen. Aber je mehr ich innerlich zerfiel, desto weniger konnte ich das alles einfach hinnehmen. Ich habe angefangen, Fragen zu stellen, aber niemand hat sie mir beantwortet. Also habe ich einen Darkona entkommen lassen. Ich wollte nicht mehr unbegründet töten.« Dorian benetzte die Lippen. »Das brachte mir eine Antwort, aber nicht die, die ich erhofft hatte. Der Meister zitierte mich zu sich. Die Tür war noch nicht mal hinter mir zugefallen, als mich die Peitsche traf.« Er fasste sich an die Stirn und strich mit den Fingern über die Narbe. »Als Wächter hat man keine Fragen zu stellen, sondern Befehle auszuführen. Ich habe die Standpauke nicht mehr wirklich mitbekommen. Mein Gesicht bestand aus rohem Fleisch und ich sah nur noch rot. Außerdem waren Nase und Jochbein gebrochen. Irgendwer hat mich dann notdürftig zusammengeflickt. Chirurg war der nicht und von Schönheit hielt er auch nicht viel, wie man sehen kann.« Dorian verzog das Gesicht zu einem halbherzigen Grinsen und schaute mich von der Seite an. Mir war nicht zum Grinsen zumute. Ehrlich gesagt war ich damit beschäftigt, die Magensäure an Ort und Stelle zu halten.

»Mir wurden alle Wächtergrade aberkannt, und der Meister hat mich zu einem Handlanger degradiert, der nur noch als Gehilfe von Ash agieren durfte. Ab da wusste ich, wer mich verraten hatte.«

»Ash?«, flüsterte ich.

Dorian nickte. »Er war mein bester Freund und ich habe mich ihm anvertraut. Hab meine Bedenken offen mit ihm diskutiert. Er war nie ein guter Wächter gewesen, aber nach all dem war er plötzlich die Nummer eins und ich sein Gehilfe. Wie wütend er wirklich war, erfuhr ich allerdings erst auf einem Streifzug durch die Dunkelwelt. Wir wurden von Feuerschlangen angegriffen, und während ich mit den Viechern kämpfte, verschwand er einfach. Ich hatte keine Chance.«

»Wie bist du rausgekommen?«

Dorian schaute mich an. »Keine Ahnung. Irgendwann bin ich in einer Ruine zu mir gekommen. Eine Darkona heilte meine Wunden mit ihren bloßen Händen. Aber ich war sehr schwach. Also ist sie jeden Tag wiedergekommen, um nach mir zu schauen. Sie wusste, was ich bin, und es war ihr egal.« Mit Daumen und Zeigefinger strich er über die Augen zur Nasenwurzel. »Durch sie wurde mir klar, dass es nicht die Herkunft, der Beruf, der Glaube oder irgendwelche Versprechen sind, die entscheiden, wer du bist, es sind allein die Taten. Du bist, was du tust, und ich war, oder bin, ein Mörder.« Sein Blick verlor sich im Raum. Die Lippen zusammengepresst schüttelte er langsam den Kopf. »Ich habe mir geschworen, nie wieder zu töten, und wenn es mein Leben kosten würde. Doch dann stand da Roc. Sein Blick hat einen Schalter in mir umgelegt. Mein Verstand war nicht mehr Herr der Lage, die Instinkte haben übernommen. Ich kann mir nicht entfliehen. Wenn es hart auf hart kommt, werde ich tun, wofür ich ausgebildet wurde: Töten, um zu leben.« Er drehte sich zu mir. »Es tut mir leid, dass ich dir wehgetan habe, dass ich dir das Gefühl gegeben habe, dass du schuld bist an dem, was ich tun musste, denn das bist du nicht.«

»Deine Instinkte haben uns das Leben gerettet«, sagte ich. »Und viele weitere gerettete Leben werden folgen, wenn unsere Mission gelingt. Ich kann mir nicht vorstellen, wie groß dein Opfer ist, aber es wird nicht vergebens gewesen sein, das verspreche ich dir.«

Wir schauten uns in die Augen, und das Versprechen legte sich wie ein Band um uns. »Meine Freundin sagt immer, dass alles aus einem Grund geschieht.«

»Ein schöner Gedanke«, lächelte er, und der sanfte Blick zog mich komplett in den Bann. Kaum merklich neigte er sich zu mir hinüber. Ich hielt den Atem an. Mein Herzschlag beschleunigte. Ich benetzte die Lippen, doch dann wandte Dorian sich plötzlich ab und atmete durch den Mund aus. Der Moment verpuffte und ich spürte, wie mir die Hitze in den Kopf stieg. Ich zog meine Hand aus seiner zurück. Er verwirrte mich. Wollte er mich nicht gerade küssen? Mit einem tiefen Atemzug senkte ich die verkrampften Schultern und versuchte, die Enttäuschung zu verdrängen. Herrje, was war nur los mit mir?

Dorian stützte sich nach hinten ab, streckte die Beine aus und überkreuzte sie.

»Auf jeden Fall«, räusperte er sich, »blieb ich nach all dem noch einige Monate in der Dunkelwelt. Deshalb kenne ich mich hier so gut aus. Besser als alle anderen Wächter.«

Ich klärte meine trockene Kehle. »Warum bist du in der Dunkelwelt geblieben?«

»Ich musste erst mal verdauen, was passiert war. Musste versuchen zu verstehen, warum mein bester Freund mir das angetan hatte.«

»Und?«

Er hob die Schultern. »Vermutlich geriet er beim Meister selbst unter Verdacht, den Darkona entwischt haben zu lassen. Dann könnte ich den Verrat zumindest nachvollziehen. Und für die Aktion mit den Schlangen gibt es am Ende zwei Möglichkeiten: Entweder er wollte sich rächen und so dem

Meister beweisen, auf welcher Seite er steht, oder er wollte mir ersparen, was danach kam.«

»Und was war das?«

Dorian runzelte die Stirn. Die Kiefermuskeln stachen so sehr hervor, dass die Wangen hohl wirkten. »Psychoterror. Demütigung. Der Meister lässt keine Gelegenheit aus, seine Macht über mich zu demonstrieren.«

»Warum bist du zur Zunft zurückgegangen?«

»Einmal Zunft, immer Zunft. Aussteiger gibt es keine. Sie sind entweder tot oder noch dabei.«

»Das ist ja wie eine Sekte«, murmelte ich vor mich hin.

»Viel schlimmer.«

In der Erwartung, er würde gleich breit grinsen, schaute ich ihn an. Aber nichts geschah. »Wie meinst du das?«

»Du hast es bestimmt nicht bemerkt, aber die Leute des Meisters sind überall. Sie bekleiden hohe Positionen in einflussreichen Firmen sowie strategisch wichtige Posten in der Politik. So herrscht die Zunft über die Menschenwelt. Ihr Name sagt es ja. Aber sie machen längst nicht nur Politik und Geld, sie machen die Nachrichten, steuern mit gezielter Information und Fehlinformation die öffentliche Meinung und lenken so die gesamte Bevölkerung, wie eine Herde Schafe. Alles, von dem du glaubst, dass du es selbst entschieden hast, ist von ihnen auf irgendeine Weise gesteuert.«

Meine Augen weiteten sich. »Sagst du mir gerade, dass ich … also, dass meine Entscheidungen fremdgesteuert sind?«

»Schau doch mal, wie einfach wir es ihm mit all den Sozialen Medien machen. Da hypt einer was und die ganze Welt spricht drüber, als ob es um Leben und Tod ginge. Und wenn wir gerade nicht manipuliert werden, werden wir abgelenkt.

Wir werden doch mit Informationen regelrecht zugemüllt, damit wir irgendwann das Wesentliche nicht mehr sehen.«

»Und das wäre?«

»Uns selbst. Das, was wir wollen. Nur wir. Manipulation ist heute so einfach wie nie. Ich bin davon überzeugt, dass diese ganzen Sozialen Medien durch die Zunft gesteuert und groß gemacht wurden. Ein riesiges, unübersichtliches und doch so unheimlich wirkungsvolles Machtinstrument. Diktaturen sind in westlichen Ländern undenkbar geworden. Es bringt auch nichts, einen mächtigen Mann vors Volk zu stellen. Unruhen sind vorprogrammiert. Wenn du wirklich Macht haben willst, musst du das Volk im Verborgenen steuern, auf eine Weise, die alle denken lässt, sie bestimmen selbst über sich. Ich glaube nur noch, was ich mit eigenen Augen gesehen und am eigenen Leib erfahren habe. Alles andere kann ich nicht beurteilen. Und dennoch«, sagte er und nickte vor sich hin. »Ich nehme mich da nicht aus. Zwar durchschaue ich den Mindfuck, aber der Meister hat mich ebenso durchschaut. So hat er mich in der Hand, manipuliert mich bei vollem Bewusstsein und ich komme nicht davon weg.«

»Warum hat er dich nicht – beseitigt –, nachdem er über die Aktion mit dem Darkona informiert worden war?«

»Er würde mich niemals töten, weil er weiß, dass das eine Erlösung für mich wäre.«

»Ist das dein Ernst?«, entfuhr es mir lauter als beabsichtigt.

Er senkte den Blick.

»Wie alt bist du?«, hakte ich etwas ruhiger nach.

»Zweiundzwanzig. Warum?«

»Weil jemand in deinem Alter nicht so denken sollte.«

»Ich arbeite dran, Frau Psychologin.« Er zog die Stirn in

Falten und schaute dann weg. Auch ich senkte den Blick, beobachtete ihn aber aus dem Augenwinkel. Er knabberte auf der Unterlippe herum und starrte ein Loch in die Luft. Sein Fuß wippte und machte mich ganz nervös.

»Wie lange bist du schon Wächter?«, brach ich schließlich das Schweigen.

»Fertig ausgebildet ist man mit achtzehn.« Er klärte die belegte Stimme. »Dann bekommt man einen eigenen Bezirk. Davor gehen wir mit den älteren Wächtern mit. Wie die zwei Begleiter von Roc. Aber im Normalfall schützt uns das nicht davor zu töten, wenn es nötig ist.«

»Diese Zunft ist eine Plage.«

»Ja«, bestätigte er. »Morgen machen wir uns auf die Suche nach den Darkonas. Wir können nicht mehr länger warten. Rocs Azubis werden den Verrat gemeldet haben und wenn die Wächter uns finden, sind wir so gut wie tot. Ich hoffe einfach, die Darkonas sind uns gut gesinnt. Oder zumindest dir. Immerhin ist dein Vater einer von ihnen.«

»Nicht zu vergessen, dass sie meine Hilfe wollen.« Und nach einer Weile fügte ich an: »Wir müssten sowieso nicht mehr warten.«

»Wie meinst du das?«

»Ich habe es geschafft.«

»Was?«

»Ich glaube, ich weiß nun, wie ich die Magie steuern kann.«

Dorians Augenbrauen zogen sich zusammen.

»Da waren plötzlich all die Schlangen und ich wusste, dass die Magie meine einzige Chance ist. Mir war alles egal und so habe ich mich getraut, die Schwelle zu übertreten und loszulassen.«

Dorians Lippen verzogen sich zu einem halbseitigen Grinsen, während er langsam nickte. »Nicht zu früh.«

»Es tut mir leid, ich … also …« Ich brach ab und schaute auf die Knie. »Diese Schwelle zu übertreten, es zuzulassen, dass die Magie mich erreicht, dass ich sie steuern und nutzen kann …« Ich presste die Lippen zusammen. »… das macht mich so endgültig nicht-menschlich.«

Dorian rückte näher zu mir. Ich spürte den Blick, wollte aber nicht aufschauen.

»Nicht-Mensch zu sein«, sagte er, »heißt nicht automatisch unmenschlich zu sein. Die Darkona hat mir, ihrem Feind, das Leben gerettet. Das Leben, das mir mein bester Freund, ein Mensch, nehmen wollte.«

Ich schielte zu ihm hoch.

»Du bist gut, wie du bist, Lejla.«

Ich lächelte. »Danke.«

Wärme durchströmte mich in Wellen, als er mir eine Strähne hinters Ohr schob. Seine Finger prickelten an meiner Wange entlang nach unten und legten sich an meinen Hals. Mit dem Daumen strich er mir über den trockenen Mund, während er sich mit der Zunge über seinen fuhr. Ich beugte mich zu ihm hinüber, bis ich seine Lippen auf meinen spürte. Er wich nicht aus, also schloss ich die Augen und kostete die salzige Haut. Er erwiderte den Kuss. Streichelte mit der Zunge über meine, bevor sich sein Mund um meine Unterlippe schloss. Kurz wich er zurück, suchte meinen Blick, während sich seine Finger vom Nacken in meine Haare schoben. Ich schmiegte den Kopf in seine Hand und atmete tief ein. Dann küssten wir uns erneut. Ich wusste nicht mehr, ob ich selbst atmete, oder ob ich die Luft durch ihn aufnahm. Der Kuss fühlte sich so vollkommen, so richtig an und ich wünschte, er würde nie enden. Ich ließ mich von den Gefühlen davontragen und plötzlich sickerten Tränen aus meinen Augenwinkeln. Dorian löste sich von mir. Strich die feuchten Spuren von meinen Wangen und legte die Stirn gegen meine. »Alles okay?«, flüsterte er.

»Mehr als das.«

Kapitel 21

Lejla

Ich war todmüde. So todmüde, dass ich nicht schlafen konnte. Mein Kopf schmerzte noch immer von der Wirkung der Magie. Auch beschäftigte mich Dorians Geschichte, genauso wie das, was zwischen uns war – oder vielleicht doch nicht war. Noch immer spürte ich seine Arme um mich, seine Lippen auf meinen, und ich sehnte mich nach mehr. Auf der anderen Seite nagte weiter der Zweifel an mir. Erst wollte er mich nicht küssen, dann doch. Vermutlich war ich für ihn nur eine willkommene Abwechslung in der Einsamkeit. Netterweise hatte er mich ja vorgewarnt, wie er so drauf war, nur half mir das jetzt auch nicht mehr: Ich war mit meinen Gefühlen bereits hoffnungslos in die ganze Sache verstrickt. Wie konnte ich nur so naiv sein?

Ich presste die Augen zusammen und legte die Hände darauf. Allerdings, auch wenn er die Einladung angenommen hatte, mit mir unter der Decke zu schlafen, behielt er seine Hände bei sich. Das passte nicht zu dem Macho-Bild, das er von sich selbst gezeichnet hatte, und brachte mich noch mehr ins Grübeln. Vielleicht gefiel ich ihm gar nicht.

O Mann! Warum dachte ich überhaupt über so was nach? Es gab weiß Gott andere Probleme, mit denen ich mich beschäftigen sollte. Noch vor wenigen Stunden war mir das klar gewesen, aber seit Dorian zurück war, übertrugen die Synapsen in meinem Gehirn nichts Vernünftiges mehr. Ich wollte Dorian einfach nur berühren und von ihm berührt werden, ihn spüren, aber je mehr ich darüber nachdachte, desto lächerlicher kam ich mir vor. Abrupt drehte ich mich auf die andere Seite, doch die Gedanken, die folgten, waren nicht besser. Bilder von Roc, Bilder von Dorian, der in der Blutlache kniete, Bilder von seinem Gesichtsausdruck, kurz bevor er ausgetickt war, Schlangen, der blaue Dunst, meine Magie, zerfallene Häuser und Brücken, Tod, Leere, Kälte.

Irgendwann war ich wohl weggedöst, denn als Dorian mich an der Schulter berührte und ich die Augen aufschlug, war es wieder dämmerig.

Er kniete neben mir und betrachtete mich. »Wegen gestern …«

»Hm?«

»Ich wollte mich entschuldigen. Ich hoffe, ich habe dich nicht … ähm … überrumpelt damit.«

»Womit?«, grinste ich.

»Mit dem Kuss.«

»Ich glaube, ich habe *dich* geküsst, nicht umgekehrt.«

Er zog die Brauen hoch. »Das stimmt. Und ich mache mir Gedanken deswegen.«

Kurz drückte er meine Hand, bevor er aufstand, um sich in seine Montur zu werfen. Ich schälte mich aus der Decke und rieb mir über die Augen. Dorian war rasiert und die Haare waren noch immer kurz genug, um gut auszusehen. Ich hingegen sah bestimmt grausig aus. Keine Schminke, keine Zahnbürste, kein Deo und eine Frisur wie ein Vogelnest.

Ich stand auch auf, legte die Decke zusammen und reichte sie ihm. »Danke.«

Er nahm sie entgegen und stopfte sie in den Rucksack. »Ich danke dir.«

»Nicht dafür«, sagte ich und deutete auf die Decke.

»Wofür denn dann?«

»Dass du dir diese Gedanken machst. Wie ich mich wegen des Kusses fühle und so.«

Er lächelte. »Ist doch klar.«

»Nein«, schüttelte ich den Kopf. »Das ist es nicht.«

Er kam zu mir hinüber und nahm meine Hand. »Wenn sich jemand keine Gedanken um so was macht, hat er dich nicht verdient.« Sein Blick war so intensiv, dass ich wegschauen musste.

»Du weißt, was ich damit sagen will, oder?«

Ich zuckte mit den Schultern.

»Dieser Vogel vom Sommercasino, Lejla, der hat dich nicht verdient. Er ist ein Kindskopf. Ein Pullover mit Kleiderbügel. Und ein hässlicher dazu.«

Ich musste lachen und schaute zu ihm hoch.

»Gib dich nicht mit solchen Typen ab.«

»Sondern lieber mit solchen wie dir?«

»Ich habe mich geändert.«

»Das sagen sie alle.«

»Hm.« Er senkte den Blick, noch immer ein Lächeln auf den Lippen. »Da hast du wohl recht.«

Ich löste meine Finger aus seinen und legte sie an seine Wange. »Was nicht heißt, dass du mich nicht davon überzeugen könntest, dass es tatsächlich so ist.«

Er nahm meine Hand, schob sie über seinen Mund und küsste die Innenfläche. »Wir sollten gehen«, lenkte er ab.

Ich nickte und wollte ihm meine Hand entziehen, doch er hielt mich zurück. »Falls das alles nicht so läuft, wie wir uns das erhoffen, nämlich, dass wir von den Darkonas wohlwollend empfangen werden, gibt es einen ganz einfachen Plan B.«

»Und der wäre?«

»Wir tun alles, um zu überleben.«

»Und was war nochmal Plan A?«

»Die Welt retten.«

»Ach so. Klar. Wie konnte ich das bloß vergessen.« Ich schloss einen Moment die Augen, bevor ich den Kopf in den Nacken legte und an die Decke des zerstörten Gebäudes schaute. Es fühlte sich seltsam an, diesen Entschluss, diese neue Wahrheit nicht nur selbst gedanklich hin und her zu wälzen, sondern sie aus einem anderen Mund zu hören. In wenigen Tagen war ich also offiziell von einer Kriminellen zur Weltretterin aufgestiegen. Solche Dinge geschahen doch nur im Film, nicht im normalen Leben – bei echten Leuten. Wobei mein Leben sowieso nichts mehr mit dem zu tun hatte, was ich früher als selbstverständlich, wenn auch unerwünscht, hingenommen hatte: Normalität.

»Bereit?«, fragte Dorian.

Nein, ich war nicht bereit! Dennoch schaute ich ihm in die Augen und nickte kurz. »Muss wohl.«

»Es wird alles gut«, versuchte er mich zu beruhigen.

»Ja«, lächelte ich.

»Ich mein das so!« Er legte seine Hände auf meine Oberarme und zwang mich damit, ihn anzuschauen. »Ansonsten halten wir uns an Plan B. Abgemacht?«

»Abgemacht«, bestätigte ich.

Er zog mich in die Arme und küsste meine Schläfe. Ich

schlang die Arme um seine Taille und sog den herben Duft nach Wald und Feuer in mich auf.

»Also dann«, murmelte Dorian in meine Haare, und wir lösten uns voneinander.

»Also dann«, wiederholte ich und versuchte mich an einem lockeren Grinsen.

Dorian zog die Kapuze hoch und stieg über die Mauerreste in den angrenzenden Raum. Ich packte meine Tasche und folgte ihm. Vorsichtig zog Dorian die angelehnte Tür zur Straße auf und spähte hinaus. Alles schien ruhig, also schlüpften wir hinaus. Wir hielten uns dicht bei den Mauern. Der Weg führte uns den Flusslauf hoch zurück Richtung Stadtmitte.

»Wohin gehen wir?«

Dorian zeigte zum anderen Ufer. »Kaserne.«

Ich folgte der Geste und betrachtete das Gebäude mit den viereckigen, mit Burgzinnen besetzten Türmen, das zwischen üppig belaubten Bäumen stand.

»Sie ist beinahe unversehrt«, fuhr er fort, »ein gutes Zeichen dafür, dass dort noch Leben ist.«

Das ergab Sinn. Da, wo die Welten sich am ähnlichsten waren, gab es noch Magie und damit auch Leben.

Die Straße führte nach oben, weg vom Flusslauf.

»Warum nehmen wir nicht die Johanniterbrücke, um rüberzukommen?«, fragte ich. Die wäre direkt neben unserem Nachtlager gewesen und wir hätten keinen Umweg nehmen müssen.

»Um ehrlich zu sein, traue ich dem rostigen Stahlgerüst nicht. Die Mittlere Brücke macht mir einen stabileren Eindruck.« Ein kurzes Winken von Dorian trieb mich an, ihm um die Hausecke in die Hauptstraße zu folgen.

An die zerfallenen Häuser, die der Stadt ein ganz anderes Gesicht gaben, hatte ich mich beinahe gewöhnt. Auch daran, dass die Natur sich die Straßen versuchte zurückzuerobern. Aber an die drückende Stille, das ewige rötliche Dämmerlicht, und den modrigen Geruch aus den Überresten des einst majestätischen Flusses würde ich mich wohl nie gewöhnen. Alles hier erinnerte mich an den Tod.

Dorian umfasste mein Handgelenk und zog mich in einen Hauseingang. Nur ein kleiner Platz trennte uns noch von dem Brückenaufgang.

»Auf mein Kommando laufen wir los, geduckt und so schnell es geht. Auf der Brücke sind wir schutzlos, und es ist gut möglich, dass die Wächter nicht mehr weit sind.«

»Wir könnten unten durch gehen«, überlegte ich laut. »Das Flussbett ist trocken. Und so hätten wir etwas Sichtschutz.«

Dorian stutzte. »Gute Idee. Ich schau mal, wie es da unten aussieht. Warte hier.«

Da, wo der Platz noch nicht auf die Schiffsanlegestelle hinuntergestürzt war, stand noch ein Rest der hüfthohen Mauer, in deren Schatten sich Dorian in gebückter Haltung vorarbeitete. Er spähte in alle Richtungen und winkte mir dann zu.

Ich folgte ihm. Armierungseisen dienten uns als Stufen und Griffe, wodurch das Klettern vereinfacht wurde. Schneller als erwartet erreichten wir den Fuß der Brücke und eilten zum ersten Pfeiler. Dorian sah sich um. Er deutete mir an zu warten und pirschte sich an dem Betonfuß entlang auf die andere Seite. Er reckte den Hals in Richtung Münsterberg.

»Shit!«, fluchte er und hastete im Schutz der Brücke zurück

zu mir. »Wächter. Drei stehen im Anstieg zwischen den Ruinen, weitere sind oben auf dem Münsterplatz. Noch haben sie uns nicht entdeckt. Aber wir sollten uns beeilen.«

»Alles klar«, sagte ich ruhig, während mein Blutdruck in Wahrheit in die Höhe schoss.

Die großen Gesteinsbrocken auf unserem Weg bereiteten mir Mühe. Ich rutschte andauernd ab, stolperte und stürzte schließlich. Ich lag noch am Boden, als etwas an meinem Ohr vorbeipfiff. Ich zuckte zusammen, dann schepperte ein Wurfstern neben mir über den Stein. Nicht mal zwei Meter von mir entfernt.

Geduckt suchte ich Schutz unter der Brücke und eilte weiter. Im Schatten eines Pfeilers erklommen wir die Böschung am Kleinbasler Ufer und sprinteten in eine schmale gepflasterte Gasse hinein, die von hohen Hausmauern begrenzt war. Ich kam nicht umhin zu bemerken, dass diese Seite der Stadt im Allgemeinen tatsächlich besser erhalten war.

Am Ende der Gasse ging es ein paar Stufen hoch. Oben angekommen, sah Dorian sich um. Keine Spur von den Wächtern. Dorian zeigte nach links und ich rannte los, unter einem Torbogen hindurch in eine Art Hinterhof, weg von der Straße. Als wir um die nächste Ecke bogen, konnte ich die Mauer der umgebauten Klosterkirche schon sehen, die den Kasernenplatz begrenzte. Endlich!

Außer meinem Atem war nichts zu hören. Dorian schaute zu mir. Sein Blick gefiel mir nicht.

»Auf mein Kommando rennst du los. Ich bin direkt hinter dir.«

Ich nickte. Für Diskussionen war keine Zeit. Noch einmal blickte er um die Ecke. »Los«, sagte er, und ich rannte. Rannte mit der letzten Kraft, die noch aus den müden Beinen herauszuholen war. Mir war nicht bewusst, wie lang ein paar Meter werden konnten, wenn man gejagt wurde.

Rufe schallten durch die Stille, ersterbende Schreie, Metall, das klingend auf Beton traf.

Ich zwang mich, alles hinter mir auszublenden. Dorian würde es schaffen. Er musste!

Ich erreichte die ehemalige Kirche, umrundete sie und stand auf dem riesigen offenen Exerzierplatz. Abrupt stoppte ich, drehte mich um und rannte zurück in den Schutz der Erker, die die Außenmauer des Kirchenschiffes bot. Ich presste mich mit dem Rücken gegen den roten Sandstein. Und jetzt? Wo war Dorian nur? Ich riskierte einen Blick um den schmalen Mauervorsprung herum, aber ich konnte nichts erkennen. Also zog ich den Kopf zurück, lehnte ihn gegen die Wand und schloss kurz die Augen. Sollte ich zurückgehen und nachschauen? Mit einem tiefen Atemzug stieß ich mich von der Mauer ab und wollte den Erker verlassen, als ich mit jemandem zusammenprallte. Zwei Arme umschlossen mich und der Geruch nach Leder und Rauch hüllte mich ein.

»'tschuldigung«, murmelte Dorians raue Stimme in mein Ohr.

Erleichterung durchflutete mich und ich hätte ihn am liebsten zurückumarmt, aber dafür war keine Zeit.

»Wie geht es weiter?«

»Ins Gebäude rein«, sagte er und eilte der Mauer entlang bis zur nächsten Tür. Er rammte sie auf und wir schlüpften hinein. Drinnen lehnte Dorian sich gegen die Wand und rieb sich mit den Händen übers Gesicht. Ich ahnte, was in ihm vorging, und berührte seinen Arm. Er legte die Hand auf meine und schaute mir in die Augen, bevor er den Blick senkte. Sein Schmerz krallte sich in meine Eingeweide, aber ich konnte nichts anderes tun, als ihm zu zeigen, dass ich für ihn da war.

Schritte knirschten. Wir blickten beide hoch, und was wir sahen, ließ uns die Wächter augenblicklich vergessen. Vor uns standen fünf in schwarze, uniformähnliche Lumpen gehüllte Gestalten, die vor der Brust einen Doppelspeer mit golddurchwirktem Griff trugen. Genauso, wie ich es bei Validin gesehen hatte. Das mussten Darkonas sein! Ihre schmalen Gesichter wirkten aschgrau, ihr Blick unergründlich.

Wir hatten sie tatsächlich gefunden – oder eigentlich sie uns. Ich spürte, wie die Nervosität meinen Magen zuschnürte und mir die Kehle eng werden ließ. Ich schluckte dagegen an.

»Willkommen, Lejla«, begrüßte mich der Darkona in der Mitte, der die kleine Gruppe vermutlich anführte. Seine Stimme vibrierte genauso durch meinen Körper wie die von Validin.

»Danke«, sagte ich und neigte leicht den Kopf zum Gruß.

Dorian stellte sich vor mich.

»Aus dem Weg, Wächter!«, blaffte der Anführer ihn an und sein deutlich jüngerer Nebenmann hob die Hand an die Waffe. Doch der ältere gab ihm ein Zeichen, woraufhin er die Hand wieder sinken ließ.

»Er ist kein Wächter mehr«, erklärte ich.

»Ach?« Misstrauisch nahm der Darkona wieder mich ins Visier. »Er sieht aber ganz so aus wie einer.«

»Er hat mich hergebracht und dafür so einiges auf sich genommen. Ganz im Gegenteil zu Validin, der mich im Stich gelassen hat.«

Der junge Darkona grinste breit und seltsam gluckernde

Geräusche kamen aus seiner Kehle. Es hörte sich fremd an, aber seinem Gesicht nach zu urteilen lachte er wohl.

»Keine Ahnung, was daran so lustig ist«, meine Stimme klang nun ziemlich schnippisch. »Validin hat mich schließlich um Hilfe gebeten und hier bin ich – um euch zu helfen. Also …«

Noch immer ruhte der Blick des Anführers auf mir. Eine Gänsehaut kribbelte über meinen Körper. Was wollten die denn von uns? Warum standen sie nur da und schauten finster?

Vor der Tür wurden Schritte und Stimmen laut. Na toll. »Das sind Wächter«, sagte ich, »richtige Wächter – und sie sind hinter uns her.«

Schon bewegte sich die Tür, aber im selben Moment streckte der Mann, der am nächsten zum Eingang stand, die Hand danach aus. Auf der Innenfläche prangte ein ähnliches Zeichen wie auf meinen Händen. Ein blauer Strahl schoss daraus hervor, traf die Tür, die mit einem dumpfen Schlag zufiel. Kurz glühte alles bläulich auf, die Tür verschwand und alles, was ich dort noch sah, war unberührtes Mauerwerk. Nichts deutete mehr darauf hin, dass dort mal ein Eingang gewesen sein könnte. Den Blick musste er dafür keine Sekunde von uns abwenden.

Wow, gestern bei den Schlangen war lediglich ein blauer Dunst von meinen Händen ausgegangen. So sah das also aus, wenn man mit der Magie richtig umgehen konnte.

»Gebt das Mädchen heraus«, tönte es von draußen. »Dann verschwinden wir wieder und lassen euch in Ruhe. Den Wächter könnt ihr behalten.«

Die Augen des Anführers verengten sich, als er Dorian musterte. Er schien sich dafür endlos Zeit zu nehmen.

Dorian erwiderte den Blick. »Ihr habt es gehört. Ich habe mich von der Zunft losgesagt.«

Dann endlich kam Bewegung in die Darkonas. Der Anführer nickte seinen Leuten zu und gab ihnen mit Handzeichen Anweisungen. Auch auf seinen Handflächen prangten diese Male und ich ballte instinktiv die Fäuste.

Zwei der Männer, der junge und der, der die Tür hatte verschwinden lassen, packten Dorian. Ein dritter stellte sich hinter ihm auf. Dorian wehrte sich nicht.

»Lasst ihn los!«, protestierte ich. »Er ist auf unserer Seite.«

»Wessen Seite?«, erklang die Stimme des Anführers, bevor auch ich von jemandem gepackt wurde. Der Griff war eisig und schmerzte bis in die Knochen. Mich durchfuhr der Gedanke, dass ich ihre Gefangene war. Auf jeden Fall nicht jemand, auf den man sehnlichst gewartet hatte, weil man seine Hilfe brauchte. Hatte Validin eigenmächtig gehandelt? Gab es auch hier zwei Lager?

»Ich vertraue weder dir noch ihm.« Damit drehte er sich um, streckte die Hand aus und ein feiner blauer Strahl traf auf die flimmernde Fläche vor uns. Das blaue Glühen breitete sich wie ein Tropfen Tinte in Wasser aus und ließ alles vor uns erglühen, bevor die Wand in sich zusammenfiel und wie ein Wassernebel hinabregnete. Kurz bevor die Tropfen den Boden berührten, lösten sie sich auf. Mein Mund stand leicht offen, während ich dem Schauspiel folgte. Dieses Flimmern, das mich begleitete, seit ich hier war, war eine Art Durchgang! Mit einem heftigen Stoß von hinten wurde ich durch die Stelle geschoben, an der sich zuvor die Luft materialisiert hatte. Aber noch immer befanden wir uns in dem Hauptschiff der Klosterkirche. Vorsichtig schaute ich mich um. Und dann bemerkte ich erst die Veränderung. Decken und Wände schienen mir nun viel weiter entfernt zu sein und sie wölbten sich kuppelförmig um uns herum. Ich vergaß beinahe zu atmen. Diese Architektur war physikalisch unmöglich. Ich warf einen Blick zurück und strauchelte sogleich, denn es sah so aus, als ob wir beinahe senkrecht nach oben gingen, obwohl es sich überhaupt nicht so anfühlte. Wo zum Teufel brachten sie uns hin? Wo waren wir?

»Weitergehen«, forderte mich der Darkona auf, der mich festhielt, und sein Griff zurrte sich noch fester um meinen Oberarm. Trotzdem konnte ich nicht anders, als noch einmal zurückzuschauen. Das war so unwirklich. Unmöglich! Was war das nur für eine Welt? Die flimmernde Fläche hatte sich hinter uns wieder aufgebaut, dennoch waren die Wächter nicht zu übersehen, die zu fünft auf die Stelle zuschlichen, von der aus wir nach oben gestartet waren.

»Wächter!«, zischte ich und Dorian versuchte sich umzudrehen, was ihm einen Schlag in den Rücken einbrachte. »Weiter!«, mahnte ihn der Darkona hinter ihm.

Und auch ich wurde weitergezogen, aber ich hielt den Blick noch immer nach unten gerichtet.

Die Wächter beschrieben vor der flimmernden Wand einen Bogen und gingen im gleichen Schritt, der gleichen lauernden Haltung wieder zurück. Als ob sie gar nicht bemerkten, dass sie kehrtmachten? Sie sahen das Flimmern nicht. Genau wie Dorian es nicht sehen konnte. Wenigstens bestätigte sich nun aber, dass das nicht an meinen Augen lag. Nur, was war es? Eine Art Schutzschild aus Magie, hinter der sich die Darkonas versteckten? Aber warum sah ich es denn dann überall?

Mir wurde schwindelig von der ungewöhnlichen Raumkonstellation. Es fühlte sich an, als ob ich eine viel zu starke Brille aufhätte. Also schaute ich auf den Boden und konzentrierte mich auf das, was direkt vor mir lag. Durch ein Tor am Ende des Kirchenschiffes verließen wir die große Halle und gelangten in andere Räumlichkeiten. Der Hall der Schritte wurde dumpf und abgehackt. Der Korridor, den wir entlanggingen, war gesäumt von Türen und weiteren Fluren, die von ihm abzweigten. Als ich hochschaute, wurde mir gleich wieder schwindelig. Auch hier bog sich alles um mich herum. Ich kniff die Augen zusammen, doch das half nichts. Alles blieb verzerrt und gekrümmt. Es war hell hier drin, doch die Quelle des Lichtes war nicht auszumachen. Es schien von den Wänden selbst zu kommen.

Bis dahin war ich stets der Meinung gewesen, diese Welt wäre einfach ein zerfallenes Abbild unserer Welt, doch es steckte noch so viel mehr dahinter. Ich war hin- und hergerissen zwischen Staunen und Unbehagen. Ich verstand das alles nicht. Die Physik, wie ich sie kannte, schien hier nicht zu gelten.

Auf einmal zweigte der kleine Trupp um Dorian ab, während wir weiter geradeaus gingen.

»Wo bringen sie ihn hin?«

»Das muss dich nicht kümmern«, vernahm ich die Stimme des Anführers, der sich nicht einmal umwandte.

»Tut es aber.«

»Der Dira wird über ihn richten.«

»Wer?« Ich blieb stehen.

»Weiter!«, forderte mich der Darkona erneut auf und schob mich unerbittlich vorwärts.

»Nein!«, sagte ich und zerrte an den Armen, um mich zu befreien. Erfolglos. »Was soll denn das heißen? Wer ist Dira?«

Niemand beachtete mich.

»Hallo!«, rief ich.

»Schweig jetzt.« Der Anführer stoppte abrupt, wandte sich um und kam langsam auf mich zu. Sein Blick durchbohrte mich. Die Luft um mich herum wurde eiskalt, als ob er alle Wärme aus der Umgebung saugen würde. Der Gehilfe ließ mich los, nur damit mich der Anführer um die Oberarme packen konnte. Die Kälte aus seinen Händen strömte durch die Jacke und den Pullover bis auf meine Haut. Er drückte mich gegen die Wand und sein Gesicht kam meinem ganz nah. Seine violette Iris wurde schwarz, während die Augen sich verengten. »Du wirst erfahren, was du erfahren musst. Keine weiteren Fragen mehr!« Er ließ mich los und trat einen Schritt zurück. Dann ging er weiter. Hätte mich der andere nicht gleich wieder am Arm gepackt, wäre ich wohl der Wand entlang nach unten gerutscht.

Nun war ich mir sicher, dass die Darkonas mir nicht wohlgesinnt waren. Vielleicht war mein Vater längst tot. Oder falls nicht, war er bestimmt ein Niemand, der nichts ausrichten konnte. Ich war ihre Gefangene, genau wie Dorian.

Nur wenige Minuten später schob der Anführer eine Tür auf und ließ mich eintreten. Der andere blieb draußen.

»Warte hier.«

Ich ging noch einen Schritt weiter in den runden Raum mit den weißen Wänden. Der Blick nach oben verriet mir, dass auch diese Decke gewölbt war wie eine Kuppel. Zumindest vermutete ich das, denn in all dem leuchtenden Weiß war schwer zu erkennen, wo etwas anfing und endete. Ich konnte nicht sagen, wie groß der Raum war, und als ich mich umdrehte, war da keine Tür mehr. Ich ging auf die Wand zu, tastete sie ab, aber da war nichts. Ich wollte zur anderen Seite des Raumes gehen, aber irgendwie erreichte ich keine Wand mehr und am Ende überwältigte mich das Gefühl, mich in einen Raum ohne Wände verirrt zu haben.

Dorian

Der Gang, den mich die Darkonas entlangführten, wurde immer dunkler. Ich stolperte, was mir einen erneuten Hieb einbrachte. Ich nahm es hin, denn ich befürchtete, dass wenn ich mich wehrte, Lejla dafür bezahlen müsste. Die Fesseln um die Handgelenke betäubten meine Hände und Unterarme, sodass ich sie kaum noch spürte.

Vor mir hörte ich eine Tür klicken. Dann wurde ich an der Schulter herumgerissen und nach vorne in einen Raum gestoßen. Ich taumelte, konnte mich aber gerade noch auf den Füßen halten, bis mir jemand in die Kniekehlen trat. Ich sackte zu Boden und der Aufprall jagte einen Stich durch beide Knie. Ein Stöhnen entfuhr mir, was mir einen Schlag an den Hinterkopf einbrachte. »Sei still«, erklang eine Stimme direkt hinter mir.

»Memme«, kommentierte der junge Darkona.

Es wurde langsam heller, bis alles um mich herum in einem goldenen Licht erstrahlte. Aber es gab keine Lampen, es waren die Wände selbst, die leuchteten. Der Raum, in dem ich mich befand, war nicht viel größer als eine Zelle – kaum vier Quadratmeter. Fenster gab es keine. Augenblicklich spürte ich, wie mein Herzschlag beschleunigte, und versuchte, ruhig zu atmen.

Einer der Darkonas löste die Fesseln um meine Hände, die nun taub an mir hinunterhingen. Sie nahmen mir den Rucksack sowie das Halfter mit den Macheten ab und zogen mir Jacke und Hoodie aus. Das T-Shirt ließen sie mir, banden die

Handgelenke am Rücken aber sogleich wieder zusammen. Um die Oberarme fixierten sie ein weiteres Seil, bevor sie mich auf die Füße rissen. Der junge Darkona machte sich an dem Gürtel zu schaffen, der über ein Lederband mit dem Beinhalfter verbunden war. Beim Versuch, das Halfter um den Oberschenkel zu lösen, schlug der Typ mir mindestens drei Mal mit dem Ellbogen in die Eier.

»Wie viele hast du?«, fragte er.

»Was?«

»Messer!«

»Fuck!«, rief ich aus, als er zum vierten Mal das Armgelenk in meinem Schritt versenkte. So ein Idiot! Konnte der keine Schnalle lösen? »Schau doch selbst!«, zischte ich. Vielleicht hätte ich mir das besser verkniffen, denn schon schoss mir der Schmerz erneut durch den Unterleib und in die Beine. Ich biss die Zähne zusammen und unterdrückte damit einen erlösenden Schmerzensschrei. Der junge Darkona warf den Gurt samt Beinhalfter seinem Kollegen zu, der mich von hinten weiter festhielt.

Dann schob er die Hosenbeine hoch und band die Knöchel zusammen. Ich bekam einen Tritt ins Kreuz, der mich zu Fall brachte. Schritte entfernten sich, eine Tür wurde zugezogen und ein Riegel schnalzte. Dann wurde es dunkel und still.

Einen Moment ließ ich mir Zeit, die Schmerzen anzunehmen und mich zu entspannen. Meine Füße und Beine wurden schon taub. Das war ja ein genialer Plan gewesen, mitten ins Hauptquartier der Darkonas zu rennen. Aber es gab nun mal keine andere Möglichkeit. Wichtige Teile der Mendra waren vernichtet, und ich hatte keine Freunde mehr bei der Zunft, die ich hätte ins Vertrauen ziehen können. Die Darkonas waren die Einzigen, die uns Antworten geben konnten, und ich hielt mich an der Hoffnung fest, dass sie im Grunde gut waren, so wie meine Retterin. Aber ganz so einfach schien es nicht zu sein. Blieb nur zu hoffen, dass Lejla freundlicher empfangen wurde.

Langsam gewöhnten sich meine Augen an die Dunkelheit. Ich versuchte mich auf die Seite zu drehen, um mich so leichter aufsetzen zu können. Aber das war ohne Gefühl in den Gliedmaßen gar nicht so einfach. Irgendwann schaffte ich es, nur um festzustellen, dass die Decke des Zimmers selbst für eine sitzende Position viel zu niedrig war. Die Zelle war geschrumpft und schien gerade noch die Abmessung eines Sarges zu besitzen. Panik drohte mir die Luft abzuschnüren und ich versuchte, dagegen anzuatmen. Es gab nicht viel, was mir wirklich Angst machte, aber das hier war nicht gut. Gar nicht gut. Kalter Schweiß rann mir die Schläfen hinunter. *Atme!*, befahl ich mir. *Schließ die Augen und atme.* Ich spürte einen zwanghaften Drang, um mich zu tasten, mich aufzurichten, zu strecken, was natürlich nicht ging, weil ich erstens gefesselt war und zweitens meine Glieder gar nicht spürte. Aber der Wunsch wurde so übermächtig, dass ich das Gefühl bekam zu ersticken, wenn ich es nicht tat. *Atme! Ein und aus! Es geht. Es gibt genug Luft. Um mich herum ist es weit, ich kann mich nur nicht bewegen. Alles ist gut.*

Ich konnte mich nicht überzeugen. Die Atmung wurde immer schneller, doch das Gefühl zu ersticken hielt an. Schwindel erfasste mich, und mein sargartiges Gefängnis begann, sich im Kreis zu drehen. Ich sah farbige, leuchtende Zacken, die mein Blickfeld einengten. Noch versuchte ich, dagegen anzukämpfen, doch meine Kraft ließ schnell nach.

Kapitel 22

Lejla

»Lejla.« Eine bekannte Stimme ließ mich hochschauen. »Du bist gekommen.«

Ich wusste nicht, wie lange ich schon hier war. Irgendwann hatte ich mich auf den Boden gesetzt und den Kopf auf die Knie gelegt, um das Weiß nicht mehr sehen zu müssen.

Nun erhob ich mich und drehte mich in Richtung der Stimme. Die Umrisse eines Mannes zeichneten sich gegen den hellen Hintergrund ab. Als er auf mich zukam, dimmte sich das Licht und ich konnte seine Konturen besser erkennen.

Wie alle Darkonas war auch er schwarz gekleidet. Bis auf das Hemd, dessen Stehkragen auf der Innenseite golddurchwirkt war. Validin! Ich war beinahe froh, ihn zu sehen, obwohl das vermutlich saublöd war.

»Wo ist Dorian?«, fragte ich.

»Der Wächter ist hier nicht willkommen.«

»Er hat mich hergebracht.«

Validin wies mit ausgestrecktem Arm hinter mich. »Setzen wir uns?«

Setzen? Ich schaute über die Schulter. Mitten im Raum stand nun eine Bank aus geflochtenen Ästen. Die Sitzfläche war mit Fellen belegt. Auf dem Beistelltisch, der ebenfalls aus Ästen geflochten war, stand ein Krug mit Wasser und zwei Gläser.

Ich bewegte mich nicht von der Stelle. »Was geschieht mit Dorian? Der Typ, der mich hergebracht hat, meinte, der Dira wird über ihn richten. Was hat das zu bedeuten? Wer ist Dira?«

Validin taxierte mich. »Der Wächter ist dir wichtig.«

»Ja, das ist er.«

Sein Blick wurde weicher. »Ich bin der Dira. Das ist so etwas wie der Präsident bei euch.«

»Wo ist Dorian?«

»Ihm wird nichts geschehen.«

»Ist das ein Versprechen?«

Validin lächelte. Er ging an mir vorbei und setzte sich auf die Bank. »Bitte, setz dich.« Er griff nach dem Krug und füllte die Gläser.

Langsam trat ich näher und ließ mich auf den Rand der Bank nieder. So weit von dem Darkona entfernt wie möglich.

»Du hast also deine Magie entdeckt.«

Es hörte sich nicht wie eine Frage an, also antwortete ich nicht.

Validin beobachtete mich. »Wie deine Mutter.«

Mein Herz machte einen Satz. »Können wir die Spielchen lassen? Ich bin hier, weil Sie mir Informationen versprochen haben. Also bitte … Wo ist mein Vater?«

Validin intensivierte den Blick. Auch seine Augen waren von einem dunklen Violett, das bis zur Pupille hin ins Schwarz überging. Die Brauen verliefen in einem leichten Schwung bis weit nach hinten, genau wie die der anderen Darkonas – und genau wie meine! Auch die feingliedrigen Hände erinnerten mich an meine. Ich war so viel mehr Darkona, als ich je befürchtet hatte. Es waren nur Kleinigkeiten, aber sie erschütterten mich.

»Das stimmt, ich habe dir Informationen versprochen. Ich habe dich gesucht, weil wir deine Hilfe brauchen. Unsere Welt stirbt. Das hast du sicher bemerkt.«

Die Arme vor dem Bauch verschränkt, nickte ich.

»Sie stirbt, weil uns die Magie gestohlen wurde, die für uns überlebenswichtig ist.«

Gestohlen? Die Magie war also nicht einfach versiegt, das hätte ich mir eigentlich denken können. Ein Riss – vermutlich menschengemacht, wenn man Endras Oma glauben konnte –, nur um mal Hallo zu sagen? Wohl eher nicht.

»Sie ist die nährende Quelle, die uns mit unserer Welt verbindet«, sprach Validin weiter und verlangte meine Aufmerksamkeit zurück, »denn wir nehmen die Energie nicht wie die Menschen mit der Nahrung auf, sondern direkt über den Kontakt mit den Dingen. Und genauso geben wir sie auch wieder ab. Alles ist Eines. Wenn die Magie erlischt, wird alles sterben. Die Welt und ihre Bewohner. Und das wird weitreichende Folgen haben. Für alle Welten.«

»Alle Welten? Was für Welten denn? Wovon sprechen Sie?«

»Entschuldige, ich muss wohl etwas weiter ausholen: Die Dunkelwelt ist der Ursprung, aus dem alles Sein ist. Sie ist das Zentrum und trennt alle Welten voneinander. So sorgen wir dafür, dass niemand von den anderen erfährt. Wir halten die Existenz im Dunkeln. Daher auch der Name Dunkelwelt.«

»Was für Welten denn?«, wiederholte ich meine Frage. »Gibt es noch mehr Parallelwelten, oder sprechen Sie jetzt von der Hölle, Walhalla, der Anderswelt …«

»Zum Beispiel«, bestätigte Validin.

»Zum Beispiel, was? Können Sie mal Klartext reden?«

Validin lächelte und senkte kurz den Blick, bevor er mich

wieder anschaute. »Wenn der Mensch stirbt, tritt die Seele in unser Reich über. Durch uns wird sie zurückgeführt in den Kreislauf der Urenergie – der Astera, wie wir sie nennen. Erinnerungen werden gelöscht, die Seele wird gereinigt und wird so für ein neues Leben oder den weiteren Weg in eine andere Welt vorbereitet. Das ist unsere Aufgabe.« Er griff nach einem der Gläser und reichte es mir. Ich lehnte mit einem kurzen Kopfschütteln ab, denn ich versuchte gerade zu verstehen, was er mir sagen wollte.

»Wenn Sie die Seelen empfangen und reinigen, dann ist die Dunkelwelt so was wie der Himmel, oder wie muss ich das verstehen?«

Validin stellte das Glas wieder hin und nahm sein eigenes. »Ja, wir haben viele Namen. Die Menschen haben die Institution des Himmels erfunden, um ihre Vorstellungen für ein Leben nach dem Tod greifbar zu machen. Und es kommt unserer Aufgabe tatsächlich recht nahe.«

Ich musste mich zwingen, den Mund zu schließen. Ich war also sozusagen im Himmel. Das wurde ja immer besser. Und der Himmel wurde nun dunkel und böse. »Was geschieht, wenn es keine Magie mehr gibt?«

»Dann werden die Seelen sich verlieren. Sie kehren ungereinigt zurück und schaffen so dunkle Energien, die mit der Zeit alles zerstören werden. Genauso wird es den Wesen der anderen Welten gehen und wenn es uns nicht mehr gibt, können die auch ungehindert in die Menschenwelt gelangen und umgekehrt. Wir leben in einem empfindlichen Gleichgewicht, das durch den Raub der Magie schon viel zu sehr gestört wurde.«

»Andere Wesen wie Dämonen, oder was?«

»Wenn du damit Wesen aus dunkler Energie meinst, dann

ja. Aber Dämonen, wie ihr sie nennt, können wie gesagt auch aus Menschenseelen erwachsen, wenn diese nicht gereinigt werden.« Validin nahm einen Schluck Wasser und stellte sein Glas zurück.

Mir schwirrte der Kopf und ich suchte all mein Religionswissen zusammen, um Validins Worte in etwas für mich Verständliches zu übersetzen. Im Prinzip konnte man es wohl so zusammenfassen: Der Himmel verlor seine Kraft und wir standen schutzlos vor den offenen Toren der Hölle, nur weil einer sich an der Magie des Himmels bereichern wollte.

»Wer hat die Magie gestohlen?«, fragte ich.

»Der Meister der Zunft der Mächtigen.«

»Und wie konnte er das tun?«

»Als die Menschen vor langer Zeit diesen Riss geschaffen haben, waren wir alle neugierig aufeinander. Denn auch wenn wir Darkonas Kenntnis von den anderen Welten haben, waren wir noch nie dort. Der Riss war die Gelegenheit, zumindest eine der Welten zu erkunden. Der Meister hat von uns zum Zeichen der Freundschaft und des Vertrauens einen extra gefertigten Darkonischen Ring bekommen. Mit diesem konnte er seinem Körper Magie zuführen, wodurch sich der Ring mit seiner Seele verband. So konnte er übertreten und unsere Welt kennenlernen. Im Gegenzug erlaubte er uns, die Menschenwelt zu betreten und so haben wir lange voneinander gelernt. Aber wir hatten die Dinge nicht zu Ende gedacht – wir ahnten nicht, welches Machtinstrument wir ihm mit diesem Ring ausgehändigt hatten. Es stellte sich heraus, dass er als Mensch beliebig viel Magie aufnehmen konnte. Das machte ihn beinahe unsterblich. Er hat immer mehr davon abgeschöpft und hortet sie nun bei sich, um seine Macht über die Menschen ins

Unendliche zu steigern. Somit fehlt sie aber in unserer Welt, was die Dunkelwelt langsam zerstört.«

»Heißt das, der heutige Meister ist uralt und besitzt magische Kräfte?«

Validins Mundwinkel zuckten, was aber nicht mit einem Lächeln zu verwechseln war, im Gegenteil. »Ja«, sagte er knapp. »Und er ist sehr stark.«

Dass der Meister Magie besaß, erklärte, was er in der Villa mit Dorian gemacht hatte, ganz ohne ihn zu berühren. Bei dem Gedanken an seine Allmacht wurde mir schwindlig. »Sind Darkonas auch unsterblich?«

»Nein, wir sind nicht unsterblich. Wir Darkonas können nicht unendlich viel Magie aufnehmen, ebenso wenig wie die Menschen nicht unendlich viel Nahrung zu sich nehmen können. Und genau das war unser Denkfehler, als wir ihm den Ring ausgehändigt haben. Wir gingen davon aus, dass er einfach so viel aufnehmen kann, wie er gerade braucht, um bei uns zu verweilen.« Validin seufzte. »Der Meister wird nicht ewig leben können, denn er ist auf die Magie angewiesen, und irgendwann wird sie versiegen, wenn sie nicht mehr in die Dunkelwelt zurückgeführt wird, aber er wird doch sehr, sehr lange leben können.«

»Und was genau kann *ich* jetzt dagegen tun?«

»Als Wandlerin trägst du den Keim der Magie in dir – eine magische Seele. Durch den Keim kann die Dunkelwelt neu beseelt und somit gerettet werden. Und nur wenn die Dunkelwelt sich erholt und ihre Aufgabe erfüllen kann, kann es auch Rettung für die Menschenwelt geben.«

»Und wie geht das? Was muss ich dafür tun?«

»Die Zeichen auf deinen Handflächen sind die Siegel der

Magie, durch die du der Dunkelwelt den Keim übergeben kannst. Danach wärst du eine echte Darkona. Eine von uns.«

Mein Mund wurde trocken. Nur langsam, wie in einem alten Uhrwerk, das nicht aufgezogen worden war, verzahnten sich die Gedanken in meinem Kopf zu einem Ganzen. Wenn ich der Dunkelwelt den Keim der Magie übergeben musste und dieser Keim nichts anderes war als meine Seele, dann musste ich also meine Seele opfern, oder? »Was genau soll das heißen?«, hakte ich nach.

»Du wärst wie wir.«

»Das meine ich nicht«, sagte ich. »Verlangen Sie von mir gerade, dass ich meine Seele hergebe? Dass ich danach eine Darkona bin und folglich auch nie mehr nach Hause gehen kann? Ist es das, was Sie mir gerade sagen wollen?«

»Dein Zuhause ist hier, Lejla. Du gehörst nicht zu den Menschen, sondern hierher, in unsere Welt.«

»Muss ich meine Seele hergeben?«, rief ich nun aus. »Ja oder nein?«

»Na ja …«

»Was bleibt denn dann noch übrig von mir«, unterbrach ich ihn sogleich, »wenn ich weder Magie noch eine Seele besitze? Hm?« Meine Stimme überschlug sich beinahe. Er verlangte das Unglaublichste von mir, und tat so, als sollte ich einfach vor der Tür die Schuhe ausziehen. Er verstand nichts! Ich wusste nicht mal, ob das nun besser war, als von den Mächtigen umgebracht zu werden, oder schlechter. Hier zu bleiben, unter Fremden, ohne meine Freunde und Familie je wiedersehen zu können, seelenlos! Und Dorian konnte bestimmt auch nicht hier leben. Wir hätten keine Chance. Meine Brust wurde so eng, dass ich kaum mehr atmen konnte, und meine Kehle schmerzte, weil sie sich unter den aufsteigenden Tränen, die ich zu unterdrücken versuchte, verkrampfte.

»Deine Mutter hat für uns gekämpft, für die Menschenwelt, für die Wiederherstellung des Gleichgewichtes«, sagte Validin mit sanfter Stimme. »Sie wäre sehr stolz auf dich.«

Ich schüttelte nur den Kopf. Er sollte einfach den Mund halten. Er hatte kein Recht, über meine Mutter zu sprechen. Und es half mir auch nicht weiter, dass er dachte, dass sie stolz wäre. Sie war tot!

»Du gleichst ihr sehr«, sagte er in einer Mischung aus Stolz und Trauer.

Ruckartig hob ich den Blick und alles, was ich sah, war das Glänzen, das die Tränenflüssigkeit über die violetten Iriden legte.

»Ich habe sie sehr geliebt«, flüsterte Validin und schloss einen Moment die Augen.

Mein Atem setzte aus. Mit geöffnetem Mund starrte ich ihn an. Was hatte er gerade gesagt?

»Ich wusste nicht, dass Elena schwanger war. Wir durften uns nicht mehr sehen, es war zu gefährlich für sie. Die Anzeichen, dass tatsächlich ein Wandler geboren worden war, waren sehr schwach und ich habe sie lange nicht erkannt. Doch mit der Pubertät wurde dein Einfluss auf die Welten stärker. Das ist der Zeitpunkt, an dem auch bei uns Darkonas die Magie erwacht und wir sie, über die reine Ernährung hinweg, zu nutzen lernen. Ich habe deine Energie bis hierher gespürt, aber es hat noch eine Weile gedauert, bis ich begriffen habe, was das bedeutet.«

Ich hatte das Gefühl, all mein Blut sackte in die Beine. Mir wurde schwindlig. Was sagte er da?

»*Sie* sind mein Vater?«, brach es aus mir hervor. Meine Hände zitterten wie Espenlaub und ich ballte sie zu Fäusten, um es zu unterdrücken.

»Ja, das bin ich.« Er lächelte, aber ich fühlte mich davon einfach nur verhöhnt.

Ich konnte es nicht fassen. *Er* war mein Vater? *Er*? Der Typ, der von mir verlangte, meine Seele zu opfern? Er hatte sich nicht mal richtig vorgestellt, warf mir diese Information vor die Füße und verkaufte es noch als Gewinn für mich! – Ja, noch besser: Etwas, das meine Mutter gewollt hätte! Ich hatte mir, als ich noch klein war, so einige Szenarien unseres Zusammentreffens ausgemalt, aber dieses war ganz sicher nicht dabei gewesen. Ich hatte Glück und Erleichterung erwartet, vielleicht eine Umarmung. Das Gefühl anzukommen, zu Hause und beschützt zu sein.

Aber weit gefehlt. Ich interessierte ihn überhaupt nicht. Das Einzige, was er wollte, war meine Seele. Er versuchte nicht mal, meine Situation zu verstehen – zu verstehen, was es für mich bedeutete. Dass diese Vorstellung für mich schlimmer war als die, zu sterben. Dass es mir Angst machte. Er fragte nicht, wie es mir ging oder ergangen ist, was ich darüber dachte, geschweige denn, dass er mir eine Wahl ließ. Ich wollte einfach nur noch weg. Hielt es nicht mehr aus, mit ihm hier zu sitzen und mir seine eigene Leidensgeschichte anhören zu müssen.

»Ich habe mich sofort auf die Suche nach dir gemacht. Einer meiner Späher – er war sehr ungeduldig und hat beim Übertritt nicht auf das Signal gewartet – wurde netterweise von dem Wächter durchgelassen. Deinem Wächter. Das ist mit ein Grund, warum ich ihn am Leben lasse.«

Warum hielt er nicht einfach den Mund? Es interessierte mich nicht, was er getan oder geglaubt hatte. Ich konnte es nicht ertragen!

»Gewissheit, dass du meine Tochter – eine Wandlerin – bist, erhielt ich aber erst, nachdem du mit der Dunkelwelt in Berührung gekommen bist. Denn nur durch die Energie der Dunkelwelt kann sich der Keim der Magie zu seiner wahren Stärke entfalten.«

»Seien Sie still! Seien Sie einfach still!«, schrie ich ihn an und sprang hoch. »Das war's jetzt also: Hey, übrigens, ich bin dein Vater, aber mach dir nichts draus, dass ich nie da war und dich jetzt auch nur angelogen habe, ich konnte leider nicht anders! Und ach ja, wir brauchen deine Seele, mein Kind, aber das wird schon.«

»Nein.« Validin stand ebenfalls auf. Beschwichtigend hob er die Hände. »So war das nicht gemeint. Es war nur sehr gefährlich für alle …«

Und dann traf es mich wie ein Blitz. »Moment mal!«, unterbrach ich ihn. »Was haben Sie – hast du damit gemeint?«

»Womit?«

»Dass ich erst mal in Berührung mit der Dunkelwelt kommen musste?«

»Das Tor in dem alten Haus«, sagte er. »Nachdem du es berührt hattest, haben sich die Anzeichen verstärkt. Die Vorfälle in der Stadt, wo immer du einen Riss verursacht hast. Doch seit diesem Zeitpunkt war der Wächter immer in deiner Nähe und ich konnte dich nicht zu uns holen.«

Ich hörte nur noch mit halbem Ohr zu. Er hatte ja verdammt viel Glück gehabt, dass mir diese Schmiererei angehängt worden war und ich daraufhin Sozialstunden leisten musste, mein

Betreuer krank war und er diese Show abziehen konnte. Das konnte doch kein Zufall sein!

»Du warst das!«, fuhr ich ihn an und trat von ihm zurück, obwohl ich ihm am liebsten an die Gurgel gesprungen wäre. »*Du* hast mir diese Schmiererei angehängt! Du hast mir damit alles verbaut. Meine Zukunft. Einfach alles.« Meine Stimme überschlug sich nun komplett. »Ich bin jetzt vorbestraft. Unschuldig. So was tun Väter in unserer Welt nicht.« Meine Augen brannten, aber die Blöße, vor ihm zu weinen, würde ich mir nicht geben. Ich war wütend. So sehr wie schon lange nicht mehr.

Aber ich musste mich beruhigen, sammeln, klar denken.

Wie ich es während des mentalen Trainings gelernt hatte, versuchte ich, ruhig zu atmen, meine Gedanken zu besänftigen und die Gefühle zu kontrollieren.

Validin breitete beschwichtigend die Arme aus. »Du kannst hier neu anfangen, Lejla. Hier steht dir alles offen. Du wirst ein privilegiertes Leben führen.«

Ich trat noch einen Schritt zurück, um Abstand zu ihm zu bekommen. »O nein!«, sagte ich nun viel ruhiger. »Ich will nicht neu anfangen. Ich will auch kein privilegiertes Leben. Ich will einfach nur *mein* Leben! Verstehst du das? *Meines!*«

Er versuchte, die Lücke zwischen uns zu schließen und eine Hand auf meine Schulter zu legen, aber ich wich ihm aus.

»Lass das!«, fauchte ich ihn an.

Er zog die Hand zurück, senkte den Blick, bevor er mich wieder anschaute. »Ich habe das auch nicht so geplant und es tut mir wirklich unendlich leid. Du wirst Zeit brauchen, um das zu verarbeiten, das verstehe ich. Ich will dir einfach sagen, dass du hier mehr als willkommen bist.«

»Ach ja? Dann beweise es mir. Lass Dorian frei.«

Er schaute mich lange an. »Gut. Aber er wird nicht hierbleiben können.«

»Lass ihn frei!«

»Das werde ich, versprochen.« Wieder versuchte er auf mich zuzukommen, aber ich wich erneut aus. »Ich habe dir ein Zimmer herrichten lassen. Ruh dich erst einmal aus. Wir sehen uns dann morgen.«

Ja, das konnte ich wohl nicht verhindern.

Mit ausgestrecktem Arm fuhr er durch die Luft, woraufhin eine Tür in der Wand erschien. Ein bläulicher Schimmer umgab sie für einen kurzen Moment.

»Wie viel Magie besitze ich? Bin ich stark?«

Mein Vater drehte sich zu mir um. »Nein, ein Wandler hat nur beschränkte Fähigkeiten. Du bist lediglich Träger des Keims. Es ist, als ob du einen Virus hast, der aber bei dir nicht ausbricht.« Er winkte den Darkona heran, der mich hergebracht hatte. Der Anführer der Truppe von vorhin.

»Tiron, bring Lejla bitte in ihr Quartier.«

Der Darkona kam näher. Seine Augen waren nun wieder violett. Er neigte den Kopf, während er die Handkante mit der Handfläche nach oben auf die Brust legte. Mein Vater erwiderte den Gruß, während ich reglos verharrte. Dann kam Tiron zu mir hinüber und berührte mich am Oberarm, um mich zum Gehen zu bewegen.

»Gute Nacht, Lejla«, sagte Validin.

Ich hielt inne, drehte mich aber nicht mehr um. Dann ging ich durch die Tür.

Dorian

Ein Knall, gefolgt von einem Brennen auf der Wange, holte mich zurück in die Zelle. Auch die andere Wange kribbelte noch. Ich blinzelte gegen das Licht an, das sich hinter dem Körper ausbreitete, der sich über mich beugte.

»Der große Krieger ganz klein.« Die Stimme verriet den jungen Darkona, noch bevor ich seine Züge erkannte, die sich nun langsam abzeichneten. Ich war zu sehr damit beschäftigt, meine Vitalfunktionen in den Normalzustand zu bekommen, um mich über das Grinsen aufzuregen, mit dem er mich musterte. So viel zum mentalen Training. Wenn es hart auf hart kam, konnte man den ganzen Scheiß in die Tonne treten.

Der Darkona rollte mich zur Seite und schnitt die Fesseln durch, bevor er sich erhob und nun auf mich herabsah.

Er stand! In der Zelle, die vorhin nicht größer war als ein Sarg. Scheiß Zauberer!

Langsam kam etwas Gefühl in meine Glieder zurück, was mir nur umso bewusster machte, wie sehr alles an mir zitterte. Mein Atem ging noch immer zu schnell und so bekam ich auch den Puls nicht runter.

Ich versuchte mich aufzusetzen, damit ich diesem Typen wenigstens nicht vor den Füßen lag. Aber die Arme trugen das Gewicht nicht und so sackte ich zurück auf den Boden.

»Du bist also der gefährlichste aller Wächter. Das muss ja ein echter Losertrupp sein.«

Ich versuchte es erneut und kam immerhin in den Vierfüßlerstand. Nicht viel besser als zu liegen, um ehrlich zu sein.

»Steh auf!«

»Was meinst du, was ich hier versuche«, zischte ich.

Er rammte seine Schuhspitze in meinen Solarplexus. Ich rang nach Luft, doch mein Körper war einen Moment wie gelähmt. Der Darkona packte mich und riss mich hoch, aber meine Beine trugen mich nicht. Mit dem Arm wollte ich mich an der Wand festhalten, doch auch der verweigerte den Dienst. Wie ein Klappmesser schnappte ich zusammen und fiel zurück auf den Boden.

Ein gluckerndes Geräusch ertönte und als ich hochsah, krümmte sich der Darkona in einer Art Lachanfall. Vielleicht war er auch am Sterben, ich konnte es nicht wirklich sagen und es war mir auch egal.

»Was ist hier los? Wird das heute noch was?« Der ältere Typ von vorhin, offenbar der Anführer, kam hinzu.

»Tiron – ähm Manhasha.« Der junge Darkona legte die Handkante auf die Brust und nickte kurz.

»Schaff ihn endlich nach oben.«

»Er braucht noch einen Moment.«

»Wofür?«

»Bis er wieder gehen kann.«

Der Anführer nickte. »Keine Spielchen, Jetro!« Damit drehte Tiron sich um und ging.

Jetro packte mich und zog mich erneut hoch. Immerhin fühlte ich nun die Füße wieder, auch wenn die Beine noch kraftlos waren, aber wenn ich mich an der Wand abstützte, ging es. Mit einem Ruck aus der Schulter entzog ich ihm den Arm, an dem er mich hielt. Hoffentlich würde mich Lejla nie so sehen.

Ich folgte dem Darkona ein paar Treppen hoch. Die Glieder schmerzten, als sie langsam erwachten, was mir das Gehen zusätzlich erschwerte. Der Weg schien kein Ende zu nehmen, doch irgendwann hielten wir an und Jetro stieß mich in einen Raum. An der Wand zu meiner Linken stand eine Pritsche und ums Eck dazu, gegenüber der Tür, gab es eine Nische, in der ein Waschbecken angebracht war. Daneben führte eine Tür zu so etwas wie einer Toilette. Auf dem Bett lag ein Handtuch, mein Rucksack stand daneben.

Mit einem Nicken deutete der Darkona auf das Becken. »Wasch dich.«

Ich zog die Brauen hoch.

»Du stinkst«, meinte er erklären zu müssen. »Nach Angst und Schweiß.«

»Okay«, sagte ich. »Falls mir das deine Wenigkeit vom Hals hält, ziehe ich den Schmutz vor.«

»Wie du meinst, großer Krieger.« Mit diesem kehligen Gluckern, was er zuvor schon von sich gegeben hatte, drehte er sich um und verließ das Zimmer. Ein Riegel wurde vorgeschoben und ich ließ mich auf die Pritsche fallen.

Als der Schmerz der erwachenden Gliedmaßen langsam nachließ, fingen dafür die Narben umso mehr an zu brennen.

Ich stemmte mich hoch, zog das T-Shirt aus und fischte nach dem Rucksack. Aus dem Lederbeutel holte ich die Salbe. Ich stank tatsächlich ziemlich übel. Also wusch ich mich behelfsmäßig, bevor ich begann, die Narben einzucremen.

Ein Räuspern ließ mich erstarren. Ich hatte weder den Riegel noch die Tür gehört. Mein Kopf schnellte herum. Eine junge Darkona kam auf mich zu. Ihr Blick huschte über mich. Schnell kramte ich in dem Rucksack nach einem frischen Longshirt und zog es mir über.

Sie hielt kurz den Finger vor die Lippen. »Du bist es tatsächlich«, flüsterte sie und kam noch einen Schritt näher.

»Sinjala?«

Sie lächelte. »So sieht man sich wieder.«

Kapitel 23

Lejla

Als die Tür hinter mir zufiel, hätte ich am liebsten einfach nur geschrien, um den ganzen Druck in mir loszuwerden. Mein Vater hatte mich damals verraten und nun tat er es schon wieder. Er verlangte von mir, mich zu opfern, um der Dunkelwelt neue Magie zu geben, aber wer würde den Meister davon abhalten, sich auch diese zu holen? Wir bekämpften doch nur Symptome – und das mit meinem Leben!

Ich setzte mich auf das Bett, auf dem frische Kleider für mich bereitlagen. Aber ich konnte nicht lange sitzen bleiben und begann, im Zimmer auf und ab zu gehen. Meine Gedanken sprangen hin und her und ich vermochte keinem der Fäden lange genug zu folgen, um sie zu einem vernünftigen Strang zu verweben. Ich presste die Finger gegen die Schläfen, versuchte das Chaos zu stoppen, was natürlich nicht gelang.

Dorians Worte kamen mir in den Sinn. Er sagte, dass der Tod nicht die schlimmste Strafe für ihn wäre. Jetzt verstand ich ihn. Was würde aus mir werden, wenn ich keine Seele mehr besäße? Ich würde vielleicht leben. Aber war dieser Zustand das Wort überhaupt noch wert? Ich würde Endra nie wiedersehen. Nie wieder mit ihr sprechen können, nie wieder mit ihr lachen oder weinen können. Ich würde mich mit Tata nie aussprechen können. Würde nie wieder seine Arme um mich spüren und wissen, dass alles gut wird. Und was immer zwischen mir und Dorian war, oder auch nicht war, spielte keine Rolle mehr, denn auch ihn würde ich nie wiedersehen. Ich musste hier bleiben unter Wesen, die mir fremd waren, bei einem Vater, der nur an sich dachte, der mich erst verlassen hatte und nun ausnutzen wollte und mir leere Worthülsen an den Kopf warf, um mich zu besänftigen. Ich konnte nicht mal mehr weinen, um mich von den erdrückenden Emotionen zu befreien. Alles, was mir blieb, war, sie auszuhalten, doch ich wusste nicht wie.

Ich ballte die Fäuste. Mit den Fingerspitzen erspürte ich die Narben auf den Handflächen, die Siegel der Magie. Sie fühlten sich kühl an. Endra sagte mir, dass ich viel Magie besaß. Aber viel war relativ. Bestimmt war das ein Missverständnis. Oder mein Vater log schon wieder.

Ich musste weg hier. Raus aus diesen gewölbten Wänden mit ihrem bescheuerten Schummerlicht, was mich schläfrig machte. Ich wollte nicht schlafen, wollte wach bleiben, endlich aufwachen aus diesem Albtraum. Ich ging zum Eingang und drückte die Klinke hinunter. Die Tür war abgeschlossen.

Soviel dazu, dass ich mehr als willkommen war! Der Hohn der Worte ließ meine Wut überkochen. Ich trat zurück, fixierte die Tür und streckte meine Hände danach aus. Blauer Dunst entwich den Siegeln und ich konzentrierte mich auf die Tür, die ich hier nicht haben wollte. Schon fast mühelos fiel ich in diesen Wachtraumzustand und plötzlich begann sich das Material unter einem blauen Glimmen von der Mitte aus aufzulösen. Ich ließ die Arme sinken und ging näher ran. Vorsichtig streckte ich die Finger durch das Loch. Es hatte funktioniert! Ich stieg auf den Flur hinaus und schaute mich um. Niemand war zu sehen. Also wandte ich mich nach rechts und ging den

Gang entlang, vorbei an Türen, über eine kleine Brücke und Treppen hinunter. Ich fiel in einen Trab, schaute nicht mehr links und rechts, rannte einfach weiter, bis das Keuchen meines Atems in dem verwaisten Gewölbe mich stoppte. Die Hände auf die Knie gestützt atmete ich tief ein und aus. Mein Kopf fühlte sich klarer an, aber die Hoffnungslosigkeit konnte ich dennoch nicht vertreiben. Nach einigen Sekunden streckte ich mich wieder und schaute mich um. Es war düster hier und ich wusste nicht, wo ich gelandet war. Der Korridor rollte sich auch hier zu beiden Enden auf und brachte mich wieder ins Wanken. Ich lehnte mich rücklings gegen die Wand, als ein Klingen von Metall auf Metall meine Aufmerksamkeit forderte.

Dorian? Ich ging ein paar Schritte zurück. Bei der Gabelung folgte ich dem abzweigenden Flur und die Geräusche wurden lauter. Zu dem Klingen gesellten sich nun auch dumpfe Schläge und Kampflaute.

»Okay, gut«, sagte eine Stimme, die meine Illusionen sofort zerstörte. Sie gehörte eindeutig einer Frau. »Nochmals den Angriff. Und halte die Waffe immer oben.«

»Sinni«, stöhnte eine männliche Stimme. »Kann ich denn wenigstens zwischendurch mal einen Kuss haben?«

»Nein«, sagte die Frau bestimmt und fügte dann etwas milder hinzu: »Erst wenn wir fertig sind.«

Ich näherte mich einer angelehnten Tür und spähte durch den Spalt. Der junge Darkona, der uns vorhin mit den anderen aufgegriffen hatte, stand einer zierlichen, aber dennoch groß gewachsenen jungen Frau gegenüber. Die weite Kapuze ihres Mantels lag locker über ihren dunklen Haaren, die zu einem dicken Zopf geflochten waren, der ihr vorne über die Brust hing. Fasziniert beobachtete ich den Kampf der zwei, der wie ein Tanz aussah. Die präzisen Bewegungen der Frau brachten die Luft zum Singen, bis die Spitze ihres Doppelspeers nur Millimeter vor dem Auge des jungen Darkona zum Stillstand kam. »Du bist tot. Schon wieder.« Ihr Lachen, das mehr wie ein tief aus der Kehle kommendes Gurgeln klang, erfüllte den ganzen Raum. »Noch mal.«

»Und wo ist jetzt mein Kuss?«

»Wir sind nicht fertig, Jetro. Noch lange nicht.« Auch ihre Stimme brachte mein Inneres in Schwingungen, dennoch empfand ich sie als angenehm und ich hörte ihr gern zu.

»Da treibst du dich also rum!«

Ich schreckte zusammen und drehte den Kopf. Tiron und zwei weitere Darkonas standen hinter mir, die Hand am Griff ihrer Waffe. Mist!

Tiron packte mich am Arm. »Mitkommen! – Ihr könnt jetzt gehen«, sagte er mit einem Kopfnicken zu den anderen beiden.

Wortlos stieß er mich den Korridor vor sich her, Treppen hinauf und endlose Gänge entlang.

Der Gedanke, wie er mich in diesem Labyrinth nur so schnell finden konnte, legte sich bleiern über mich und mir wurde klar, dass ich keine Chance hatte, ihnen jemals zu entkommen. Magie hin oder her, ich war hier verloren. Den Darkonas komplett ausgeliefert.

Je weiter wir nach oben kamen, desto heller und geräumiger wurden die Flure. Wir gingen über eine kleine Brücke und einen weiteren Gang hinunter, bis wir vor einer Tür stehen blieben. Sie war unversehrt, aber als Tiron sie aufstieß, erkannte ich dahinter das Zimmer wieder, in dem er mich zuvor schon einmal eingesperrt hatte.

»Bleib jetzt hier!«

Die Tür knallte hinter mir ins Schloss.

Ich biss die Zähne zusammen und verharrte einen Moment reglos in dem mittlerweile düsteren Raum. Die Müdigkeit schmerzte schon in allen Gliedern, also ergab ich mich ihr für heute. Morgen war auch noch ein Tag. Ich schlüpfte aus den Stiefeln, legte mich auf das Bett und schloss die Augen. Bald nahm ich die kreisenden Gedanken nur noch bruchstückhaft wahr, bis ich vollkommen in die Dunkelheit tauchte.

Als ich wieder aufwachte, war es in dem fensterlosen Zimmer hell. Die Wände strahlten in einem neuen Licht, als ob die Sonne aufgegangen wäre. Dieses Gebäude, das von außen aussah wie die Kaserne, war innen wie ein Mikrokosmos.

Langsam richtete ich mich auf. Ich fühlte mich seltsam erholt und konnte nicht mal sagen, ob ich nur eine oder sogar mehrere Tage und Nächte geschlafen hatte. Irgendwie kam mir alles wie ein Traum vor und ich konnte die Geschehnisse, insbesondere das Gespräch mit Validin – meinem Vater – nicht richtig einordnen, geschweige denn rekonstruieren. Es lag alles wie in einem Nebel. Um etwas klarer zu werden, kniff ich mir in die Wangen.

Ich musste unbedingt mehr über den ganzen Prozess erfahren, für den ich angeblich auserkoren war. Musste herausfinden, ob es nicht doch einen anderen Weg gab, meine Aufgabe zu erfüllen. Ich hätte mein Leben – oder besser gesagt meine Seele – nämlich ganz gern behalten. Validin hatte mich bisher nur belogen und ausgenutzt. Ich traute ihm nicht über den Weg. Ich brauchte Informationen – so viel ich kriegen konnte. Nur so würde aus den Bruchstücken ein ganzes Bild werden. Und je mehr ich aus ihm herausquetschte, desto wahrscheinlicher war es, dass er sich in Unstimmigkeiten verstrickte, die mich wiederum zur Wahrheit führen konnten.

Ich rieb mir über das Gesicht, auf dem ich den Abdruck des Blumenmusters der Tagesdecke erfühlte, worauf ich eingeschlafen war. Die frischen Kleider waren auf den Boden gefallen und erinnerten mich an den ganzen Schmutz, der an mir klebte. Ich hob sie hoch und ging ins Bad.

Nach so vielen Tagen endlich wieder einmal warm zu duschen, mich einzuseifen und wie ein zivilisierter Mensch zu riechen, überwog für einen kurzen Moment all die Schatten, die meine persönliche Welt verdunkelten. Das erste Mal seit Langem schaute ich auch in den Spiegel. Ich war abgemagert und unter den Augen prangten dunkle geschwollene Ringe. Wie eine Fremde musterte mich das Spiegelbild. Schnell wandte ich mich ab. Wen interessierte das schon, wie ich aussah? Ich stieg in die dunkle Haremshose, schlüpfte in die Wickelbluse und ging zurück ins Zimmer. Ich wollte mich eben setzen, um meine Stiefel anzuziehen, als sich wie von Zauberhand eine Tür zu meiner Rechten öffnete. Die hatte ich zuvor gar nicht registriert, aber hier war ja eh nichts, wie es schien. Das blaue Licht dahinter lockte mich. Schnell schlüpfte ich in die Schuhe, die so gar nicht zum neuen Outfit passten, und trat näher. Hinter der Tür öffnete sich ein Korridor. Wie in einer Art 3D-Kino flimmerten Bilder über die Seitenwände, die Decke und den Boden. Bilder einer faszinierenden Welt voller Licht und Glanz. Vorsichtig betrat ich den Flur. Einen kurzen Moment hielt ich mich noch am Türrahmen fest, bevor mich die Bilder vereinnahmten und ich mich davontreiben ließ. Den Blick über mich gerichtet, schritt ich unter einer Allee mir fremder Bäume hindurch, deren Stämme, Äste und Blätter in dem wundervollsten Blau der Magie glühten. Alles glitzerte um mich herum und ich fühlte mich leicht und glücklich. Das Plätschern eines Quells erklang und als ich nach unten schaute, schlängelte sich ein kleiner Fluss vor meinen Füßen durch das blau glühende Gras. Ich hüpfte drüber und die Szenerie änderte sich. Kinderstimmen lachten und quietschten und als ich den Kopf drehte, sah ich die kleinen Darkonas Fangen spielen. Zwei Jungs und ein Mädchen. Alle mit dunklen, fast violetten Haaren. Ich befand mich auf einem Platz in einer Stadt. Um mich herum erhoben sich Gebäude, deren Geometrie ich nicht erfassen konnte, weil sie in alle Richtungen in den klaren und doch undurchschaubaren Himmel wuchsen. Jeder Stein glitzerte, als ob er aus Sternenstaub gefertigt wäre. Ich wusste nicht, wo ich zuerst hinschauen sollte, es gab so viel zu entdecken. Meine Schritte brachten mich zu einem Brunnen, um den das Wasser sich in einem feinen Nebel verteilte und mich in einen Regenbogen hüllte. Eine kühle Brise erfasste mich und ich drehte mich mit geschlossenen Augen unter den mikroskopisch feinen Tropfen um die eigene Achse. Als ich die Augen wieder öffnete, war alles dunkel. Ein Gestank nach Fäulnis umgab mich und die rote Dämmerung der Dunkelwelt drückte mich beinahe zu Boden. Tote Körper lagen um mich herum. Ich erstarrte, hielt die Luft an, als vor mir auch schon eine weitere Tür aufging und ich mich aus der Illusion in einen hellen Flur retten konnte. Ich war zurück in der Kaserne, aber nicht mehr in meinem Zimmer. Es dauerte einen Moment, bis ich realisierte, was ich gesehen hatte. So musste die Dunkelwelt ausgesehen haben, bevor die Magie gestohlen worden war.

»Komm mit«, ertönte eine Stimme neben mir. »Dein Vater wünscht deine Anwesenheit.«

Ich fuhr herum. Tiron schaute mich an und wies den Gang entlang. Wo kam der jetzt schon wieder her?

»Wobei wünscht er meine Anwesenheit?«, fragte ich, aber Tiron antwortete mir nicht und ging mir voraus. Na gut, mir sollte es recht sein. Ich musste sowieso mit Validin sprechen.

Langsam gewöhnte ich mich an die merkwürdige Geometrie dieses Gebäudes und ich konnte mich umblicken, ohne die ganze Zeit zu stolpern. Wir gingen auf eine Galerie zu, die die Sicht auf einen Garten freigab – einen rechteckigen Lichthof –, in dessen Mitte Laubbäume wuchsen. Neugierig äugte ich an Tirons breiten Schultern vorbei über die Veranda und schaute nach oben. Weit über uns verdichteten sich die Kronen der Bäume zu einem Blätterdach, durch das ich das rote Dämmerlicht der Dunkelwelt sehen konnte. Nur ein schwaches blaues Leuchten ging noch von ihnen aus. Ganz anders, als es mir in dem 3D-Kino hinter dieser Tür gerade gezeigt worden war.

»Wo sind wir hier?«

»Im Zentrum.«

Ich verzog den Mund. Das sagte mir nichts.

Insgesamt sechs Steintreppen schwangen sich spiralförmig von solchen Galerien wie dieser, auf der wir standen, in den Garten hinunter. Unten beobachtete ich einige Darkonas, wie sie Erde in eine Schale aufnahmen und damit davongingen, andere brachten den Bäumen Erde zurück.

»Komm jetzt!« Tiron verließ die Galerie und verschwand über einen Treppenaufgang. Ich beeilte mich, ihn nicht aus den Augen zu verlieren, stolperte die ersten Stufen hoch und wäre beinahe mit dem Darkona zusammengestoßen.

»Schau nach vorne!«

»Ist ja gut«, murmelte ich und stieg weiter hoch, bis wir eine neue Ebene erreichten. Dieser Befehlston sprach ja Bände. Wer war ich hier eigentlich?

Als wir um die nächste Ecke bogen, öffnete sich ein kleiner halbrunder Vorplatz, der sich zu einer Tür hin verjüngte. Ich folgte Tiron hindurch. Das war doch der kuppelartige Raum, in den ich schon gestern, oder wann immer mein erster Tag hier gewesen war, gebracht wurde. Zumindest sah er sehr ähnlich aus. Helle Wände und Decken, ohne Konturen, Weiß in Weiß, endlos und doch beengend.

Als ich mich umsah, entdeckte ich das Mädchen mit dem dunklen Zopf, das ich beim Kampf beobachtet hatte, und den jungen Darkona, der mit ihr trainiert hatte. Auch Validin war anwesend.

Die Darkonas saßen auf aus Ästen geflochtenen Hockern in einem Halbkreis, in dem noch zwei Plätze frei waren. Tiron wies mir einen davon zu und setzte sich auf den anderen. In der Mitte des Raumes stand eine Schale mit Erde.

»Ich möchte dich heute offiziell in der Familie willkommen heißen, Lejla«, durchbrach Validins Stimme das Schweigen. Er zeigte zu seiner Rechten. »Das ist meine Tochter Sinjala und ihr Partner Jetro. Er ist ein Mandori, oder wie ihr sagen würdet, Soldat.«

Jetzt gab es also auch noch eine Schwester, oder vermutlich eher Halbschwester. Und die kämpfte weit besser als ihr Freund! War sie ebenfalls Soldatin? Oder züchtete mein Vater mit ihr einfach einen Wachhund für mich heran, falls ich mich weigern würde? Und würde sie dabei mitmachen? Immerhin stand viel auf dem Spiel. Und mit einem Schlag wurde mir bewusst, dass ich hier nur verlieren konnte. Ich schaute zu meiner Halbschwester, die mich aufmunternd anlächelte. Etwas verzögert erwiderte ich die Geste, um nicht unhöflich zu sein, aber die Erkenntnis machte mir zu schaffen. Keiner von denen war mein Freund.

Mein Vater zeigte zu seiner Linken. »Das ist Tiron, der Manhasha und mein Berater. Ihr würdet vermutlich Oberbefehlshaber sagen. Als guter Freund gehört er zur Familie, denn seine ist gestorben, genau wie Sinjalas Mutter und viele mehr.«

Die trockenen Worte meines Vaters ließen mich schlucken. Tiron hielt den Blick gesenkt. Ich hörte, wie Sinjala Luft holte, traute mich aber nicht, zu ihr zu schauen.

»Und nun habe ich auch meine verlorene Tochter wiedergefunden.« Er lächelte mich an. Es wirkte echt, nur dass er irgendwie durch mich hindurchschaute. »Lasst uns beginnen!«

Beginnen? Womit denn? Ich blickte in die Runde, während ich auf dem Hocker hin- und herrutschte. Validin erhob sich und nahm die Schale mit der Erde in die Hand. Er reichte sie Tiron, der je eine Handvoll nahm. Dann schritt er weiter zu Jetro und zu meiner Halbschwester, bevor er zu mir kam. Ich zögerte, woraufhin er die Schale nochmals in meine Richtung stieß und die Brauen anhob. Widerwillig griff ich in die Erde und schloss die Fäuste darum. Am Ende nahm auch er zwei Handvoll und setzte sich wieder in die Mitte.

Die Darkonas rieben die Erde zwischen ihren Fingern, während mein Vater so etwas wie ein Gebet sprach. Sie hielten die Augen geschlossen, also tat ich es ihnen gleich und lauschte der dunklen vibrierenden Stimme meines Vaters.

»Wir nehmen und teilen
Wir geben und heilen
Alles fließt
Vom Keim sich ergießt

Die Energie der Natur
So rein und pur
Wir danken dir, O Gnaden
Für alles, was wir haben.«

Ich rieb die Erde zwischen den Fingern und konnte spüren, wie die Kraft von meinen Händen aus die Arme hochwanderte und den ganzen Körper erfüllte. Das Rascheln von Validins Kleidern ließ mich die Augen öffnen.

»Du kannst die Erde nun zurückgeben«, sagte er und hielt mir die Schale hin. Die Erde in dem Gefäß, wie auch die in meiner Hand, war nun hell und trocken, als ob jedes Leben daraus verschwunden wäre.

Mein Vater stellte die Schale wieder in die Mitte und alle erhoben sich. Wir bildeten einen Kreis. Die Darkonas fassten sich bei den Händen. Ich bewegte mich nicht, bis Jetro und Tiron, die mich flankierten, einfach nach meinen Fingern griffen. Kaum war der Kreis geschlossen, zog etwas an mir, als ob mir jemand die frisch getankte Kraft wieder aussaugen wollte. Ich wusste nicht, ob ich es zulassen sollte, oder musste, oder was ich dagegen tun konnte. Also schaute ich hoch. Sinjala blickte mich an. Dann sah sie zu ihrem Vater, der ihr einen strengen Blick zuwarf.

»Sinjala«, entfuhr es ihm, doch sie hatte den Kreis schon durchbrochen und stürmte hinaus.

Jetro ging ihr hinterher.

»Was hat sie?«, fragte ich. War sie wütend auf mich? »Habe ich etwas falsch gemacht? Könnte mich mal jemand aufklären, was wir hier überhaupt tun?« Das konnte ja wohl nicht wahr sein. Ohne je ein Wort mit ihr gewechselt zu haben, hatte ich sie schon gegen mich aufgebracht.

Validin nickte Tiron zu. »Danke, Manhasha, du kannst jetzt gehen.«

Tiron wich dem Blick meines Vaters aus, starrte mich einen Moment lang an und hob dann die Schale mit der Erde hoch. Mit gesenktem Kopf ging er an uns vorbei durch die Tür.

»Lass uns ein paar Schritte gehen«, sagte Validin. »Es gibt noch einiges zu besprechen.«

Ja allerdings, da waren wir uns ausnahmsweise mal einig.

»Was war da eben los? Was hat Sinjala so aufgebracht?«, fragte ich rundheraus.

Validin lächelte. »Es ist alles gut, Lejla. Du hast soeben unserem Morgenritual beigewohnt. Das ist so etwas wie bei den Menschen das Frühstück. Hast du die Energie gespürt, die dir die Erde gegeben hat?«

Ich nickte, aber das war es nicht, was mich interessierte. »Warum war Sinjala wütend?«, hakte ich nach.

Er legte eine Hand auf meinen Rücken, um mich zur Tür hinauszuschieben. Mit einem großen Schritt versuchte ich, der Berührung zu entkommen.

»Ich habe dir ja erzählt, dass wir unsere Energie nicht über Nahrung durch den Magen, sondern direkt aus der Natur aufnehmen. Alles ist Energie, von der Materie bis zum Licht, man muss sie nur wandeln können, um sie zu nutzen. Und das tun wir über unsere Hände.« Um zu unterstützen, was er sagte, breitete er die Handflächen vor sich aus. »So können wir zum Beispiel die Wände leuchten lassen und brauchen nicht erst eine komplizierte Anordnung, wie eine Glühbirne, um die Energie, die der Stein speichert, zu Licht zu machen. Eigentlich funktioniert bei uns alles wie bei den Menschen auch, nur auf viel direktere Art und Weise. Wir entziehen der Welt stetig Energie, geben sie aber durch unser Wirken und die Arbeit wieder ab, und der Kreis schließt sich.« Validin blieb stehen und schaute mich an. »Wir nehmen und teilen, wir geben und heilen«, wiederholte er die Worte des Gebetes und ging dann weiter.

»Das beantwortet meine Frage nicht«, sagte ich zickig.

»Während des Morgenrituals geben wir unseren Familienmitgliedern über die Verbindung der Siegel die Kraft, die sie für den Tag brauchen. Nicht jeder arbeitet gleich hart. Und wie die Menschen brauchen auch wir Energie, um zu leben und zu wirken.«

»Also hätte ich zulassen sollen, dass mir die Energie wieder genommen wird? War sie deshalb sauer?«

Validin lächelte nur milde.

»Warum hat mich denn niemand instruiert?«

»Es ist alles gut, Lejla. Deine Schwester wird sich daran gewöhnen, meine Liebe zu teilen.«

Na toll. Jetzt steckte ich also auch noch mitten in einem Familiendrama. Das war ja ein grandioser Start.

Wir betraten den Garten, den ich zuvor von der Galerie aus gesehen hatte. Mein Vater blieb vor einem Baum stehen. Der Stamm war unglaublich dick. Er musste uralt sein.

»Wenn auch die letzten Bäume gestorben sind, werden wir keine Zeit mehr haben. Unsere Welt ist dunkel geworden. Die Energie der Magie ist aufgebraucht. Wir nennen es das rote Zeitalter. Du kannst dir vorstellen warum.«

Mein Blick schweifte durch den Garten und blieb an Tiron hängen. Er stand am anderen Ende des Platzes und schüttete unsere Erde über die Wurzeln. Dann kniete er sich nieder und berührte den Boden mit der Handfläche. Eine Zeit lang verharrte er in dieser Position, bevor er sich wieder erhob. Er legte die Handkante mit der Innenfläche nach oben an sein Herz und neigte den Kopf.

»Ich dränge dich nicht gern, Lejla, aber wir müssen den Transfer bald durchführen.«

»Den Transfer? Welchen Transfer?«

»Deine Seele.« Er forderte meinen Blick. »Du bist doch noch immer bereit dafür, nicht wahr?«

Ich starrte ihn an. War ich das jemals gewesen? »So schnell. Ich dachte …« Ich versuchte, die rotierenden Gedanken zu stoppen und mich zu besinnen, was ich alles fragen wollte – fragen musste, um die Kontrolle über die Situation zurückzugewinnen.

»Auch der Zerfall in der Menschenwelt hat bereits begonnen. Zu viele belastete Seelen wurden wiedergeboren.«

Ich schluckte. Wollte er mich unter Druck setzen? »Wie macht sich das bemerkbar?«

»Häufung von grausamen Verbrechen, mehr Diktaturen auf der ganzen Welt, Ausbeutung, Leute, die nicht mehr wissen, wer sie sind. Der Verfall von Moralvorstellungen. Deine Freunde sind in Gefahr. Du kannst das aufhalten. Wenn der Wechsel vollzogen ist, wird die Dunkelwelt aufblühen, so wie du es gesehen hast, und damit wird auch die Menschenwelt sich erholen. Die Gefahr ist gebannt.«

»Und was wird aus mir?«

»Eine Heldin.«

»Kann man ohne Seele und ohne Magie überhaupt leben?«

»Unsere Welt wird dir Magie geben. Du wirst eine Darkona sein.«

»Ach ja?« Dafür, dass es jemanden wie mich noch nie gegeben hatte und man nichts über solche Wesen wusste, gab er sich doch sehr selbstbewusst in der Beschreibung, was aus mir werden würde. Wenn er falschlag, wäre ich danach aber vielleicht einfach eine leere Hülle. Ich würde leben, aber nichts davon spüren.

Ich brauchte Zeit! Einfach nur ein bisschen Zeit, um mir alles zu überlegen. Die ganzen Informationen zu ordnen.

»Wie wird der Transfer denn ablaufen?«

»Wir brauchen nur unsere Symbole zu vereinen«, sagte er, »den Rest werde ich übernehmen.«

»Welchen Rest? Was machst du?«

»Du bist wirklich wie deine Mutter.« Ein Lächeln umspielte seine Mundwinkel. »Sie wollte auch immer alles ganz genau wissen. Sie war so eine kluge Frau. Nur leider in die falsche Familie geboren.«

»Was soll das jetzt heißen?«

»Du weißt es nicht?«

»Was denn?« Adrenalin durchströmte meinen Körper. Was machte er nur mit mir? In seiner Nähe fühlte ich mich wie ein Spielball. Konnte nur reagieren, anstatt zu agieren, und das drängte mich immer mehr in eine Ecke, aus der ich nicht mehr herauskam.

Er schaute mich traurig an. »Ja, woher solltest du es auch wissen.«

»Wovon sprichst du, verdammt noch mal?« War Tata doch nicht der, für den ich ihn gehalten hatte? Oder war das nur wieder eines von Validins Spielchen? Tatsache war, es gab noch viele offene Fragen: Der Brief meiner Mutter, der nicht abgeschickt wurde, das ewige Schweigen meines Großvaters über ihre Krankheit und schon rankten sich all die Zweifel um mich wie wuchernde Dornen.

Aus dem Augenwinkel nahm ich einen Darkona wahr, der direkt auf uns zukam und zu Validin trat. Er flüsterte ihm etwas ins Ohr, woraufhin mein Vater nickte. »Ich gebe Tiron Bescheid.«

Der Darkona trat zur Seite, ging aber nicht weg.

»Dorian ist bereit. Er wird bald zurückbegleitet.«

»Was?«, entfuhr es mir. »Ich, also … Moment!« Ich atmete tief ein und aus. »Ich will mit ihm sprechen, bevor er geht. Ich möchte mich wenigstens von ihm verabschieden können.«

Mein Vater nickte und wandte sich dem Darkona zu. »Bring Lejla bitte zurück in ihr Quartier.«

»Nein!« Ich trat zurück. »Ich will zu Dorian.«

»Er wird zu dir gebracht.«

Ich verengte die Augen. »Ich will ihn hier sehen. Jetzt!«, zischte ich.

Validins Stirn zog sich zusammen.

»Wage es nicht, mich wieder einzusperren und mir diese bescheuerten Propagandavideos zu zeigen. Das wird dir nichts nützen«, blaffte ich ihn an. »Ich verlange nicht viel als Gegenleistung. Aber bring mich zu Dorian!«

»Also gut«, lenkte mein Vater ein und nickte dem Darkona zu. »Bringt sie zu ihm.«

Der Darkona fasste mich kommentarlos am Oberarm und nahm mich mit sich.

Erst auf dem Weg durch die Gänge wurde mir bewusst, dass ich praktisch nichts Brauchbares von Validin erfahren hatte. Mein Plan, die Wahrheit aus ihm herauszukitzeln, war so was von gescheitert, dass ich beinahe lachen musste, wäre es nicht so tragisch gewesen.

Kapitel 24

Lejla

Konzentrier dich!, ermahnte ich mich in Gedanken, als ich dem Darkona hinterherging. Ich versuchte nochmals, alles Schritt für Schritt durchzugehen: Mein Vater war mir ausgewichen. Er wollte mir nicht wirklich erklären, wie alles ablaufen würde, sondern hat mich mit allerlei mysteriösen Informationen über die Geschehnisse in der Menschenwelt sowie meine Mutter abgelenkt.

Und plötzlich wusste ich, was mich störte: Er sagte, wir müssten unsere Symbole verbinden. Alles andere würde er übernehmen. Aber das hieß doch nichts anderes, als dass ich *ihm* meine Seele übergab. Warum sollte ich das tun? Ich könnte doch direkt mit der Dunkelwelt in Verbindung treten? Und was würde das für ihn bedeuten, wenn ich sie ihm gäbe? Könnte er sie behalten – zu einem halben Menschen werden? Und am Ende genauso mächtig sein wie der Meister? War das sein Ziel? Meine Hände waren eiskalt und schwitzig. Was hatte Validin wirklich vor?

Der Darkona, der mich zu Dorian brachte, hielt vor einer Tür und klopfte. Sie wurde von innen geöffnet und er schob mich durch den Eingang in einen kargen Raum. Dorian erhob sich von einer Pritsche. »Hey«, sagte er und seine raue Stimme streichelte meine Seele.

»Hey«, sagte auch ich und machte einen Schritt auf ihn zu. Sein Lächeln erhellte meine Züge.

Jetro stand neben der Tür und hinter mir trat nun auch Tiron in den kleinen Raum. Von Privatsphäre hielten sie wohl nicht so viel. Doch Tiron schickte den jungen Darkona sogleich weg, zog die Tür zu und stellte sich davor, den Blick ins Leere gerichtet.

Dorian und ich setzten uns auf das Feldbett. »Wie geht es dir?«, fragte er und nahm meine Hand.

»Gut«, log ich und schob die Finger zwischen seine.

»Haben sie dich gut behandelt?«

Wieder musste ich lächeln. Sorgte er sich etwa um mich? »Ich habe ein echtes Bett und eine Dusche. Und du?«

»Bei mir ist eher Jugendherberge als Fünfsternehotel«, grinste er, wurde aber gleich wieder ernst. »Aber ich hatte die Tage interessanten Besuch.«

»Aha, von wem denn?«

Sein Blick wurde intensiver. Er schaute kurz über die Schulter zur Tür, um mich danach wieder zu fixieren. »Von einer alten Bekannten«, raunte er.

»Oh.«

»Lejla, was geht hier vor sich?«

Ich biss die Zähne zusammen und zwang mich, ihn anzuschauen. Sein Blick schmerzte mich, aber ich hielt ihm stand.

»Ich weiß es nicht. Noch nicht. Aber das Wichtigste ist, du wirst frei sein.«

»Und was ist mit dir?«

»Ich kann nicht mit dir zurückgehen.«

Dorians Brauen zogen sich zusammen.

»Wir sind hergekommen, um die Menschenwelt vor dem

Untergang zu retten«, beantwortete ich seine stumme Frage. »Ich kann das erreichen, indem ich die Dunkelwelt heile. Aber dafür muss ich meine Seele opfern.«

»Wer sagt das?«

»Mein Vater. Er ist der Dira – so was wie …«

»Der Präsident«, vervollständigte er den Satz. »Ich weiß. Und was passiert danach mit dir?«

Die Worte, die ich selbst nicht glaubte, kamen nur schwer über meine Lippen. »Ich werde eine Darkona sein. Zwar ohne Magie, denn die wenige, die ich habe, gebe ich ab, aber die Dunkelwelt wird mich nähren.«

Die Falten auf Dorians Stirn wurden noch tiefer, während er näher zu mir rückte. »Und du glaubst diesen Schwachsinn?«, zischte er, was mich zusammenzucken ließ. »Dann sag mir eines: Warum werde ich von einem Zauberlehrling bewacht, während in deiner Nähe stets der oberste Chef der Truppen herumgeistert? Dein Vater lügt!«

Mein Kinn begann zu zittern. Dorian legte die Hand an meine Wange. Sein Blick fing mich auf. Weitere Worte brauchten wir nicht, um uns zu verstehen. Er sah, dass ich das wusste.

Tiron räusperte sich, und ich wollte von Dorian abrücken, doch er hielt mich zurück.

»Dann muss ich das wohl akzeptieren«, sagte er etwas lauter, aber noch immer in einem Ton, der für ein Gespräch unter zwei Augen bestimmt war. Er ließ die Hand sinken, doch sein Blick durchdrang mich. Ich verstand. Er wollte falsche Fährten legen.

»Wo wirst du hingehen?«, fragte ich.

»Nach Hause kann ich nicht, aber ich werde schon irgendwo Unterschlupf finden. Zur Not schlafe ich unter der Brücke.«

Tiron wurde unruhig. Aber ich wollte noch nicht Abschied nehmen, wollte Dorian noch so viel sagen. Wollte noch so viel von ihm hören.

Er benetzte die Lippen. Dann beugte er sich wieder zu mir vor und flüsterte mir ins Ohr. »Ich werde dich jetzt küssen. Nicht erschrecken. Einfach mitspielen, okay?«

Und um keine Zeit zu verlieren, umschlossen seine Lippen gleich mein Ohrläppchen. Ich vergaß zu atmen, oder besser gesagt, mein Körper vergaß es. Selbst mit Wille war da nichts zu machen. Seine weichen Lippen hinterließen eine kühle Spur auf meiner Wange, bis sie schließlich auf meinem Mund landeten. Ich öffnete ihn ein wenig, schloss die Augen und ließ mich in die Berührung fallen. Die Spitze seiner Zunge streichelte von meiner Unterlippe über die Schneidezähe bis zur Oberlippe. Dabei drang sein Atem in mich. Sein Mund schloss sich um meine Oberlippe. So sanft und doch so intensiv. Mir war heiß und kalt zugleich. Ich spürte, wie seine Hand unter mein Hemd wanderte, mich näher zu ihm zog und dann weiter unter den Bund der Hose drang. Meinen Schrecken erstickte Dorian in dem Kuss, und als er die Hand zurückzog, spürte ich etwas Kratziges in der Unterhose. Ein letztes Mal umschlossen seine Lippen die meinen, bevor er zurückwich. Er lächelte, während er die Unterlippe durch die Zähne zog. »Ich hoffe, das war nicht zu …«

»Kurz? Doch, eindeutig.«

Sein Lächeln wurde breiter.

»Wir sehen uns«, flüsterte er in mein Ohr und küsste erneut meine Wange. Widerwillig erhob ich mich und unsere Hände glitten auseinander. War das ein Versprechen oder ein Wunsch? Er schaute mich an, eine Braue leicht angehoben, nickte er kurz, um mein Einverständnis zu bekommen. Ein Versprechen also.

»Auf Wiedersehen«, sagte ich und ging langsam rückwärts, bis Tiron mich am Ellbogen packte.

»Auf Wiedersehen«, sagte auch Dorian.

Die Tür ging auf und Jetro und ein weiterer Mandori betraten Dorians Kammer, während Tiron mich auf den Korridor schob. Hinter uns klickte die Tür ins Schloss. Der Manhascha brachte mich zurück in mein Zimmer und ausnahmsweise war ich darüber mehr als froh, denn ich befürchtete mit jedem Schritt, dass mir Dorians Botschaft herausrutschen könnte.

Ich war mir sicher, dass ich bewacht wurde, also verzog ich mich zur Sicherheit ins Bad, um den Brief hervorzuholen. Es war ein Taschentuch, das ich nun auseinanderfaltete. Die Worte darauf waren mit Ruß geschrieben. Vermutlich mit einem Zündholz. Obwohl die Buchstaben teilweise verschmiert oder ganz weg waren, konnte ich die Nachricht gut entziffern:

Finde Sinjala Du kannst ihr vertrauen
Sie hat mich damals gerettet

Ich setzte mich auf den geschlossenen Klodeckel und las die Zeilen erneut. Sinjala war die Darkona, die Dorian nach Ashs Hinterhalt gefunden und gepflegt hatte! Und sie war es wohl auch, die er mit dem interessanten Besuch gemeint hatte. Aber nun war sie sauer auf mich und ihr Angebot galt vermutlich nicht mehr.

Schritte vor der Tür ließen mich hochfahren.

»Lejla?«, erklang Validins Stimme.

»Ja, ich bin hier.«

»Ich habe geklopft, aber du hast nicht geantwortet. Entschuldige, dass ich einfach so bei dir eindringe.«

»Ich bin gleich so weit.«

Ich hätte das Taschentuch gern behalten, aber das war zu riskant. Also zerfetzte ich es und spülte alles das Klo hinunter. Dann trat ich hinaus.

Mein Vater lächelte mich an. »Ich hoffe, dein Wunsch wurde dir erfüllt und du konntest dich von dem Wächter verabschieden.«

»Ja, danke.«

»Dann werde ich nun alles für heute Abend vorbereiten.«

»Erst wenn ich einen Beweis habe, dass Dorian frei und in Sicherheit ist«, sagte ich bestimmt.

Validins Lippen wurden zu einem dünnen Strich. »Ich kann nicht für seine Sicherheit garantieren, sobald er unser Haus verlassen hat.«

»Dann kann ich dir nicht helfen.«

»Du hilfst nicht mir, sondern deinen Freunden, die auf Erlösung warten. Du spielst mit deren Leben.«

Seine Worte sengten sich wie ein frisches Brandmal in meine Seele. Aber da waren noch zu viele Fragen und ich musste Klarheit haben und vor allem Zeit gewinnen. Validin durfte dieses Spiel, denn mittlerweile war ich mir sicher, dass er eines mit mir trieb, nicht gewinnen. Auch wegen Dorian, der sein Leben für meines riskierte.

»Du hast die Bilder gesehen, Lejla. Die Dunkelwelt ist ein wunderschöner Ort. Du wirst dich hier wohlfühlen, neue Freunde finden. Deine Bestimmung ist es, hier zu leben.

»Ja«, bestätigte ich, »ich habe die Bilder gesehen, aber ich bin auch nicht doof. Freunde habe ich hier keine und auch keine Bestimmung. Aber es ist okay, solange Dorian frei ist. Das ist alles, was ich will. Und darauf bestehe ich.«

»Ich erhalte Bescheid, wenn er auf der untersten Ebene ist, danach muss er für sich selbst schauen«, fügte er an.

»Was heißt das – auf der untersten Ebene? Wo wird er hingebracht?«

»Die Dunkelwelt ist nicht dreidimensional wie die Menschenwelt. Sie hat viele Dimensionen. Menschen können aber nur deren drei wahrnehmen und uns somit auch nur auf dieser Ebene begegnen.«

Ich schaute ihn mit gerunzelter Stirn an.

»Komm, setzen wir uns einen Moment«, sagte er und ging zum Bett hinüber. Ich blieb stehen, während er selbst es sich bequem machte.

»Stell dir einen Würfel vor«, begann er und unterstützte die Worte, indem er zwischen den Händen einen Würfel mit blau leuchtenden Kanten entstehen ließ. »Im übertragenen Sinne leben die Menschen in einer zweidimensionalen Welt, also auf einer Würfelseite.« Eine der Seiten schimmerte nun blau, während die anderen noch immer farblos waren. »Alles, was die Menschen tun oder sehen, spielt sich auf dieser Fläche ab. Wir aber können den Raum des gesamten Würfels nutzen.« Kleine blaue Fußspuren führten von der blauen Seite weg in den Würfel hinein. »Dort sind wir für die Menschen unerreichbar und dementsprechend unsichtbar. Es ist also nur diese eine Fläche unserer Welt, die an die Menschenwelt grenzt. Nur hier gleichen sich die Welten bis ins Detail, und nur auf dieser Fläche können wir uns begegnen. Wir nennen sie die unterste Ebene, die natürlich in Realität eure dreidimensionale Welt ist.« Er ließ den Würfel verblassen. »Von dort aus kann der Wächter durch ein Tor zurück nach Hause.«

»Was ist mit den anderen Würfelseiten?«

»Sie grenzen an die anderen Welten.«

Ich nickte. »Seit ich in der Dunkelwelt bin, habe ich das Gefühl, mit meinen Augen stimmt etwas nicht. Zuerst war es dieses Flimmern in der Luft und seit wir hier sind, sehe ich alles wie durch ein Fischauge und der Raum rollt sich um mich herum auf.«

»Es muss komisch sein für dich, da du damit nicht aufgewachsen bist. Aber du wirst dich daran gewöhnen.«

»Was ist denn dieses Flimmern?«

»Es zeigt die Grenze in den höherdimensionalen Raum an. Wenn du die schillernde Fläche mit dem Siegel berührst, kannst du übertreten. Also von der Würfelseite in den Würfelraum kommen, oder umgekehrt.«

»Aber die Wächter haben das DarcPad. Warum können sie nicht in die weiteren Dimensionen gelangen?«

»Weil sie diese Flächen nicht sehen.«

»Deshalb sind die Wächter davor einfach umgekehrt, ohne sich etwas anmerken zu lassen«, überlegte ich laut.

»Ganz genau. Für sie ging es einfach weiter geradeaus, während sie aber in Wahrheit der Krümmung des Raumes nachgingen, die durch die weiteren Dimensionen geschaffen wird.«

»Und die Wächter können uns hier niemals finden?«

Er schüttelte den Kopf. »Sonst wären wir bestimmt schon alle tot.«

Mein Vater erhob sich. »Ruh dich aus. Der Transfer wird dich Kraft kosten.«

»Was ist mit dem Beweis?«, forderte ich ihn heraus. Denn

bevor ich irgendetwas unternehmen konnte, um mich selbst zu retten und mich damit Validin zu widersetzen, musste ich wissen, ob Dorian in Sicherheit war. Nicht, dass er ihn am Ende als Druckmittel gegen mich verwendete.

Er schaute mich lange an, während seine Brust sich unter einem tiefen Atemzug hob und senkte. »Er muss allein überleben, aber ich gebe dir mein Wort, dass er unbeschadet in die unterste Ebene gelangt.«

»Und wenn da die Wächter auf ihn warten?«

»Dann muss er kämpfen.« Damit drehte Validin sich um und verließ den Raum.

»Kannst du dir holen, was du brauchst?«

Validin blieb stehen, blickte sich zu mir um. »Es wäre schön, wenn du es mir freiwillig geben würdest.«

Dorian

Sobald Lejla aus der Tür war, wurde ich wieder gefesselt. Ein älterer Darkona hielt meine Waffen und den Rucksack.

»Du bekommst die Sachen zurück, sobald du frei bist«, sagte Jetro. »Du wirst sie brauchen.« Damit zog er mich hoch und schob mich zur Tür. Mir entging nicht, dass er anders mit mir umging, mich anders ansah als die Tage zuvor. Vielleicht lag es an Sinjala, die er zu mir durchgelassen hatte.

Nachdem wir das große Tor zur umfunktionierten Klosterkirche passiert hatten, nahm er mir die Fesseln ab und wies mich an, mich auf eine Steinbank zu setzen. Der andere Darkona legte die Waffen neben mich. Da ich die Arme kaum spürte, half Jetro mir, das Rückenhalfter anzuziehen, band mir den Gurt um die Hüfte und schloss das Halfter um den Oberschenkel.

Die Wurfsterne klippte er an den Gurt. Danach half er mir in den Rucksack. »Deine Klamotten sind gewaschen. Wasser ist aufgefüllt«, kommentierte er.

»Danke«, sagte ich und schaute zu ihm hoch.

»Viel Glück, Wächter.«

Ich nickte.

»Du hast zu viele Feinde. Ich an deiner Stelle würde mal meinen Lebensstil überdenken.«

»Es ist nicht immer einfach, das Richtige zu tun. Manchmal muss man dafür Brücken einreißen.«

Jetro schaute mich lange an, holte dann tief Luft und

wandte sich ab. »Los, gehen wir«, sagte er zu seinem Kollegen.

Sie gingen an mir vorbei zurück, dann wurde es plötzlich still hinter mir. Als ich mich umsah, waren die Darkonas verschwunden. Ich verdrehte die Augen. Zauberer!

Das Gefühl in den Armen kam nur langsam zurück. Zu langsam. Jede Minute, die ich mich nicht wehren konnte, war eine gefährliche Minute. Bestimmt waren die Wächter noch irgendwo. Ich erhob mich, während meine Arme kraftlos an mir hinunterhingen. Ich versuchte, die Hände zu Fäusten zu ballen. Die Finger bogen sich leicht, aber das war auch schon alles.

Auf einmal hörte ich Schritte. Leise Sohlen, die über den Boden pirschten. Erneut versuchte ich, die Fäuste zu ballen, und immerhin berührten die Fingerkuppen nun schon die Handfläche. Die Arme konnte ich aber noch keinen Zentimeter anheben, um an die Macheten zu kommen. Als ich mich erhob und mich umdrehte, standen drei Wächter vor mir.

»Andrin«, begrüßte mich Ash. »Wo ist die Kleine?«

»Keine Ahnung.«

Er löste die Peitsche vom Gurt. Was hatten die plötzlich alle mit diesem blöden Ding? Das wurde langsam lächerlich.

»Gruß vom Meister«, sagte Ash mit einem Grinsen im Gesicht.

»Der Typ muss dumm sein wie Seegras«, sagte ich. »Hat er nicht gemerkt, dass es mich nicht stört und schon gar nicht aufhält, wenn einer sein Schnürchen vor mir schwenkt?«

»Roc war nicht sehr geübt.«

»Ach«, lachte ich auf. »Und du bist es?«

»Zieh deine Messer, dann wirst du es sehen.«

Der Druck in den mittlerweile geschlossenen Fäusten wurde stärker. Die Kraft kehrte langsam zurück, aber die Oberarme fühlten sich noch immer taub an.

»Los, mach schon!«

»Nein«, sagte ich und blieb einfach stehen.

»Du ziehst jetzt deine Messer!« Ash klang wie ein trotziges Kind. Mit einem lauten Knall fetzte der Lederschweif mit den eingearbeiteten Metallzähnen durch die Luft. »Willst du mich beleidigen?«

Ich verzog den Mund und hob kurz die Brauen. »Nenn es, wie du willst, aber ich kann die Macheten nicht ziehen.«

»Du kannst nicht?« Ash holte erneut aus. Ich spannte alle Muskeln an. Die Peitsche donnerte auf meine rechte Schulter nieder und ließ mich einknicken. Ein Riss klaffte in der Lederjacke. Dennoch nahm ich kaum Schmerz wahr, was ich wohl der Taubheit der Arme zu verdanken hatte.

»Zieh deine Waffen, du Idiot.«

»Ich kann nicht, Ash. Ich habe es dir gesagt.«

Noch einmal holte er aus. Ich schloss die Augen. Es knallte, aber ich spürte nichts. Als ich die Augen öffnete, stand Tiron neben mir. Breitbeinig. Er hielt den Schweif der Peitsche fest in der Hand, und mit einem Ruck lag Ash vor uns auf dem Boden. Tiron stellte den Fuß auf dessen Wange und presste Ashs Gesicht in den Staub, zu dem auch die Peitsche zerfiel. »Darin seid ihr gut, auf Wehrlose einprügeln.«

»Losertrupp. Ich habe es ja gesagt«, hörte ich Jetro, der sich einen der anderen Wächter geschnappt hatte und ihn nun fesselte. Ein dritter Mann kümmerte sich um den letzten Wächter.

Tiron kniete sich neben Ash auf den Boden und band ihm die Hände auf den Rücken.

»Was ist mit meinen Armen?«, jammerte Ash.

»Das Gleiche wie mit Dorians«, sagte Jetro. »Siehst du, er konnte nicht.«

»Verschwinde jetzt, Wächter«, mahnte mich Tiron. »Hier rennen noch andere von der Sorte rum, und ein weiteres Mal werden wir dich nicht retten.«

Ich konnte den Arm nun schon bis zur Brust anheben. Aber mit dem Erwachen der Gefühle kam auch der Schmerz in der Schulter. Mit der Handfläche nach oben legte ich die Handkante zum Gruß auf mein Herz und neigte den Kopf. »Danke.«

»Danke nicht uns, danke Lejla. Ohne Beweis, dass du frei bist und lebst, wird sie uns nicht helfen.«

Ihren Namen zu hören, ließ mich stocken. Ich hoffte, sie würde sich nicht blindlings opfern.

Auf dem Weg zum Ausgang ließ ich die Hand über die Schulter gleiten. Jede Bewegung schmerzte. Ash hatte einen zünftigen Schlag drauf. Er musste tatsächlich geübt haben.

Durch die Seitentür am Kopfende des alten Kirchenschiffes, die ich nur unter Mithilfe des Fußes aufbekam, verließ ich die Kaserne. Ein Blick zurück zeigte mir nur noch die drei hilflos am Boden liegenden Wächter. Sie waren nicht mehr mein Problem. Aber ich ließ nicht nur sie zurück, sondern auch Lejla. Es lag mir nicht, jemanden kampflos zurückzulassen. Es lag mir nicht, auf andere zu vertrauen. Um ehrlich zu sein, machte es mich komplett verrückt.

Kapitel 25

Lejla

Ich starrte auf meine Handflächen, in denen die Siegel der Magie leuchteten. Ich spürte die kühlen Linien nun ununterbrochen. Validin würde sich nehmen, was er brauchte, wenn nötig mit Gewalt. Genug Verbündete gab es ja. Und meine Schwester, die wohl meine einzige Hoffnung gewesen wäre, war nun sauer auf mich.

Ich fühlte mich gerade genauso ausgeliefert wie damals im Gerichtssaal, als mir niemand glauben wollte. Aber ich konnte nicht schon wieder aufgeben. Die Folgen wären weit schlimmer, als ein bisschen Wände putzen. Es ging um mein Leben. Ich war bereit, es zu opfern, das war ich wirklich, aber nur, wenn ich überzeugt war, dass es das einzig Richtige war. Und mit all den Zweifeln, die Dorian noch angeheizt hatte, war ich das ganz und gar nicht.

Ich musste das mit Sinjala klären, herausfinden, was sie wusste. Und das schnell. Schon heute Abend würde es zu spät sein.

Entschlossen erhob ich mich und ging zum Eingang, hielt aber inne, als ich draußen Schritte vernahm. Ich wich zurück, dann schwang die Tür auch schon auf. Eine weibliche Silhouette zeichnete sich gegen das Licht im Gang ab. Eine Silhouette, die mich an etwas erinnerte. An die Gestalt, die ich damals in der Vision im Sommercasino gesehen hatte. Sie schob die Kapuze ihres Mantels zurück. Ihre dunkelbraunen Haare waren kunstvoll an den Seiten entlang geflochten und nach oben gesteckt.

»Sinjala«, brachte ich hervor.

Gehetzt zog mich meine Schwester zum Bett hinüber und wir setzten uns. »Wir haben wenig Zeit«, flüsterte sie. »Es tut mir sehr leid wegen heute Morgen.«

»Schon okay«, sagte ich, ohne genau zu wissen, was sie meinte.

»Das war unser Vater. Ich würde das niemals tun.«

»Was meinst du?«

»Hast du es nicht gespürt?«

»Was denn?«

Sinjalas Augen weiteten sich. »Dann bist du noch stärker, als ich dachte.«

»Ich habe einen Sog gespürt«, sagte ich schnell, um zu relativieren, was in ihr vorging. »Als ob mir jemand die Kraft nehmen wollte.«

Sie nickte. »Genau das wollte er, mit der Hilfe von uns allen. Er hat getestet, was möglich ist, falls du dich wehren würdest.«

Ich runzelte die Stirn. »Und was wäre möglich?«

»Ich weiß es nicht, denn ich habe den Kreis durchbrochen.«

»Du warst also gar nicht sauer auf *mich*?«

»Auf dich? Nein, natürlich nicht!« Sie schaute mir in die Augen. »Ich bin sauer auf unseren Vater, denn er lügt, Lejla. Dein Opfer wird nichts heilen. Es wird den Krieg erst recht entfachen, weil deine Seele ihm endlich die Macht gibt, den Zunftmeister zu bekämpfen. Den Mann, der deine Mutter – seine große Liebe – in den Tod getrieben hat.«

»Der Zunftmeister hat meine Mutter …« Ich brach ab, das musste warten, auch wenn es mich bis ins Innerste aufwühlte. Sie wurde in den Tod getrieben? Mit anderen Worten: umgebracht! Auch wenn vielleicht niemand selbst Hand angelegt hatte. Und nun opferte mich mein Vater, um sie zu rächen. Die Luft erreichte kaum meine Lunge, weshalb ich immer schneller atmete.

Sinjala legte eine Hand auf meinen Unterarm. »Es tut mir so leid.«

Mein ganzer Körper schmerzte. »Und warum genau braucht er dafür meine Seele?«, presste ich hervor, um mich selbst von den quälenden Gedanken abzulenken.

»Unsere Magie geht in der Menschenwelt verloren, sobald wir sie anwenden, denn von dort kann sie nicht zurück in den Kreislauf der Astera, der Urenergie. Wir verlieren dadurch also nicht nur selbst Energie, wir schwächen damit auch die gesamte Dunkelwelt. Deine Seele macht Vater sehr stark, weil sie der Keim der Magie ist. Aber wenn Vater den Meister herausfordert, werden sie im Kampf alle Magie verbrauchen. Das wird keine Heilung bringen, im Gegenteil. Und falls der Meister gewinnt, sind wir genau da, wo wir jetzt sind. Nur, dass es dann keine Hoffnung mehr gibt.« Sie drückte meinen Arm und suchte meinen Blick. »Du musst niemandem etwas von dir geben, Lejla. Was du machen musst, ist den Meister zu besiegen. Nur du, die wahre Wandlerin, hast eine Chance gegen ihn, denn deine Magie wird nie versiegen. Das macht dich zum stärksten Wesen überhaupt. Es ist, als ob du unendliche Speicher hättest.«

Die Augen geweitet, schaute ich sie an. Validin hatte mich schon wieder belogen! Wollte mich kleinhalten, damit ich nach seiner Pfeife tanzte. Dabei war ich das mächtigste Wesen überhaupt? Mächtiger als er, ja sogar mächtiger als der Meister! Das klang nicht gut. Gar nicht gut. Und was mir am allerwenigsten gefiel, war die Tatsache, dass nun alles an mir hing.

Meine Schwester umarmte mich. Aber die Steifheit wich nicht aus meinen Gliedern.

»Du zweifelst?«, flüsterte sie und ließ mich los. »Du hast Magie und eine Seele, Lejla. Sie bilden eine Einheit. Eine unendlich mächtige, energiegeladene Einheit. Natürlich wird dich die Verwendung der Magie auch anstrengen und ein Kampf wird dich schwächen, aber du regenerierst von innen, über die Energie deiner Seele.«

Ich schüttelte den Kopf. Ich zweifelte weniger an ihrer Aussage, als vielmehr an ihrer Hoffnung, die sie in mich setzte. Ich wusste ja noch nicht einmal, wie ich aus diesem verdammten Gebäude hinauskam.

»Okay«, nahm sie das Wort wieder auf. »Ein Beispiel: Unsere Magie besteht in der Wandlung von Materie in Energie und umgekehrt. Wir können Dinge verändern, entstehen oder verschwinden lassen, indem wir die Atome anders anordnen. Die Stärksten unter uns konnten früher auch Lebewesen wandeln, so wie du die Schlangen in Stein verwandelt hast. Und das, ohne sie direkt zu berühren.« Meine Schwester lächelte, während mein Blick sich verfinsterte.

»Woher …?«

»Wir schaffen das nicht mehr«, überging sie mich. »Aber du wirst immer stärker, je länger du hier bist.«

»Woher weißt du das mit den Schlangen?«, versuchte ich es erneut.

Sie kniff den Mund zusammen und legte die Stirn in Falten.

»Vater hat dich beobachten lassen, seit du übergetreten bist«, sagte sie schließlich und senkte den Blick.

»Er hat was? Warum hat er mich nicht abgeholt, wenn ich so wertvoll bin? Warum lässt er mich in der Wildnis herumirren?«

»Er wollte das Maximum aus dir herausholen. Die Dunkelwelt ist dein Nährboden.«

»Ich bin sein Versuchskaninchen?«

Meine Schwester atmete hörbar aus, während ihre Schultern ein Stück nach unten sackten. »Der Meister ist sehr mächtig, denn er hortet die Magie in Speichern. Das bringt ihm in einem Kampf enorme Vorteile. Vater wollte die Chancen erhöhen, dass er durch dein Opfer stark genug ist, ihn zu besiegen.«

Ich schluckte gegen das sandige Gefühl in meinem Hals an, das mich langsam zu ersticken drohte. Mein Vater benutzte mich, experimentierte mit mir, als ob ich ein neues Spielzeug wäre! Und hätte ich seinen Wünschen nicht genügt, hätte er sich mir bestimmt nie zu erkennen gegeben. Es war alles von ihm kalkuliert gewesen: Dass er mich durchs Tor lockte, den Köder über die Informationen zu meinem Vater auswarf und dann verschwand.

Die Erkenntnisse trafen mich härter, als ich mir eingestehen wollte. Ich hatte mir so viel davon erhofft, endlich zu wissen, von wem ich abstammte. Wo ich hingehörte. Aber jetzt tat es einfach nur weh.

Sinjala nahm meine Hände in ihre. »Ich weiß genau, wie du dich fühlst, glaub mir«, sagte sie und schaute auf meine Handflächen. Mit dem Daumen strich sie über die Siegel. »Du darfst ihm nicht geben, was er verlangt. Du musst fliehen. Um unser aller Leben willen.«

Ich zog die Hände zurück und wich ihrem Blick aus.

»Du glaubst mir doch? Hat Dorian dir gesagt, wer ich bin?«

Ich nickte. »Ja. Er hat mir gesagt, dass ich dir vertrauen kann. Und das tue ich. Seinetwegen, aber auch weil deine Geschichte die einzige ist, die schlüssig ist.«

Es klopfte drei Mal an der Tür. Meine Schwester zuckte zusammen, genau wie ich. »Das ist das Zeichen, dass Vaters Vasallen im Anmarsch sind«, sagte sie und erhob sich. »Ich muss gehen. Er erfährt besser nicht, dass ich mit dir geredet habe.« Sie drückte mich an sich. »Ich wünschte, wir hätten mehr Zeit«, flüsterte sie und ließ mich wieder los.

»Warte! Wie besiege ich den Meister?«

»Oh, Astera!«, rief sie aus. »Jetzt hätte ich das Wichtigste fast vergessen. Also, anstelle der Siegel in der Handfläche hat er einen Siegelring – den Darkonischen Ring. Über ihn kann er Magie aufnehmen oder anwenden. Du musst dich mit ihm verbinden und die Magie zu dir holen.«

»So wie heute mit der Erde? Oder danach im Kreis?«

»Ganz genau, aber das Problem sind die Speicher. Du musst sie finden und leeren, ansonsten wird es schwer.«

»Und wie sehen die aus?«

»Sie können jede Form haben, aber bestimmt sind sie handlich und aus Metall, am ehesten eignet sich Silber.«

Na toll. Ich schloss kurz die Augen. Wie sollte ich das Zeug jemals finden?

»Wenn du sie siehst, wirst du sie am blauen Leuchten der Magie erkennen, die nur wir Darkonas sehen können.«

»Okay«, sagte ich, aber in meinem Kopf pochte gerade nur noch das Blut gegen die Leere der Hoffnungslosigkeit.

»Du wirst es schaffen.« Meine Schwester drückte meine kalten Finger und verließ dann den Raum.

Ich schaute ihr hinterher. Die Tür fiel zu und die Stille übermannte mich. Ich musste also irgendwelche Speicher finden, von denen ich keine Ahnung hatte, wie sie aussahen, geschweige denn, wo sie versteckt waren und sie dann auch noch leeren, bevor ich dann anschließend dem Meister den Rest der Magie aussaugte. Aber um das zu tun, musste ich natürlich auch noch fliehen. Nichts leichter als das, wo dieses Gebäude ja das reinste Labyrinth war. In meinem Bauch zog sich alles zusammen. Konnte es wirklich zu jedem Zeitpunkt immer noch schlimmer kommen? Ich würde mich verlaufen und wie ein verwirrter Lemming in den Abgrund rennen.

Ich atmete tief durch und versuchte, mich zu beruhigen. Ja, es gab einen Weg hinaus. Aber der war nicht weit entfernt von einem Abgrund.

Kapitel 26

Lejla

Die Mauern um mich herum wurden schon dunkler und zeigten mir an, dass sich der Tag dem Ende zuneigte. Dorian, so wurde mir gesagt, sei frei. Die Zeit lief ab. Das Ritual für den Transfer rückte näher.

Mein Plan stand. Es gab nur einen Weg hinaus, aber damit die Flucht gelang, musste alles genauso funktionieren, wie ich es mir zurechtgelegt hatte. Beim Abschied meinte Dorian, dass er nicht zurückgehen könnte und zur Not unter einer Brücke schlafen würde. Mir war klar, welche Brücke das sein würde. Die, unter der ich gesessen und mit Endra kommuniziert hatte. Und er wartete auf mich. Die Frage war nur, wie lange, denn er konnte ja nicht sicher sein, dass ich auch kam.

Nur *ein* Fehler, etwas Unvorhergesehenes, und es war aus.

Ich schloss die Augen und ließ alles los. Wie leicht es nun ging, in diesen traumähnlichen Zustand zu finden. Sinjala hatte recht gehabt, die Magie wurde mit jedem Tag stärker. Das gab mir Mut und ich ließ den Gedanken freien Lauf. Ich dachte an zu Hause, tauchte ein in den Geruch nach frischen Gräsern und dampfendem Asphalt in einer lauen Sommernacht. Ich ließ mich davon einhüllen und verwob es mit dem Hier und Jetzt.

»Was hast du vor?« Die Stimme meines Vaters vibrierte in

mir, doch sie erschreckte mich nicht. Es war, als ob ich gewusst hätte, dass er hinter mir stand. Und als ich die Augen öffnete, blieb ich in dem traumähnlichen Zustand. Das war neu. Ein Siegesgefühl durchströmte mich, bestärkte mich in dem Glauben, dass ich das alles schaffen konnte. Ich blickte mich um. Neben Validin tauchte nun auch Tiron auf, begleitet von zwei Mandori. Sie trugen ihre Doppelspeere in der Hand und richteten nun eine der Spitzen auf mich.

»Ich gehe«, sagte ich ruhig und schaute meinem Vater direkt in die Augen.

»Nein, das wirst du nicht.«

»Ich kann dir nicht helfen, Vater. Es tut mir leid.«

Validins Züge verfinsterten sich. Die Speerspitzen kamen ein Stück näher. »Deine Mutter wäre sehr enttäuscht von dir!«

»Meine Mutter wollte Versöhnung und Heilung für die Dunkelwelt und ihre Bewohner.«

»Das werde ich meiner Welt geben. Ich nehme dir diese Bürde ab.«

Ich schüttelte den Kopf. »Das glaube ich nicht.«

»Was soll das heißen?«

»Ich opfere meine Seele nicht für deinen Racheakt. Das hätte meine Mutter ganz sicher nicht gewollt.«

»Schluss jetzt!« Validin schwang den rechten Arm im Kreis. »Bringt sie zu mir in die Kuppel.«

Speerspitzen bohrten sich in meinen Rücken. Aus dem Augenwinkel sah ich, wie jemand nach mir greifen wollte, doch alles war unendlich langsam geworden. Ich schloss die Augen und tauchte in die Menschenwelt, die ich so deutlich um mich spürte. Nüchternheit schlug mir entgegen, klare dreidimensionale Formen, spitze Geräusche und ein Geruch nach feuchtem Sand, der mir in die Nase stieg. Ich stand in einem leeren Raum. Direkt hinter mir war eine Wand, an der die Spuren einer einst angebrachten Wandtafel von der Nutzung des Gebäudes zeugten, bis es kürzlich zum Umbau freigegeben worden war. Ich war allein, aber das würde vermutlich nicht lange so bleiben. Die Wächter mussten den Riss bestimmt bemerkt haben. Ich ging zu dem beinahe raumhohen Rundbogenfenster hinüber und schaute hinaus. Ein Pärchen spazierte Hand in Hand unter den goldenen Lichtkegeln der Laternen an der Uferpromenade entlang. Meine Gedanken wanderten kurz zu Dorian, bevor ich mich wieder auf den Plan besann.

Ich war tatsächlich in der Kaserne, in der Menschenwelt, gelandet. Nur leider im ersten Stock. Ich wollte kein gebrochenes Bein riskieren, also musste ich ins Erdgeschoss. Mit leisen Schritten ging ich zur Tür und drückte die Klinke nach unten. Bevor ich hinaustrat, spähte ich auf den Flur und lauschte in die Stille. Nichts. Doch kaum war ich auf dem Gang, hörte ich Geräusche und Stimmen im Nebenzimmer. Mein Herz pochte heftiger, doch die Sinne blieben geschärft.

Wer immer da im Nebenraum war, Wächter konnten es nicht sein. Die konnten sich nicht einfach hier materialisieren. Also waren es entweder Menschen, was um diese Zeit in einem ungenutzten Gebäude eher unwahrscheinlich war, oder Darkonas, die mit mir durch den Riss gekommen waren. Ich eilte den Gang entlang. Auf meiner Linken öffnete sich ein Rundbogen, der zu einem Treppenabgang führte. Eine Tür ging auf. Schritte hallten durch den Flur, und ich sauste die Stufen hinunter. Mir gegenüber führte ein weiterer Treppenabgang ins Erdgeschoss. Unten angekommen, sah ich gerade noch drei schwarz gekleidete Gestalten die ersten Stufen nehmen.

»Bleib stehen!«, vibrierte die Stimme eines Darkonas durch mich, und ich rannte los. Zur gleichen Zeit donnerten Füße wie eine Gerölllawine die Steintreppe hinunter. Ich eilte den Gang entlang, bis die Schritte hinter mir plötzlich verstummten. Ich drehte mich um. Die Darkonas stellten sich hinter mir in einer Reihe auf, um mir den Rückweg zu versperren. Erst jetzt wurde mit bewusst, dass ich drauf und dran war, in eine Falle zu tappen. Am Ende des Flurs war nur noch eine schwere Metalltür, die nicht den Anschein machte, zu einem Raum mit Fenster zu führen, durch das ich fliehen konnte.

Die Gesichter meiner Verfolger lagen weitgehend im Schatten der weiten Kapuzen verborgen. Die Doppelspeere hielten sie kampfbereit in den Händen.

Einer der Darkonas zog die Kapuze hinunter. Es war Tiron. Sein Blick heftete sich unvorsichtigerweise an die holzverstrebte Glastür zu meiner Linken, die auf den Kasernenplatz führte. Die hatte ich tatsächlich übersehen.

»Keinen Schritt weiter«, sagte er und schwang den Doppelspeer in einer Acht durch die Luft.

Doch für mich war klar, dass diese Tür meine letzte und einzige Chance war. Also warf ich mich mit ganzer Kraft dagegen. Glas klirrte und Holz barst. Der Speer, der nach mir geworfen wurde, streifte mich und riss ein Loch in die Bluse. Scherben und Holzsplitter zerkratzen meine Arme, aber ich war frei – und ich rannte. Der Kasernenplatz war u-förmig von Gebäuden umgeben. Links von mir erstreckten sich die alten Stallungen und die Reithalle, die längst zu Theatern und Cafés umgebaut worden waren. Aber zu dieser Tageszeit waren die auch schon verlassen und der Weg daran entlang zur Straße war zu weit. Also schlug ich einen Haken nach rechts und rannte quer über den Platz auf die ehemalige Kirche zu. Die Darkonas folgten mir, und sie waren schneller. Wieder verfehlte mich ein Speer nur um Haaresbreite.

Als ich schon ihren Atem hinter mir hörte, versuchte ich das Tempo noch etwas anzuziehen. Erst jetzt kam es mir wieder in den Sinn, dass ich andere Mittel besaß, das zu beenden. Ich versuchte mich zu konzentrieren, um die Magie zu aktivieren, aber mit aufkommender Panik im Nacken war es alles andere als einfach, in diesen traumähnlichen Zustand zu finden. Die Darkonas hatten bisher ebenfalls keine Magie eingesetzt und meine Hoffnung stieg, dass sie das auch nicht tun würden, da es sie zu sehr schwächen würde. Ich verscheuchte alle Zweifel und konzentrierte mich nur auf einen einzigen Gedanken: Den, die Beschaffenheit der Luft zu manipulieren. Immer dicker sollte sie werden, sodass sie meine Verfolger stickig umhüllte und ihre Bewegungen verlangsamte, als ob sie in einen Topf Honig gefallen wären. Ich spreizte die Finger, um den Wind mit meinen Symbolen zu streifen, eins zu werden mit ihm und seine Substanz zu verändern. Sanft streichelte der Luftzug mein Gesicht, fegte durch die Hände und wurde hinter mir zu einem Sturm aus fast greifbarer Masse. Ich hörte die Männer husten und fluchen, wagte aber nicht, mich umzudrehen. Ihre Schritte wurden langsamer, bis sie schließlich ganz verstummten. Die gestreckten Hände ballte ich zu Fäusten und schoss um die Ecke auf den mit Sträuchern gesäumten Weg, der zum Rhein hinunterführte. Der Duft von warmer Erde und Gras hüllte mich ein. Ein Duft nach Leben! Ich passierte ein metallenes Gittertor, sprang eine kleine Treppe hinab und erreichte den Uferweg. Ich rannte unter dem Blätterdach der knorrigen Kastanienbäume Richtung Johanniterbrücke. Wellen klatschten rhythmisch gegen die Holzbäuche der Ruderbote, die in Ufernähe im Wasser lagen. Es war ein beruhigendes Geräusch, aber mir blieb keine Zeit, die Schönheit der Menschenwelt in mir aufzusaugen, obwohl ich nichts lieber getan hätte als das. Als ich am Fuß der Treppe ankam, war ich völlig außer Atem, aber ich trieb mich im Laufschritt weiter die Stufen hoch.

Der Blick zurück zeigte mir drei schwarze Gestalten, die die Allee entlangrannten. Die Speere trugen sie vor der Brust. Es war mir also nicht gelungen, sie endgültig abzuhängen. Auf der Brücke angekommen, zwang ich mich weiter. Doch meine Beine wurden immer zittriger und die Schritte dementsprechend unsicherer. Ich hatte kaum die Mitte der Brücke erreicht, als mir andere schwarz gekleidete Gestalten entgegenkamen. Wächter! Nur noch wenige Meter und ich hätte es geschafft. Ich wurde langsamer und die Wächter blieben stehen. Zu hoffen, dass sie sich nur um die Darkonas kümmern würden, wäre sehr naiv gewesen. Bestimmt wussten sie alle Bescheid und ihr Befehl war es, mich zu töten. Nun wurde es auch hinter mir still. Die Stelle, die ich für geeignet hielt, um zu springen, war so nah. Das Wasser musste tief genug sein, damit ich weit eintauchen konnte, aber nicht so tief, dass ich mich beim Fallen in der Dunkelwelt verletzen würde. Ich zögerte, aber stehen bleiben war das Dümmste, was ich machen konnte. Also zog ich das Tempo wieder an. In dem Moment stürmten sowohl die Darkonas als auch die Wächter los. Kurzentschlossen wandte ich mich nach links, rannte quer über die Straße auf das Brückengeländer zu, stützte mich mit einer Hand darauf ab und sprang mit Schwung darüber. In der nächsten Sekunde flog ich. Ich presste die Füße zusammen und die Arme an den Körper. Der Flug dauerte nur wenige Sekunden, dann tauchte ich in die nasse Kälte ein. Tiefer und tiefer. Ich dachte an das Rinnsal, das der Rhein in der Dunkelwelt war, an die rötliche Dunkelheit und die zerfallenen Gebäude, und ließ die fremde Energie an mich heran. Der Sturz wurde im Wasser abgebremst und kurz bevor die Abwärtsbewegung stoppte, ließ ich die Energie durch mich hindurchströmen und öffnete dadurch erneut einen Riss. Unsanft landete ich in einem Haufen Geröll. Meine Hand lag in einem stinkenden Tümpel. Als ich sie herauszog, hingen dicke schlammige Algen zwischen den Fingern. Ekelhaft! Ich erhob mich und schüttelte die Hand aus.

Ich musste weg hier. Nicht nur wegen der Feuerschlangen, die hier vermutlich lauerten, sondern auch wegen der anderen Wächter, die bestimmt noch in der Dunkelwelt waren und nach uns suchten.

Meine Beine schmerzten und ich knickte immer wieder um. Ich erreichte das Ufer und zog mich die Mauer hoch. Am liebsten hätte ich mich hingesetzt und einen Moment ausgeruht, aber ich musste mich verstecken. Ein Blick über die Schulter verriet mir, dass ich allein war. Ich holte tief Luft. Dann trabte ich wieder los zu den Ruinen nahe des Brückenfußes, in denen ich schon einmal Schutz gefunden hatte.

Leise betrat ich den großen Raum der einstigen Bar und schlich zu der niedergerissenen Wand. Ich hoffte so sehr, dass ich mich nicht getäuscht und die Botschaft hinter Dorians Aussage richtig interpretiert hatte. Aber als ich durch das Loch kletterte, war der Raum dahinter leer. Ernüchterung durchflutete mich und schwemmte den letzten Rest Energie aus mir heraus. Mein Plan reichte genau bis hierher. Keinen Schritt weiter. Ich setzte mich auf den Boden und lehnte den Kopf gegen die Wand. Einen Moment schloss ich die Augen.

Die Muskeln zitterten von der Anstrengung, und der Stein, auf dem meine Hände lagen, enthielt kaum noch Energie. Das Land war so gut wie tot.

»Hey, kleine Meerjungfrau.« Dorians raue Stimme entlockte mir ein Lächeln. Dann spürte ich eine Hand auf der Schulter. Ich öffnete die Augen und schaute in das vertraute Gesicht. Dorian hockte vor mir und musterte mich. Erleichterung durchströmte mich und zog meine Mundwinkel nach oben.

»Da bist du ja«, schmunzelte er und fischte mir ein Stück einer Wasserpflanze aus den Haaren.

»Und du auch.« Ich konnte nicht verhindern, dass mir die Tränen kamen. Schnell wischte ich sie weg, doch es kamen immer neue nach und auf einmal schüttelte sich mein ganzer Körper unter tiefen Schluchzern. Ich vergrub mein Gesicht in den Händen.

»Nicht doch.« Dorian zog mich in die Arme. Ein Geruch nach Leder und Feuer gemischt mit Vanille hüllte mich ein. Er drückte mich fest an sich und ich schlang die Arme um seine Taille.

»'tschuldigung«, schniefte ich gegen seine Brust.

»Schhhh. Alles gut. Es ist alles gut.« Zärtlich streichelte er über meinen Kopf. Sein Atem drang warm zwischen meine nassen Haare und allmählich verebbten die Schluchzer.

Ich wollte ihn nicht mehr loslassen. Seine Wärme tat so gut.

»Komm«, sagte er schließlich, rückte von mir weg und schaute mich an. »Wir sollten nicht zu lange hierbleiben. Der Riss wird die Wächter anlocken, die hier in der Dunkelwelt Jagd auf uns machen. Zudem musst du aus den nassen Sachen raus.« Er richtete sich auf und half mir auf die Beine.

Ich rieb mir über die Augen, um die letzten Spuren des Gefühlsausbruchs zu beseitigen.

Aus dem Rucksack holte Dorian ein Longshirt und reichte es mir. »Zieh das an.«

Dankbar griff ich danach, denn langsam kroch mir die Kälte den Rücken hoch. Ich drehte mich um und zog die nasse Bluse und das Unterhemd aus, bevor ich das trockene Shirt überzog.

Dorian legte mir auch seine Jacke um die Schultern. »Geht es so? Eine Hose in deiner Größe habe ich leider grad nicht im Gepäck.«

»Alles gut. Ist schon viel besser so«, lächelte ich und schlüpfte in die Ärmel der Jacke. »Ich wusste nicht, wie ich sonst fliehen sollte.«

»Du hast das einzig Richtige getan. Ein super Plan. Die Wächter haben einen Wachposten bei der Kaserne eingerichtet. Sie warten nur darauf, dass du dort wieder auftauchst. Plan B läuft ganz gut bisher.«

Ich gluckste. »Plan A wird uns Plan B erleichtern, denke ich. Ich habe einiges von meiner Schwester erfahren. Ich hoffe, sie hat mich nicht auch angelogen, denn mir schwirrt langsam der Kopf von all dem, was ich bin und kann oder dann wieder doch nicht bin und kann. In diesem Spiel lügen alle, Dorian. Einfach alle.«

»Willkommen in meiner Welt.« Dorian griff nach dem Rückenhalfter und streifte es sich vorsichtig über den rechten Arm, gefolgt von dem Rucksack, bevor er den linken Arm durch die andere Schlaufe zog. Seine Bewegungen wirkten ungewöhnlich steif und er hielt dabei die Luft an.

»Geht es dir gut?«

»Ja«, lächelte er. »Alles okay.«

Ich schaute ihn eindringlich an, aber er wandte sich ab und verließ den Raum.

Also nahm ich meine nassen Sachen und ging ihm hinterher. »Wusstest du, dass der Meister magische Fähigkeiten besitzt? Dass *er* der Dunkelwelt die ganze Magie geraubt hat? Er ist der Grund, warum die Dunkelwelt stirbt.«

»Er hat *was*?« Dorian blieb stehen und musterte mich.

»Er besitzt fast die gesamte Magie und ist damit jedem Darkona überlegen.«

»Aber dir nicht, oder?« Dorian setzte sich wieder in Bewegung.

»Zumindest ist er geübter mit der Magie. Er ist schon Hunderte von Jahren alt. Die Magie hat ihn beinahe unsterblich gemacht. Meine Schwester sagte, dass ich die Einzige bin, die es mit ihm aufnehmen kann, denn die Darkonas verlieren in unserer Welt die Magie, sobald sie sie anwenden. So sind sie machtlos gegen ihn.«

»Wow.« Dorian rieb sich übers Kinn. »Das ist es also, was in der Mendra fehlt. Menschen können Magie aufnehmen und dadurch zu einer Art Wandler werden. Zu einem Wesen, das mächtiger ist als alle anderen. Er hat also tatsächlich Angst vor dir. Angst um seine Macht, die du ihm streitig machen könntest. Ich hätte es wissen müssen. Kein normaler Mensch kann so viel Einfluss, so viele loyale Leute an der Seite haben, egal, was er tut. Ich dachte, er ist einfach sehr gut darin, den Menschen die Sinne zu verdrehen, aber das geht ja viel weiter. Ein Gehirn funktioniert über Impulse – Energien, die er vermutlich durch die magischen Fähigkeiten ebenfalls steuern kann. Das ist echt gruselig.«

»Allerdings«, bestätigte ich. »Und die Tatsache, dass er die Magie gestohlen hat, ist auch der Grund, warum die Menschenwelt in Gefahr ist«, fuhr ich fort. »Das hat nichts mit mir zu tun. Die Dunkelwelt ist nämlich so etwas wie … der Himmel. Wenn ein Mensch stirbt, tritt die Seele über, wird dort durch die Magie gereinigt und auf ein neues Leben vorbereitet. Wenn also die Magie versiegt, wird dieser ganze Kreislauf unterbrochen, was unweigerlich Konsequenzen für das Leben auf der Erde hat. Welche, will ich mir gar nicht ausmalen. Und wenn der Meister alleiniger Herrscher über die Magie ist, kann er diesen Prozess vielleicht nach seinem Gutdünken lenken. Dann wäre er so was wie ein Gott.« Bei dem Gedanken wurde mir übel.

»Das könnte er?« Dorian schaute mich von der Seite an.

»Keine Ahnung. Wir sollten es nicht herausfinden müssen.«

Dorian nickte und schaute wieder auf den Weg. »Besser nicht.«

Mittlerweile hatten wir die Stadt hinter uns gelassen und am Horizont tauchte schon der Wald auf. Ich wurde immer langsamer, denn das Gelände war uneben und meine Schritte noch immer unsicher.

»Mein Vater wollte mit der Kraft meiner Seele den Meister in der Menschenwelt stellen«, begann ich in der Hoffnung, Dorian würde sich meinem Schneckentempo anpassen. Es wirkte. »Er will ihn umbringen, um so den Tod meiner Mutter zu rächen. Aber mit all den Speichern, die der Meister angelegt hat, sind die Chancen klein, dass er ihn besiegen könnte. Meine Schwester meinte, sie würden im Kampf vermutlich die ganze Magie verbrauchen. Nur ich, die wahre Wandlerin, könne den Meister stoppen.«

»Und wie sollst du das machen?«

»Wir müssen die Speicher finden, die Magie der Dunkelwelt zurückgeben und danach muss ich mich mit ihm über den Siegelring verbinden und ihm die restliche Magie nehmen.«

»Wie sehen diese Speicher denn aus?«

Ich zuckte mit den Schultern. »Irgendwelche metallischen Gegenstände, die man bei sich tragen kann.«

»*Irgendwelche* Gegenstände?«

Ich nickte. »Metallisch, bevorzugt Silber. Sinjala meinte, ich werde sie am Glühen der Magie erkennen.«

»*Meinte* sie?« Dorian presste die Finger gegen die zusammengezogene Stirn und schüttelte den Kopf. »Okay«, sagte er und ließ die Hände sinken. »Und das mit dem Magie-Entziehen geht nur in eine Richtung?«

»Vermutlich nicht.«

»*Vermutlich*, klar.«

»Sorry, ich …« Ich biss mir auf die Lippe und suchte seinen Blick.

»Entschuldige, das war nicht so gemeint. Es gibt nur sehr viele *Vielleicht* und *Irgendwie* in diesem Plan, die mich beunruhigen. Das gefällt mir nicht. Normalerweise mache ich nichts vielleicht irgendwie, vor allem nicht, wenn ich es mit dem Meister zu tun habe. Aber vermutlich müssen wir damit leben und hoffen, dass das, was Sinjala denkt und glaubt, auch eintritt.«

»Ich hätte auch gern mehr Sicherheit, aber …«

Dorian blieb stehen und hielt mich am Arm zurück. Er trat ganz nahe zu mir und legte die Hand an meine Wange. Sein Blick wanderte zu meinem Mund und wieder hoch zu den Augen. Ich benetzte die Lippen, die sich plötzlich trocken anfühlten, legte meine Hand auf seine und schmiegte mich in die Berührung.

»Wir haben es bald geschafft. Sobald wir den Wald erreicht haben, ist die Höhle nicht mehr allzu weit. Dann schlafen wir erst mal aus«, sagte er.

»Schlafen klingt gut«, lächelte ich.

Dorian grinste und ließ die Hand sinken, die sich mit meiner verschränkte.

Kapitel 27

Lejla

Nach gut drei Stunden Marsch erreichten wir endlich unseren früheren Zufluchtsort, die Höhle im Wald. Dorian nahm den Rucksack und das Rückenhalfter ab, wobei er kurz das Gesicht verzog.

»Tun die Narben wieder weh?«

Er schüttelte den Kopf und entledigte sich des Gurtes und des Beinhalfters. »Geht schon.«

»Soll ich dich eincremen?«

Dorians Augen funkelten, als er mir einen kurzen Blick zuwarf.

Ich musste grinsen und zog die Brauen hoch. »Was?«

Er warf den Gurt neben den Rucksack, aus dem er die Trinkflasche hervorholte und mir reichte.

Dankbar nahm ich sie entgegen und trank ein paar Schlucke. »Was ist nun?«, fragte ich und gab ihm die Flasche zurück. »Soll ich?« Meine ausgestreckte Hand zitterte leicht. Schnell versteifte ich die Armmuskulatur, um es zu kaschieren.

Dorian nahm die Flasche entgegen und legte sie zur Seite. Wieder verzog er das Gesicht und fasste sich an die rechte Schulter.

»Was hast du?«

»Alles gut.« Seine Stimme klang gepresst.

Er kam zu mir hinüber und fasste mich an den Händen. Unsere Finger glitten ineinander. Ich schaute zu ihm hoch und zog ihn näher zu mir. Mein Blick versank in seinem und mein Atem beschleunigte, als ich die Hand aus seiner löste und sie an seinen Hals legte. Langsam gab er meinem Drängen nach und beugte sich zu mir hinunter. Dann spürte ich seinen Mund auf meinem. Vorsichtig. Fragend.

Ich erwiderte den Kuss.

Zärtlich umschlossen seine Hände meine Wangen, während ich die Finger unter sein Shirt wandern ließ. Kurz verkrampfte er sich, hielt inne. Ich zog die Hände zurück. »Entschuldige. Tut das weh?«

Er schüttelte den Kopf und stieß die angehaltene Luft wieder aus, die sich in einem neuen Kuss mit meinem Atem vermischte. Vorsichtig schob er mich rückwärts, bis ich die Felswand im Rücken spürte. Mit einer Hand stütze er sich hinter mir ab und drückte sanft seine Hüfte gegen meine. Ein wohliges Kribbeln lief durch meinen Unterleib. Seine Schläfe schmiegte sich an meine, wodurch der warme Atem rhythmisch über meine Halsbeuge streifte. Wie ein sanfter Sommerregen prickelten die Küsse an meinem Hals entlang. Ich lehnte den Kopf gegen die Wand hinter mir, schloss die Augen und sog den herben Duft seiner Haare in mir auf.

»Hätte ich dich doch nur in einem normalen Leben, in einer normalen Zeit kennen gelernt«, murmelte er zwischen die Liebkosungen und als er sich von mir löste, zitterte sein Atem ein wenig.

»Das wünschte ich auch«, flüsterte ich, nahm seine Hand und küsste sie. Mit dem Daumen berührte er mein Kinn.

Ich wollte nicht, dass der Moment vorbei war, aber Dorian ließ die Hände sinken und löste seine Finger aus meinen.

Er schaute über die Schulter. »Wir sollten Feuer machen, um deine Sachen zu trocknen und uns dann ausruhen.«

»Dorian?«, sagte ich und er schaute wieder zu mir.

»Der Typ, von dem du mir erzählt hast, der, der all diese Mädchen mit nach Hause genommen hat, das warst nicht du. Oder?«

Dorian schluckte. »Diese Person hat nur noch wenig mit mir gemein. Das hier«, sagte er und deutete auf sein Gesicht und den Körper, »hat alles verändert. Es hat *mich* verändert.« Er räusperte sich. »Ich war seither mit niemandem mehr zusammen.«

Ich hob die Hand und strich mit den Fingerspitzen zärtlich über die breite Narbe in seinem Gesicht. Er schloss die Augen.

»Ich habe dich schon gesehen, Dorian. Du schämst dich doch nicht etwa vor mir?«

»Ich weiß, das ist albern, aber …« Er unterbrach sich selbst, dann hob er den Blick. »Es ist nur … Du kannst jeden haben. Du musst nicht mich nehmen. Du wirst nach Hause kommen und dann …«

»Hör auf, bitte. Deine Narben sind mir egal. Vorher und jetzt noch mehr.«

Er lächelte, aber in seinen Augen sah ich etwas anderes. Etwas, das ich von ihm nicht kannte. Unsicherheit.

Ich stellte mich auf die Zehen, zog sein Gesicht zu mir und küsste die Stirn. Langsam wanderten meine Lippen der Narbe entlang nach unten, bis er mich mit beiden Händen um meine Wangen stoppte. Einen Moment schauten wir uns in die Augen. Dann traf sein Mund den meinen. Ich spürte, wie der

Widerstand in ihm bröckelte, spürte es an der Intensität des Kusses, die das Feuer in mir noch mehr entfachte.

Doch dann ließ er schwer atmend von mir ab und schloss mich in die Arme. »Ich denke, wir sollten hier … aufhören«, raunte er. »Ich will nicht, dass du das jemals bereust.«

Ich schmiegte mich an seine Schulter, und er drückte mich fest an sich.

»Das würde ich nicht.«

Nachdem das Feuer entzündet war, legte ich die nasse Bluse und das Unterhemd auf ein paar Steine dicht bei den Flammen. Dorian zog die Decke aus dem Rucksack, legte sie auf den Laubhaufen, den wir als Nachtlager aufgetürmt hatten, und setzte sich.

»Die Hose würde ich auch ausziehen, dann kann sie über Nacht trocknen«, kommentierte er meine Bemühungen.

Ich guckte über die Schulter zurück. »Ich soll mich also doch ausziehen?« Das Grinsen verkniff ich mir krampfhaft.

»Ach, nicht so. Ich … also mein Shirt ist ja lang genug … ich meine … am Ende bekommst du noch eine Blasenentzündung.« Sein hilfloser Gesichtsausdruck ließ mich losprusten.

Er warf eine Handvoll Blätter nach mir. »Sehr witzig.«

Ich stieg aus der Hose und legte sie ebenfalls neben das Feuer. Es war eine Wohltat, diese Nässe loszuwerden. Als ich mich umdrehte, schaute er mich unverhohlen an, scannte mich regelrecht.

»Schon klar, das ist dir auch total unangenehm, was?«

»Äußerst. Wirklich.« Er lachte. »Und jetzt komm«, sagte er und hielt die Decke hoch.

Ich setzte mich zu ihm und er wickelte sie um mich.

»Gut so?«

»Ja, danke«, lächelte ich und richtete dann den Blick in die züngelnden Flammen.

»Wie geht es jetzt weiter?«

»Der Meister hat einen Tick mit Münzen, die er immer durch die Finger gleiten lässt«, sagte Dorian. »Wenn wir wichtige Termine hatten, schwierige Gespräche oder jemanden … absetzen mussten, nahm er immer eine mit.« Dorians Blick streifte mich warm. »Alte Münzen sind aus Silber. Könnten das die Speicher sein?«

Ich hob die Brauen und drehte den Kopf zu ihm. »Gut möglich.«

»Wenn er jemanden wirklich erniedrigen will, lässt er ihm die Münze nach dem Gespräch da. Wie eine Art Bezahlung, als wärst du eine Hure.« Dorian beugte sich vor und tastete nach seiner Jacke, aus deren Tasche er ein Fünffrankenstück hervorzog. »Das zum Beispiel, hat er mir in der Villa dagelassen.« Er überreichte mir die Münze.

»Bingo!«, sagte ich und griff danach.

»Leuchtet es?«

»Ganz schwach.« Ich betrachtete das Geldstück von allen Seiten. »Von 1951. Das ist auf jeden Fall noch Silber.«

Ein zufriedenes Grinsen trat auf Dorians Gesicht.

»Und wo bewahrt er das Zeug auf?«

»In seinen Räumlichkeiten im Zunfthaus.«

»Du willst in die Zunft marschieren?« Meine Stimme klang schriller als beabsichtigt.

»Nicht in der realen Welt.«

Mit geweiteten Augen schaute ich ihn an.

»Durch dich nähern sich die Welten an. Manchmal sogar

so sehr, dass ein Riss entsteht. Das wollen wir natürlich nicht. Wir müssen den Moment kurz davor abpassen. Ich hoffe, dass das reicht, um von dieser Seite aus an die Münzen zu kommen. Wir gehen in der Dunkelwelt zum Zunfthaus, dringen in die Räume des Meisters ein, durchsuchen sie und finden hoffentlich seinen Magievorrat.«

Allein bei dem Gedanken wurde mir übel. Aber an der Theorie war was dran. Das würde erklären, wie ich mit Endra kommunizieren konnte, warum ich ihre Nachrichten hatte lesen können und sie meine.

»Vermutlich werden die Wächter es spüren«, fuhr Dorian fort. »Nicht so stark wie einen Riss, aber dennoch stark genug, um alarmiert zu sein und vielleicht sogar Leute in die Dunkelwelt zu schicken. Wir müssen also schnell sein und danach sofort wieder verschwinden.«

Ich schlang meine Arme um mich.

»Wir werden es schaffen.« Dorian zog mich zu sich. Hielt mich.

Aber in meinem Kopf gab es nur noch einen Gedanken: Was, wenn es nicht funktionierte? Wenn es nicht ausreichte, die Welten nur anzunähern?

Kapitel 28

Lejla

Am nächsten Morgen machten wir uns schon früh auf. Es war ein langer Weg von den Höhlen zurück in die Stadt, wo das Zunfthaus stand. Aber weder die Zeit, die mir blieb, noch die Anstrengung, die mich die Wanderung kostete, konnten mich irgendwie herunterholen. Im Gegenteil, die Aufregung steigerte sich mit jedem Schritt, wand sich um meine Kehle und nahm mir den Atem. Mittlerweile lagen die ersten Häuser hinter uns, und wir drangen immer tiefer zwischen die Ruinen der dichter bebauten Quartiere.

Zwischen den Baumskeletten kamen der viereckige Turm und das wuchtige Hauptschiff der Pauluskirche in Sicht. Zumindest das, was davon übrig war.

Dorian schaute zu mir zurück und zeigte über die Straße zu den Villen. »Das Haus mit den zwei Säulen vor dem Eingang ist es.«

Es war also so weit.

Solange ich keinen Riss zwischen den Welten produzierte, waren wir einigermaßen sicher. Das war zumindest die Theorie. Trotzdem blieb uns nicht viel Zeit. Wir mussten die Münzen nehmen und danach schleunigst verschwinden. Denn wenn die Welten sich so nahe waren, würde man unser Handeln in der Menschenwelt vermutlich bemerken.

Die Kirche teilte die breite Straße wie eine Insel in einem Fluss und verdeckte bald die Sicht auf das Zunfthaus. Wir schlichen um das Gotteshaus herum und duckten uns hinter einem der vielen Erker zwischen das Unkraut, um zur alten Villa hinüberzuspähen. Das rötliche Dämmerlicht ließ alle Schatten wie potenzielle Feinde aussehen.

»Ich geh noch ein Stück näher ran«, flüsterte Dorian mir zu und zog eine Machete. In der rechten Hand hielt er einen Wurfstern. »Warte hier.«

Lautlos sprang er über den Mauervorsprung, der uns Sichtschutz gab, und schlich zum Zunfthaus hinüber. Bald verschmolz er fast gänzlich mit den Schatten, und es bereitete mir Mühe, ihn nicht aus den Augen zu verlieren.

Auf der linken Seite des Hauses schaute er durch ein Fenster ins Innere, verschwand dann um das Gebäude herum und tauchte wenig später auf der rechten Seite wieder auf. Er winkte mich heran.

Mit einem tiefen Atemzug verließ ich das Versteck und eilte geduckt zu ihm hinüber.

»Ist dir alles klar?«

»Ja«, sagte ich knapp. Das Zittern meiner Stimme musste er ja nicht hören.

»Dann los.«

Dorian verstaute die Machete und ging an mir vorbei zur Tür. Sie war nur angelehnt. Vorsichtig drückte er sie auf. Die Scharniere quietschten leise, während das Holz der Tür ein Ächzen von sich gab. Ein Gefühl der Schwere erfasste mich, als ich über die Schwelle trat. Und mit jedem Schritt weiter in das Gebäude hinein fiel es mir schwerer zu atmen.

Zu meiner Linken sah ich durch den Türspalt einen alten

zerrissenen Ohrensessel vor einem in sich zusammengefallenen Kamin. Der Beistelltisch war umgefallen und halb unter Schutt begraben. Ich löste mich davon und schlich Dorian hinterher die Treppe hoch. Eine Gänsehaut stellte alle Härchen an meinem Körper auf. Ich spürte die Seelen der Wächter und versuchte, die Grenze zwischen den Welten zu verdichten, indem ich mich ganz auf die Dunkelwelt konzentrierte. Auf Dorian, auf unsere Aufgabe.

Aber die Energie in diesem Haus zog an mir, und nur mit Mühe konnte ich den Blick geschärft halten.

Dorian blieb vor einer verschlossenen Tür stehen. Als er mich anschaute, runzelte er die Stirn. »Geht es dir gut?«

»Ja«, räusperte ich mich. »Lass uns einfach schnell machen.«

»Okay. Das sind die Räume des Meisters«, sagte er und nickte Richtung Tür.

Ich presste die Lippen aufeinander, und auf mein Nicken hin drückte Dorian die Klinke hinunter.

Das Zimmer dahinter war genauso heruntergekommen wie der Rest des Hauses. Der Schreibtisch in der Mitte war von einer dicken Staubschicht bedeckt, der Stuhl lag umgekippt dahinter. Es gab einige Regale, von denen kaum noch eines gerade stand.

»Ich suche die Münzen. Versuch noch etwas näher heranzukommen«, zischte Dorian mir zu und seine Schritte entfernten sich.

Mitten im Raum blieb ich stehen, schloss die Augen, tauchte in den Traumzustand ab und konzentrierte mich auf die Menschenwelt. Die Energien drängten auf mich ein und ich ließ sie an mich herankommen. Auf einmal nahm ich eine Art Raunen, eine energetische Unruhe wahr.

»Ich glaube, sie spüren uns«, sagte ich und schaute mich um.

Das Zimmer war verändert. Einige Regale hatten sich gefüllt und schienen unversehrt, der Stuhl stand hinter dem Schreibtisch.

Dorian war weg. Ich drehte mich zu allen Seiten. »Dorian?«, rief ich.

»Hier«, kam es zurück, und ich stürzte in die Richtung, aus der die Stimme gekommen war. Dabei rannte ich beinahe in ein Bücherregal, das etwas von der Wand abstand. Dahinter erkannte ich eine verborgene Tür. Sie führte in einen kleinen, mit Büchern und Akten vollgestellten Raum. Dorian durchwühlte die unterste Schublade einer Kommode. Ein paar Mappen lagen hinter ihm über den Boden verteilt. Ich sammelte sie ein, bündelte sie und legte sie auf das Möbelstück zurück. »Waren die hier?«, fragte ich.

Dorian schaute sich zu mir um. »Ja. Sorry.«

Auch die Bücher, die er durcheinandergebracht hatte, stellte ich wieder schön in eine Reihe.

»Verdammt«, spuckte er aus. »Wo hast du das Zeug?« Er drehte sich um und verließ die geheime Kammer. Ich folgte ihm.

Im Zimmer davor blieb er stehen, den Blick auf den Kamin gerichtet. Er duckte sich und spähte in den Abzug hinein, zog sich darin hoch und verschwand bis zur Brust darin. Ich hörte das Tasten der Hände, als er den Innenraum absuchte, gefolgt von einem rohen Kratzen, als riebe Stein auf Stein. Dann erschien Dorian mit einem dunkelbraunen Lederbeutel in der Hand.

»Voilà«, sagte er, zog die Schnur auf und griff hinein. Doch der Klang erinnerte nicht an klimperndes Metall, sondern viel mehr an das hohle Knirschen von Kohle. Auch ging kein blaues Glühen vom Inhalt aus.

»Verdammt!«

Ich nahm mir ein Stück aus seiner Hand. Die flachen Taler waren von einem stumpfen Grau. Auf einer Seite war der Kopf von Wilhelm Tell abgebildet, auf der anderen Seite der Blumenkranz, in dessen Mitte eine Fünf stand. »Was ist das?«

»Ein Abbild der verdammten Münzen.« Dorian ließ die Arme sinken. »Die glühen nicht, oder?«

Ich schüttelte den Kopf.

»Scheiße!«

»Und was jetzt? Müssen wir … ich meine … muss ich ganz … also einen Riss …«, stotterte ich daher, denn für einen vollständigen Satz reichte der Atem nicht.

»Ich befürchte ja.« Dorians Blick wurde weich. »Du schaffst das«, sagte er und griff nach meiner Hand.

Kurz drückte ich seine Finger, bevor ich mein Gesicht in den Händen vergrub. Ich konnte mich dem Sog dieser dunklen Energie hier im Haus jetzt schon kaum widersetzen. Wie würde das erst werden, wenn die Grenze offen war?

Dorian streifte sich den Rucksack ab und begann ihn zu leeren. »Wir gehen rüber, holen alles, und du schließt den Riss wieder, okay?«

Wenn es so einfach wäre. Dennoch nickte ich. Es gab keine andere Möglichkeit, als es zu versuchen. An die Konsequenzen, wenn es schiefging, wollte ich nicht denken. Ich musste es einfach schaffen.

Mit geschlossenen Augen tauchte ich in den Zustand ein, in dem ich die Magie kontrollieren konnte. Der Sog der Menschenwelt wurde immer heftiger. Ich spürte, wie der Riss entstand und sich fortpflanzte. »Es ist so weit«, presste ich hervor, ohne die Augen zu öffnen. Ich brauchte alle Konzentration, um den Riss unter Kontrolle zu halten. »Mach schnell!«

Plötzlich fühlte ich unendliche Angst, dann Zorn.

»Der Meister hat uns bemerkt«, stammelte ich. Die Wucht seiner Gefühle warf mich aus der Balance und ich öffnete die Augen.

»Schließ den Riss!«, schrie Dorian, der den Lederbeutel mit den Münzen in den Rucksack stopfte. Das Glühen drang hell durch die Nähte des Sacks, so intensiv war es.

»Schließ den Riss«, schrie er erneut, packte mich an den Schultern und rüttelte mich.

Etwas zog an mir. Ich versuchte, die Dunkelwelt zu erreichen, in sie abzutauchen und die Menschenwelt auszuschließen, aber es kostete Kraft. Wie in einem Wasserstrudel wurde ich tiefer und tiefer gerissen. Mit aller Kraft stemmte ich mich dagegen.

Ich wurde erneut geschüttelt. »Wir müssen hier weg!«, hörte ich Dorians Stimme wie durch Watte. Er packte mich am Arm und zerrte mich durch die Tür. Dann endlich umschloss uns die rötliche Dunkelheit wieder und ich versuchte sofort, die Grenzen zu verdichten, zurückzukommen, aber eine andere Kraft wirkte dagegen, als ob jemand meine Energie anzapfte und sie gegen mich wendete.

»Lejla!«, schrie Dorian mich an. »Bleib hier! Bleib hier!« Eine Hand klatschte in mein Gesicht, es brannte, und der Schmerz lenkte mich ab. Der Riss pulsierte. Die Menschenwelt drang erneut in die Dunkelwelt ein und ich konnte nichts tun.

Ich wurde die Treppe hinuntergezogen. Stolperte mehr, als dass ich lief.

»Stell dich mir, Wandler, oder sie werden alle sterben«, zischte eine näselnde Stimme in meinem Kopf.

Mir wurde eiskalt und es fühlte sich an, als ob mein Herz einfrieren würde.

»Konzentrier dich.« Noch einmal fetzte eine Handfläche in mein Gesicht.

Ich schnappte nach Luft, hielt mir die brennende Wange. Der Schmerz erdete mich, und ich schaffte es endlich, die Verbindung zu kappen und voll und ganz in der Dunkelwelt anzukommen. Aber es war zu spät. Schritte donnerten hinter uns die Treppe hinunter. Dorian zog mich weiter Richtung Eingangstür. Der Flur schien plötzlich endlos lang und ich hatte das Gefühl, kaum vom Fleck zu kommen, obwohl ich wie verrückt rannte.

»Stehen bleiben!«

Dorian stieß die Eingangstür auf. Nur Millimeter neben seiner Hand schlug ein Wurfstern ins Holz ein. Dorian sah sich um und riss mich mit einer halben Drehung in seine Arme, um mich mit seinem Körper zu decken. »Es tut mir so leid«, flüsterte er.

Als sich mein Blick klärte, erkannte ich über Dorians Schulter hinweg Wächter, die sich im Flur hinter uns aufgestellt hatten. Wie viele es waren, konnte ich nicht zählen, denn im selben Moment stieß Dorian mich durch die Tür hinaus, warf mir den Rucksack mit den Münzen zu, wandte sich wieder zu den Wächtern um und zog beide Macheten, was ihm ein Stöhnen entlockte.

»Netter Versuch«, sagte einer der Wächter. »Aber schau dich mal um.« Er breitete die Arme zu beiden Seiten aus. »Du kannst aufgeben oder sterben. Ich denke, Ersteres liegt dir nicht.«

»Ganz recht, mein Freund«, sagte Dorian und zog sich langsam zurück zur Tür hinaus.

Auf einen Schlag war ich hellwach. Ich ließ den Rucksack fallen und richtete die Hände gegen die Wächter. Mir war nicht bewusst, was ich da eigentlich tat, ich wollte uns einfach nur beschützen. Blaues Licht schoss aus den Siegeln. Die Luft vor uns verdichtete sich zu einer undurchdringlichen Mauer, die Dorian und mich von den Wächtern trennte.

Doch dann hörte ich Schritte im Rücken. Der Blick über die Schulter ließ mich erstarren. Darkonas marschierten auf das Zunfthaus zu, die Speere kampfbereit gezogen. Die Aufregung in mir nahm der Mauer Kraft. Kraft, die ich nun auch noch aufteilen musste.

Kapitel 29

Lejla

Mit einer Vierteldrehung errichtete ich eine zweite Mauer hinter uns. Das metallene Wetzen von Dorians Macheten machte mir klar, dass meine Kraft nicht mehr reichte, um die Wächter von uns fernzuhalten. Dorian stöhnte kurz auf, stieß mit dem Rücken gegen mich, bevor er erneut angriff.

»Lass die Mauer fallen!«, rief eine weibliche Stimme.

Aber ich dachte nicht daran, konzentrierte mich stattdessen noch mehr darauf, die Luft zu einem undurchdringlichen Schild zu verdichten, das uns nun beinahe wie eine Kugel umschloss. Doch meine Arme begannen schon zu zittern.

Hinter mir schrie jemand auf. Ich blickte mich um. Dorian kämpfte gegen drei Wächter gleichzeitig. Einer von ihnen krümmte sich im Schmerz vornüber, während weitere sich bereits durch die Mauer drängten. Als ich wieder nach vorne schaute, schwächelte auch hier die Abwehr. Eine Gestalt wurde dahinter sichtbar.

»Lejla! Ich bin es, Sinjala! Lass uns euch helfen.«

Die Anstrengung trieb mir den Schweiß aus allen Poren.

»Bitte!«

Ich ließ die linke Hand sinken, und die Mauer vor den Darkonas verdampfte zu allen Seiten, wie Regen auf heißem Asphalt. So konnte ich nun wenigstens meine ganze Energie für die Wächter nutzen. Die Darkonas strömten zu beiden Seiten an mir vorbei, und das Klingen von Metall gegen Metall durchdrang die Luft. Der Kampf hatte sich mittlerweile ganz auf die Straße vor dem Zunfthaus verlagert. Auf der Suche nach Dorian ließ ich den Blick schweifen.

Er war auf die Knie gefallen und ein Wächter erhob seine Waffe zu einem tödlichen Schlag über ihn. Reflexartig richtete ich die Hände gegen den Typen aus. Der Impuls, der von meinem Körper ausging, verdichtete die Luft und wie eine Walze raste das Gemisch nun auf den Wächter zu, der Dorian bedrängte. Dorian wehrte den ersten Hieb notdürftig mit der Machete ab, bevor sein Gegner durch die Druckluft von den Füßen gefegt und rückwärts gegen seine Zunftbrüder geschleudert wurde, die er mit sich zu Boden riss. Erschrocken schaute ich meine Hände an, dann wieder zu Dorian, dem nun ein Darkona zu Hilfe kam. Er zog Dorian auf die Füße und schob ihn aus dem Getümmel. Erleichtert wandte ich mich ab und konzentrierte mich wieder auf das Kampfgeschehen. Ich fokussierte den Asphalt hinter den Wächtern. Die Arme ausgestreckt, beschwor ich das Bild von Sand vor meinem inneren Auge herauf, genau wie ich es damals bei den Schlangen getan hatte. Die Magie schoss in zwei blauen Strahlen aus meinen Händen. Die Straße unter mir erzitterte. Der Boden wurde rissig, zerklüftete und zerbröckelte schließlich. Die Trümmer wurden zu Körnern und dann immer noch feiner, bis hinter den Wächtern eine Fläche aus Treibsand entstanden war, in den die Darkonas ihre Gegner im Kampf nun drängten. Da ich meine gesamte Konzentration für die Wandlung der Materie brauchte, merkte ich zu spät, dass sich jemand an mich herangeschlichen hatte. Ein Arm legte sich um meine Kehle und drückte zu. Augenblicklich erlosch das blaue Licht. Mein Blickfeld verengte sich. Doch mein Körper erinnerte sich instinktiv an das Kampftraining. Ich trat dem Angreifer heftig auf den Fuß und ließ mich gleichzeitig fallen. Der Arm lockerte sich kurz und der Wächter wollte nachfassen, aber da war ich ihm schon entkommen, drehte mich blitzschnell zu ihm um, die Fäuste erhoben, bereit zuzuschlagen. Aber meine Schwester war schneller. Mit einem Kampfschrei sprang sie auf den Wächter zu und bohrte ihm den Speer in die Brust.

Ich ließ die Hände sinken. »Danke.«

»Gern, Schwesterherz.« Sie lächelte und schaute über ihre Schulter zurück. »Danke dir!«

Ich folgte ihrem Blick und erst jetzt wurde mir bewusst, dass der Kampf zu Ende war. Die Wächter, die noch nicht verwundet oder tot am Boden lagen, steckten im Treibsand fest und sanken, mit den Armen rudernd, immer tiefer ein.

Sinjala zwinkerte mir zu, dann wandte sie sich ab. Mit ruhiger Stimme erteilte sie Befehle, woraufhin die Darkonas begannen, die überwältigten Wächter zu fesseln.

Tiron trat neben meine Schwester. Und plötzlich fiel es mir wie Schuppen von den Augen. Sein Blick zur Tür gestern in der Kaserne war kein Fehler gewesen, sondern ein Hinweis. Er hatte mich absichtlich entkommen lassen.

Ich packte den Rucksack mit den Münzen, der noch immer neben mir lag, und sah mich nach Dorian um. Auf der anderen Straßenseite entdeckte ich ihn. Er saß auf der Steintreppe, die zur Pauluskirche führte, und hielt sich die Schulter. Das Gesicht war schmerzverzerrt.

Ich rannte zu ihm hinüber und kniete mich vor ihm nieder. Meine Augen huschten über seinen Körper, suchten ihn nach weiteren Verletzungen ab. »Bist du okay?«, fragte ich, obwohl ich sah, dass er das nicht war.

»Geht gleich wieder.« Er schloss die Augen, die Brauen zogen sich zusammen, während sich die Finger der linken Hand in die verletzte Schulter bohrten. Als er die Augen wieder öffnete, schaute er mich an. »Du hast ganz schön was drauf.« Ein halbseitiges Grinsen erhellte seine Züge und seine Hand tastete nach meiner.

Ich nahm sie und küsste sie, drückte sie an mich. »Es tut mir so leid, Dorian. Ich wollte den Riss gleich wieder schließen, aber ich konnte nicht.«

»Du musst dich ganz sicher nicht entschuldigen! Ohne dich wäre ich jetzt tot.«

»Ohne mich wärst du gar nicht in dieser Situation.«

»Hör auf«, flüsterte er. »Ich könnte in keiner besseren Situation sein als in dieser. Das weißt du.«

Ich streichelte über seinen linken Oberarm, rückte näher zu ihm und lehnte den Kopf gegen die unversehrte Schulter. Dorian streichelte über meine Haare.

»Er hat mich bedroht. Er wird alle töten«, flüsterte ich.

»Wer?«

»Der Meister. Seine Stimme war in meinem Kopf.«

Dorian schob mich von sich. »Was hat er gesagt?« Seine behandschuhte Hand legte sich unter mein Kinn und zwang mich ihn anzuschauen.

»Dass ich mich ihm stellen soll, sonst tötet er alle. Ich muss zu Endra. Muss sie warnen, damit sie alle anderen warnen kann.«

Dorian presste die Lippen zusammen.

»Hey Leute. Alles klar?« Jetros Stimme unterbrach uns und ich schaute zu ihm hoch.

»Ja. Danke. Bei euch?«, fragte Dorian.

»Ja, ja«, grinste er und schüttelte den Kopf, während er Dorian musterte. »Was war das denn nun wieder für ein Plan? Wenn wir dir nicht schon wieder den Arsch gerettet hätten …«

Dorians Gesicht verfinsterte sich. »Verzieh dich, Zauberlehrling! Deine Klugscheißerei geht mir auf den Sack.«

»Schon gut, ich sage ja nur …«

»Jungs!« Sinjala kam auf uns zu. Sie trug eine ähnliche Uniform wie Tiron und die Mandori, nur dass in ihrem Kragen Gold verwoben war. So wie bei unserem Vater. Tiron blieb einen Schritt hinter ihr zurück und es war offensichtlich, wer die Truppe führte.

Sie legte die Handkante auf die Brust und neigte den Kopf vor uns. Wir taten es ihr gleich.

Dorian griff nach meinem Arm und ich half ihm aufzustehen. Er übergab meiner Schwester den Rucksack mit den Münzen. »Für deine Truppe.«

Noch einmal verneigte sie sich tief. »Danke, Wächter.« Dann reichte sie den Rucksack an Tiron weiter, der eine blau leuchtende Münze herausnahm und sie Jetro gab. Der schloss kurz die Augen, als sie in seiner Hand lag, dann gab er sie weiter. Nur langsam verlor sie den grellen blauen Schein. Selbst als sie wieder bei Tiron war, leuchtete sie noch. Auch er tankte davon. Dann übergab er sie meiner Schwester, zusammen mit einer Handvoll weiterer Münzen aus Dorians Rucksack. Die frischen Münzen schob sie in die Manteltasche, während sie den letzten Hauch von Magie aus der alten zog und sie Tiron zurückgab.

»Wir müssen hier verschwinden, bevor noch mehr Wächter auftauchen«, sagte sie und drehte sich um. Sie ging ein paar

Schritte von uns weg und streckte ihre Hand gegen die schillernde Fläche aus, die sich unter einem blauen Glühen materialisierte. Wie feiner Regen perlte der Glitzer hinunter und auf Sinjalas Befehl hin schritten die Darkonas hindurch auf die höhere Ebene – das Würfelvolumen, wie Validin es mir, für meine Vorstellung begreifbar, erklärt hatte. Ich schob Dorian vor mir her, während sich die Wand hinter uns schon wieder aufbaute. Ich schwankte bei dem Blick nach hinten, der mir wieder vorgaukelte, dass wir vom Punkt des Übertrittes der Straße entlang vertikal nach oben spazierten. Ich wusste nicht, ob ich mich jemals an diese hochdimensionale Welt gewöhnen würde.

Wir entfernten uns von der Kirche und damit auch von der Villa. Und mit jedem Schritt weg von diesem Ort fühlte ich mich besser. Nur der Fakt, dass sich die Welt um mich herum nun auch wieder aufrollte, gab mir hier draußen deutlich mehr zu kämpfen, als in der Kaserne. Besonders, wenn ich den Blick zu weit schweifen ließ, geriet ich schnell ins Stolpern.

»Geht es dir gut?«, fragte Dorian, der mich am Arm packte, als ich erneut ins Schwanken geriet. Er sah etwa so bleich aus wie nach dem Schlangenangriff.

»Ja. Alles gut.«

»Hm«, brummte er, ohne den prüfenden Blick von mir abzuwenden. »Ist dir schwindlig?«

»Nein, nein, es geht schon.« Ich richtete den Blick vor mir auf den Boden. So war es wesentlich einfacher, mit der Raumgeometrie klarzukommen.

Sinjala stoppte die Truppe und gab Tiron ein Zeichen, woraufhin er die Münzen auf den Boden leerte. Er rief einige der Soldaten und Soldatinnen zu sich und sie begannen, die

Energie durch sich hindurch an die Dunkelwelt abzugeben. Ein blaues Licht breitete sich wie Morgennebel um sie herum aus und erfasste die gesamte Umgebung.

Sinjala trat auf Dorian zu. »Darf ich?«, fragte sie und deutete auf seine Schulter.

»Weit sind wir ja nicht gekommen«, sagte er, ohne auf ihre Frage einzugehen. »Das wird nicht reichen, um uns vor den Wächtern in Sicherheit zu bringen.«

Meine Schwester lächelte. »Wir sind auf der höheren Ebene und somit unerreichbar für die Menschen.«

»Wir sind *wo*?«

»Ich erkläre es dir später«, sagte ich. »Das ist auch der Grund, warum ich ein bisschen Probleme mit dem Gleichgewicht habe.«

Mit hochgezogenen Brauen schaute Dorian mich an.

»Also, lässt du mich an deine Schulter?«

»Okay«, sagte er, die Brauen noch immer ungläubig nach oben gezogen.

Meine Schwester legte ihre Hand auf die Verletzung. »Das könnte etwas wehtun.«

»Alles klar«, sagte er kurzatmig.

Ein blaues Leuchten wob sich um das Gelenk. Dorian riss die Augen auf, bevor sich sein Gesicht verkrampfte. Sein Atem stoppte und er neigte sich leicht zur Seite, um sich dem Schmerz zu entziehen, doch ich hielt ihn fest.

»Atme«, sagte Sinjala ruhig, während ich seine Hand drückte.

Dorians Züge begannen sich wieder zu entspannen, und das blaue Glühen erlosch. Er atmete schwer, als er die Augen öffnete und vorsichtig die Schulter hob und senkte. »Wow, danke.«

»Kein Problem. Aber es kann noch etwas wehtun, bis alles zusammengewachsen ist. Ich habe deine Knochen sozusagen zusammengepuzzelt. Da war alles ziemlich zertrümmert.«

»Ja, so hat es sich angefühlt«, sagte er und rieb sich mit der Hand über Hals und Schulter. »Wie habt ihr uns eigentlich gefunden?«

»Bei eurem Gespräch hast du Lejla einen Hinweis gegeben, wo sie dich finden kann. Durch ihre Flucht wussten wir, welche Brücke gemeint war, und so haben wir uns an eure Fersen geheftet.«

»In der Hoffnung, dass ihr wisst, was ihr tut«, quasselte Jetro dazwischen.

»Wir haben die Speicher«, sagte Dorian. »Ich dachte, das ist es, was wir uns holen sollten, nicht wahr?«

»Das ist richtig«, bestätigte meine Schwester. »Der erste Schritt ist getan. Jetzt müssen wir den Meister nur noch irgendwie hierher locken.«

Dorian lachte freudlos auf. »Er wird die Dunkelwelt niemals betreten.«

»Dann muss ich in die Menschenwelt gehen«, sagte ich.

»Nein!« Sinjala wandte sich mir zu. »Du darfst auf keinen Fall in die Menschenwelt, Lejla. Hier bist du stärker.«

»Der Meister hat mir gedroht. Er wird sie alle umbringen, wenn ich mich ihm nicht stelle.«

»Er will dich nur aus der Reserve locken.«

»Dann muss ich zumindest meine Freundin warnen. Dafür muss ich nicht übertreten, wir können so kommunizieren.«

Meine Schwester nahm einen tiefen Atemzug. »Also gut. Und wo finden wir deine Freundin?«

»Vermutlich verbringt sie jede freie Minute bei der Johanniterbrücke. Dort haben wir das erste Mal kommuniziert, und ich bin sicher, sie wartet dort auf mich.«

»Aber das ist direkt gegenüber von unserem Hauptquartier. Das ist Selbstmord«, sagte Jetro. »Der Dira wird die ganze Armee auf uns hetzen.«

Sinjala legte die Stirn in Falten.

»Bitte«, flehte ich. »Ich muss sie warnen.«

Meine Schwester nickte. »Es wurde schon zu viel unschuldiges Blut vergossen. Wir müssen einfach umso vorsichtiger sein. Zudem haben wir dank euch nun einen guten Magievorrat, der uns den anderen überlegen macht.« Damit gab sie der Truppe den Marschbefehl.

Dorian hielt mich zurück, bis alle Darkonas an uns vorbeigezogen waren. Seine Hand wanderte über meine Schulter den Arm hinunter und umfing meine Finger. Es tat gut, ihn neben mir zu wissen. Er gab mir Kraft.

Kapitel 30

Lejla

Es war nicht weit bis zum Fuß der Brücke. Dort kehrten wir auf die unterste Ebene zurück – die Würfelfläche – die Ebene, in der die Dunkelwelt der Menschenwelt am nächsten war. Dorian und ich stiegen die Geröllhalde hinunter auf die Uferstraße, während sich die Darkonas in der Umgebung verteilten, um uns Rückendeckung zu geben.

Dorian hielt mich im Schatten der Brücke zurück. Sein Blick heftete sich an die Kaserne am gegenüberliegenden Ufer. Das rote Sandsteingebäude mit den viereckigen Türmen zog auch meine Aufmerksamkeit wie magisch an. Es war eine kleine Oase inmitten des Zerfalls. Und dennoch so bedrohlich.

»Wir sollten uns beeilen«, sagte er und schlüpfte unter dem verrosteten Geländer hindurch, um die Böschung auf den aus Steinplatten gefertigten Uferweg hinunterzusteigen. Ich wandte den Blick von dem Gebäude ab und folgte ihm.

»Ist Endra hier?«, fragte er.

»Ich weiß es noch nicht. Wenn, dann vermutlich weiter vorne.«

»Okay, dann los.«

Ich ging an Dorian vorbei und rannte die gut fünfzig Meter den Weg entlang zu unserem Platz. Ich setzte mich hin und wischte über den Boden. Keine Spur von Endra. Ich schloss die

Augen und konzentrierte mich auf meine Freundin. Erinnerungen an diesen Ort kamen mir ins Gedächtnis, und ich ließ mich von ihnen davontragen. Vogelgezwitscher, das Gluckern des Wassers, wenn die seichten Wellen gegen den Stein schlugen, das kühle Nass, das meine Knöchel umspielte, wenn ich die Füße in den Fluss hielt. Die Energie der Menschenwelt floss durch mich hindurch und ich öffnete mich ihr vollständig. Ein warmes Gefühl umhüllte mich. Ich tastete um mich und fand ein Steinchen, mit dem ich Hallo auf den Boden schrieb. Und plötzlich sah ich, wie sich Buchstaben formten.

Gott sei Dank bist du da!

Endra hatte Straßenkreide besorgt. Wie klug!

Alle in Gefahr, schrieb ich, Verstecken!

Du musst dem Meister die Magie nehmen.

Ich weiß, schrieb ich darunter. Speicher geleert

Gut!

Wie besiegen?

»Lejla!« Dorian hielt zwei Finger hoch. »Zwei Minuten, dann müssen wir los.«

Okay. Mein Puls schnellte in die Höhe, was meine Hand noch zittriger werden ließ.

Deine Hand auf seinen Ring legen → Spruch

Spruch?

Tarma sa, tarma ka, la hassara kalma. Na rach tjahu schallama kalma

Mit gerunzelter Stirn las ich die Buchstaben.

Was ist das?, schrieb ich darunter.

Merke es dir!!!

»Wir müssen los! Sie kommen!« Dorian kam die paar Schritte auf mich zugerannt, beide Macheten gezogen. Und da sah ich sie: Eine schwarze Welle, die vom anderen Ufer auf uns zurollte.

Ich las die Worte erneut, versuchte, sie mir einzuprägen, als schon neue Worte entstanden: Die Übersetzung des Spruches.

Magie kommt, Magie geht, sie fließt zu mir. Dem, der sie missbraucht, entflieht sie zu mir

Das R wird geroll…

Plötzlich rissen die Buchstaben ab. Mein Herz setzte einen Schlag aus. Ich sprang hoch. Waren die Wächter schon bei ihr?

»Wir müssen verschwinden, Lejla!« Dorian packte mich am Ellbogen.

Die schwarze Welle hatte die Mitte des Flusses erreicht. Die Darkonas waren nun nahe genug, dass man die einzelnen Krieger erkennen konnte, die mit gezogenen Speeren auf uns zuliefen. Plötzlich baute sich eine blau schimmernde Wand zwischen uns und den Soldaten meines Vaters auf und hinderte die wütende Meute, näher zu kommen. Als ich mich umsah, entdeckte ich Sinjala mit ihrer Truppe auf der zerstörten Brücke. Sie waren Vaters Armee zahlenmäßig weit unterlegen, aber sie besaßen die Münzen und ihre Magie war stark. Sie würden allein klarkommen. Nicht so meine Freundin, die nun vermutlich in den Händen dieser Zunftleute war. Kurzentschlossen ließ ich die Welten um Dorian und mich herum verschmelzen, packte ihn am Arm und riss ihn mit mir auf die andere Seite in die Menschenwelt.

»Hey! Hilfe! Hilfe!«, rief Endra.

Ein dunkel gekleideter Typ zerrte meine Freundin zur Treppe, die zwischen dem Brückenaufgang, der bis zwischen die Häuser reichte, und der angrenzenden Hausmauer nach oben führte. Sie versuchte sich zu wehren, hatte aber keine Chance. Ihre Hände waren mit Kabelbinder auf dem Rücken gefesselt und der Wächter zog sie an den Haaren und am Arm neben sich her.

Ich kletterte hinter Dorian die Böschung hoch auf die Uferstraße.

»Ash!« Dorians Stimme durchdrang jede Faser meines Körpers. Breitbeinig postierte er sich mitten auf den Weg.

Der Wächter drehte sich um, riss meine Freundin dabei beinahe zu Boden. »Oh, hey. Schön, dass ihr es einrichten konntet.« Ashs Hand griff nun in Endras Nacken, während er sie enger an sich presste.

Ihr Gesicht war verkrampft und die Schultern weit nach oben gezogen. »Es tut mir leid«, sagte sie, den Blick auf mich gerichtet.

»Das ist nicht dein Fehler.« Es bereitete mir Mühe, meine Stimme daran zu hindern, wie ein Fähnchen zu flattern und meine Angst zu verraten.

»Ja, das ist echt mies, Wandler. Unschuldige mit in das eigene Verderben zu ziehen.« Ash schüttelte den Kopf. »Aber so seid ihr halt. Missgeburten, die Tod und Unheil bringen.«

Ich spürte Dorians Wut und legte eine Hand auf seinen Arm.

»Und du, Andrin. Vielleicht kennst du ja das Sprichwort: Hochmut kommt vor dem Fall. Du hättest wissen müssen, dass wir euch kriegen. So oder so. Aber du hast ja schon immer gedacht, dass du besser bist als alle anderen. Nur leider irrst du dich. Du bist ein Nichts! Ein Nichts aus Ignoranz und Dummheit!« Ash stieß Endra so heftig nach vorne, dass sie taumelte und auf die Knie fiel. Kein Ton kam über ihre

Lippen, aber ich sah an ihrem Gesicht, dass sie höllische Schmerzen litt.

»Dein Gerede beeindruckt mich nicht, Ash. Ich weiß, wer ich bin, und ich weiß, was ich getan habe.«

Ich spürte, wie sich hinter uns immer mehr Leute sammelten, musste mich nicht umsehen, um zu wissen, dass es da mehr Wächter als Ziegelsteine gab. Und nun tauchten sie auch noch, immer in Viererreihen, hinter Ash auf. Schwarze Motorräder, wie das von Dorian, blockierten zudem die Straße zu beiden Seiten.

»Ach ja? Schön für dich.«

»Ja, das ist es. Und um ehrlich zu sein: Ein bisschen Nachdenken könnte dir auch nicht schaden. Aber du bist ja völlig zerfressen von deiner Eifersucht und den Rachegefühlen.«

»Halt die Klappe, du dreckiger Verräter! Siehst du nicht, was hier los ist? Dein letztes Stündchen ist angebrochen.«

»Du hast es ja schon gesagt, Ash: Hochmut kommt vor dem Fall.«

Dorian schaute zu mir. Ich sah das Feuer in seinen Augen, und ich wusste, dass er nicht aufgeben würde, bis er den letzten Atemzug getan hatte. Das gab mir Kraft. Egal, wie aussichtslos es war, wir würden kämpfen. Bis zum bitteren Ende.

Ich schloss die Augen, um mich zu sammeln, meine Energie zu sammeln, als Dorian plötzlich einen merkwürdigen Laut von sich gab. Ich schaute zu ihm, aber da war er schon neben mir zusammengebrochen.

»Dorian!«, rief ich und wollte ihm aufhelfen. Er nahm meine Hand, aber anstatt sich zu erheben, krümmte sich sein Oberkörper noch mehr zusammen und er fiel zur Seite um. Seine Macheten lagen eine Armlänge von ihm entfernt. Ich versuchte, Ashs dreckiges Lachen auszublenden und kniete mich zu ihm nieder, während eine Gänsehaut meinen ganzen Körper überzog.

Auch Endra wimmerte leise. Mein Blick ging zu ihr, wurde aber von zwei Beinen in edlem schwarzem Stoff und schwarzen Lederschuhen verstellt. Langsam schaute ich hoch und sah in zwei kalte, dunkle Augen. Grau melierte Haare säumten das kantige, absolut symmetrische Gesicht. Durch den schwarzen Rollkragen unter dem ebenso schwarzen Anzug wirkte er beinahe wie ein Priester. Ich spürte ein Kitzeln in der Magengegend. Der Meister starrte mich an. Seine Augen verengten sich kaum merklich. Dann hörte das Kribbeln auf. Hatte er gerade versucht, mir ebenfalls Schmerzen zu bereiten, so wie Dorian und Endra? Schützte mich die eigene Magie davor?

»Steh auf, Wandler!« Seine Stimme war messerscharf.

Ich erhob mich und straffte die Schultern.

»Deine Menschenfreunde würden es dir danken, wenn du mir gibst, was ich verlange.«

»Und was wäre das?«

»Deine Magie!«

»Wozu? Sie haben doch schon alles aus der Dunkelwelt gestohlen.«

»Aber du hast es mir wieder genommen, und da reagiere ich sehr empfindlich.« Er lächelte milde. »Ich mache das alles ja nicht aus Vergnügen. Ich tue es, um die Menschen zu beschützen. Ich verwahre die Magie, damit wir hier in Frieden leben können. Gib mir den Keim, und ich werde die Dämonen für immer verbannen.«

»Die Dunkelwelt hat eine Aufgabe, die sie nicht mehr erfüllen kann. Und das ist Ihre Schuld. Nur deshalb ist sie eine

Bedrohung geworden. Wenn ich Ihnen gebe, was Sie wollen, wird die Menschenwelt mit der Dunkelwelt zugrunde gehen. Unsere Seelen wären verloren. Es gäbe keine Reinigung mehr und der Weg wäre frei für all die dunklen Energien, oder Dämonen, wie Sie sie nennen, die Sie angeblich von uns fernhalten wollen. Ich denke nicht, dass mir das meine Freunde danken würden.«

Meine Worte wurden mit einem Aufschrei von Endra und einem Stöhnen von Dorian quittiert.

»Nein, denkst du nicht?«

»Meine Menschenfreunde würden es *Ihnen* danken, wenn Sie mit dem Unsinn aufhören würden.«

»Das liegt ganz in deiner Hand, Wandler.«

»Ja, möglicherweise haben Sie da gar nicht so unrecht.«

Der Meister grinste abschätzig. »Du glaubst doch nicht etwa, dass du gegen mich auch nur die geringste Chance hast.« Aus der Hosentasche holte er eine blau leuchtende Münze. »Oh«, sagte er und betrachtete mich mitleidig. »Du hast doch nicht etwa ernsthaft geglaubt, ich überlasse euch einfach so meinen gesamten Speicher.« Er lachte auf und ließ die Münze durch die Finger laufen. »Du bist ein Krüppel, ohne Macht. Aber hey, versuch es nur. Zeig mir, was du draufhast.«

Ich rang nach Atem. Versuchte den Herzschlag zu beruhigen. Der bluffte doch nur. Ich durfte mir nichts anmerken lassen, musste cool bleiben, aber dafür war es wohl bereits zu spät. Das Pokerface hatte ich noch nie beherrscht und ich spürte überdeutlich, dass mir schon alle Gesichtszüge entglitten waren.

Der Meister drehte sich kurz zu Ash um und nickte ihm zu. Er und ein weiterer Wächter traten hervor, fesselten Dorian die Hände auf dem Rücken, packten ihn unter den Achseln und schleiften ihn durch die Gasse, die die anderen Wächter nun bildeten. Der Meister trat zur Seite, damit ich auch alles genau sehen konnte. Ash legte Dorian ein Seil um den Hals. Er wehrte sich nicht. Sein Gesicht war noch immer schmerzverzerrt, und er bekam schon jetzt kaum Luft. Dorians ehemaliger Freund band das Seil an einer der Maschinen fest, bedeutete dem Fahrer abzusteigen und setzte sich selbst darauf. Mit einem Blick zurück startete er den Motor und blies Dorian die heißen Abgase ins Gesicht.

»Okay, stopp!«, rief ich. »Was soll das?«

»Halt ihn zurück, große Magierin«, sagte der Meister. »Zeig, was du kannst.« Sein schallendes Lachen schmerzte in meinen Ohren.

»Nein, nein, nein. Halt, das – okay …« Mein Herz raste wie verrückt. Ich streckte eine Hand aus und konzentrierte mich auf den Motor, den ich verschmelzen lassen wollte. Doch außer einem schwachen blauen Dunst kam nichts aus meiner Handfläche. Vergebens suchte ich nach der Energie in mir. Nach Wut, von mir aus auch Angst. Irgendein Gefühl, das mir Kraft gab, aber ich fühlte mich einfach nur ausgezehrt. Erneut lachte der Meister auf, während sich die Maschine langsam in Bewegung setzte. Ich kniff die Augen zusammen, spannte alle Muskeln an. Doch meine Kraft schwand, ohne dass etwas geschah.

»Nicht«, hörte ich Endra krächzen.

Ein Röcheln erklang und ließ mich die Augen aufreißen. Der Meister drückte den Fuß gegen Endras Kehle. »Halt dein Maul«, zischte er.

Langsam ließ ich die Hand sinken.

Ein blauer Schimmer waberte um den Meister und seine Münze glühte nun so sehr, dass sie mich blendete.

Hatte er meine Magie abgefangen? Ohne Berührung? War das möglich? Mein Kinn zitterte. Wie konnte ich nur so blöd sein? Er hatte mich reingelegt!

»Los, Ash, lösch unserem Verräter das Licht aus.«

»Sehr gern«, prahlte Ash.

»STOPP!«, rief ich. »Ich gebe Ihnen, was Sie wollen. Ich gebe Ihnen alles, aber hören Sie auf.« Meine Hände und Knie zitterten. Und langsam wurde mir bewusst, wie viel Kraft mich das alles gekostet hatte. Kraft, die nun er besaß.

Der Meister nahm den Fuß von Endras Hals und gab ihr einen Tritt, dann hob er die Hand. Ash stellte die Maschine ab, blieb aber darauf sitzen.

Ein süffisantes Grinsen zog beide Mundwinkel leicht nach unten. Mein Blick streifte über Dorians verzerrtes Gesicht und Endras gekrümmten Körper. Und langsam kam sie zurück, die Wut, die den Kampfgeist anfeuerte. Ich spürte förmlich, wie ich regenerierte, wie die Kraft aus mir selbst heraus – aus meiner Seele – in mir wuchs, genauso wie es meine Schwester gesagt hatte. Meine Seele nährte die Magie in mir. Ich ballte die Fäuste.

»Bringt sie zu mir«, befahl der Meister.

Ich wurde von zwei Wächtern gepackt und zu ihm geschoben. Er streckte seine geballte Faust aus. Auf dem Ringfinger prangte ein übergroßer Siegelring, dessen Zeichen ich nur zu gut kannte.

Ich biss die Zähne zusammen und nährte die brodelnde Wut in mir, bis mich das Gefühl erfüllte, gleich überzukochen.

Einer der Wächter packte mein Handgelenk. Der Spruch! Wie ging der Spruch noch mal? Mein Herz setzte aus. Verdammt. *Tarra, marra taju massalla. Scheiße!*

Sie bogen meine Finger nach hinten, sodass die Handfläche offen vor ihnen lag, die sie nun gegen den Siegelring drückten.

Tarra mi, tarra malsa, Terra sala. Shit, shit, shit!

Schweiß bildete sich an meinem Haaransatz und rann nun auch meinen Rücken hinunter. Etwas zog an mir und trübte mein Bewusstsein. Ich musste wach bleiben. *Scheiß Spruch. Scheiß Sprache! Hier bleiben! Wach bleiben.*

»Lejla!«, hörte ich Dorians raue Stimme. Dann ein Schlag und ein unterdrückter Schrei.

Meine Hand brannte. Hitze fraß sich den Arm hoch und ich glaubte zu verglühen. Mir schwanden die Sinne und ich konnte nichts dagegen tun. Ich war durchnässt von Schweiß, meine Beine wurden schwächer.

Die Dunkelwelt stärkt dich. Sie nährt deine Magie, hallten Sinjalas Worte in mir nach.

Mit letzter Kraft konzentrierte ich mich auf das rote Dämmerlicht, die Ruinen und den stinkenden Fluss. Ich dachte an Sinjala und ihre Verbündeten, und dann spürte ich die Dunkelheit auf mich einströmen. Ich ließ es zu. Hieß sie willkommen und verschmolz die Welten. Rötliches Dämmerlicht umhüllte mich. Das aufgeregte Scharren Dutzender Füße um mich herum. Rufe wurden laut und die Konzentration des Meisters ließ nach, während meine Kräfte zurückkehrten. Er wollte sich von mir lösen, aber ich packte seine Hand. Wir waren in der Dunkelwelt – in meinem Reich. Und hier spielten wir nach meinen Regeln. Ich drückte mein Siegel auf seines und da waren sie wieder, die Worte, sie waren ganz klar in meinem Kopf und ich schrie sie mir aus dem Leib.

»Tarma sa, tarma ka, la hassara kalma. Na rach tjahu schallama kalma!«

Wieder und wieder sagte ich den Spruch. Ich fühlte, wie die Hitze zwischen unseren Händen erkaltete und einem eisigen Brennen Platz machte. Kälte überzog meinen Unterarm und ich bekam aus dem Augenwinkel mit, dass um mich herum panische Aufregung herrschte. Ich hörte ein Motorrad aufheulen, Schreie, das Wetzen von Klingen. Aber ich hatte diese Ebene des Bewusstseins verlassen und war da, wo alles möglich war. Und als ich meine Augen öffnete, sah ich das angstverzerrte Gesicht des Meisters. Er war um Jahre gealtert. Die Haut war grau, die Haare licht und weiß. Die aufgeschwollenen Tränensäcke waren dunkelviolett.

»Nehmt sie weg! Nehmt sie weg!«, schrie er, aber seine Stimme war so dünn, dass sie im Lärm des Kampfes unterging. Auch war keiner der Wächter mehr hier, sie alle kämpften gegen die Darkonas, die uns hinter dem Riss empfangen hatten.

»Unterschätze niemals deinen Gegner«, sagte ich zum Meister. Dann riss ich ihn zu Boden und verband mein anderes Siegel mit der sterbenden Erde unter mir. Ein Ruck ging durch die Kämpfenden und eine bläuliche Aura erhob sich über dem Boden, breitete sich aus und erfasste nicht nur die Darkonas, sondern auch die Gebäude um uns herum. Es war so wunderschön, genau wie es mir in diesem Film im Hauptquartier der Darkonas gezeigt worden war. Der Widerstand des Meisters schwand, aber die Anstrengung schwächte auch mich zunehmend. Er kämpfte. Gegen mich, aber vor allem um sein Leben. Der gerade noch so stolze groß gewachsene Mann war zu einem Greis gealtert, den ein Windstoß zu Boden gehen ließ – und dieser Windstoß war ich. Ich spürte, wie der Siegelring unter mir schmolz und dann zwischen meinen Fingern zerrann. Als ich hinschaute, tropfte das Metall auf den Boden und erweckte ihn zu blühendem Leben. Immer mehr von dieser silbernen Flüssigkeit floss zwischen unseren Händen heraus. Weit mehr, als der Siegelring beinhaltet hätte, gerade so, als ob der ganze Körper des Meisters davon durchwirkt gewesen wäre. Der Greis, dessen Hand ich noch immer hielt, war nur noch ein Häufchen, das langsam in sich zerfiel, bis lediglich Staub übrig war. Die Welt um mich herum schien den Atem anzuhalten. Der blaue Schein hatte alles eingehüllt, auch mich. Der Himmel über uns klarte auf. Licht durchfloss mich. Ich atmete ein und schloss die Augen. Dann wurde es finster und ich spürte, wie ich fiel. Meine Gedanken hefteten sich an Dorian, an das Motorengeräusch. Dann an Endra. An die Schreie. Ich musste zu ihnen. Musste sehen, ob es ihnen gut ging. Aber ich schaffte es nicht, gegen die Schwärze anzukämpfen, die mich zu sich rief. Ich versuchte die Augen zu öffnen, aber es gelang mir nicht. Ich versuchte mich zu bewegen, aber es gelang mir nicht. Ich fühlte mich bleischwer und federleicht zugleich. Und dann hörte ich nichts mehr, fühlte nichts mehr. Alles war nichts, und ich war alles.

Dorian

Langsam ließen die Schmerzen nach. Rotes Dämmerlicht drang hinter meine Lider, und ich schlug die Augen auf. Wir waren zurück in der Dunkelwelt. Lejla hatte uns alle mitgerissen. Meine Hände waren noch immer gefesselt, und der Motor blies mir erneut Abgase ins Gesicht. Ich hustete. Dann knallte es. Das Motorrad stürzte um und ein Ruck ging durch das Seil um meinen Hals. Ash rappelte sich hoch und wurde sogleich von drei Typen bedrängt. Um mich herum war ein Kampf ausgebrochen. Darkonas überrannten die Armee von Wächtern, die den Meister begleitet hatten. Ich versuchte mich aufzurichten, um zu sehen, wo Lejla war, aber das Seil zog mich gleich wieder zurück. Ich wälzte mich zur Seite und versuchte, mit den gefesselten Händen an den Dolch im Beinhalfter zu kommen. Er entwischte mir immer wieder. Um nicht zertrampelt zu werden, musste ich in dem Getümmel Tritten und schweren Stiefeln ausweichen. Zum Glück aber waren die Wächter zu sehr mit dem Gegner beschäftigt, um mich wahrzunehmen. Dann endlich bekam ich den Griff zu fassen und zog daran, jedoch entglitt er mir, weil einer der Kämpfer über mich stolperte und mir dabei heftig in den Bauch trat.

Der Dolch lag etwa einen Meter von mir entfernt, unerreichbar, weil mir das Seil um den Hals die Luft abschnürte, sobald ich mich darauf zubewegte. Also versuchte ich es mit dem Fuß. Doch als ich die Ferse auf den Griff legen wollte, wurde das Messer von einem Soldaten über den Boden geschleudert, mitten in das Getümmel.

»Scheiße, verdammte!«

»Ganz schön unangenehme Situation, hm?« Jetros blödes Grinsen schob sich in mein Sichtfeld, wie eine Wolke, die sich vor die Sonne schob.

»Mach mich einfach los und spar dir die Sprüche.«

»Aber ich mag dich so. Hilflos und bettelnd.«

»Ja, schon klar. Aber du brauchst mich anders.« Mit einem heftigen Tritt fegte ich seine Füße vom Boden und verhinderte so, dass eine Klinge seinen Rücken durchbohrte.

Der Darkona landete bäuchlings auf mir und quetschte meinen Brustkorb zusammen. Ich stöhnte auf.

»Nicht so stürmisch, Krieger«, murmelte er und schaute in die Richtung, in die der Wurfstern geflogen war und nun scheppernd über den aufgesprungenen Asphalt hüpfte. »Ähm, danke«, fügte er an und befreite sich aus seiner Lage.

»Mach mich los.«

Er weitete die Schlinge und zog mir das Seil über den Kopf. Dann schnitt er die Fesseln um die Handgelenke durch.

»Bring das Mädchen weg«, sagte ich und zeigte auf Endra, die bewusstlos auf dem Schlachtfeld lag.

»Warum ich?«

»Mach einfach«, hörte ich Tiron brüllen.

»Du hast es gehört!« Damit ließ ich Jetro stehen und wollte meine Macheten ziehen, doch da war nichts mehr. Ich hatte sie fallen gelassen, als der Meister aufgetaucht war.

»Hey, Krieger«, rief Jetro, der schon bei Endra war und sie hochheben wollte. Er warf mir seine Waffe zu. »Mach was draus!«

Ich fing den Speer in der Luft ab und nickte ihm zu.

Lejla brüllte etwas in einer fremden Sprache. Ich wollte zu ihr. Sie hielt den Meister fest, der offensichtlich versuchte, von ihr loszukommen. Die Wächter, die er anschrie, Lejla endlich unschädlich zu machen, waren mit der Abwehr der Darkonas beschäftigt, die ebenfalls zu Lejla vordringen wollten. Unter ihnen auch ihr Vater.

Plötzlich ging der Meister zu Boden. Ich lief hinüber zu ihr, als ein Ruck, gefolgt von einem Moment der Starre, durch die Darkonas ging. Auch die Wächter hielten inne, genau wie ich. Und plötzlich klarte der Himmel auf.

Ich richtete den Blick wieder auf Lejla und den Meister, der vor meinen Augen zu Staub zerfiel. Lejla kippte zur Seite. Ich überwand die letzten Meter zwischen uns, kniete mich neben sie und streichelte über ihre Wange. »Lejla«, flüsterte ich, »hörst du mich?«

Sanft strich ich die verklebten Haarsträhnen aus ihrer Stirn. »Hey?« Ich nahm ihre Hand, die eiskalt war, und legte meine Fingerspitzen auf ihr Handgelenk. Kein Puls. Mein Atem setzte aus. Ich tastete ihren Hals ab. Nichts.

Einen Moment lang war ich wie eingefroren. Ich starrte auf ihr weißes Gesicht. *Das war nicht der Plan. Das war nicht der Plan!* Ich kniff die Augen zusammen. Sie brannten in Erwartung der Tränen, die sich ihren Weg bahnten. Sachte legte ich einen Arm in Lejlas Nacken und dann unter ihre Schultern und hob sie hoch, sodass ihr Oberkörper auf meinen Knien lag. Schlaff hingen Arme und Kopf hinunter, und ich zog sie sanft an mich. Drückte mein Gesicht gegen ihre Brust. *Bitte verlass mich nicht.* Die Tränen liefen nun über meine Wangen. Es war mir egal, dass mir alle zusahen. Ich wollte kein Krieger sein, wollte nicht stark sein. Das alles wollte ich nicht mehr. Ich wollte nur sie. Wollte die Chance, sie zu lieben und von ihr geliebt zu werden.

Aber wer war ich, um dieses Glück verdient zu haben? Ich bekam, was mir zustand: Schmerzen. Schmerzen, die nur die Liebe einem zufügen konnte. Schmerzen, mit denen ich nicht würde leben können. Ich richtete mich auf. Ihr Gesicht war leichenblass und ihre Lippen bereits blau. Trotzdem beugte ich mich zu ihr hinunter, küsste erst ihre Stirn, ihre Lider, ihre Wangen und dann den Mund. Ihre Lippen waren kalt und trocken.

Schritte näherten sich uns. »Dorian«, sagte eine leise Stimme und jemand berührte meine Schulter.

Ich hob den Kopf. Sinjala kniete sich zu uns nieder und legte ihre Hand auf meine, die auf Lejlas Herz ruhte. Dann murmelte sie etwas in ihrer alten Sprache. Es klang wie ein Gebet. Ich schloss die Augen. *Ich würde mit dir gehen, Lejla. Überall hin. Bitte, lass mich hier nicht allein zurück.*

Kapitel 31

Lejla

Wärme umgab mich. Sie fühlte sich gut an, und ich wollte von ihr kosten. Sie fing mich auf und hielt mich fest. Lockte mich.

Mein Fall stoppte und langsam kehrte das Licht zurück. Ich nahm ein Rauschen wahr, wie Wellen an einem Strand. Ich schaukelte. Ein frischer Wind umspielte meine Wangen und ich sog die Luft in meine Lunge. Ich musste wie verrückt husten. Jemand richtete mich auf. Strich mir über den Rücken. Ich versuchte zu erkennen, wer das war, und wandte mich der Person zu, die mich hielt. Gerötete Augen lächelten mir entgegen. Dunkelbraun, wie glänzende Kastanien. Dorian. Er weinte. Ich hob meine bleischwere Hand, um seine Tränen von den Wangen zu wischen. Er schloss die Augen unter meiner Berührung und lehnte die Stirn gegen meine. Ich streichelte ihn. Dann umarmte er mich, hielt mich ganz fest. Erdrückte mich fast. Ich schloss die Arme um seine Taille und schmiegte mich an ihn. Er lebte.

Abrupt löste ich mich von ihm. »Wo ist Endra?«

»Sie ist okay. Jetro hat sie hinausgebracht. Sie ist wieder zu Hause.«

»Gott sei Dank.«

Dorian zog mich wieder in die Arme, küsste meinen Scheitel, meine Schläfe. Immer wieder. Ich streichelte seinen Rücken. »Was ist denn los?«, flüsterte ich.

»Alles gut«, raunte er zurück. »Jetzt ist alles gut.«

Wir lösten uns voneinander, und ich blickte mich um. Einige Darkonas standen im Halbkreis um uns herum. Sinjala kniete neben uns und lächelte mich an. »Willkommen zurück«, sagte sie.

»Hi. Wieso zurück?«

»Danke«, sagte Dorian zu ihr.

»Das war nicht ich. Das warst du – die Kraft deiner Liebe, die durch mich gewirkt hat. Ich habe keine Macht über den Tod.«

»Um was geht es hier?«

Dorian schluckte, dann schaute er mir in die Augen. »Du warst tot.«

»Tot? Nein, ich war …« Der Blick in Dorians Gesicht ließ mich verstummen.

Sinjala erhob sich und trat zur Seite. Hinter ihr stand unser Vater. Sein zuvor aschgraues Gesicht hatte Farbe bekommen.

Ich wollte auch aufstehen, aber die Beine verweigerten mir den Dienst, und mit jeder Bewegung fing sich die Landschaft vor meinen Augen mehr zu drehen an. Dorian half mir, indem er einen Arm fest um meine Taille legte und mich behutsam mit sich hochzog.

Mein Vater kam auf uns zu. Er neigte den Kopf vor mir. Kniete sich sogar nieder und legte dabei die Handkante auf sein Herz.

»Lejla«, sagte er, den Kopf so weit gebeugt, dass ich den Nacken sah. »Ich werde dich nicht um Vergebung bitten, dazu habe ich kein Recht. Aber ich möchte dir sagen, dass es mir unendlich leidtut, was ich dir angetan habe. Du hattest recht, das war ganz sicher nicht, was deine Mutter gewollt hätte. Ich war blind vor Wut und Trauer und ich wollte alles zerstören. Aber du hast uns Heilung gebracht. Ich war vollkommen verblendet und kann erst jetzt wieder klar sehen.«

»Bitte, steh auf«, sagte ich. Das war mir alles zu viel. Ich wollte nicht, dass er sich so vor mir demütigte. Niemand sollte das vor irgendjemandem tun müssen.

Langsam erhob er sich. Er schaute mir in die Augen und ich sah den Schmerz darin. Den echten Schmerz.

Meine Beine fühlten sich schon kräftiger an, also löste ich mich aus Dorians Griff und ging auf meinen Vater zu. Ich wusste nicht, ob ich ihm böse war. Ich wusste aber auch nicht, ob ich ihm einfach so verzeihen konnte. Er wollte mich opfern. Wollte alles aufs Spiel setzen, nur für ein bisschen Genugtuung, die er vermutlich niemals bekommen hätte.

»Du warst nicht du«, sagte ich. Vielleicht waren die Worte auch mehr an mich gewandt. Um mich selbst zu überzeugen.

Er nickte und schlug kurz die Augen nieder, bevor er mich wieder anschaute. »Du bist genau wie deine Mutter. So stark und voller Idealismus. Ich bin sehr stolz auf dich. Bewahre dir das. Glaub immer an das Gute. Dein Herz ist ein Licht in all der Dunkelheit. Es wird dir den Weg zeigen.«

Ich biss auf meine Unterlippe, ohne den Blick abzuwenden. »Wie wird es nun weitergehen?«

Ein Lächeln huschte über sein Gesicht und mit ihm ein zartes blaues Glühen. »Wir sollten beide für unsere Welten Sorge tragen, denn wir sind jeweils auch verantwortlich für die andere. Wir sind eng miteinander verbunden, und die eine Welt kann nicht ohne die andere existieren.« Er nahm meine

Hand. Ich widerstand dem Impuls, sie ihm zu entziehen. »Du bist hier immer willkommen, Lejla. Du, unter allen Wesen, kannst wählen, wo du leben möchtest. Ein Zimmer in meinem Haus ist dir sicher.«

»Danke.« Ich erwiderte den Händedruck. »Mein Zuhause ist in der Menschenwelt.« Ich schaute zu Dorian zurück, der mich ernst beobachtete. »Aber ich werde euch sicher irgendwann besuchen.«

Mein Vater strahlte mich an. »Wenn du wiederkommst, wirst du die ganze Schönheit unserer Welt erleben. Was du gesehen hast, war nur der Tod, aber die Dunkelwelt ist ein wunderbarer Ort voller Zauber und Licht. Ich kann es nicht erwarten, dir all das in der Realität zu zeigen.« Er richtete den Blick über meine Schulter hinweg auf Dorian. »Ich habe gesagt, dass du bei uns nicht willkommen bist, aber das stimmt nicht. Bitte begleite Lejla und schau dir an, wofür du gekämpft hast. Auch dir bin ich eine Entschuldigung schuldig. Du hast dich für deine Überzeugung – für meine Tochter – gegen deine Brüder gestellt. Du hast die Wahrheit hinter all den Lügen gesucht. Als Einziger in diesem ganzen Krieg bist du wach geblieben. Es ist mir eine große Ehre, dich kennenzulernen.«

Ich blickte mich um. Dorian neigte den Kopf.

»Ich hoffe, es ist in Ordnung, wenn ich dich bei deinem richtigen Namen nenne, Andrin.«

Dorian hob den Blick. »Ja, das ist mir recht.«

»Was ist denn eigentlich mit den Wächtern?«, erinnerte ich mich plötzlich. Um uns herum standen ausschließlich Darkonas. »Wo sind sie alle?«

»Die getreuen Ältesten sind tot«, sagte Dorian, kam auf uns

zu und legte einen Arm um mich. »Der Meister hat auch sie durch Magie am Leben erhalten, genau wie sich selbst.«

»Die Wächter sind ziemlich verwirrt«, übernahm Sinjala das Wort. »Als ob sie gar nicht wüssten, was sie hier tun. Wir haben sie in Gewahrsam genommen und werden ihnen den Chip entfernen. Danach begleiten wir sie zurück in die Menschenwelt. Ohne Chip können sie nicht mehr in die Dunkelwelt kommen.«

»Ursprünglich waren die Wächter ehrenwerte Leute«, sagte mein Vater, »und ich unterstütze ihr Bestreben, unsere Existenz geheim zu halten. Ich bin sehr dafür, dies weiterhin so handzuhaben. Lejlas Großvater gehört der alten Garde an. Vielleicht können sich die Wächter ja wieder vereinen, wo ihr nun zur selben Familie gehört.« Bei den letzten Worten musterte er erst Dorian und dann mich.

Was für ein Verein? Mein Großvater? Ach was, ich wollte es gar nicht wissen. Oder doch, eigentlich schon!

Dorian nickte. »Wir werden eine Lösung finden. Im Moment gibt es noch einige offene Fragen. Zum Beispiel, dass am helllichten Tag mal eben zig Leute wie vom Erdboden aus der Menschenwelt verschwunden sind, als Lejla uns in die Dunkelwelt gebracht hat.«

Mein Blick schnellte zu Dorian. Daran hatte ich gar nicht gedacht. »Shit«, entfuhr es mir, »haben das viele gesehen?«

»Heutzutage brauchst du nur einen einzigen mit einem Handy.«

Mein Magen zog sich zusammen. »Und jetzt?«

»Jetzt schauen wir, was die Medien draus machen.«

»Und dann?«

Dorian grinste. »Dann kümmern wir uns, falls nötig, um

die richtigen Schlagzeilen. Der Meister mag weg sein, aber sein Netz besteht noch, und wir werden es ein letztes Mal in Anspruch nehmen müssen.«

Ich verzog den Mund. »Der Zweck heiligt die Mittel, was?«

»Manchmal, ja«, sagte Dorian. Er schaute mich lange an, suchte meine Zustimmung und ich wusste, dass es die einzige Möglichkeit war. Dennoch widerstrebte es mir.

»Die Leute würden die Wahrheit doch gar nicht glauben. Sie wollen eine rationale Erklärung und die werden wir ihnen geben.«

»Andrin hat recht, Lejla. Wir müssen das tun, um unsere Welten zu schützen. Es muss nur einen darunter geben, der die Macht wittert, und wir laufen wieder Gefahr, in einen Krieg zu stürzen.«

»Ich weiß«, nickte ich.

Dorian zog mich in die Arme. »Lass uns nach Hause gehen. Duschen und was essen«, sagte er. Dann zog er mich noch etwas näher zu sich, bis seine Lippen mich am Ohr kitzelten. »Und da weitermachen, wo wir gestern aufgehört haben.«

Ich schmunzelte.

»Hey, ich habe das gehört«, tönte es von hinten.

»Klappe halten, Zauberlehrling«, rief Dorian.

Ich drehte den Kopf.

Jetro stieg gerade von dem Motorrad eines Wächters und ging zu Sinjala hinüber. »Wir könnten uns auch mal wieder diesen Dingen widmen, was meinst du, Sinni?«

»Welchen Dingen?«, fragte sie.

»Na diesen, zu denen Andrin und Lejla gestern nicht mehr gekommen sind.«

»Wovon sprichst du?«

Ich musste ein Lachen unterdrücken. Das Gesicht meiner Schwester war einfach zu komisch, besonders jetzt, als sie begriff. Sie schlug Jetro volle Kanne ins Gesicht.

»Hey!«, rief der.

»Du bist so ein …« Sie winkte ab. »Ach! Hast du keinen Anstand?«

»Uh«, sagte Dorian mit säuerlich verzogenem Gesicht. »Ich hoffe, das hat sie von ihrer Mutter.«

»Kinder, Kinder«, mischte sich mein Vater ein. »Es wird Zeit, sich zu verabschieden.«

Sinjala stieß Jetro von sich, der es nicht schaffte, sein Grinsen zu unterdrücken. »Sinni«, rief er ihr nach, als sie auf uns zukam. Sie beachtete ihn nicht, umarmte mich und küsste mich auf die Wange. »Ich freue mich auf deinen Besuch.«

»Ich auch«, sagte ich und küsste sie ebenfalls.

»Danke, meine Tochter«, sagte mein Vater und neigte den Kopf im Darkonagruß.

Ich tat es ihm gleich, ging dann aber auf ihn zu und umarmte ihn kurz.

»Ich hoffe, wir sehen dich bald wieder. Wie gesagt, du bist hier immer willkommen.«

»Danke«, sagte ich, »ich brauche ein bisschen Zeit. Es ist viel passiert und ich kann das nicht einfach vergessen.«

Beschämt sah er zu Boden. »Das ist mir bewusst. Nimm dir die Zeit, die du brauchst.«

Ich wandte mich wieder zu Dorian um. »Ich denke, wir sollten durch das Tor in der Villa zurückgehen, was meinst du?«

Er grinste. »Ja, irgendwo im Verborgenen wäre gut.«

»Lebt wohl«, sagte ich und schaute in die Runde.

»Auf Wiedersehen«, kam es vielfach zurück.

Ich konnte wieder mühelos laufen, und Dorian und ich hielten uns einfach an der Hand, während wir durch die leeren Straßen wanderten. Ich sog das Licht in mich auf, das von überallher zu kommen schien. Es gab mir Kraft und ich fragte mich, ob das die Magie war, die zurückgekehrt war. Die Häuser waren noch immer zerfallen, aber nichts Gespenstisches umgab sie mehr. Vor den Darkonas lag viel Arbeit. Magie hin oder her, sie mussten ihre Welt wiederaufbauen.

Als wir in der alten Villa auf dem Bruderholz in die Menschenwelt wechselten, blendete mich die Sonne.

Warm prickelten die Strahlen auf meiner Haut. Sie hatte mir gefehlt. Ich streckte ihr das Gesicht entgegen.

»Willst du nach Hause oder kommst du mit zu mir?«, fragte Dorian.

Ich wollte nichts sehnlicher, als mit Dorian zu gehen, aber zuerst musste ich die ganze Wahrheit erfahren. Und ich wollte endlich Tata sehen.

»Ich muss das mit meinem Großvater klären. Danach komme ich gern zu dir.«

»Klar.« Dorian lächelte. »Ich wohne nicht weit weg. Lass uns das Motorrad holen, dann sind wir schneller.«

»Oh – ähm …«

Er hob eine Augenbraue an. »Angst?«

»Hast du einen zweiten Helm?«

Er gluckste. »Fragt die Frau, die soeben die Welt gerettet hat.« Ein schelmisches Lächeln breitete sich auf der unversehrten Wange aus. »Komm.«

Kapitel 32

Lejla

Bevor wir in Dorians Straße einbogen, hielt er mich zurück. »Mein Haus ist etwas … speziell.«

»Das heißt?«

»Na ja – alt.«

Ich zuckte mit den Schultern. »Worauf willst du hinaus?«

»Ein bisschen baufällig vielleicht auch.«

»Du meinst, der Schock einer modernen Luxusvilla nach unserem Trip durch Geisterstädte bleibt mir erspart?«

»Definitiv.«

»Gut. Das könnte ich jetzt auch echt nicht ertragen«, grinste ich.

»Na, dann komm.« Er ging die Straße hoch, die von Hecken gesäumt war und den Blick in die Nachbargärten verwehrte. Zumindest die Umgebung sah sehr nach Wohlstand aus. Das nächste Haus lag etwas nach hinten versetzt und war komplett von Efeu und Reben überwuchert. Der Garten war verwildert. Dorian schaute mich von der Seite an. »Das ist es.«

»Ah«, machte ich. »Immerhin stehen die Wände noch.«

»Ach, der Herr Nachbar zeigt sich auch mal wieder«, keifte es zwischen der angrenzenden Hecke hindurch.

»Frau Jost«, nickte Dorian.

»Ich bitte Sie nun nochmals, Ihr Strauchwerk und die Trauerweide zu schneiden. Ansonsten macht das mein Mann.«

»Viel Spaß dabei!«

Die Frau schnaubte. »Unverschämt! Ihre Eltern wussten schon, warum sie gegangen sind. Sie sind ein schrecklicher Mensch! Genau wie diese komischen Leute, die hier immer ein und aus gehen. Und jetzt bringen Sie die Süchtigen auch noch her. Das arme Ding.«

Meinte die etwa mich?

Dorian riss sich los und ging mit zwei energischen Schritten zur Hecke hinüber. »Hören Sie mal gut zu, es ist mir egal, was Sie über mich denken, aber beleidigen Sie nie mehr meine Freundin, ansonsten werde ich mich persönlich um *Ihre* Bäume kümmern. Ich hoffe, Sie haben einen Kamin, wo Sie das ganze anfallende Holz verbrennen können. Und jetzt verschwinden Sie in Ihre spießigen vier Wände und lassen Sie uns in Ruhe.« Er trat gegen das Gebüsch und die Frau hüpfte übertrieben erschrocken zurück.

»Das wird Folgen haben, Andrin Lakrovic.«

»Lecken Sie mich am Arsch!«

Ich stand mit weit aufgerissenen Augen da. Das war ja noch schlimmer als mit Trudi.

Dorian kam auf mich zu, nahm mich am Arm und zog mich mit sich. Er trat die Tür mehr ein, als dass er sie öffnete.

Das Haus war düster, nicht zuletzt, weil die Fenster mit Gestrüpp zugewuchert waren. Ja, es erinnerte mich stark an die Dunkelwelt, und ich fühlte mich nicht sonderlich wohl. Endra hätte gesagt, dass es hier viel negative Energie gab. Dorians Lächeln, das er die letzten Tage oft getragen hatte, war verschwunden.

Er wühlte in einer Kommode im Flur. »Mist!«

»Was suchst du?«

»Den Schlüssel für die Ducati.« Er schaute sich um. »Vielleicht oben«, sagte er knapp und ich folgte ihm eine geschwungene Treppe in den oberen Stock. Vier Zimmer und ein Bad reihten sich zu beiden Seiten des Flurs auf. In drei Zimmern bedeckten verstaubte Laken die Möbel. Nur Dorians Zimmer sah einigermaßen bewohnt aus, und ich fragte mich, wie er es hier nur aushielt.

Auf dem Nachttisch wurde er fündig und schob den Schlüssel in die Hosentasche. Nachdem er sich ein frisches Longshirt angezogen hatte, kam er wieder auf mich zu. »Lass uns abhauen.«

Als wir das Haus verließen, atmete ich auf. Dorian schob das Garagentor auf und holte das Motorrad heraus. Er reichte mir den Helm. »Festhalten und mit meinen Bewegungen mitgehen. Den Rest mache ich.« Er zwinkerte mir zu.

Ich nickte nur. Dann schlüpfte ich in den Helm und schwang mich hinter ihm auf die Maschine. Die Arme wand ich fest um seine Taille.

Als er das Motorrad vor unserer Wohnung abstellte, schaute er sich zu mir um und schob das verdunkelte Visier hoch. »Alles klar?«

Langsam löste ich die verkrampften Arme um seinen Körper und zog den Helm aus. »Hm, ja«, sagte ich und stieg von der Maschine. Meine Knie zitterten leicht vom Adrenalin. »Fährst du immer so?«

Er zog die Brauen hoch. »So anständig? Vielleicht nicht ganz immer.«

»Oh.« Ich nickte. *Anständig* nannte er diese Raserei also. Ich ging ihm voraus auf das Haus zu, aber da mein Schlüssel noch immer in meiner Tasche in der Dunkelwelt war, musste ich läuten. Das Schloss brummte und ich schob die Eingangstür auf. Es war kühl und roch vertraut nach alten Mauern. Wir stiegen die Treppe hoch, wobei es in meinem Magen mit jedem Schritt mehr anfing zu flattern.

Tata stand in der Wohnungstür. Ich blieb auf der vorletzten Stufe stehen.

»Lejla! Wie siehst du denn aus?« Tata kam auf mich zu und ich nahm die letzte Stufe. Er umarmte mich. Drückte mich ganz fest an sich. »Du bist so dünn geworden. Geht es dir gut?«

»Ja, alles gut«, sagte ich und löste mich von ihm. »Und bei dir?«

Er schüttelte den Kopf. »Ich habe mir Sorgen gemacht – und Vorwürfe.«

Im Stock unter uns ging eine Tür auf. »Joe? Alles in Ordnung bei dir?«

»Ja, Trudi, alles gut«, rief mein Großvater nach unten.

Die Treppe knarzte. »Ach herrje! Wer sind Sie denn?«, rief Trudi aus.

»Ähm, hi. Andrin«, hörte ich Dorian sagen.

»Kinder«, sagte mein Großvater, »kommt rein.« Er winkte Dorian zu uns und schob uns durch die Tür. »Einen schönen Abend noch, Trudi«, rief er nach unten.

»Dir auch, Joe.«

»Tut mir leid, Trudi ist etwas einsam«, entschuldigte sich mein Großvater an Dorian gewandt. »Sie sind also Andrin?«

»Ja«, nickte er. »Freut mich, Sie kennenzulernen.«

»Joe Sander.« Mein Großvater reichte Dorian die Hand und

schaute ihn eindringlich an. Etwas zu eindringlich für meinen Geschmack. Dorian fing an, auf seiner Unterlippe herumzukauen und wusste nicht recht, wo er hinschauen sollte.

»Andrin wie noch?«

»Lakrovic«, murmelte er, den Blick nun auf den Boden gerichtet.

Mein Großvater nickte. »Dachte ich mir.«

»Ach ja?«, platzte es aus mir heraus.

»Die Linie deines Vaters ist uns wohlbekannt.«

Dorian räusperte sich. »Ich habe die Narben nicht vom Ja-Sagen. Ich bin nicht wie sie.«

Tata nickte, den Blick noch immer wie eine Waffe auf ihn gerichtet.

»Lass gut sein, Tata. Er ist auf unserer Seite. Zudem ist der Meister tot und die Zunft zerschlagen.«

»Der Meister ist was?«

»Tot«, wiederholte ich. »Es ist vorbei.«

Die Augen meines Großvaters weiteten sich. »Es ist vorbei?«

»Ja«, sagte ich und musste dann lachen. »Wir haben es geschafft.«

»Oh!« Tata drückte mich an sich und wirbelte mich herum. »Das … also …« Er schob mich von sich und schaute mich an. »Mir fehlen die Worte.« Nochmals drückte er mich an sich. »Wie habt ihr das geschafft?«

»Lange Geschichte«, wiegelte ich ab, denn ich wollte auf ein ganz anderes Thema hinaus.

Tata schob mich von sich und musterte mich. »Kommt«, sagte er schließlich und wies ins Wohnzimmer. »Setzt euch erst mal.«

Dorian zögerte, setzte sich dann aber auf das Sofa. Ich ließ mich dicht neben ihm auf der Lehne nieder. Unsere Hände verschränkten sich und ich suchte seinen Blick. Er zuckte kurz mit den Augenbrauen, doch dann kam Tata schon mit Gläsern und einem Krug Wasser. »Bedient euch.«

Ich goss Dorian und mir ein Glas ein. Tata ging zum Whiskeyschrank und nahm sich einen Drink. Ich erhaschte Dorians sehnsüchtigen Blick.

»Ich glaube, wir könnten auch einen vertragen, Tata.«

Dorian schaute zu mir. Die Brauen zusammengezogen, grinste er.

»Ja, was soll's«, sagte Tata und schenkte zwei weitere Gläser ein. »Du bist doch schon achtzehn, oder?«

»Ähm ja. Ich bin zweiundzwanzig«, sagte Dorian.

»Aha.«

Tatas Blick gefiel mir nicht. Ich wusste genau, was er überlegte. Ich sah es ihm an. Dorian war zu alt – oder besser gesagt zu reif für seine kleine Enkelin. Aber ich sagte nichts, nippte stattdessen an dem Schnaps. Ich hasste das Zeug. Für mich schmeckte es wie Medizin.

Dorian leerte sein Glas in einem Zug runter, was ihm wiederum einen intensiven Blick von meinem Großvater einbrachte. Er merkte es und versteifte sich. »Entschuldigung. Der ist bestimmt sauteuer.«

»Allerdings Junge«, nickte Tata und goss seinen ebenfalls in einem Zug runter. »Noch einen für den Genuss?«

»Gern«, grinste Dorian.

Dann setzte sich auch Tata hin. »So, Andrin, du magst Lejla also.«

Dorian räusperte sich, als ob er sich gerade verschluckt hätte. »Ja. Ja, das tue ich.«

»Tata, kannst du jetzt bitte damit aufhören? Wir wollen nicht heiraten, wir sind einfach zusammen und zudem glaube ich, wir haben Wichtigeres zu besprechen. Zum Beispiel, woher du Andrins Familie kennst und all die Sachen über dich, die du mir nie erzählt hast. Und über Mama.«

Tata rieb sich über den Bart. Dann leerte er auch das zweite Glas in einem Schluck und schenkte sich nochmals nach.

»Ja«, sagte er und stieß den Atem aus. »Du hast recht. Ich schinde Zeit.« Er legte die Finger gegen die Stirn und schüttelte den Kopf. »Ich habe so viel falsch gemacht. Ich hätte dich nicht belügen dürfen.«

Kapitel 33

Lejla

»Ich bin ein Wächter der alten Garde«, begann Tata. »Das ist eine Art Untergrundorganisation, die sich vor vielen Jahrhunderten von den Mächtigen abgespalten hat. Wir helfen Wächtern und Familienangehörigen, dieser Zunft zu entkommen, wenn sie das wünschen. Mit der Dunkelwelt haben wir nicht mehr viel zu tun. Natürlich kennen wir all die Legenden, aber es gibt viele unter uns, die mittlerweile daran zweifeln.«

»Wie könnt ihr daran zweifeln, wenn ihr den Leuten helft, von den Mächtigen wegzukommen?«, fragte ich.

»Die Zunft hat bei uns einen ganz anderen Stellenwert, als den, den sie sich auf die Fahne geschrieben hat: Die Menschen angeblich vor der Dunkelwelt beschützen zu müssen. Die Mächtigen sind in Wahrheit ein Netz von Leuten, die in der Wirtschaft und in der Politik viel Einfluss haben. Sie regieren sozusagen die Welt. Wenn du da hineingeboren wirst, hast du deinen Platz, den du einnehmen musst. Und wenn du nicht zu dem Kreis der Mächtigen gehörst, wirst du nie erfahren, wie sehr du tatsächlich manipuliert wirst.«

Ich schaute zu Dorian, der meinen Blick erwiderte. Genau das waren auch seine Worte gewesen, damals in der Dunkelwelt.

»Wie dem auch sei, deine Mutter war die Tochter eines ranghohen Wächters. So hat sie deinen Vater auch kennengelernt, der damals als Gesandter der Darkonas für Verhandlungen in die Zunft gekommen ist. Er hat den Meister dazu aufgerufen, sich zu mäßigen, bevor alles zu spät ist. Aber natürlich hat ihm niemand geglaubt. Die Lügen des Meisters waren in den Köpfen der Leute so weit verankert, dass die Worte des Darkonas als Drohung aufgefasst wurden. Anstatt also Frieden zu bewirken, verhärteten sich die Fronten noch mehr und der Meister hat deinen Vater fortgejagt. Deine Mutter aber, die das Gespräch belauscht hat, weil sie schon immer Zweifel an der Geschichte der Zunft hegte, hat verstanden, worum es ging, und ist dem Dira nachgeschlichen. Es gelang ihr, hinter ihm durch das Tor zu schlüpfen, aber in der Dunkelwelt verlor sie ihr Bewusstsein.

Dein Vater konnte ihr nichts antun, auch wenn ihm Wut und Verzweiflung bestimmt allen Grund gegeben hätten, sich an der Zunft zu rächen. Aber da stand jemand hilflos vor ihm, jemand, der ihm vielleicht helfen konnte. Er hat deine Mutter zurückgebracht. Und aus dem Band, das sich durch diese Tat um sie gewoben hat, ist Liebe entstanden und du bist das Resultat dieser Liebe.«

Es war so viel Information auf einmal, dass mein Hirn etwas brauchte, um die richtigen Schlüsse zu ziehen. »Aber wenn der Vater meiner Mutter ein Wächter war und mein Vater ein Darkona ist, wer oder was bist dann du?«

»Als deine Mutter herausgefunden hat, dass sie schwanger ist, und was das alles bedeuten könnte, hat sie sich mit einem Brief an uns gewandt«, erzählte Tata weiter, ohne auf meine Frage einzugehen.

Ich schluckte, das war der Brief, den ich gefunden hatte.

Und er war an meinen Großvater gerichtet gewesen. Er war mit ›Primus‹ angesprochen gewesen. Die Zeilen hatten also ihr Ziel erreicht und wurden nicht, wie ich vermutet hatte, von Tata zurückgehalten. Meine Mutter hatte sich bei *ihm* Hilfe gesucht. Und sie trug die Lösung also nicht im, sondern unter dem Herzen. Mich. Mir fiel ein Stein vom Herzen. Ich hatte mich in Tata nicht geirrt.

»Sie hat den Kontakt zu deinem Vater abgebrochen, um dich zu schützen. Hätten die Mächtigen jemals davon Wind bekommen, dass sie eine Affäre mit einem Darkona gehabt hatte und daraufhin schwanger geworden war, wärst du nie geboren worden. Auf jeden Fall haben wir sie zu uns geholt und versteckt, da sie von den eigenen Leuten, von ihrer eigenen Familie, gejagt wurde.« Tata nahm einen Schluck Wasser. »Die Mächtigen haben sie für verrückt erklärt, damit ihr niemand glaubte und sie sie wegsperren konnten, wenn sie sie dann in die Finger bekamen. Natürlich haben sie sich dabei als die ausgegeben, die ihr helfen wollten.«

»Dann war sie gar nicht krank? Aber warum hast du mir das denn nicht gesagt? Warum hast du mich in dem Glauben gelassen?«

»Ich dachte, es ist sicherer, wenn du mit dieser Lüge aufwächst. Nur für den Fall, dass irgendwann mal jemand von der Zunft auftaucht, weil sie doch herausgefunden haben, dass du Elenas Tochter bist. Solange man ihre Lügen glaubt und weiterverbreitet, ist man keine Gefahr für sie. Hättest du aber verraten, dass du der Meinung bist, deine Mutter wäre nicht krank gewesen …« Er schüttelte den Kopf. »Ich wollte dich beschützen, so wie deine Mutter es mir aufgetragen hat. Aber das war falsch, das sehe ich jetzt.«

Ich holte Luft, um etwas zu erwidern, brach aber ab. Was war schon richtig, und was war falsch? Natürlich hätte es mir mein Leben erleichtert zu wissen, dass meine Mutter nicht geisteskrank gewesen war, aber vielleicht würde ich dann tatsächlich nicht mehr leben. Vielleicht hätte mir Dorian nie geglaubt, wenn ich zu viel gewusst hätte. »Deshalb hast du dich also immer davor gedrückt, mit mir über ihre Krankheit zu sprechen.«

»Ja. Es war, als ob ich dich jedes Mal aufs Neue anlügen müsste. Und das wollte ich nicht.«

»Aber wenn sie nicht verrückt war, was ist denn dann mit Mama passiert?«

»Sie hat sich die ganze Schwangerschaft über versteckt. Aber als du auf der Welt warst, hat sie es irgendwann nicht mehr ausgehalten und musste raus. Da haben die Mächtigen sie geschnappt und eingesperrt. In der Klinik, die natürlich fest in den Händen der Zunft war, haben sie ihr Medikamente gegeben, die ihr tatsächlich langsam den Verstand und die Kraft geraubt haben. Am Ende hat sie sich umgebracht. Dieser Teil stimmt leider. Es tut mir sehr leid, Kind.«

Dorian legte einen Arm um mich. Eine bleierne Traurigkeit drückte auf meinen Brustkorb. Sie schlang sich um mich wie eine zweite Haut. Mit einem tiefen Atemzug versuchte ich, sie abzuschütteln und wechselte das Thema zu meiner vorherigen Frage. »Du bist also nicht mein leiblicher Großvater? Oder warst du der ranghohe Wächter?«

Tata schüttelte den Kopf. »Nein, ich war nie bei der Zunft. Es stimmt, ich bin nicht dein leiblicher Großvater. Aber das ändert nichts daran, wie sehr ich dich liebe. Du bist mein Ein und Alles. Meine Familie, die ich nie hatte. Ich habe dich großgezogen, seit du ein Säugling bist – Lejla«, sagte er und streckte die Hand nach mir aus. »Ich liebe dich über alles.«

Eine Träne löste sich aus meinem Augenwinkel und ich wischte sie schnell weg.

»Ich liebe dich auch, Tata.« Ich nahm seine Hand. »Ich bin so froh, dass du … also, dass du nicht zu den Bösen gehörst«, sagte ich. »Es gab Momente, in denen ich gezweifelt habe. Du hast immer so geheimnisvoll getan und ich …« Ich brach ab.

»Nicht doch!« Tata beugte sich vor und streichelte kurz meine Wange. »Zweifle nie daran, dass wir zusammengehören, ja? Deine Mutter wollte es so. Sie wollte das Beste für dich und das versuche ich dir zu geben, denn ich bin sicher, dass sie mir ganz genau auf die Finger schaut.«

Der Gedanke erwärmte mein Herz. »Du hast es mir nicht leicht gemacht, seit das alles losgegangen ist.«

»Ich weiß«, nickte Tata. »Ich weiß.« Und nach einer Pause fuhr er fort. »Ich habe lange gehofft, dass du ein ganz normaler Mensch bist, dass wir ein ganz normales Leben führen werden. Nur ganz wenige wussten von deiner wahren Abstammung. So blöd es klingt: Ich war froh, dass ich dir so oft Hausarrest geben konnte, weil du so eine Rebellin bist. So hatte ich dich besser im Auge. Und als diese Geschichte mit der Anklage losging, wusste ich, dass sich etwas anbahnte, denn ich habe dir geglaubt.«

»Mit wem hast du dich getroffen?«

»Mit Kollegen unserer Organisation. Wir mussten erst einmal herausfinden, was das alles bedeutet. Das Problem ist, dass wir uns größtenteils gegenseitig nicht persönlich kennen. Das wäre unter den Augen der Mächtigen viel zu gefährlich. Und so konnte ich nicht einfach in unser Gemeinschaftshaus marschieren und die Mendra aus der Bibliothek holen. Die Information ging von Mittelsmann zu Mittelsmann, bis ich schließlich bei Endras Oma gelandet bin. Sie hütet die Abschrift der Mendra, die der Gründer der alten Garde verfasst hatte.«

»Wow! Weiß Endra davon?«

»Jetzt schon. Ihre Familie gehört aber eigentlich nicht zur alten Garde. Es ist kompliziert.«

»Hm, scheint so«, sagte ich.

»Tja, das ist die ganze Geschichte – die ganze Wahrheit.«

»Warum durfte ich bei dir bleiben? Hast du mich adoptiert?«

»Ja, so in der Art.« Er atmete tief durch. »Deine Mutter und ich haben geheiratet.«

»Ihr habt was?«

»Geheiratet. Als du noch nicht auf der Welt warst. Das war die schnellste und einfachste Lösung, ohne großes Aufsehen zu erregen. Ich bin offiziell dein Vater. Aber zumindest diese Lüge wollte ich dir ersparen.«

»Danke«, sagte ich.

Dorian streichelte über meine Haare. Ich schloss einen Moment die Augen und legte den Kopf gegen seine Schulter.

»Wie heißt Lejlas Mutter mit vollem Namen?«, fragte Dorian.

»Elena Jonthal.«

»Hm.« Dorian nickte.

Ich richtete mich auf und musterte ihn. »Kennst du ihre Familie?«

»Ja«, nickte er, »aber …«

»Sie leben nicht mehr«, vervollständigte ich seinen Satz.

»Nein.«

Schweigend starrten wir vor uns hin, bis Tata sich erhob und an uns vorbei in den Flur hinausging. »Ich bestelle Pizza. Ihr müsst was essen.«

Dorian schob eine Haarsträhne aus meinem Gesicht und küsste meine Stirn. Ich schaute ihn an.

Er lächelte. »Deine Familie ist definitiv noch verrückter als meine – danke, dafür.«

»Man tut, was man kann.«

»Denkst du, ich könnte vielleicht hier schlafen?«

»Klar.« Seine unvermittelte Frage zauberte mir ein Lächeln über das ganze Gesicht.

Tata war weniger erfreut. Er murmelte irgendetwas in den Bart, stimmte aber schlussendlich zu, denn die Alternative wäre gewesen, dass ich zu Dorian ging.

Nach dem Essen verabschiedete sich mein Großvater und zog sich in sein Zimmer zurück, während ich duschen ging. Danach war ich vermutlich auf dem Bett eingedöst, als ich auf Dorian gewartet hatte, denn das Nächste, was ich spürte, waren seine Lippen auf meinen.

»Ich weiß schon, wie man schlafende Prinzessinnen weckt«, flüsterte er. Bis auf das Frottiertuch um seine Hüften war er nackt. Er beugte sich über mich und brachte damit mein Herz zum Hüpfen. Ich ließ die Finger über die vernarbte Brust und den Bauch wandern. Er atmete ein und schloss kurz die Augen. Ich bekam das Tuch zu fassen und zog daran.

»Willst du das wirklich?«, raunte er, während er seine Nase gegen meine rieb. Aber bevor ich antworten konnte, küsste er mich wieder, schob sich über mich und drängte die Hüften zwischen meine Beine. Seine Lippen wanderten wieder zu meinem Ohr. »Ich habe nicht nur den Schlüssel von meinem Nachttisch eingepackt.«

»Aha. Und was bewahrst du noch so in deinem Nachttisch auf?«

»Gummis zum Beispiel.« Er grinste verschmitzt.

Ich zog erneut an dem Tuch. »Dann brauchen wir das ja definitiv nicht mehr, oder?«

»Das musst du entscheiden.«

»Habe ich doch schon.«

Er hob das Becken an und ich zog das Tuch zwischen uns weg. Sanft drückte er mich in die Kissen und schob mein T-Shirt hoch. Seine Küsse übersäten meinen Bauch, zart wie die Berührung eines Schmetterlings. Ich richtete mich etwas auf und versuchte, mir das Oberteil über den Kopf zu ziehen. Dorian half mir, wobei seine rauen Hände sanft über meine Rippen fuhren und meinen Atem ins Stocken brachten. Unsere Blicke trafen sich und ich wusste, dass ich genau das wollte. Mit ihm, hier und jetzt. Ich wusste, dass er mich respektierte, so wie ich war. Dass er das, was immer passieren würde, niemals gegen mich verwenden oder mit irgendjemandem darüber sprechen würde. Ich vertraute ihm. Hundertprozent. Und das war genau das, was mir bei Lars gefehlt hatte.

Dorians Finger strichen meinen Bauch entlang nach unten, unter den Bund der Trainingshose. Noch einmal schaute er mich an. Ich nickte und zog dann seinen Kopf zu mir, damit er mich wieder küsste. Ich gab mich seinen zärtlichen Berührungen hin. Es fühlte sich gut an. *Er* fühlte sich gut an.

Kapitel 34

Lejla

Sonnenstrahlen drangen durch die Ritzen der Fensterläden und ich blinzelte gegen das grelle Licht an. Es war ein ganz ungewohntes Erwachen.

»Hey«, raunte Dorian mir ins Ohr.

Ich drehte mich zu ihm um. »Hey.«

»Alles gut bei dir?«

»Ja, bestens.«

»Gut«, lächelte er.

»Hast du etwas anderes erwartet?«

Er zuckte mit den Schultern. »Man weiß nie, wie die Welt am nächsten Morgen aussieht.«

»Wundervoll, würde ich sagen.«

Er ließ seine Finger über meine Schulter wandern. »Danke.«

»Wofür?«

Dorians Blick schweifte durch das Zimmer, bevor er wieder mich anschaute. »Dass ich hier übernachten durfte. Dass du hier bist. Für gestern Nacht. Einfach für alles.«

»Gleichfalls«, lächelte ich und gab ihm einen Kuss. »Darf ich dich was fragen?«

»Klar.«

»Deine Nachbarin hat da so was gesagt, über deine Eltern. Stimmt das?«

»Welchen Teil meinst du?«

»Den, dass sie weggegangen sind.«

»Ja, das stimmt.«

»Und wo sind sie hin?«

Er schüttelte den Kopf. »Keine Ahnung. Ich glaube, nach Kanada oder so.«

»Beruflich?«

»Das war bestimmt nicht der Hauptgrund.«

»Und was war der Hauptgrund?«

Dorian rieb sich über die Stirn und drehte sich auf den Rücken.

»Tut mir leid«, sagte ich. »Du musst mir das nicht erzählen. Ich … vergiss es.«

»Schon gut. Es ist nur komisch, darüber zu sprechen. Ich dachte immer, es ist mir egal, aber ich glaube, das ist es nicht.«

Ich drehte mich zu ihm, stützte mich auf den Ellbogen und legte eine Hand auf seine Brust.

Er starrte an die Decke. »Den Verrat am Meister hat mein Vater sehr persönlich genommen. Er verstand ihn als einen Verrat an ihm selbst und an allem, was ihm wichtig war. Er wollte nichts mehr mit mir zu tun haben. Ich konnte es ihm nie erklären. Der Meister war ihm wichtiger als sein eigener Sohn. Und meine Mutter war, oder ist, loyal. Sie hat seine Meinung niemals hinterfragt. Sie sind gegangen, weil ich sie sehr enttäuscht habe.« Er atmete tief ein und aus. »Als ich aus der Dunkelwelt zurückgekommen bin, habe ich das Haus leer vorgefunden.« Sein Adamsapfel bewegte sich hoch und runter. »Lange her.«

»Tut mir leid.«

»Ja, mir auch.«

Es klopfte an der Tür, was uns beide zusammenzucken ließ. Ich musste kichern und Dorian grinste mich an.

»Lejla?«, hörte ich Tatas Stimme von draußen

»Wir kommen gleich.«

»Endra hat schon drei Mal angerufen und ich glaube, sie ist jetzt auf dem Weg hierher.«

»Okay, wir sind gleich da.«

»Gut.« Schritte entfernten sich wieder.

Dorian fuhr mit den Fingern durch meine Haare und ich legte den Kopf auf seine Brust. Nur noch einen kurzen Moment, bevor wir aufstehen mussten. Dorian hielt mich fest, während ich dem dumpfen Pochen seines Herzens lauschte.

»Lejla?«

»Hm?«

»Würde es dir was ausmachen, mich ab jetzt Andrin zu nennen?«

»Nein, überhaupt nicht.« Ich hob den Kopf, um ihn anzuschauen.

»Ich glaube, ich brauche Dorian nicht mehr.«

»Das glaube ich auch.« Ich gab ihm einen Kuss. »Und jetzt sollten wir uns besser beeilen, Endra wird nicht so artig vor der Tür warten.« Ich zwinkerte ihm zu und er musste lachen.

»Ja, vermutlich nicht.«

Ich kletterte über ihn und stieg aus dem Bett. Sein Blick folgte mir, aber es störte mich nicht. Im Schrank versuchte ich irgendetwas zu finden, was nicht wie ein nasser Sack an mir herunterhing. Leider fand ich nichts, also stieg ich in meine engste Jeans, die mir gerade nicht über die Hüften rutschte, und zog eine weite durchscheinende Bluse über das Top. Es war heiß draußen, aber meine dünnen Arme musste ich ja nicht gleich jedem unter die Nase halten. Gut, dass Tata mich krankgemeldet hatte. Das war mehr als glaubwürdig.

Wir waren kaum angezogen, als es schon klingelte.

Endra warf mich beinahe um, als sie mich stürmisch umarmte.

Ich drückte sie an mich. Es tat so gut, sie zu fühlen.

»Ich bin so froh, dass es dir gut geht«, schluchzte sie.

»Und ich, dass es dir gut geht.« Ich drückte sie noch fester. »Danke für alles. Ohne dich wären wir nicht hier.«

»Ach, so ein Quatsch.« Endra ließ mich los und betrachtete mich eingehend. »Mein Gott, bist du abgemagert.«

Ich zwinkerte ihr zu. »Ich war ja auch krank.«

»Ach«, winkte sie ab und umarmte mich erneut.

»Komm erst mal richtig rein«, sagte ich und wir ließen uns los.

Endra trat in den Flur. »Hey Dorian.«

»Andrin«, sagte er und hielt ihr die Hand hin. Doch sie ignorierte die Geste und umarmte ihn.

»Oder so«, murmelte er und tätschelte ihre Schulter.

»Warum der Namenswechsel?«

»Andrin ist mein richtiger Name. Dorian war nur …«, er brach ab, »egal.«

Endra nickte. »Passt besser zu dir.«

»Wie geht es dir überhaupt?«, fragte ich sie.

»Ach, ging mir schon besser. Dieser Typ hat mich ganz schön in die Mangel genommen. Mir tut wirklich alles weh! Ist er eigentlich verhaftet worden?«

»War nicht mehr nötig«, sagte Andrin. »Und der Schmerz wird sich legen. In ein, zwei Tagen wirst du nichts mehr spüren.«

Endra runzelte die Stirn. »Wie, nicht mehr nötig?«

»Er ist von uns gegangen«, sagte Andrin mit einem fiesen Grinsen im Gesicht.

»Oh – okay. Also«, sagte sie und zog eine Zeitung aus ihrer Tasche.

»Wie hast du das mit dem Spruch herausgefunden?«, unterbrach ich sie.

»Als du weg warst, habe ich tagelang recherchiert und absolut nichts Brauchbares herausgefunden. Also bin ich schließlich wieder zu Oma gegangen und habe ihr alles erzählt. Sie war total aus dem Häuschen, hat sich furchtbare Vorwürfe gemacht und dann auch mir, dass ich dich nicht zurückgehalten habe. Aber der Clou war, sie wusste ganz genau, wovon ich sprach. Sie hat mir dann das Buch gezeigt, das sie hütet. Diese Mendra, aus der ich schließlich alles erfahren habe.«

»Auch den Spruch«, vervollständigte ich ihren Bericht.

»Ähm, nein, den nicht. Also, ähm, eigentlich …«

Ich schaute sie mit hochgezogenen Brauen an. »Was?«

»Na ja, es ist so, dass du gar keinen Spruch brauchst, um die Magie fließen zu lassen. Alles, was du brauchst, ist ein starker Glaube und eine immense Vorstellungskraft. Und ich kenne dich nun mal. Ich wusste, dass ich dir das nur mit einem Spruch geben konnte, der irgendwie mystisch klingt. Also habe ich meine Oma gebeten, etwas in der alten Sprache der Darkonas für dich zu verfassen.«

»Du hast was?«

»Es hat doch gewirkt, nicht?«

»Allerdings. Ich war so überzeugt, dass ich dadurch im Vorteil bin, und ich glaube, den Meister hat es auch verwirrt.«

Endra lächelte scheu und ich prustete los.

»Ohne dich hätte ich das nie gepackt. Du bist … O Mann!« Ich fiel ihr erneut um den Hals. »Du bis einfach die Beste!«

»Ja, das Problem war nur, dass dir kaum Zeit geblieben ist, dir den Spruch zu merken. Ich trug ihn schon eine ganze Weile mit mir herum, in der Hoffnung, du würdest an unserem Platz auftauchen. Das war echt schlechtes Timing und hätte auch total nach hinten losgehen können, wenn du dich nicht erinnert hättest.«

»Ich habe mich erinnert.«

»Ja, Gott sei Dank.« Sie atmete tief durch. »Du musst mir nachher alles erzählen, was du erlebt hast, aber erst mal müsst ihr euch das anschauen.« Sie faltete die Zeitung in ihrer Hand auseinander. »Tadaaaa«, rief sie aus und zeigte uns ein Bild aus der Vogelperspektive von der Szenerie gestern am Fuß der Johanniterbrücke.

Ich riss ihr das Blatt aus den Fingern und schaute, ob man irgendwelche Gesichter erkennen konnte. Zum Glück nicht.

»Jetzt lies mal den Text.«

Die Überschrift titelte: Eine Show wie aus Hollywood.

Am Nachmittag vom 15. Mai 2019 ereignete sich ein unangekündigtes Großspektakel bei der Johanniterbrücke. Es war wie im Film, erzählte ein Augenzeuge und verwies auf den Hollywoodstreifen »Die Unfassbaren«, nur, dass die Gruppe von Illusionskünstlern um ein Mehrfaches größer war und daraus ein richtiges Spektakel machte. Sie haben sich am Fuß der Brücke versammelt und dadurch die Uferstraße regelrecht abgeriegelt. Auf einmal waren alle verschwunden, wie vom Erdboden verschluckt. Woher die Gruppe kommt, wer sie sind und was der Sinn und Zweck ihrer Aktion ist, konnte bisher nicht in Erfahrung gebracht werden. Es wird aber nicht ausgeschlossen, dass das nur der Anfang einer Serie von Auftritten war. Die Performance war nicht angekündigt und somit auch nicht genehmigt, berichtet der Polizeisprecher auf Anfrage. Eine Ermittlung gegen die beteiligten Schausteller wird aber schwierig. Wir werden auf jeden Fall die Augen offen halten und warten auf weitere spektakuläre Tricks der Unbekannten.

Andrin schaute an sich hinunter und dann wieder auf das Foto. »Ich sollte wohl über meinen Kleiderstil nachdenken.«

Ich grinste. »Solange du nicht so vermummt rumläufst, als ob du was verbrochen hättest …«

»So wie früher«, mischte sich Endra ein.

Ich lächelte ich ihr zu, »… wirst du nicht groß auffallen.«

»Vielleicht auch mal eine andere Farbe druntermischen«, schlug Endra vor. »Ich habe es auch Lejla schon so oft gesagt, Schwarz ist keine gute Farbe. Sie hat viel negative Energie.«

»Das ist nicht die Farbe, sondern das, was du mit ihr assoziierst«, sagte Andrin.

»Nein, da muss ich dir widersprechen. Schwarz ist eine negative Farbe. Egal, was ich von ihr halte.«

»Das ist Quatsch. Schwarz ist einfach Schwarz. Dann müsste Weiß auch negativ sein.«

»Weiß ist eine Lichtfarbe, die ist ganz sicher nicht negativ. Wie kommst du darauf?«

Ich räusperte mich, aber keiner beachtete mich.

»Weil sowohl Schwarz als auch Weiß unbunte Farben sind. Mit dem Unterschied, dass Schwarz eben alles absorbiert und Weiß alles reflektiert.«

»Es geht doch nicht immer um Physik, Herrgott noch mal.«

»Nein?«

»Nein!« Endra atmete hörbar aus. »Es geht um Feinstoffliches. Zwischen Himmel und Erde gibt es Dinge, die rational nicht zu erklären sind. Du solltest das doch nun wirklich wissen, Andrin.«

Da hatten sich ja zwei gefunden. »Okay«, rief ich dazwischen. »Spannende Diskussion, aber lasst uns mal frühstücken! So wie es riecht, hat Tata Eier und Schinken gemacht und ich kann wirklich was vertragen.« Damit schob ich die zwei Streithähne Richtung Küche.

»Hallo Herr Sander«, begrüßte Endra meinen Großvater, als wir durch die Tür traten.

»Hallo Endra.« Tata ging auf sie zu und schüttelte ihr die Hand. Er sah lustig aus in seiner Küchenschürze. »Und jetzt Platz nehmen, bitte.«

»Aber ich mag Schwarz«, griff Andrin das Thema wieder auf. »Ich werde mir sicher nichts Rotes oder Neongelbes kaufen. Das würde mich total negativ stimmen, da kannst du dich drauf verlassen.« Ich prustete los. Und auch Endra musste schmunzeln.

»Wie viele bunte Sachen hast du im Schrank?«, wandte sich Andrin an mich.

»Nicht viele.«

»Sie hat rote Spitzenunterwäsche, die sauteuer war und die sie nie trägt«, plauderte Endra aus, und ich spürte, wie ich rot wurde. Nicht wegen Andrin, viel mehr wegen Tata. Ich warf ihr einen grimmigen Blick zu.

»Du meinst, rot wie die Liebe?« Andrins Mundwinkel zuckte bei den Worten.

»Ganz genau. Mach dich nur lustig, Andrin. Ich weiß, wovon ich spreche.«

»Kannst du für mich gern weglassen«, sagte er nun zu mir gewandt. »Ich steh nicht auf Spitze.«

»Okay, Kinder. Lasst uns jetzt erst mal essen«, meldete sich nun Tata, für den dieses Gespräch wohl auch eine falsche Richtung genommen hatte.

Wir drängten uns um den kleinen Tisch in der Küche.

»Und, Andrin«, begann Tata in diesem Verhörston, als unsere Teller gut gefüllt waren. »Was wirst du jetzt machen?«

»Ich weiß es nicht. Erst mal ganz klassisch: Arbeitsamt und Berufsberater. Mal schauen, zu was ich zu gebrauchen bin. Zoll vielleicht.«

Endra kicherte.

Ich war zu sehr damit beschäftigt, Tata zu hypnotisieren, dass er mit diesem peinlichen Gehabe aufhörte, um es lustig zu finden.

»Mit Grenzschutz habe ich ja schon Erfahrung«, fügte Andrin an.

»Die haben aber heutzutage Gewehre und Pistolen. Keine Macheten und Wurfsterne. Hast du damit auch Erfahrung?«

Endra bewies wirklich ein Händchen für delikate Themen.

»Macheten und Wurfsterne?«, hakte Tata nach. »Wie meinst du das?«

»Na ja. Nur so«, wiegelte Endra ab.

»Nein, das möchte ich jetzt wissen.«

»Tata«, sagte ich. »Andrin wird schon was finden. Lass uns einfach mal ankommen.«

Er tätschelte meinen Arm. »Hast recht. Entschuldige.«

»Kein Ding«, sagte Andrin. »Ihre Sorge ist berechtigt. Ich habe nichts gelernt, was man in einer Welt ohne die Zunft brauchen kann. Außer sich durchzubeißen und zu überleben. Ich komme vielleicht aus einer reichen Familie, aber ich kann arbeiten. Ich bin mir dafür nicht zu schade.«

»Gut«, nickte Tata.

Endra schob sich eine volle Gabel in den Mund. »Echt lecker, Herr Sander«, mampfte sie und lenkte das Thema damit auf belanglosen Small Talk. »Ich komme ab jetzt öfters am Sonntag zum Brunch.«

Tata lachte auf. »Sehr gern.«

Andrin legte seine Hand auf meine. Ich lächelte ihn an. Dann beugte er sich zu mir hinüber. »Gehen wir später ein Eis essen?«, flüsterte er in mein Ohr. »So ganz normal?«

Ich strahlte ihn an. »Ich liebe normale Dinge.«

Epilog

Das Magier-Spektakel, von dem alle auf eine Fortsetzung hofften, geriet schnell in den Hintergrund, denn das Erwachen der Menschen nach dem Tod des Meisters zeigte schon bald erste Spuren. Abrupte Kurswechsel in vielen Großkonzernen führten zu Unsicherheiten an der Börse. Vielerorts traten Schlüsselpersonen in der Politik zurück, die sich ihrem Amt nicht mehr gewachsen fühlten. Die Menschen waren zunehmend verunsichert, alles schien in der Schwebe und im Umbruch zu sein.

Es gab einige friedliche Demonstrationen, aber auch Krawalle, bei denen viel Schaden entstand, und ich fühlte mich verantwortlich. Manchmal zweifelte ich sogar daran, ob wir das Richtige getan hatten, und Tata konnte mich da auch nur bedingt beruhigen. Er sagte, dass große gesellschaftliche Umbrüche immer mit Unruhen und Notsituationen einhergehen, aus denen man aber gestärkt heraustreten würde. Die Menschen seien nun aufgewacht und müssten sich neu orientieren. Sie müssten die Fäden fortan selbst zusammenführen und zusammenhalten. Das alles brauche Zeit. Es würde sich legen und dann würde die Zukunft beginnen. Eine bessere Zukunft. Unsere Zukunft. Eine, die wir selbst bestimmen könnten.

Ich hoffte es. Nichts anderes konnte ich tun.

Aber nicht nur die Welt war im Umbruch, auch ich war eine andere geworden. Was mir früher wichtig gewesen war – überall dabei zu sein, alles auszuprobieren, nur ja nicht normal zu sein – bedeutete mir nichts mehr. Ich lebte zurückgezogener, dachte viel nach, über meinen Vater, meine Mutter, die Dunkelwelt. Endra war mir eine große Stütze in dieser Zeit und das alles schweißte uns noch mehr zusammen. Ich begann sogar, ihren Hang zur Esoterik und dem Übersinnlichen langsam zu begreifen. Es war schön, hin und wieder Dinge einfach zu akzeptieren, wie sie waren, und nicht für alles einen wissenschaftlichen Beweis zu benötigen.

Ich sehnte mich auch danach, Sinjala wiederzusehen, aber ich schaffte es noch nicht, zurückzukehren.

Und je mehr Andrins innere Mauer bröckelte, desto mehr kam auch sein sensibler Kern zum Vorschein. Erst jetzt wurde mir bewusst, wie sehr er wirklich unter seiner Vergangenheit, aber auch unter seinem Aussehen – den Narben – litt. Er brauchte nichts zu sagen, ich spürte es. Sah es. Litt mit ihm. Dennoch genoss ich jede Minute, die uns zusammen gegönnt war.

Während ich die Schulbank drückte, brachte er sein Haus in Schuss. Ich half ihm, wann immer ich konnte, was nicht so häufig war, denn meine Strafe war noch nicht abgedient und ich musste noch immer täglich Wände putzen gehen. Auf jeden Fall fühlte ich mich mittlerweile richtig wohl bei ihm. Wir hatten das Haus zu unserem gemacht und ich wohnte mehr bei ihm als zu Hause, was Tata anfangs nicht so behagte. Aber auch er musste sich eingestehen, dass Andrin nicht der war, für den er ihn gehalten hatte.

Ja und Lars, er war noch immer der gleiche Idiot. Eine nervige Konstante in Zeiten des Umbruchs.

DANKSAGUNG

Das zweite Buch ist beendet und ich möchte gern Danke sagen. Danke an all die lieben Menschen, die mich auf dem Weg unterstützt und begleitet haben.

Da ist als Erstes meine Familie, die mir meine geistige Abwesenheit und die damit verbundene Vergesslichkeit, was alltägliche Dinge betraf, immer wieder aufs Neue verziehen hat. Ohne euer Verständnis wäre es nicht möglich, ein Buch zu schreiben!

Ein großes Dankeschön geht auch an meine Mutter und meine Schwester fürs Testlesen und Zuhören. Manchmal tut es auch einfach gut zu hören, dass alles super ist ;-).

Meinen unersetzlichen Mitkämpferinnen, was das Bücherschreiben, aber auch das Leben angeht, Jutta Lange, Yasmin Dreyer und Carola Zain danke ich fürs Testlesen und eure Geduld und Hilfe bei all den großen und kleinen Texten rund ums Buch. Ihr habt mich stets motiviert, unterstützt, aber auch herausgefordert, das Beste aus der Geschichte herauszuholen. Danke für die viele Zeit, die ihr in mein Projekt gesteckt habt. Durch euch ist nicht nur das Buch reicher geworden, sondern auch ich. Danke, dass es euch gibt!

Der lieben Ute Scholer vom Verlag möchte ich danken, dass sie weiterhin an mich geglaubt hat und dadurch dieser Veröffentlichung den Weg geebnet hat. Danke für die schöne Zusammenarbeit und deinen Einsatz für meine Geschichte.

Und zu guter Letzt, vielen Dank an meine Lektorin Claudia Wuttke, aber auch an die vielen Helferinnen vom Verlag unter anderem Birgit Herrmann, Christina Nömer und Anna Wittich für die fruchtbare Zusammenarbeit. Ihr seid toll!